ERDENKINDER

Günter Neuwirth

ERDENKINDER

KRIMI

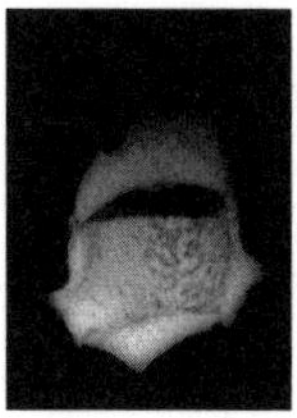

molden verlag

MITTE JUNI, MONTAG

1

Das klare Leuchten des Frühsommers hob sich über die Nebelschleier. Ein Regenfall hatte die Luft in der letzten Nacht mit Frische erfüllt, vom Hügel strich der kühle Atem des Waldes auf die Felder hinab. Meister Josef war wie so oft als Erster erwacht, war in die Stiefel gestiegen und hatte seine Weste übergestreift. Danach war er hinausgegangen, um die ersten Töne des Tages zu erlauschen. Sein Land, sein Grund und Boden, die taunassen Grashalme und die morgendlichen Rufe der Sommervögel, Jahrzehnte hatte er hier auf dem Bachleithenhof gearbeitet und nicht die Schönheit des Landes gekannt, erst jetzt auf seine alten Tage sah er, lauschte er, spürte er die Felder, die Bäume, die Kraft des Bodens und den Sinn des Lebens. Josef Lehner würde bald seinen siebzigsten Geburtstag begehen, er hatte viele Jahrzehnte in stummer Pflichterfüllung und verborgener Resignation den Frondienst des Alltags verrichtet, hatte gemacht, was man ihm gesagt, ihm aufgetragen hatte. Zuerst seine Mutter, später der Lehrer, eine Jugend lang der niemals lächelnde Vater und schließlich ein ganzes Eheleben lang die Frau bis zu deren Tod. Josef, das ist zu erledigen, Josef, dies ist zu tun, Josef, so musst du dich verhalten, Josef, jenes sollst du denken. Der Packesel auf dem steilen Bergpfad, der Ackergaul in dem Kummet, der Ochs vor dem Pflug. Ein Leben in fremder Arbeit.

Meister Josef blickte einer auffliegenden Kohlmeise hinterher, sah sie im Morgenlicht verschwinden. Er streifte seine Stiefel ab, tat barfuß ein paar Schritte im noch kühlen Gras, dann trat er an den Komposthaufen heran und sog tief dessen Duft ein. Heute, ja, heute würde er die Arbeit beginnen. Ein zufriedenes Lächeln legte sich in sein sonnengebräuntes, gefurchtes Gesicht. Zum Glück hatte er noch die Kraft für diese Arbeit, zum Glück hatte sie ihn rechtzeitig gerettet. Voller Wärme, Zuneigung und Respekt dachte er an jene Frau, die ihn in einer Nacht verzaubert hatte, die ihn mit ihren Tänzen und Gesängen, mit ihren Gebeten, mit ihrer unsäglichen Weisheit und ihrem uferlosen Wissen geheilt und gerettet hatte. Es war nicht lange her, erst ein paar Jahre, aber diese Jahre hatten ihn für über sechzig Jahre Knechtschaft und Unterdrückung entschädigt. Er hatte die Wahrheit erst als alter Witwer kennengelernt, die Schönheit erst im Spät-

herbst seines Lebens gesehen, aber er war voller Zuversicht und Freude, weil dies doch noch geschehen war. Der Tod hatte nie viel Schrecken auf ihn ausgeübt, und manchmal hatte er sich nichts sehnlicher als den Tod gewünscht, doch nun erst war der Tod eine Würde, die zu erringen er jederzeit dankbar war, denn er hatte das Leben gesehen.
Heute also würde er den Komposthaufen umstechen, würde er die fruchtbare, lebendige Erde hervorschaufeln, würde er damit die Beete für das Wintergemüse anlegen. Meister Josef griff zur Mistgabel und stieg mit bloßen Füßen und aufgekrempelten Hosenbeinen auf die mannshohe, mehrere Meter lange Kompostmiete. Ja, seit sie ihm den Weg gewiesen hatte, war es ihm ein Leichtes die Natur zu fühlen. Die Energie des Komposthaufens perlte über seine Haut wie ein warmer Schauer im Sommerregen. Er hatte seine Heimat gefunden, und seine Heimat war der Kompost, war die Brutstätte der Natur, war die Quelle des Lebens. Seit die Kompostverwertung produktiv lief, waren die Erträge der Gemüsebeete gut. Niemand mehr in der Siedlung musste im Winter hungern, niemand musste in den Supermarkt laufen und Gemüse zweifelhafter Qualität kaufen, alles, was seine neue Familie benötigte, wuchs auf den Feldern. Seinen Feldern, seinem Grund und seinem Boden.
Wie hatten die selbstsüchtigen Söhne geflucht, als er sich von der Kräuterhexe hatte verhexen, sich in ihren Bann hatte schlagen lassen, sogar vor Gericht waren sie gezogen. Die Ehefrau hatte die Erziehung ihrer und seiner Söhne gründlich gemeistert. Vierzig Jahre bittere Ehe, zwei erwachsene Söhne, die ihren Vater verachteten, ihn für verrückt hielten und ihn lieber heute als morgen entmündigen und in eine geschlossene Anstalt sperren lassen wollten, eine Dorfgemeinschaft, die sich von ihrem ehemals geachteten, weil tüchtigen Großbauern in Zorn und Unverständnis abgewendet hatte. Der Lehner Pepi ist im Alter durchgedreht, jetzt sind die Narrischen auf seinem Grundstück, jetzt haben wir diese Bande von Strauchdieben am Hals, du bist schuld, du bist schuld, du bist immer wieder schuld, Pepi, sag, schämst du dich nicht auf deine alten Tag!
Er kannte seine Komposthaufen besser als er jeden Menschen kennen konnte und wollte, er wusste immer genau, wie und wann ein Haufen anzulegen war, welche Zweige, Blätter, Gräser wo und wie aufzuhäufen waren, welche Mengen Tierdung einzuarbeiten waren, wie lange die Haufen reifen mussten, wann der richtige Zeitpunkt war, sie zu öffnen. In ein stummes Gebet versunken, verharrte er fast bis zu den Knien im

Kompost steckend, ein Gebet nicht zu dem eitlen Popanz von Gott, den ihm die Großmutter in das Gemüt gedrillt und der Pfarrer mit leeren Floskeln in das Gehirn geleiert hatte, sondern ein Gebet in das helle Licht dieses anhebenden Frühsommertages.

Dann packte er die Mistgabel und mit spielerischer Leichtigkeit hob er die obere Schicht des Haufens ab, grub sich in den warmen, duftenden Kern des Haufens. Käfer und Ameisen, Pilze und Würmer, der Kreislauf des Lebendigen, mikroskopisch kleine Lebewesen, die er nicht sah, aber deren Anwesenheit er spürte, sie alle umfingen ihn, begrüßten ihn wie einen guten, lang erwarteten Freund. Meister Josef spürte nicht die alten Glieder, den schmerzenden Rücken, immer wenn er einen Haufen öffnete, war er wie in Trance, war er in seinem Element, hatte er seinen Platz im Kosmos gefunden. Er arbeitete hart, Schweiß perlte an seiner Stirn und er summte still vor sich hin. Ja, der Zeitpunkt war genau richtig, die dunkle Erde roch gut, feiner Humus, die Grundlage für bestes Gemüse, für ein gesundes Leben bis ins hohe Alter.

Nach einer halben Stunde trat Meister Josef einen Schritt zurück, blickte auf die mittlerweile vollständig geöffnete Kompostmiete und wischte den Schweiß in den Ärmel seines Hemdes. Er war zufrieden. Gute Arbeit, jetzt würden er und sein Freund Ernst, der im Lauf des Vormittages mit dem Werkzeug kommen würde, den Humus aufschaufeln, sieben und zu den Beeten bringen können. Danach würde er sich um alles Weitere kümmern. Josef Lehner öffnete die Feldflasche mit dem kalten Kräutertee und nahm einen kräftigen Schluck.

Er sah den Ort genau vor sich. Eine offene Waldlichtung, fast mannshohes Kraut, schwirrende Bienen, ein bunter Schmetterling zwischen den durch die Baumkronen brechenden Sonnenstrahlen, ein Duft von Sommer und feuchtem Lehmboden. Gelbe Blüten. Und er hatte alles geschluckt. Meister Josef fiel auf die Knie und griff an sein Herz. Der Trank war so stark. Wer konnte solch Elixier zubereiten? Digitalis grandiflora. Fingerhut. Die Wolken zogen über das Firmament, grüne Schäfchen im gelben Himmel. Der Geschmack des Elixiers war so überaus wohltuend, doch das Herz setzte aus. Er hörte seinen Großvater lachen.

Ich komme, Opa, du hast als einziger mit uns Kindern gelacht, doch nie im Haus, immer nur auf den Feldern oder bei den Obstbäumen, wenn Oma es nicht bemerkte, Opa, ich kann jetzt auch lachen, höre nur, wie ich lache, lache, lache …

2

„Das ist, kurz gesagt, eine wasserdichte Prozessdefinition."
Er musste urinieren, sich entleeren, schnell. Der Kaffee, der verfluchte Kaffee. Wasser lassen. Dringend.
Der Mann mit der kahlen Stirn und dem millimeterkurz geschnittenen Haar zupfte an seiner Krawatte, der oberste Hemdknopf war geöffnet, die in feines Tuch gehüllten Beine waren leger übereinander geworfen. Er wischte mit der rechten Hand scheinbar spielerisch über die vor ihm auf dem Konferenztisch liegenden farbig bedruckten Papiere, als ob es in diesem hygienisch gereinigten, vollständig klimatisierten Hightech-Raum noch irgendein Staubkörnchen zu beseitigen gäbe.
„Das ist ja alles schön und gut, aber …"
Eine bedeutungsschwere Pause im Diskurs der vier Männer öffnete sich, legte sich wie eine dunkle Aschenwolke in die Atmosphäre, lähmend, bedrückend.
Wo findest du noch einen Haken, du aufgeblasener Popanz, du Quertreiber, du Kasperl in Managementklamotten, geisterte es durch Robert Wiesers Kopf. Womit willst du mich nach drei Stunden mühsamer Verhandlung, am Rande einer Koffeinvergiftung schrammend, noch aufhalten? Ich will hier raus, fort von dieser Bande ignoranter Blödiane mit goldenen Kugelschreibern und grafiklastigen Besprechungsunterlagen.
„Aber was?", fragte Robert schließlich, trat von der Flipchart weg und ließ sich auf seinen Sitzplatz sinken.
Der Mann mit der Glatze, Magister der Betriebswirtschaftslehre und seit fünf Jahren Supplymanager in diesem halbstaatlichen Energieversorgungsunternehmen, zu dessen Lieferanten Roberts Firma zählen wollte, blätterte scheinbar zielgerichtet in den Unterlagen und war doch ohne jede Orientierung. Oder war es Robert, der die Orientierung verloren hatte? War es Robert, der nicht mehr wusste, was ihn überhaupt hierher geführt hatte? Mit wem er hier überhaupt sprach? Nach all den Jahren in der Firma, nach all den Meetings und Konferenzen, Präsentationen und Projektierungsgesprächen konnte er die einzelnen Gesichter nicht mehr voneinander unterscheiden. Er war ausgelaugt, am Ende, völlig kraftlos und ohne jeglichen Antrieb. Und er musste auf das Klo. Dringend.
„Ja, das ist es!", rief der Mann mit Glatze endlich aus. „Ich glaube über

den Field Support haben wir noch nicht detailliert genug gesprochen. Da sind noch Punkte offen. Da müssen wir noch nachhaken."
Nachhaken? Will er wirklich nachhaken? Der übergewichtige Volltrottel will da tatsächlich noch einmal nachhaken. Ich werde dir die Krawatte abhacken und nicht in den Prozessdefinitionen nachhaken. Die Krawatte, oder etwas anderes. Dieses feiste Schwein.
„Sehr gern, Herr Magister Reicher! Wenn Sie da noch offene Punkte sehen, können wir diese jederzeit thematisieren und alle Fragen eingehend diskutieren. Dafür sind wir ja heute hier zusammengekommen."
Ich bin ein Profi, das sagen alle, ich bin seit fünfzehn Jahren ein bewährter Projektmanager, ich habe schon in Konferenzen gesessen, da bist du Schlappschwanz noch auf der Uni den Professoren in den Arsch gekrochen. Okay, in letzter Zeit habe ich ein kleines Motivationsproblem und leide an Schlafstörungen, aber das binde ich dir sicherlich niemals auf die Nase, das sage ich nicht mal meinen Kollegen und schon gar nicht meinem Vorgesetzten. Der im Übrigen drei Jahre jünger ist als ich. Der im Übrigen vor einem halben Jahr den Job als Abteilungsleiter übernommen hat, den ich mir wirklich mehr als verdient habe. Der im Übrigen ein schleimiger Mistkerl ist.
Es klopfte an die Tür des Konferenzsaals, die Tür ging auf und der Direktor des Kraftwerkes Dürnfeld trat herein. Die vier Männer im Konferenzraum erhoben sich unwillkürlich.
„Nun, meine Herren, sind Sie mit der Besprechung gut voran gekommen?", fragte Diplomingenieur Georg Haunold in seinem charakteristischen Tonfall von Höflichkeit, Bestimmtheit und Eloquenz.
Es gab einen speziellen Typus von Männern, den Robert Wieser respektieren konnte und musste, und der Direktor des Kraftwerkes Georg Haunold war einer von diesen. Das war ein Mann, der mit wenigen Gesten Vertrauen erweckte und mit ein paar Worten Kompetenz vermittelte.
„Ja, wir liegen gut in der Zeit", sagte Magister Reicher dienstbeflissen.
„Das ist prima. Wie angekündigt werde ich mich nach dem Essen an der Besprechung beteiligen, jetzt aber meine Herren, bitte ich Sie, auf die Uhr zu sehen. Es ist zehn Minuten nach zwölf, der Cateringservice hat geliefert, also schlage ich vor, wir kümmern uns nun um das leibliche Wohl und nehmen einen Happen zu uns."
Zustimmendes Gemurmel, bejahendes Kopfnicken, rückende Stühle aus eloxiertem Aluminium. Endlich freie Bahn auf die Toilette. Robert erhob

sich und versuchte, nicht zu hektisch den Raum zu verlassen. Plötzlich trat jemand in seinen Tunnelblick.
„Herr Ingenieur Wieser, jetzt mal unter uns, Sie haben sich ja ganz schön ins Zeug gelegt, aber …"
Robert hörte nicht mehr, was der fette Ignorant sagte, er sah nur noch sich öffnende und schließende fleischige Lippen, roch teures Rasierwasser, verspürte den unbändigen Wunsch, diesem unsympathischen Widerling das Knie mit voller Wucht in den Unterleib zu rammen.
„Herr Magister, geben Sie mir bitte eine Minute, dann stehe ich Ihnen wieder voll zur Verfügung. Ich muss mal für kleine Buben."
„Ach so, ja, natürlich. Den Gang geradeaus und dann links."
Mit stechenden Schmerzen eilte Robert los. Warum war er nicht während der Besprechung ausgetreten? Niemand hätte etwas dagegen gehabt. Es ist doch ganz natürlich, und manche Menschen verfügten eben über kleine Blasen, das ist wirklich kein Problem. Warum war er noch niemals während einer laufenden Besprechung ausgetreten? Warum war er noch immer nicht aus seinem idiotischen Leben ausgetreten?

3

Christinas Blick glitt immer wieder über die Oberfläche des schnell strömenden Wassers der Enns. Sie atmete tief, regelmäßig, die letzten paar Meter mobilisierte sie noch einmal ihre Kräfte, erhöhte das Tempo, holte zu weiten Laufschritten aus. Die Regenfälle der letzten Woche hatten die Enns anschwellen lassen, weitere ergiebige Güsse und der Fluss würde über die Ufer treten. Sie trat zu einem Schlusssprint an, erreichte das Ziel und stoppte den Lauf. Christina schüttelte ihre Glieder und machte ein paar Dehnungsübungen, ihr Atemrhythmus beruhigte sich, das verlässliche Glücksgefühl nach einem Lauf breitete sich in ihr aus. Das bräunliche, trübe Wasser der Enns vermischte sich mit dem grünlichen Wasser der Steyr, eine Weile schaute sie dem Tosen der ineinander fließenden Flüsse zu. Sie hatte schon als Kind, als sie mit ihren Eltern manchmal eine alte Tante in der Stadt Steyr besucht hatte, diese bestimmendste aller Cha-

rakteristiken der Stadt geliebt. Fließendes Wasser hatte immer eine Faszination auf sie ausgeübt, Quellen, Bäche, kleine Flüsse, immerzu hatte sie in ihrer Kindheit bei den Ausflügen mit den Eltern danach gesucht und war kaum vom Spielen an den Ufern wieder wegzubringen gewesen. Und nun wohnte sie in dieser Stadt an der wasserreichen Enns und der kristallklaren Steyr, diesen Flüssen, die in erdgeschichtlicher Verlässlichkeit die Wassermassen aus den Bergen in das Flachland trugen, und die hier, in Sichtweite vom Fenster ihrer Küche, ineinander flossen.
Christina drehte sich um und trabte gemächlich die Gassen empor, zog den Schlüssel aus der Tasche ihrer Jogginghose und verschwand in dem Neubau, in dessen drittem Stock ihre Wohnung lag. Seit sechs Jahren wohnte sie nahe der Enns, in dieser Zeit war das Haus noch nicht von den wiederkehrenden Hochwassern betroffen gewesen. Drüben in der Altstadt, am anderen Ufer der Enns, liefen immer wieder Keller voll, ihr Keller war bislang trocken geblieben.
Christina schlüpfte aus den Laufschuhen und der Sportbluse. Die Wohnung war groß, breite Fenster in der Dachschräge öffneten sich dem Licht, die luftigen Zimmer offerierten Wünschen nach Komfort breiten Raum, ihr Mann hatte ihr bei der Einrichtung alle Freiheiten gewährt, hätte keine Kosten und Mühen gescheut, doch sie hatte sich für weiße Wände und schlichte Möbel aus hellem Ahorn- und Fichtenholz entschieden.
Christina hob den kleinen Zettel vom Wohnzimmertisch und las die zwei Zeilen, die Wilhelm in seiner krakeligen, immer etwas hastig gesetzten Schrift hinterlassen hatte. Sie lächelte und legte den Zettel wieder auf den Tisch. Christina entledigte sich nun auch der Hose und stieg in die Dusche. Wie zuvor besprochen war Wilhelm aufgebrochen, als sie beim Laufen gewesen war. Er würde wieder einmal eine Woche unterwegs sein, zuerst geschäftliche Termine in Deutschland und danach in Dänemark wahrnehmen, würde versuchen, für sein Unternehmen neue Aufträge an Land zu ziehen und er würde gewiss wieder erfolgreich sein. Wilhelms Firma war in den letzten Jahren zwar langsam, aber beständig gewachsen. Sie hatte einen ebenso kultivierten, wie wohlhabenden Mann geheiratet. Und er hatte sie nie vereinnahmen wollen, hatte ihr ganz selbstverständlich Freiheiten gewährt, hatte sie nie bedrängt, ihren Beruf aufzugeben und in seine Firma einzusteigen. Verlässlichkeit und Freiheit, das waren bislang die tragenden Säulen ihrer nunmehr seit sechs Jahren bestehenden Ehe gewesen. Es gab keinen Grund zur Annahme, dass sich dies in Zukunft

ändern würde. Wilhelm hatte einen jugendlichen Sohn aus seiner ersten Ehe, mit dem er sich ausgezeichnet verstand. Christinas Mann war nicht unbedingt ein graumelierter Beau, aber er war schlank und für seine einundfünfzig Jahre sehr sportlich. Beim Sport hatten sie sich auch kennengelernt. Sich an einen um vierzehn Jahre älteren Mann zu binden, der seine Sturm-und-Drang-Jahre hinter sich hatte, brachte in Christinas Augen gewisse Vorteile.

Nach der Dusche wählte Christina die Kleidung für den Arbeitstag, der für sie heute erst am frühen Nachmittag beginnen würde. Bedächtig tippte sie die Geheimnummer in den Wandtresor, die Riegel öffneten sich klackend, sie zog die Tür auf und entnahm die Pistole. Mit geübten Griffen kontrollierte sie die Ladung und Sicherung der Waffe und steckte sie schließlich in das Hüfthalfter. Eine bequeme Sommerjacke verdeckte Waffe und Halfter.

Christina blickte auf die Anzeige ihres Handys. Ein wenig Zeit bis zum Dienstantritt blieb noch, sie würde also in der Orangerie im Schlosspark noch eine Tasse Kaffee nehmen können. Das Wetter sprach unbedingt dafür.

4

Robert Wieser stand vor dem Waschbecken und starrte auf sein Spiegelbild. Sein Haar an der Schläfe zeigte mittlerweile einen erkennbar grauen Ton. Vor ein paar Jahren war der Scheitel etwas schütter geworden, Robert konnte sich noch genau an die aufsteigende Panik erinnern. Aber der Haarausfall war nicht vorangeschritten, der Scheitel war etwas dünner geworden, die befürchtete Glatze hatte sich zum Glück nicht gebildet. Und die graumelierten Schläfen machten sich gar nicht schlecht, es hieß doch, dass viele Frauen Männer mit grauen Schläfen bevorzugten, sie anziehender als junge Spunde und unerfahrene Grünschnäbel fanden, insbesondere wenn diese Männer schlank waren und eine herbwürzige männliche Agilität vermuten ließen. Robert Wieser war graumeliert, schlank durch die regelmäßigen Besuche im Fitnesscenter und seine besonnene Ernährungsweise, doch was war mit seiner Agilität? Er stand in der Mitte seines Lebens, war dreiundvierzig Jahre alt. Das Spiegelbild im künstlichen Licht einer x-beliebigen Toilette im x-beliebigen Bürotrakt einer x-beliebigen Industrieanlage ließ nicht vermuten, dass der Mann hinter diesem Spiegelbild trocken war wie altägyptisches Pergament, dass jeden Tag ein kleines Stück von ihm zu Staub zerfiel.

Wie lange würde er das Versteckspiel noch durchstehen, wie lange die Maskerade noch aufrechterhalten können? Wann hatte er zuletzt mit einer Frau geschlafen? Also wirklich gebumst, nicht nur schnell den Notstand herausgetropft, sondern wirklich leidenschaftlichen, mitreißenden, erfüllenden Sex gehabt? Robert dachte an Herta. Er öffnete den Wasserhahn und seifte seine Hände kräftig ein. Nach Parfüm duftender Schaum sickerte in den Abfluss.

Seine Frau Herta hatte mit seinen Wünschen, seinen Sehnsüchten, seiner Einsamkeit schon lange nichts mehr zu tun, seine Frau Herta interessierte sich nicht mehr für ihn, ließ ihn gelegentlich, immer seltener, gewähren, kümmerte sich aber in der Regel um ihre Belange. Der Robert ist in Wahrheit mit seiner Arbeit verheiratet, hatte Herta an seinem fünfunddreißigsten Geburtstag den zum Fest geladenen Bekannten erstmals gesagt. Robert konnte sich an die Szene bis in die kleinsten Details erinnern. Er war gegen das Geburtstagsfest im Garten seines Häuschens gewesen, gegen die Idee, mit Grillkoteletts und Würstchen, mit Obstsäften und für die Herren mit ein paar Bierchen dieses Jubiläum zu begehen, aber Herta hatte alles im Handumdrehen organisiert gehabt. Und zugegebenermaßen, den Gästen hatte der Nachmittag beim Grillen und der laue Abend bei der einen oder anderen Flasche gut gekühlten Weißweins gefallen. Und seine Frau hatte gesagt, er wäre in Wahrheit mit seiner Arbeit verheiratet. Niemals hätte Robert so etwas von sich behauptet, niemals wäre er auch nur auf diesen Gedanken gekommen, die Arbeit war die Arbeit, die Ehe war die Ehe. Viel später hatte Robert verstanden, warum Herta das gesagt hatte, hatte ihre hintergründige Strategie durchschaut, ihre Pläne entlarvt. Dieser Satz war nämlich zu dieser Zeit kein Befund einer gegenwärtigen Lebenssituation gewesen, sondern der Grundriss eines in der Zukunft zu realisierenden Lebensplanes. Sie hatte ihn dazu verdonnert, mit seiner Arbeit verheiratet zu sein, sie hatte sich seiner lästig gewordenen Anwesenheit durch das lebenslange Büro und endlose Dienstreisen entledigen wollen. Und er hatte getan, was sie gesagt hatte, hatte immer getan, was

sie gesagt hatte. Immerhin verdiente er als Ingenieur seriös, und seit zwei Jahren war der Kredit für das in frühen Jahren gebaute Einfamilienhaus im Süden Wiens zurückgezahlt, die zwei Kinder waren zu durchschnittlichen Jugendlichen mit hinreichenden schulischen Erfolgen herangewachsen. Alles lief nach Plan, noch zwanzig Jahre fleißige Erwerbsarbeit des Familienvorstandes, und eine Rente in finanzieller Sicherheit und mit solidem sozialem Prestige würde möglich sein.
Und wo war er selbst in dieser Geschichte? Was war seine Rolle?
Robert Wieser fand, dass das Hautgewebe seiner Wangen schlaff zu werden begann. Und hatte er nicht zwei Kilogramm zugenommen? Wie war es mit dem Mundgeruch? Hatte er beim Pinkeln auf seine Schuhe getropft? Was genau hatte der Mann mit der Glatze und dem leger gelockerten Krawattenknoten von ihm gewollt? Ach ja, Prozesse, technische Lösungen, Optimierungen in der Supply Chain und Konkretisierung der Dienstleistungen des Field Services. Irgendetwas in dieser Art. Diese Hyänen, diese Aasgeier, sie witterten, dass der Leithirsch waidwund war, sie umlagerten ihn, jederzeit bereit, ihm die geifernden Fangzähne in die Flanken zu hauen.
Sollte er sich für den Rest des Tages in der Toilette einsperren?

5

Bedächtig spülte sie das Geschirr im kalten Wasser und stapelte die tropfnassen Holzteller aufeinander. Senta tat diese wie alle ihre Arbeiten ruhig und gemessen, nichts trieb sie zur Eile, nichts veranlasste sie zu Schlampigkeit, sie hatte alle Zeit der Welt und an einem so schönen Mittag wie heute, sommerlich warm, luftig und hell, nach einem Mittagmahl im Kreise ihrer Freunde könnte auch heute Zufriedenheit das bestimmende Lebensgefühl in ihr sein. Dennoch war eine unbestimmte Unruhe in ihr, eine Art dunkler Schatten hatte sich gezeigt. Der Gemüseeintopf mit Dinkelbrot hatte allen gemundet, auch die neuen Leute, die am späten Vormittag gekommen waren, hatten sich die Mägen vollgeschlagen.
„Ja, was ist denn das? Schau mal, Senta, Ernst kommt zurück."

Senta Wegscheider wischte ihre Grübelei zur Seite, hob ihren Blick und schaute zum Weg am Waldrand, wo ein breitschultriger Mann mit dichtem Vollbart eine Scheibtruhe gemächlich vor sich her schob.
„Er wird wohl auch Hunger haben", sagte Senta zu ihrer langjährigen Freundin Gerlinde, die mit einem Geschirrtuch die Teller trocknete.
„Kann nicht sein, er hat genug zu essen mitgenommen."
„Dein Mann ist immer hungrig", meinte Senta mit einem verschmitzten Lächeln.
Gerlinde Riemenschmied warf sich das feuchte Geschirrtuch über die Schulter und stemmte die Fäuste in die Hüften.
„Ja, schon, aber Josef und er wollten doch den Komposthaufen öffnen."
Nun hielt auch Senta in ihrer Arbeit inne. Gemeinsam warteten sie, bis der Mann die Scheibtruhe abgestellt hatte und lächelnd auf sie zukam.
„Seid ihr schon fertig, oder was ist los?", rief Gerlinde ihrem Ehemann zu.
Ernst Riemenschmied zuckte mit den Schultern, steckte seine großen Hände in die Taschen seiner Arbeitshose und spähte in den Kochtopf.
„Der Josef war nicht da, er wird es sich wohl anders überlegt haben. Oho, da ist ja noch etwas Eintopf übriggeblieben."
„Nimm dir einen Teller und iss. Die anderen sind schon satt", forderte Senta Ernst auf.
Dieser Einladung folgte Ernst sofort, er schnappte sich einen Holzteller und griff zum Schöpflöffel.
„Komisch, Josef hat doch gesagt, der Haufen wäre reif", wunderte sich Gerlinde und setzte ihre Arbeit fort.
„Er hat herumgestochert, das war zu sehen", sagte Ernst mit vollem Mund. „War wohl doch noch nicht so weit. Ich habe drüben ein bisschen Gras geschnitten. Heute wird es noch regnen."
Die drei erhoben die Blicke und schauten in Richtung Westen. Tatsächlich schoben sich dichte Wolken langsam auf sie zu. Ernst setzte sich neben den beiden Frauen auf einen Hocker und löffelte den Eintopf. Hinter ihnen befanden sich die Jurten, in denen sie wohnten, und vor ihnen liefen ein paar Kinder der Kommune lärmend und lachend umher. Das Jurtendorf am Bachleithenwald wurde von rund fünfzig Menschen ständig bewohnt, sehr zum Ärger der Dorfbevölkerung von Dürnfeld und der lokalen Behörden, sehr zum Leidwesen auch der Betreiber des benachbarten Kohlekraftwerks. Die Kommune der Erdenkinder hatte es sich zum Ziel gesetzt, durch gewaltlosen Protest und zivilisationsfreie Lebens-

weise gegen den Betrieb des Kraftwerkes zu protestieren. Und auf dem Grundstück des Bachleithenhofes hatten sie ein Jurtendorf errichtet und waren von dort trotz einiger Gerichtsverfahren nicht vertrieben worden. Das Erfolgsrezept gegen alle Räumungsklagen war, dass Josef Lehner rechtzeitig seine Wiese am Waldrand offiziell als Campingplatz deklariert hatte. Der Gemeinderat hatte nach einigen Gesprächen der geschäftlichen Initiative des renommierten Großbauern, die Wiese als Campingplatz zu nutzen, zugestimmt, als dann aber statt der holländischen und deutschen Touristen mit ihren Campingbussen barfuß laufende Ökospinner aufgetaucht, und als dann auch noch Jurten aus Holz, Lehm und Stroh statt eines Einkaufszentrums und einer Tankstelle gebaut worden waren, war die Stimmung sehr schnell gegen Josef Lehner und die Bande von Verrückten umgeschlagen.

„Es sind heute wieder ein paar neue Gäste gekommen", berichtete Senta, die von allen als Anführerin der Kommune akzeptiert wurde.

„Touristen?", fragte Ernst und stellte den Teller ab.

„Es ist Sommer, da trauen sie sich aus ihren Bobowohnungen heraus und spielen ein bisschen Rettung der Welt", sagte Gerlinde mit ironischem Unterton zu ihrem Mann. „Wir haben sie gefüttert und zum Kraftwerk geschickt. Dort sollen sie erstmal ihr ökologisches Mütchen kühlen."

Der breite Korpus des massigen Mannes wogte beim Lachen. Die Frauen stimmten in das Lachen ein. Wenn Ernst Riemenschmied lachte, dann musste man wohl oder übel mitlachen, und er lachte gerne und oft. Er kratzte seinen Bauch und leckte ein paar Eintopfreste aus seinem Bart.

„Schauen wir mal, ob sie beim Zaun bleiben, wenn es regnet."

Es war ein beliebtes und bewährtes Spiel der Erdenkinder, den oft jugendlichen und zumeist urbanen Sympathisanten, die in den Sommermonaten mit ihren Rucksäcken voller idealistischer Ökofantasien zu ihnen kamen, die Wache am Zaun vor dem Kraftwerk dann zu übertragen, wenn das Wetter umschlug und sie im Regen ausharren mussten. So trennte man schnell die Spreu vom Weizen, die großstadtneurotischen Widerstandstouristen von den echten Aktivisten.

„Meinrad hat sie hinüber geführt", ergänzte Gerlinde.

Das Lächeln in Ernsts Gesicht verschwand mit einem Mal, seine Stirn verfinsterte sich, er verschränkte seine muskulösen Arme.

„Ich hoffe, du hast unserem werten Herrn Sohnemann ausgerichtet, dass er es nicht wieder so bunt treiben darf."

„Keine Sorge“, warf Senta Wegscheider mit sanfter und doch bestimmter Stimme ein. „Der Meinrad ist und bleibt ein Pfiffikus, aber er weiß, wie weit er gehen kann.“

„Dein Wort in Gaias Ohr“, brummte Ernst, erhob sich und wandte sich zum Gehen.

„Zeit für ein Mittagsschläfchen?“, fragte Gerlinde süffisant.

Mit der Liebenswürdigkeit eines etwas zu groß und zu schwer geratenen Teddybären zwinkerte er zustimmend seiner Frau Gerlinde und seiner langjährigen Freundin Senta zu und verschwand in der Jurte.

6

Der Vorteil lag klar auf der Hand, der Sommer würde wohl noch die eine oder andere liebsame Überraschung mit sich bringen. Zwei davon standen ihm gegenüber. Meinrads Miene war von der Ernsthaftigkeit des Auftrages, von der Last der Verantwortung und der Notwendigkeit des konkreten Handelns erfüllt. Die zwei Münchner Studentinnen, die er mit einiger Mühe aus der Gruppe der Neuzugänge herausgefiltert hatte, blickten ihn neugierig geworden an. Ja, sie waren Anfang zwanzig, ja, sie studierten in der Großstadt, waren weltgewandt und dachten systemkritisch, zweifellos waren sie schon mit Sandalen und Rucksack quer durch Australien getrampt, hatten gewiss schon eine erkleckliche Zahl an Dinkelmehlkeksen bei Ökopartys zu sich genommen, und er war erst siebzehn, lebte bei den Hinterwäldlern auf dem Land und war von den beiden anfangs gar nicht wirklich wahrgenommen worden, aber das hier war sein Territorium, das hier war sein Spiel. Meinrad zeigte mit verkniffenen Augen in die Ferne.

„Dort drüben ist die Bahnlinie. Die polnische Steinkohle kommt mit dem Zug. Meistens sind es Güterzüge mit eintausend Tonnen Kohle, manchmal liefern sie auch mehr. Das Steinkohlelager ist überdacht und seit wir hier sind, haben sie auch Seitenwände an der Halle. Damit wir die Kohleberge von hier aus nicht sehen können. Das Kraftwerk hat die Luken dicht gemacht, die lassen sich nicht mehr in die Karten schauen. Als wir unsere

Siedlung aufgebaut haben, haben sie nur einen Zaun gehabt, drei Meter Maschendraht. Ein Klacks, da drüberzuklettern. Ich habe öfter mal mit meinen Kumpels eine Kohlepartie gemacht. War geil. Echt."

Die beiden Studentinnen schauten ihren jungen Reiseführer fragend an.

„Was hast du gemacht?", fragte Annegrit, eine hübsche Blondine aus Niederbayern, die in München Psychologie oder etwas Ähnliches studierte. Meinrads Blick strich über ihren Hals und er malte sich aus, ihr einen Knutschfleck auf die Haut ihres linken Nackenmuskels zu machen.

„Eine Kohlepartie? Kennst du nicht? Na klar, du bist ja neu. Pass auf, das geht so. Man steigt in der Nacht über den Zaun und klettert auf einen Kohleberg. Und dann geht's voll runter, runterlaufen, springen, Purzelbäume schlagen. Man braucht natürlich feste Schuhe und am besten eine Lederjacke. Voll geil. Du löst dabei laufend kleine Lawinen aus, die lose aufgehäufte Kohle verstreut sich weit und breit. Ist zwar staubig und man kriegt eine Kohlelunge, macht aber Spaß. Am nächsten Tag haben die Arbeiter dann den Schlamassel, weil bei einer echten Kohlepartie schon mal die eine oder andere Tonne Kohle abrutschen und dann in der Gegend herumliegen kann. Aber das geht jetzt nicht mehr. Drei Mal haben wir es gemacht, da war pausenlos die Polizei bei uns in der Siedlung, die Alten haben nur Probleme gemacht, und so. Wie ihr seht, haben sie jetzt rund um das Kraftwerk zweifachen, sieben Meter hohen Drahtzaun gezogen, Stacheldraht obenauf und Stromfallen. Außerdem gibt es jetzt drei Dutzend Videokameras, Selbstschussautomaten und einen Maschinengewehrstand."

Die beiden Studentinnen starrten Meinrad erschrocken an. Er erwiderte für einen Moment ihren Blick, ernst und sich der Gefährlichkeit ihrer Arbeit hier voll bewusst, dann lachte er lauthals und umarmte die beiden jungen Frauen. Sie fühlten sich gut an, schlank, gut gebaut und von ihrer Mission überzeugt.

„Nein, entschuldigt, das mit den Selbstschussautomaten und dem Maschinengewehr war geflunkert, das wäre ja gar nicht möglich. Wir leben ja in einem Rechtsstaat. Ein paar Leute von Dürnfeld würden uns am liebsten massakrieren, aber die Direktion des Kraftwerks verhält sich eigentlich anständig. Am Anfang gab es da massive Probleme mit Schlägertrupps, einmal haben sie sogar in der Jurtensiedlung Feuer gelegt und so Scheiß, aber seit der neue Direktor im Amt ist, hat das aufgehört. Seit einem Jahr gibt's eigentlich kaum mehr Zusammenstöße, wir machen unseren gewaltfreien Protest gegen den Klimawandel und sie verheizen weiter in aller Ruhe die polnische Steinkohle. Und wenn sich ein paar Heißsporne auf die Schienen ketten, um die Züge aufzuhalten, kommen die Arbeiter mit einer Kiste Bier und Grillwürsten, schneiden die Leute von den Schienen und tragen sie von den Gleisen fort. Dann wird gemeinsam gegrillt und getrunken und ein paar hundert Tonnen Kohle fahren ins Areal. Der Direktor hat für seine Strategie der Deeskalation vom Minister und vom Landeshauptmann volle Anerkennung gekriegt."

„Ja, aber sie verbrennen trotzdem die Kohle und blasen nach wie vor CO_2 in gigantischen Mengen in die Atmosphäre. Da muss doch was getan werden! Das können wir doch nicht zulassen! Die Eisbären in Grönland sterben und ihr esst Grillwürstchen! Wir müssen etwas unternehmen!"

Meinrad musterte Annegrit eingehend. Dreiundzwanzigjährige Studentinnen, die mit vollem Eifer und aus tiefster Überzeugung die Eisbären Grönlands retten wollten, hatten etwas ausnehmend Anziehendes. Wahnsinnig sexy. Wie lange würde er brauchen, um mit ihr im Gebüsch zu verschwinden? Ein noch fernes Donnergrollen war zu hören, die dunkle Wolkenbank schob sich von einem auffrischenden Westwind vorangetrieben auf sie zu.

„Meine Mutter ist Mathematikerin", sagte Meinrad nach einer ganzen Weile bedeutungsvollen Schweigens. „Sie hat ausgerechnet, dass ich in den letzten zehn Jahren, durch die Art, wie ich lebe, so viel CO_2-Äquivalente verbraucht habe, wie jemand, der einmal mit dem Auto von München nach Wien fährt. Bist du schon mal mit dem Auto von München nach Wien gefahren?"

Annegrit schaute Meinrad entgeistert an. Also war sie schon mal mit dem Auto von München nach Wien gefahren. Den Vergleich hatte Meinrad natürlich frei erfunden, mit solchen kleinen Erfindungen gelang es ihm immer wieder wunderbar, die Selbstsicherheit sich für klüger, erfahrener und wichtiger haltender Menschen gezielt zu unterlaufen. Meinrad schaute kurz in den Himmel. In etwa einer halben Stunde würden die Wolken brechen und für einen schönen Regenguss sorgen. Er schmunzelte vor sich hin.

„Und wenn du etwas unternehmen willst, dann bleib hier am Zaun als sichtbares Mahnmal gegen die Umweltzerstörung stehen. In drei Stunden komme ich wieder und bringe euch zum Abendessen in die Siedlung."

Meinrad zwinkerte den beiden jungen Frauen zu und stapfte davon. Seine

Mutter hatte schon vor drei Jahren gesagt, er wäre frühreif, und zum Glück hatte er die kräftige Konstitution seines Vaters geerbt. Das Leben konnte ein Vergnügen sein, vor allem wenn man verstand, sich einen Jux zu machen.
Das Donnern verdichtete sich. Vielleicht würde es nicht mal eine halbe Stunde dauern. Meinrad beschleunigte seinen Schritt.

7

Wenn die Müdigkeit das Einzige ist, was einen wach hält, wird jedes Gespräch zu einer Tortur, wird jede gesellschaftskonforme Höflichkeit zu einer Höllenqual, wird jedes zwischenmenschliche Wort zu einem Peitschenschlag auf den nackten Rücken.
„... muss ich wirklich sagen, dass wir durch die klare Abgrenzung von Verantwortungsbereichen im Projektmanagement eine sehr solide Basis für die Meilensteine der Abwicklung gefunden haben. Also, ich bin zuversichtlich, dass der Verlauf eine positive Richtung nimmt. Und was unsere Software leistet, habe ich Ihnen demonstriert, Ihre Workflows werden damit effizient unterstützt, so dass ...“
Worthülsen, die aus irgendeinem Repertoire gezogen und in beliebiger Form repliziert wurden. In einer Verfassung wie seiner war es gleichsam die einzige Überlebensmöglichkeit auf solche Repertoires zurückgreifen zu können. Robert Wieser hatte keine Ahnung, wie lange sich die Abschiedsprozedur nun schon hinzog. Am Nachmittag war die Gesprächsrunde geschrumpft, der Direktor und sein Stellvertreter hatten sich nach einer Stunde, wie sie formuliert hatten, aus dem Meeting ausgeklinkt, und Robert war mit dem Supplymanager und dessen Mitarbeiter im Konferenzraum verblieben, um die letzten offenen Punkte zu besprechen.
Die drei Männer in Anzügen standen beieinander, sie hatten ihre Unterlagen schon eingepackt, hielten ihre Taschen reisebereit in den Händen, wollten alle schon den kurzen Feierabend antreten und kauten doch noch immer Themen durch, die an diesem langen Arbeitstag schon mehrfach abgehandelt worden waren. Erst als der Supplymanager des Kohlekraft-

werks Dürnfeld unmissverständlich auf seine Uhr blickte, war das Signal zum Aufbruch gegeben. Robert räusperte sich, seine Stimmbänder waren von der endlosen Diskussion angegriffen, und er reichte dem Mann die Hand.

„Also, auf Wiedersehen, Herr …"

Panik flammte auf. Da war er von neun Uhr morgens bis halb sechs Uhr abends mit dem Mann beisammen gesessen und hatte geredet und geredet, und jetzt war ihm der Name plötzlich entfallen. Robert versuchte sich nichts anmerken zu lassen.

„… Herr Magister."

„Auf Wiedersehen, Herr Ingenieur."

Robert reichte auch dem erschöpft wirkenden Mitarbeiter des Supplymanagers die Hand. Die drei Männer verließen den Konferenzraum, die beiden Mitarbeiter des Kraftwerkes begleiteten Robert bis vor die Tür auf den Parkplatz. Robert schnappte nach Luft. Es war angenehm warm, aber die Luftfeuchtigkeit war außerordentlich hoch. Wasserpfützen standen auf dem Parkplatz.

„Na, Gott sei Dank hat der Regen wieder aufgehört", sagte Magister Reicher.

Robert war irritiert. Hatte es geregnet? Er wusste es nicht, er hatte es gar nicht bemerkt, er war viel zu sehr beschäftigt gewesen, seine Vitalfunktionen mit Routine und Verbissenheit aufrecht zu erhalten.

„Bei dem Regenguss werden unsere Ökofuzzis ganz schön geduscht worden sein", witzelte Reicher, woraufhin sein Mitarbeiter ein bemühtes und doch irgendwie schadenfreudiges Lächeln aufsetzte.

Robert verstand gar nichts. Hatte er irgendetwas im Gespräch verpasst? Was meinte der Mann mit Ökofuzzis? Reicher interpretierte Roberts Miene offenbar richtig, denn er zeigte hinüber zu den Wiesen und Feldern.

„Dort stehen sie, unerschütterlich auch im Regen. Tja, Kohle dürfen wir nicht verheizen, aber der Strom soll schon aus der Steckdose kommen."

Jetzt lachte auch Robert, denn er konnte sich dunkel erinnern, dass heute früh, als er mit dem Auto auf das Kraftwerk zugefahren war, ein paar verirrte Leute mit Stopp-dem-Klimawandel-Transparenten neben der Straße gestanden hatten.

„Na, dann wünsche ich noch eine gute Fahrt", sagte Magister Reicher und reichte Robert erneut die Hand. Hörte das denn niemals auf?

Nach weiteren unendlichen Mühen gelang es Robert die Sicherheitskontrollen hinter sich zu lassen und mit dem Auto langsam über die Landstraße zu fahren. Er öffnete die Fenster und schnappte nach der hereinströmenden Luft. Ein Blick in den Rückspiegel versicherte ihm, dass er das Kraftwerksareal wirklich hinter sich gelassen hatte. Robert lenkte den Wagen, ohne tatsächlich auf den Straßenverlauf zu achten, aber mit untrüglicher Routine auf den Wald zu. Sein Tempo war höchstens gemächlich, auf der Autobahn würde er den Wagen schon noch laufen lassen. Robert hatte Kopfschmerzen, sein Hals kratzte, ihm war übel und doch war er erleichtert. Das Geschäft war unter Dach und Fach, er hatte sich wieder einmal über die Ziellinie gerettet. Wie oft noch? Wie lange noch?

8

Meinrad geisterte durch den Wald, darauf achtend, nicht über Wurzeln oder herumliegende Äste zu stolpern. Ihm war schwindelig, alles drehte und bewegte sich in seinem Kopf. Das Zeug haue richtig rein, war ihm versichert worden, das sei kein gestreckter Biomüll, das sei erstklassiges, unverschnittenes Gras, das sei Natur pur. Die Neuankömmlinge aus München waren tatsächlich für einige Überraschungen gut, zuerst die hübschen Studentinnen und dann noch die zwei langhaarigen Hanfzüchter. Achim und Bernhard, zwei urbane Tagediebe, deren literaturwissenschaftliche Studien sich insbesondere und, wie sie versicherten, mit zunehmender Ausschließlichkeit auf Handbücher über Hanfpflanzungen in geschlossenen Räumen erstreckten. Auf vierzig Quadratmetern im Dachgeschoss eines alten Zinshauses in München, das Achims Tante gehörte, hatten sie einen Marihuanagarten mit Lampen und Heizstrahlern eingerichtet, so dass sie nicht mehr von illegalen Importen abhängig waren. Die beiden hatten während des Regengusses in ihrem Zelt einen dicken Joint gedreht und Meinrad davon abgegeben. Meinrad hatte zwar schon einmal an einem Joint gezogen, aber davon war ihm damals augenblicklich schlecht geworden, so dass er keine große Lust verspürt hatte, der Einladung der zwei vermeintlichen Weltverbesserer zu folgen. Erst nach einiger

Überredung hatte er doch an dem ihm unter die Nase gehaltenen Joint gezogen und nun taumelte er, nachdem die erste Welle von Übelkeit überwunden war, total high durch den Wald.
Ihm war klar, dass er die beiden Kerle in den nächsten Tagen meiden würde wie der Teufel den Weihrauch. Da hielt er sich schon lieber an die Vergnügungen, die ihm die feschen Studentinnen zu bieten versprachen. Er beeilte sich, denn der Regen war längst vorbei, langsam brach der Abend an und in der Siedlung wurde schon in einem großen Kessel über offenem Feuer die allabendliche Suppe gekocht. Er hatte versprochen die beiden beim Zaun abzuholen, und er war spät dran. Meinrad kämpfte sich durch den wankenden Wald, bemüht, sich von den überall auftauchenden absurden kleinen Waldkobolden und ihrem schalkhaften Gekicher nicht aufhalten zu lassen. Das Zeug haute wirklich rein.

9

Robert beugte sich nach vorn und öffnete das Handschuhfach. Darin befanden sich eine Menge CDs und er suchte nach der passenden Geräuschkulisse für die nächsten zwei Stunden Autofahrt. Er hielt seinen Musikgeschmack für nicht besonders erlesen, er hörte so ziemlich alles, was gerade irgendwie modern war, am liebsten waren ihm aber die alten Schlager aus seiner Jugendzeit, die flotten Popsongs der Achtzigerjahre, als die Welt noch spannend, die Musik tanzbar und das Leben noch voller Überraschungen war. Robert ächzte. Wo war die CD von ABBA, er konnte sie nicht finden, hatte er sie am Ende beim letzten Autoputz in der Garage liegen lassen? ABBA war seine Lieblingsgruppe. Obwohl er die Songs dieser Band schon tausende Male gehört hatte, schob er bei längeren Autofahrten die CD immer wieder gerne ein. Robert fluchte vor sich hin und kramte im Handschuhfach, das Auto mit mäßigem Tempo durch das Waldstückchen lenkend.
Ein dumpfer Schlag.
Robert sah, wie ein Körper in den Straßengraben geschleudert wurde. Mit einem Mal rumorte Adrenalin in seinen Adern, er trat voll auf die Bremse,

wurde in den Sicherheitsgurt geworfen. Das Auto kam nach wenigen Metern zum Stillstand, schwer atmend klammerte er sich mit beiden Händen an das Lenkrad. Er versuchte sich die Sinneseindrücke der letzten Augenblicke zu vergegenwärtigen, versuchte herauszubekommen, ob er einer Täuschung, einem Tagtraum, einem Wahnbild zu Opfer gefallen war. Nein, alles war so real, restlos von Wirklichkeit durchdrungen. Er hatte sich zum Handschuhfach hinübergebeugt, hatte nicht auf die Fahrbahn geachtet, war nicht vom Gaspedal gestiegen, das Auto war zu weit an den Straßenrand geraten, so hatte er einen Fußgänger touchiert und in den Straßengraben gestoßen. Robert fingerte hektisch am Sicherheitsgurt, zog den Autoschlüssel ab und warf die Autotüre auf.

„Ist Ihnen etwas passiert? Sind Sie verletzt?“, rief er der im Straßengraben sitzenden Person zu.

Er erhielt keine Antwort, aber immerhin saß der Mann. Robert konnte das Gesicht des Mannes nicht sehen, dieser hielt ihm den Rücken zugewandt und massierte seine Schulter. Robert war völlig konfus. Seit fast fünfundzwanzig Jahren fuhr er Auto, und er fuhr berufsbedingt viel, aber bis auf ein paar kleine Dellen und Schrammen, an denen er meist selbst keine Schuld hatte, war ihm noch nie ein Unfall passiert. Schon gar nicht mit Personenschaden. Er schnappte nach Luft, seine Hände schwitzten, Robert stieg den kleinen Abhang hinunter, um dem Mann wieder auf die Beine zu helfen.

„Sind Sie verletzt?“, erneuerte er seine Frage und trat an den Mann heran. Eine zum Glück nicht tiefe Schramme zog sich über das junge, bleiche Gesicht. Es war ein Jugendlicher. Robert beugte sich besorgt nach vorn.

„Natürlich bin ich verletzt!“, keifte Meinrad den verrückten Autofahrer an. „Da! Schaut das verletzt aus oder nicht?“

Der junge Mann zog den linken Ärmel seines zerrissenen Hemdes hoch und präsentierte eine leicht blutende Schürfwunde am Ellbogen.

„Kannst du aufstehen? Ich helfe dir. Gib mir die Hand.“

Robert versuchte dem Jugendlichen beim Aufstehen behilflich zu sein, dieser aber wollte sich nicht helfen lassen und erhob sich von alleine.

„Na super, die Hose ist auch im Arsch.“

Das linke Hosenbein war zerschlissen und das Knie blutig geschürft.

„Ich rufe einen Krankenwagen. Du musst ins Spital“, sagte Robert und eilte zurück zum Auto, um sein Handy zu holen.

Meinrad spürte von der Benebelung nichts mehr, seine Sinne waren durch den Stoß kristallklar und geschärft, auch fühlte er keinen Schmerz. Das konnte nur der Schock sein. Wie hatte er es von Gebhardt, dem Arzt in der Kommune, gelernt? Die Atmung stabilisieren. Das war es. Meinrad lockerte seine Glieder, schüttelte den Schock von sich und atmete ein paar Mal tief ein und aus. Währenddessen wählte Robert die Notrufnummer der Rettung.

„Kein Krankenwagen", brummte Meinrad und blickte Robert an.

„Was? Du bist verletzt, du blutest, du brauchst ärztliche Hilfe."

„Kein Krankenwagen. Bis der da ist, ist die Blutung gestillt und Gebhardt wird die Kratzer mit Schnaps auswaschen."

Robert hatte die Notrufnummer schon eingetippt, er brauchte nur noch die Ruftaste betätigten, um die Verbindung herzustellen.

„Wie bitte?", fragte Robert entgeistert.

„Hören Sie, ich bin nicht versichert, ich kann mir keinen Krankenwagen leisten. Aber Gebhardt ist Doktor der Medizin, er wird sich die Kratzer ansehen."

Robert starrte den jungen Mann, dessen Gesichtsfarbe sich wieder normalisiert hatte und der plötzlich gar nicht wie ein Unfallopfer redete, mit offenem Mund an.

„Du bist nicht versichert …", murmelte Robert ungläubig.

„Angeblich versorgen Krankenhäuser im Notfall auch Unversicherte, aber eigentlich habe ich keine Lust jemals in so einen Bunker reinzugehen. Nein, Gebhardt wird das schon machen, der kennt sich aus mit solchen Sachen."

Meinrad machte ein paar Schritte, ließ die Arme und den Kopf kreisen.

„Nix gebrochen, nur ein paar Schrammen. Da haben wir verdammtes Glück gehabt. Das nächste Mal sollten Sie aber beim Autofahren schon nach vorne schauen und keine Schlingen fahren", sagte Meinrad mit anklagendem Blick.

„Du stehst noch unter Schock, du musst jetzt dringend zu einem Arzt", stellte Robert kategorisch fest und drückte endlich die Ruftaste seines Mobiltelefons.

Meinrad nickte grüßend und marschierte mit raumgreifenden Schritten los.

„Halt! Warte! So bleib doch stehen!", rief Robert, doch der junge Mann blieb nicht stehen, also trennte er die eben aufgebaute Telefonverbindung und eilte hinterher. „Wohin gehst du? Du bist verletzt!"

Meinrad blieb abrupt stehen und drehte sich um.
„Sie wiederholen sich aber schon öfter, nicht wahr?“
Robert war verstört. So hatte er sich seinen ersten Verkehrsunfall mit Personenschaden nicht vorgestellt. Erst jetzt bemerkte er die seltsame Kleidung des Jugendlichen. War der Kerl ein Verrückter? Ein aus einer Irrenanstalt oder einem Jugendgefängnis entlaufener Insasse? Hatte er durch den Sturz einen Gehirnschaden erlitten?
„Ich habe eine Idee“, sprudelte Meinrad hervor, „weil beim Gehen spüre ich doch das angeschlagene Knie. Was halten Sie davon, wenn Sie mich mit Ihrem Auto nach Hause fahren? Gebhardt ist dort, er wird mich verarzten. Ich bin schon seit mindestens einem Jahr nicht mehr in einem Auto gefahren. Und Ihres schaut ja auch total toll aus. Was ist das für eine Marke?“
Roberts Gaumen fühlte sich trocken an, seine Lippen schienen aus Löschpapier zu sein. Konnte es Jugendliche geben, die einen Audi nicht erkannten, wenn er vor ihnen stand? Robert wischte alle Bedenken fort, er musste jetzt richtig handeln, er musste für seinen Fahrfehler und für den Unfall die Verantwortung übernehmen.
„Gut, ich bringe dich zu deinem Bekannten, zu diesem Arzt. Steig ein.“

10

Der silbergraue Audi, ein für den dynamischen Spurwechsel auf deutschen Autobahnen gebautes Fahrzeug, holperte im Kriechtempo über den Feldweg. Wenn da nur nicht die Bodenplatte ein paar Schrammen oder Dellen davonträgt, ging es Robert durch den Kopf.
„Müssen wir diesen Weg zu deinem Dorf nehmen? Warum nehmen wir nicht die richtige Straße? Soll das eine Abkürzung sein, oder was?“
Meinrad blickte Robert von der Seite an.
„Aber das ist die richtige Straße. Es gibt nur diese.“
Robert warf die Augenbrauen in Wellen.
„Das ist ein Traktorweg, keine Straße. Was für ein Dorf soll das sein?“
Sie bogen um eine Kurve und Roberts Blick fiel auf ein weitläufiges Areal,

bestehend aus einer zu einem Campingplatz umfunktionierten Wiese, einem Obstbaumhain, in dem auch einige Zelte standen und einem lichten Waldstück, an dessen Rand sich eine Zahl von seltsamen Holzhütten befand.

„Das ist Hoffnung, das Dorf, in dem ich seit drei Jahren wohne. Da vorn kannst du anhalten. Du kannst mit diesem Auto nicht bis in das Dorf rein."

„Hoffnung? Das Dorf heißt Hoffnung?"

„Ja, Hoffnung, so wie hoffen mit ung, halt ein Hauptwort. Ich weiß gar nicht, wer von den Alten sich das ausgedacht hat, aber der Name hält sich hartnäckig."

Robert hielt den Wagen an und stieg langsam aus. So etwas hatte er noch nie gesehen. Ein wilder Campingplatz und ein Jurtendorf, das war also diese Ökokommune, von der seine Kollegen in der Firmencafeteria gesprochen hatten, als er ihnen von seinem Auftrag berichtet hatte, im Kraftwerk Dürnfeld einen Workshop abzuhalten. Offenbar hatte es über dieses Dorf einmal einen Bericht im Fernsehen gegeben, den Robert, wie so vieles, was im Fernsehen lief, aus mangelndem Interesse an den immer gleichen lästigen Bildern nicht mitbekommen hatte. Einige Leute kamen auf den Wagen zu. Robert fühlte sich mit einem Mal restlos deplatziert, vollkommen overdressed und von einer Reihe missliebiger Blicke umlagert. Wallende Rauschebärte, wirres Hexenhaar, Kleidung, die aussah, als wäre sie beim Flohmarkt in einer maoistischen Kolchose übrig geblieben, und er stand da mitten im noch regennassen Gras in einem Businessanzug.

„Meinrad! Was ist dir passiert?", rief eine Frau mittleren Alters, lief auf den Jugendlichen zu, nahm seinen Kopf in ihre Hände und inspizierte die Schramme im Gesicht.

„Kein Stress, Mama, das ist nur ein Kratzer. Aber vielleicht sollte Gebhardt mal mein Knie anschauen."

Die rund zehn Personen umringten Meinrad und starrten auf das zerschrammte Knie.

„Kann man dich nicht einmal eine Stunde unbeaufsichtigt lassen?", keifte Gerlinde Riemenschmied ihren Sohn an. „Wo hast du dich schon wieder herumgetrieben? Die Wunden müssen gesäubert werden, und auf dem Knie brauchst du einen Verband. Komm mit, ich gebe dir Arnikatropfen."

Die Frau mit den hellwachen blauen Augen schaute Robert über die Motorhaube des Autos hinweg an. Ihr Blick war voller Wärme.

„Vielen Dank, dass Sie meinen Sohn hergebracht haben, das war sehr freundlich von Ihnen. Darf ich Ihnen etwas anbieten, Tee vielleicht oder Gemüsesuppe?"
Robert war irritiert, weil plötzlich alle zehn Personen der Gruppe ihn freundlich anlächelten.
„Äh, nein, danke, ich meine ..."
„Na, kommen Sie schon, eine Tasse Tee, frisch aufgebrüht, und ein paar Dinkelkekse. Oder haben Sie es eilig?"
„Also, eilig nicht, aber ich wollte Ihren Sohn zu einem Arzt bringen. Es ist so, dass ich ..."
„Apropos Arzt", unterbrach Gerlinde Robert. „Da kommt unser Arzt schon."
Robert folgte den Blicken der Einheimischen. Ein langer, dürrer Mann mit weitgehend grauem Haar, das er zu einem langen Zopf geflochten trug, und eine junge Frau eilten auf sie zu. Roberts Mund klappte für einen Moment auf, er vergaß zu atmen, er vergaß die Zeit und den Raum, die unüberbrückbaren Hürden und Hindernisse, die den Menschen im Leben immerzu entgegen stehen. Sein Puls rumorte. Diese junge Frau, konnte sie wahrhaftig da auf ihn zukommen, setzte sie wirklich ihre Schritte so, wie es den Augenschein hatte, irrte er sich, träumte er mit wachem Auge, oder war sie Wirklichkeit? Robert gaffte sprachlos. Diese junge Frau ging nicht, sie schwebte, in geschmeidigen Bewegungen setzte sie ihre Schritte barfuß in das Gras. Der Mann, den alle Gebhardt nannten, sah sich die Wunden von Meinrad an, nickte, beruhigte alle, das seien nur Kratzer, man müsse nur achten, dass die Wunden sich nicht entzündeten, er und Angelika würden sich um alles kümmern.
Angelika.
Der Name echote in Roberts Gehör wie der Lockruf einer Quellnymphe in einer im Wald verborgenen Bachklause. Sie war also kein Traumbild, keine Vision seiner verwirrten und seit Jahren ungestillten Sehnsüchte, sie war ein Mensch aus Fleisch und Blut. Sie war nicht attraktiv, nein, ein triviales Wort wie attraktiv bemaß die Erscheinung dieser Frau gar nicht, sie war ein Wunder.
„Also, kommen Sie doch. Ich schenke Ihnen Tee ein. Machen Sie mir die Freude, seien Sie unser Gast", sagte Gerlinde Riemenschmied und hakte sich bei Robert ein. Er leistete keinen Widerstand mehr. Er folgte dem merkwürdigen Arzt, dem Jugendlichen und Angelika. Sie traten in eine

der außen mit Lehm verputzten Jurten. Der Raum war behaglich, eine aus Steinen gemauerte Feuerstelle, ein altertümlicher Geschirrschrank, eine große Küchentruhe, an der Decke hingen in dichten Trauben Bündel getrockneter Kräuter, ein paar Regale mit sich über und über türmenden Bücherstapeln, ein Teppich in der Mitte des Dielenbodens, ein breiter Tisch und eine Schlafnische im hinteren Teil der Jurte.
„Meinrad, du setzt dich da her. Angelika, bringst du den Zwetschkenbrand", sagte der Arzt, blickte sodann Robert an und wies auf den Teppich. „Sie können hier Platz nehmen. Ich habe Rossminzetee. Gerlinde, du kannst für uns alle etwas einschenken."
Die Frau mittleren Alters nahm fünf irdene Schalen aus einem Regal und füllte sie mit dem dampfenden Tee, der auf dem Rost der Feuerstelle stand. Ein Geruch von verbranntem Holz, getrockneten Kräutern und ätherischen Ölen lag in der Luft, eine Geruchsmischung, die für Robert so vollständig unbekannt und überraschend war, dass er nahezu berauscht davon wurde. Er zögerte noch, aber da sich alle völlig selbstverständlich auf den Boden setzten, setzte er sich auch. Er inspizierte den Teppich. Ob er sich mit seinem guten Anzug überhaupt dahin setzen sollte? Aber der Teppich schien, so weit die bescheidenen Sichtverhältnisse im Halbdunkel des Raumes einen solchen Befund zuließen, sauber zu sein.
„Also, wie ist das passiert?", fragte Gerlinde, als sie ihrem Sohn eine Teetasse reichte.
Meinrad schlüpfte aus seiner zerrissenen Hose und stellte sein Knie hoch, damit der Arzt es behandeln konnte. Gebhardt träufelte den hochprozentigen Schnaps auf einen Streifen rohweißen Leinen und strich über die Wunde. Meinrad johlte.
„Willst du einen Lederstreifen zum Draufbeißen?", fragte Gebhardt.
„Geht schon, am Anfang brennt es halt."
Robert starrte ohne Unterlass auf Angelika, die sich neben Gebhardt zu Boden gekniet hatte und dessen Handgriffe genau beobachtete. Robert hoffte, sein Gaffen würde nicht zu sehr auffallen, aber scheinbar nahm niemand davon Notiz. Auch, oder vor allem Angelika nicht. Alles an diesem Gesicht war schön, die vollen, leicht geschürzten Lippen, die Nasenlinie, die Backenknochen, die hohe Stirn, das in dichten Locken über ihre Schultern fließende rotbraune Haar und vor allem ihre tiefgründigen, von Vitalität und Impulsivität funkelnden grünen Augen. Was für eine unglaublich schöne Frau. Hatte er je eine schönere Frau gesehen?

„Da sind ein paar kleine Steinchen unter der Haut. Soll ich sie rauszupfen?“, fragte Angelika und deutete auf das Schienbein knapp unter dem Knie.
Was für eine Stimme! Robert schnappte nach Luft. Ein rauchiger Alt, verführerisch im ersten Hauch, erotisch in jeder Silbe. Robert versuchte die Kontur ihres Körpers zu erahnen, stellte sich ihren Duft im Morgenlicht nach einer durchliebten Nacht vor. Er war erregt, und wie.
„Ja, hab ich schon gesehen. Die Pinzette ist in meiner Tasche“, sagte Gebhardt und zeigte kurz auf eine antiquiert aussehende Arzttasche.
Angelika öffnete die Tasche, entnahm die Pinzette und kniete sich erneut vor das Knie des Patienten. Bemüht, jeden Handgriff richtig zu setzen und die Wunden von den Steinen zu befreien, ohne Meinrad Schmerzen zuzufügen, machte sie sich an die Arbeit. Sie warf ihr Haar in den Nacken, strich kurz über die das verletzte Knie und setzte die Pinzette an. Robert klagte in sich hinein, warum saß er nicht an der Stelle des Jugendlichen, warum war er nicht der Patient einer so hinreißenden Krankenpflegerin.
„Nun, kriege ich heute noch eine Antwort oder nicht“, wies Gerlinde ihren Sohn daraufhin, dass er über die Ursachen des Unfalls noch kein Sterbenswörtchen verloren hatte.
Meinrad schwieg. Alle warteten auf eine Antwort, er aber schwieg.
„Ich habe ihn mit dem Auto angefahren. Er ist in den Graben gestürzt.“
Vier Augenpaare starrten Robert an. Der zuvor warme, dankbare Blick von Gerlinde Riemenschmied fiel mit einem Mal reichlich frostig aus. Robert war die Situation denkbar unangenehm, er rang nach Worten.
„Es war meine Schuld, aber ich bin sofort stehen geblieben und wollte einen Krankenwagen rufen. Ich stehe für alle Schäden gerade, wenn Sie also die Polizei und die Rettung einschalten wollen, ist das kein Problem, ich wollte es ohnedies tun, aber der junge Mann hat darauf bestanden, hierher gebracht zu werden“, sagte er zu seiner Verteidigung.
„Ja, das stimmt, ich will nicht in ein Krankenhaus und die Polizei kann mir gestohlen bleiben“, bestätigte Meinrad. „Es ist halt blöd hergegangen, ich habe auch nicht aufgepasst und platsch, liege ich im Graben.“
„Und wo ist das passiert?“, schaltete sich nun der langhaarige Arzt ein. „Auf der Landesstraße drüben oder auf der Bundesstraße bei Dürnfeld?“
„Weder noch, es war im Wald, auf der Zufahrtsstraße zum Kraftwerk“, erklärte Meinrad.
„Sie arbeiten also im Kraftwerk?“, fragte Gerlinde und ihr Blick wurde noch

finsterer. „Ich habe Sie und Ihr Auto noch nie hier gesehen. Sind Sie neu?"
Robert wurde es richtig mulmig zu Mute, die freundliche Stimmung schlug um.
„Ich habe dort nur einen geschäftlichen Termin absolviert", versuchte er zu beschwichtigen.
Angelika blickte Robert zum ersten Mal direkt an. Heiße und kalte Schauer liefen über seinen Rücken. Ihr Blick war ein Stich mitten in die Brust. Er war in Panik. Angelikas Miene war distanziert, abschätzig, definitiv ablehnend.
„Wir mögen die Leute vom Kraftwerk nicht besonders", sagte sie. „Vor allem diejenigen nicht, die mit dicken Autos Fußgänger in den Graben stoßen."

11

Wie erfreut man sie aufgenommen hatte, begeistert von der ersten weiblichen Kriminalpolizistin im Stadtpolizeikommando, überzeugt von ihren guten Referenzen und, wie der Kommandoleiter um ein Kompliment bemüht formuliert hatte, angetan von ihrer charmanten Erscheinung. Seit drei Jahren brauchte sie nicht mehr nach Linz zu pendeln, sondern hatte einen Posten in ihrer neuen Heimatstadt inne. Christina hatte die erste Aufregung ihrer Kollegen ziemlich nüchtern und unbeeindruckt über sich ergehen lassen. Sie hatte sich seit dem Beginn ihrer Tätigkeit bei der Polizei immer nach der Qualität ihrer Arbeit, nach ihren erbrachten Leistungen bewerten lassen wollen, und nicht, weil sie sportlich, schlank und apart war. In ihren ersten Jahren bei der Polizei war sie zum Teil sogar ziemlich schroff gegenüber männlichen Kollegen gewesen, die sie mit Komplimenten oder süßlichem Gerede auf die Rolle der braven und folgsamen Politesse festlegen wollten. Diese Schroffheit war von einer routinierten Kühle und Distanz abgelöst worden. Christina wusste sehr wohl, dass dieses Verhalten ihr nicht besonders viele Freunde einbrachte, aber ihr waren ein professionelles Arbeitsklima und klare dienstliche Strukturen allemal sympathischer als vertrauensselige Verbrüderung. Und das

Bedürfnis nach einem umfangreichen Freundeskreis war in ihr niemals ausgeprägt gewesen. Der Vorteil einer solchen Haltung war, dass man sie mit entsprechendem Respekt behandelte, der Nachteil war, dass man ihr immer wieder die wenig interessanten Fälle, die zähe Routinearbeit, die Arbeit, die zwar gemacht werden musste, aber für die niemand so recht Begeisterung aufbringen konnte, zuschob.

Auch der Umstand, dass sie die Ehefrau von Wilhelm Kayserling war, steigerte bei manchen Kollegen nicht gerade ihre Sympathiewerte. Christina hatte bald Kantinentratsch vernommen, wonach sie, die Gattin des wohlhabenden Unternehmers, es gar nicht nötig habe, zu arbeiten. Sie wolle sich nicht mit einem schicken Auto, einer eleganten Stadtwohnung und einem Wochenendhaus im Grünen zufrieden geben, wolle auch keine Kinder haben, sondern wolle unbedingt Karriere machen, wichtig sein, fühle sich großartig mit einer Schusswaffe im Wandtresor. Dass sie ihren Beruf gern ausübte und einen Sinn darin sah, der Gerechtigkeit zu Geltung zu verhelfen, kam offenbar so manchen Kollegen nicht in den Sinn.

Christina hatte bei der Heirat den Nachnamen ihres Mannes angenommen. Manche sahen darin ihren Hang bestätigt, sich wichtig zu machen, denn natürlich kannte man in der Stadt den Unternehmer Kayserling, in dessen Logistikfirma immerhin fünfzig Angestellte ihr tägliches Brot verdienten. Christina hatte gar nicht versucht, zu erklären, dass sie ihren Mädchennamen nie besonders gemocht hatte, dass es ihr einfach besser gefiel, Christina Kayserling und nicht mehr Christina Bohnstingl zu heißen. Sie tat, so gut es ging, ihre Arbeit und ließ es dabei bewenden.

Sie blickte auf die Zeitanzeige auf dem Computerbildschirm, rührte den mittlerweile kalten Tee, nippte daran, stellte die Tasse wieder ab und begann den nächsten Bericht zu tippen. Die Schreibarbeit musste auch verrichtet werden. Da sie erst spät aus dem Büro rauskommen würde, hatte sie sich auch kein Programm für die Gestaltung des Abends überlegt. Ansonsten ging sie, wenn ihr Mann wieder einmal auf Reisen war, ganz gerne alleine aus, mal in eine Ausstellung, mal ins Kino oder in ein Konzert, immer wieder zu Vorträgen in der Buchhandlung am Stadtplatz. Heute aber würde sie nach dem Dienst höchstens noch ein wenig lesen. Da lag nämlich noch ein durchaus interessantes und flüssig geschriebenes Buch über keltische Mythen und Naturgottheiten auf ihrem Nachtkästchen. Warum sollte sich eine im Berufsleben gelegentlich herbe Kriminalpolizistin in ihrer Freizeit nicht für esoterische Literatur interessieren?

12

„Und du bist also ein echter Manager?"

Robert wog den Autoschüssel in der Hand. Die Aussicht, jetzt wieder eine monotone Autofahrt anzutreten, wirkte nicht sehr motivierend. Er hatte schon so viele Autofahrten hinter sich, natürlich, als Angestellter in einem hochmodernen Softwareunternehmen hatte man auch hochmobil zu sein. Egal ob mit dem Auto oder dem Flugzeug, Distanzen hatten keine Rolle zu spielen, schließlich arbeitete man auf internationalem Niveau, auf dem europäischen Markt. Und lange Zeit hatte er auch fabelhaft mit seinen Kollegen über Vor- oder Nachteile dieses oder jenes Autos stundenlang diskutieren können, doch zuletzt waren solche Gespräche für ihn immer uninteressanter geworden, banaler, sich immerzu auf der Stelle um Nichtigkeiten drehend. Und nach Jahren hatte er endlich sein lange angestrebtes Ziel erreicht und nannte nach einigen Citroens und VWs endlich einen Audi sein eigen, aber jetzt, da er dieses Fahrzeug besaß und damit auch wieder nur tausende Kilometer auf dem Weg in die Rente abspulte, erschien ihm dieser sehnliche und ihn zu fleißiger Arbeit motivierende Wunsch hohl, banal, nichtig.

„Projektmanager, um genau zu sein. Ich bin im technischen Projektmanagement tätig."

Meinrad musterte Robert eingehend, er hatte ihn mit kontinuierlich steigendem Amüsement die ganze Zeit über genau beobachtet. Der Mann wirkte wie ein Schauspieler, dachte Meinrad, durchaus gutaussehend, aber offensichtlich nicht besonders talentiert. Man konnte Roberts schauspielerische Darbietung kaum von den Kulissen unterscheiden, ein Anzug, ein Mobiltelefon, ein rasiertes Kinn, ein schickes Auto. Und was sonst? Meinrad spürte einen Kitzel, hinter die schauspielerische Maskerade und die Kulissen zu blicken. Was dachte so ein Managertyp?

„Ich wollte auch mal unbedingt Manager werden. So vor zwei Jahren war ich total fixiert darauf. Du siehst ja, wie ich aufgewachsen bin. Seit über fünfzehn Jahren geht das schon mit meinen Eltern so. Zuerst der Selbstversorgerbauernhof, wo wir fast verhungert wären, danach diese oder jene Ökokommune, jetzt die Erdenkinder. Meine Eltern sind ziemlich stur, was die Ablehnung der Zivilisation betrifft, dabei waren sie mal voll drinnen im System. Meine Mutter war Mathematiklehrerin auf einem Gymnasium und mein Vater hat Informatik studiert und war eine Zeitlang Programmierer. Dann sind sie ausgestiegen und ich natürlich mit, war ja noch ein Kind. Und so mit fünfzehn hab ich meine Rebellenphase gehabt. Pubertät halt. Bio? So ein Blödsinn! Selbstversorgung? Das machen nur Trottel und Versager! Leben im Einklang mit der Natur? Scheißdreck! Beton, Aluminium und Plastik gehören viel intensiver genutzt! Ich habe Zeugnisse gefälscht und mich bei diversen Firmen um einen Posten beworben. Da hättest du mich sehen sollen. Saubere Fingernägel, pikobello geschnittenes Haar, ein Anzug mit Krawatte, alles war so, wie ich es in den Wirtschaftszeitschriften gesehen habe."

Robert ließ sich vom Gelächter des jungen Mannes anstecken und lauschte seiner Erzählung durchaus interessiert.

„Ich will Manager werden, will eine todschicke Armbanduhr und einen Laptop, habe ich meinen Eltern gesagt. Sie haben zwar gemeckert, mir aber trotzdem so viel Geld vorgeschossen, dass ich einen Anzug kaufen und ein kleines Zimmer in Linz mieten konnte. Tatsächlich habe ich einen Job in einer großen Druckerei gekriegt. Die erste Woche war total toll. Habe jeden Tag vier Tassen Kaffee getrunken, habe täglich zwei, drei Überstunden gemacht, habe alle Arbeiten im Blitztempo erledigt. Mein Vorgesetzter hat mich sogar schon zu bremsen versucht, aber keine Chance, schließlich habe ich mir ja ausgerechnet gehabt, nach vier oder fünf Wochen in der Firma ein Manager zu sein. Aber nach zwei Wochen habe ich mir gedacht, dass mein Chef draufgekommen ist, dass ich in Ökokommunen aufgewachsen bin, und dass er mir deshalb die blödesten, langweiligsten und sinnlosesten Arbeiten zuschanzt. Nach drei Wochen habe ich bemerkt, dass das gar nicht wahr ist, sondern, dass alle in der Firma so blöde, langweilige und sinnlose Arbeiten verrichten. Und als ich dann verstanden habe, dass ich die nächsten vierzig Jahre so blöde, langweilige und sinnlose Arbeiten verrichten muss, habe ich gekündigt, meinen Eltern das ausgeborgte Geld zurückgegeben und bin dann zwei Monate mit dem Fahrrad unterwegs gewesen. Das war lässig, das hat Spaß gemacht. Die zwei Monate waren eine total gute Zeit."

„Du hast Zeugnisse gefälscht? Wieso denn das?", fragte Robert mit hochgezogenen Augenbrauen.

„Ich habe ja keine richtigen Schulzeugnisse. Ich habe die Pflichtschulreife. Wie es gesetzlich vorgeschrieben ist, habe ich immer die nötigen Prüfungen gemacht, aber unterrichtet wurde ich von meinen Eltern und anderen

in der Kommune, vor allem von Gebhardt. Du kannst mir glauben, meine Mutter hat ja Mathe studiert, die behördlichen Prüfungen zum Nachweis meines Bildungsfortschrittes waren für mich ein Klacks. Für alle Kinder in der Kommune sind diese Prüfungen höchstens Aufwärmübungen. In der Schule lernt man ja in Wahrheit nicht Mathe oder Geschichte oder Englisch, sondern man lernt zu gehorchen, still zu sitzen, keine Fragen zu stellen, man lernt ein Affe im System zu sein. Ich habe in einem Baumhaus mit den Kumpels Wurzelziehen gelernt und bei der Arbeit im Gemüsegarten hat mir Senta die Geschichte der griechischen Antike erzählt. Ich weiß bis heute noch jede Einzelheit. Wer war der Begründer der systematischen Naturwissenschaften? Hm, weißt du das noch aus deiner Schulzeit?"
Robert dachte nach und schüttelte verneinend den Kopf.
„Aristoteles. Obwohl der ja eigentlich ein Philosoph war. Aber in der Antike gab es diese Differenzierung der Wissenschaften nicht so wie heute. Verstehst du, solche Dinge werde ich mir bis an mein Lebensende merken."
Robert blickte auf seine Armbanduhr. Die Sonne neigte sich langsam dem Horizont zu, es wurde Zeit aufzubrechen, denn er hatte noch zwei Stunden im Auto vor sich. Und morgen wartete ein weiterer Tag im Büro, schließlich musste er die Themen des heutigen Workshops dokumentieren.
„Du stehst auf Angelika, nicht wahr?"
Die Frage traf Robert wie ein Faustschlag.
„Äh, wie kommst du da drauf?", entgegnete er verdattert.
„Na ja, das war schwerlich zu übersehen. Kein Stress, ist eh nicht peinlich. Alle stehen auf Angelika, sie ist die fescheste Frau von hier bis nach Kentucky und retour."
Meinrad trat ganz nahe an Robert heran und flüsterte verschwörerisch.
„Willst du sie nackt sehen?"
Robert trat unangenehm berührt einen Schritt nach hinten, fort von diesem merkwürdigen Jugendlichen. Meinrad nickte geheimnisvoll in Richtung Wald.
„Schau mal, Angelika, Sabine und Estelle gehen zum Bach. Wir haben da hinten im Wald unser Badezimmer. Open Air natürlich, bei uns ist fast alles Open Air. Die drei gehen oft gemeinsam zum Baden. Ich habe mir schon vor längerer Zeit ein Versteck in einem Baum eingerichtet. Super Blick auf den Badeplatz. Früher bin ich oft mit Severin dort gewesen. Zum Onanieren. Keiner außer Severin weiß davon. Absolut diskret."
Robert sah, wie drei junge Frauen im Wald verschwanden, eine von ihnen

erkannte er selbst aus der Ferne an den fließenden Bewegungen und an ihrer Kleidung als Angelika. Eine überwältigende Begierde brach in Robert hervor, eine jede rationale Erwägung und verkorkste Scham hinwegschwemmende Flut. Er kämpfte dagegen an, er sträubte sich, er fühlte sich blamiert vor diesem siebzehnjährigen Burschen, doch die Aussicht, diese Göttin beim Baden beobachten zu können, rang alle Hindernisse nieder. Er starrte Meinrad an. Dieser feixte Robert an.
„Dann los. Wir müssen vorsichtig sein, damit uns niemand sieht. Folge mir."
Die beiden huschten ins Dickicht. Robert mühte sich, an Meinrad dranzubleiben. Wie unpassend er gekleidet war, ein Businessanzug und schwarze Lederschuhe passten einfach nicht zu einem Lauf durch den Wald. Sie schlugen einige Haken, vergewisserten sich, dass ihnen niemand folgte und sie auch von niemandem gesehen wurden. Schließlich kamen sie in ein lichtes Waldstück mit alten, wuchtigen Rotbuchen.
„Da müssen wir hinauf."
Meinrad kletterte behände auf die unteren Äste des Baumes und ließ ein Seil hinab.
„Mit dem Seil schaffst du das bestimmt. Wir müssen hoch hinauf."
Robert trat von einem Bein auf das andere. Sollte er da wirklich auf einen Baum hinaufklettern, um drei junge Frauen wie ein perverser Spanner zu begaffen? Die Situation war grotesk und peinlich. Er blickte sich um. Was tat er hier bloß? Das war doch nicht normal, im Gegenteil, das war hochgradig befremdlich. Dann dachte er an den zu erwartenden Verlauf des Abends bei sich zuhause, an seine zänkischen Kinder, an seine egoistische Frau, an den immerzu dahin plätschernden Fernseher, an die Zahnseide und Nagelschere, an den leeren Tank seines Autos, der morgen früh auf dem Weg zur Arbeit wieder gefüllt werden musste. Er schlüpfte aus dem Jackett und griff nach dem Seil.
„Beil dich, sie sind schon da", flüsterte Meinrad und half Robert auf das Sitzbrett, welches in luftiger Höhe zwischen zwei starken Ästen eingeklemmt war. Meinrad drückte Robert ein Fernglas in die Hand, das dieser schwer atmend und sich mit der rechten Hand respektvoll an einen Ast klammernd annahm.
„Du musst da zwischen den Blättern durchschauen. Durch diese Lücke. Geradeaus. Mach schon, du wirst es nicht bereuen. Severin hat gesagt, das ist unsere Öko-Peepshow. Na ja, er denkt sich immer solche komischen Sprüche aus."

Robert konnte es nicht begreifen, es war einfach unglaublich, es war irgendwie irreal. Konnte die Natur es mit einem Menschen so gut meinen? Er sah die drei jungen Frauen, die splitternackt im Bach standen, tratschten, lachten, ihr Haar wuschen. Die beiden anderen Frauen waren jung, schlank, nett anzusehen, aber Angelikas Erscheinung überstrahlte alles. Jede Rundung, jede Wölbung, jeder Muskel und die gesamte Oberfläche ihrer Haut waren von einer Schönheit, die in natura zu sehen, Robert nie zu erwarten oder erhoffen gewagt hätte.

„Du meine Güte …", entfuhr es ihm flüsternd.

„Sie ist eine Königin, nicht wahr?"

Er konnte seinen Blick gar nicht losreißen. Wollte dieser Augenblick doch bis in alle Ewigkeit verweilen. Robert war schon wieder erregt. Er begehrte diese Frau, er musste ihr näherkommen, mit ihr plaudern, mit ihr scherzen, sie mit Komplimenten überschütten, mit ihr wieder und wieder engverschlungen über die Matratze rollen, den Himmel auf Erden erfahren.

„Hat sie ihren Busen operieren lassen?", fragte Robert hingerissen.

„Spinnst du?", rief Meinrad aus. „Angelika ist von den Haarspitzen bis zu den Zehennägeln aus kontrolliert biologischem Anbau."

„Unglaublich", hauchte Robert.

„Das solltest du aber glauben, denn es ist die Wahrheit. Severin hat mal einen Stapel Sexhefte angeschleppt. Das ist in Wahrheit unglaublich. Halbneurotische Mädchen, die direkt aus der Chirurgiefabrik ins Fotostudio geliefert werden, präsentieren da ihre Gummidrüsen, dass man meint, sie müssten simultan zwei Garnituren Drillinge säugen. Ekelhaft, sag ich dir. Aber Angelika ist einfach nur Angelika, und das ist ein Wunder."

Angelika blickte plötzlich hoch. Sie schaute genau in ihre Richtung. Erschrocken riss Robert das Fernglas von seinen Augen.

Meinrad kicherte leise und musterte seinen Gast im Baum, amüsiert über dessen Erröten.

„Kann sie uns sehen? Weiß sie, dass wir hier sind", fragte Robert nach Luft schnappend.

„Nein. Das Laub ist zu dicht und niemand außer uns kennt diesen Platz. Außerdem war ich schon ein Jahr nicht mehr hier oben."

„Sie hat irgendetwas bemerkt", meinte Robert verunsichert.

„Kann nicht sein."

„Wir sollten von hier verschwinden."

Meinrad packte das Fernglas wieder in das Versteck und kletterte hinun-

ter. Robert vergegenwärtigte sich erst jetzt, wie hoch er war, und bekam es mit der Angst zu tun. Worauf hatte er sich da eingelassen? Übervorsichtig kletterte er tiefer. Meinrad wartete unten und spähte nach oben. Dann geschah es, Roberts Hemd blieb an dem vorletzten Ast hängen, er wollte das Hemd lösen, dabei rutschte er ab und fiel. Das Hemd zerriss, ein Fetzen blieb an dem Ast zurück. Er stürzte auf den weichen Waldboden.
„Ach du Scheiße!", rief Meinrad aus und half Robert beim Aufstehen. „Ist irgendetwas gebrochen?"
Robert ächzte und versuchte seine Atmung zu beruhigen. Er stemmte beide Hände in die Hüften, denn er war auf das Becken gestürzt, dementsprechend schmerzte sein gesamter Unterleib.
„Es geht schon, nichts gebrochen", stieß er hervor.
Meinrad lachte.
„Jetzt sind wir beide gestürzt. Du hast dir aber den bequemeren Untergrund ausgesucht. Allerdings, das Hemd und die Hose sind hinüber."
Robert schaute an sich hinab. Das Hemd war zerrissen und die Hose vollkommen verdreckt. So konnte er sich unmöglich zuhause blicken lassen.

13

Sie schlenderte gemächlich durch die kleine Altstadt, passierte enge Gässchen, überquerte den Stadtplatz, drehte eine Runde und schaute mal in dieses oder jenes Schaufenster. Christina bummelte und die Tageszeit für einen Bummel war ganz nach ihrem Geschmack, es ging bereits auf halb elf Uhr abends zu, die Dunkelheit führte den Frühsommertag seinem Ende zu, allenthalben breitete sich Stille aus, die Altstadt gehörte beinahe ihr alleine. Von Schloss Lamberg, dem Sitz des Stadtpolizeikommandos, bis zu ihrer Wohnung waren es ja nur ein paar Minuten Fußmarsch, daher hatte sie es sich zur Angewohnheit werden lassen, vor allem nach Spätdiensten nicht auf direktem Weg nach Hause zu gehen, sondern den einen oder anderen Umweg zu suchen. Alleine nachts auf der Straße zu sein und durch finstere Gässchen zu gehen, war für sie kein Problem. Wenn sie zu Ängstlichkeit neigte, hätte sie gewiss den falschen Beruf gewählt, und falls sich doch einmal ein verwirrter Halbstarker, ein betrunkener Irrer oder ein von wuchtigen Affekten hilflos Dahingetriebener auf unlautere Art ihr nähern wollte, konnte sie jederzeit ihre guten Judokenntnisse, eine Dose Pfefferspray und, wenn sie vom Dienst kam, auch einen schwarzen Metallteil mit Kaliber neun Millimeter in die Konfrontation werfen. Doch das waren für Christina eher akademische Erwägungen und nur ein formaler Sicherheitsrahmen, denn in Wahrheit war die Innenstadt von Steyr, wie alle Zentren österreichischer Kleinstädte, auch für alleine umher flanierende Frauen vollkommen sicher.

Christina näherte sich der Ennsbrücke. Der Pegelstand des Flusses war seit dem Vormittag nicht gefallen, aber immerhin auch nicht gestiegen, noch war das Wasser in seinen Ufern geblieben, auch der Regenfall am Nachmittag hatte keine Veränderungen gebracht. Sie hatte im Laufe des Arbeitstages zweimal mit der hiesigen Feuerwehr telefoniert und wusste, dass eine Einsatztruppe in Bereitschaft stand, dass aber noch keinerlei Nervosität bei den durch die wiederkehrenden Hochwasserereignisse abgebrühten Feuerwehrmännern herrschte.

Christina genoss den lauen Sommerabend und lauschte in das stete Rauschen der beiden ineinanderfließenden Flüsse. Sie war müde, so war es kaum wahrscheinlich, dass sie an diesem Abend noch viel würde lesen können, gewiss würden nach wenigen Minuten ihre Augenlider immer schwerer und schwerer werden und sie würde bald nach dem Lichtschalter tasten.

Ein Auto rollte mit mäßigem Tempo über die Brücke. Ganz automatisch und mit routinierter Selbstverständlichkeit schaute sie auf die Nummerntafel, schaute, ob der Fahrer während des Fahrens mit dem Handy telefonierte und ob er seinen Sicherheitsgurt angelegt hatte. Da sie nichts zu beanstanden fand, verschwanden das Auto und der Fahrer gleich wieder aus ihrer Aufmerksamkeit. Sie selbst war heilfroh, dass sie nun kein Auto mehr besaß. Um ins Büro zu kommen, brauchte sie nur ein paar Minuten zu schlendern, und das ging bei jedem Wetter, in der Freizeit verwendete sie durchwegs ihr Fahrrad, auch wenn sie alleine in das dreißig Kilometer entfernte Wochenendhaus in Molln fuhr, oder sie ließ sich von Wilhelm chauffieren. Im Berufsalltag verwendete sie ein Dienstauto. So konnte sie sich den Luxus leisten, auf ein Privatauto zu verzichten, nicht zuletzt, weil Wilhelm neben seinem Mercedes auch einen fast nagelneuen VW-

Bus mit eingebauter Campingausstattung besaß. Als sie noch in Linz gearbeitet hatte und täglich zwei Stunden hatte hin und her fahren müssen, war dieser Luxus nicht möglich gewesen.
Christina stand vor der Haustür und kramte in ihrer Handtasche nach dem Haustorschlüssel. Da schlug ihr Handy an. Sie blickte kurz auf die Anzeige, obwohl sie genau wusste, wer um diese Zeit anrief.
„Hallo Willi", meldete sie sich mit einem Lächeln.
„Hallo, mein Schatz. Und, alles okay bei dir?"
Sie wusste die kleinen und beständigen Aufmerksamkeiten ihres Mannes zu schätzen. Ein kurzer Anruf nach einem langen Arbeitstag und ein in das Telefon gehauchtes Gute Nacht waren einfach Aufmerksamkeiten, die seine Reisetätigkeiten verkraftbar machten.

DIENSTAG

14

Mühsam richtete sich Robert auf. Er war verwirrt. Wo war er? Was war geschehen? Sein Kopf schmerzte, ihm war übel, er fühlte sich so richtig schlecht. Sein Blick klärte sich nur langsam. Wo war er hier? Was war das für ein seltsamer Raum, in dem er sich befand? Was war das für ein eigentümliches Bett, in dem er lag?
Er wollte aufstehen und kaum erhob er sich, drehte sich alles in seinem Kopf und er blieb weiter auf diesem Bett sitzen. Er befühlte die Matratze. Stroh! Die Matratze war eigentlich gar keine Matratze, sondern ein mit einem Leintuch zusammengehaltener Strohhaufen. Langsam kehrte die Erinnerung zurück.
Der als Eingangstür verwendete Vorhang aus einem dichten, schweren Stoff wurde zur Seite geschoben und Meinrad wehte in die Jurte.
„Na, endlich aufgewacht?", fragte Meinrad.
Ein sonores Brummen entstieg Roberts Kehle, nicht wert, als Antwort auf die Frage zu gelten. Es kostete zwar einige Mühe, aber Robert konnte sich nun ziemlich genau an die Vorfälle von gestern erinnern. Nach dem Sturz

vom Baum, bei dem er sich den Rücken verrissen hatte, waren die beiden in das Jurtendorf zurückgekommen. Meinrad hatte seiner Mutter eine glaubhafte Geschichte des Sturzes erzählt und in Roberts Namen um Asyl für eine Nacht angesucht. Noch bevor Robert etwas erwidern konnte, hatte man ihm die verschmutzte Kleidung ausgezogen, ihn auf eine Decke gelegt und ihm eine Rückenmassage verpasst. Eine untersetzte ältere Frau mit überaus wachen Augen hatte die Massage ausgeführt und Roberts Rückgrat war nach nur einer Viertelstunde wieder eingerenkt gewesen. Durch die ätherischen Öle, die starken Hände der Frau, die intensive Massage war Robert so entspannt gewesen, dass er nicht einmal mehr im Traum daran gedacht hatte, in sein Auto zu steigen und nach Hause zu fahren. Meinrad hatte ihm Hemd und Hose aus rohem Stoff geliehen, und so hatte Robert mit den Bewohnern des Dorfes am Lagerfeuer gesessen und ihren Liedern gelauscht. Dann hatten einige Leute rund um das Feuer zu tanzen begonnen, und Robert war vollends hingerissen gewesen, als auch Angelika sich unter die Tanzenden gemischt und er ihre Grazie, Eleganz, ihre Lebendigkeit und Impulsivität beim Tanz miterlebt hatte. Er hatte die ganze Zeit über nicht eine Sekunde seinen Blick abwenden können. Während des Abends am Lagerfeuer hatte Meinrad Robert zielgerichtet Obstbrand verabreicht, und zwar solange, bis Robert betrunken sich selbst an der Flasche bedient hatte. Irgendwann war der Film gerissen, irgendwann hatte Roberts Bewusstsein ausgesetzt und die Erinnerung war in der Dunkelheit verschwunden.

„Du hast beim Obstler ganz schön zugelangt. Säufst du immer so viel?“, fragte Meinrad.

„Wie spät ist es? Wo bin ich? Wo ist mein Anzug?“

„Deinen Anzug habe ich gewaschen, er muss aber noch trocknen, du sitzt auf meinem Bett und es ist spät genug, endlich aufzustehen.“

Robert erhob sich und trat ins Freie, nur mit seiner Unterhose bekleidet. Ihn fröstelte, doch die klare Luft am Waldrand belebte seine Sinne, vertrieb den Kater.

„Es gibt Frühstück. Es gibt auch Kaffee. Zieh das an und komm mit.“

Robert schlüpfte wieder in die sackförmige Leinenkluft. Er war hungrig. Seit dem gestrigen Mittagessen im Kraftwerk, bei dem er nur höflichkeitshalber ein paar Bissen hinuntergewürgt hatte, hatte er nichts mehr gegessen. Sie kamen auf den zentralen Platz im Jurtendorf, wo gestern Abend das Lagerfeuer gebrannt hatte. Im Dorf herrschte beschauliche

Betriebsamkeit, einige Leute verrichteten ohne große Eile verschiedene Arbeiten, gingen hin und her, das Lachen von Kindern lag in der Luft. Meinrad trat an einen großen Kessel, schöpfte eine unbestimmbare Masse auf einen Holzteller, danach goss er aus einer Kanne Kaffee in eine Tasse und reichte Teller und Tasse Robert. Dieser setzte sich auf einen der herumstehenden Holzklötze.
„Was ist das?", fragte Robert und schnupperte skeptisch.
„Getreidebrei. Ist total lecker, koste mal", kommentierte Meinrad, nahm auch einen Teller und klatschte einen Haufen Brei darauf.
Robert kostete von der zähen Masse und verzog seine Miene.
„Keine Sorge", meinte Meinrad breit grinsend. „Für Leute, die Industrienahrung gewöhnt sind, schmeckt in Wasser gekochtes geschrotetes Getreide mit Nüssen und Gewürznelken sicher komisch, aber du kannst mir glauben, mit so einer Nahrung haben sich unzählige Generationen ernährt. Eier aus Legebatterien etwa würde ich auch nicht gern zum Frühstück essen. Wie man es halt gewohnt ist."
„Schmeckt irgendwie ...", brummte Robert, „... irgendwie gesund."
Meinrad lachte schallend und schaufelte den Brei mit großem Appetit in sich hinein. Zwei langhaarige Kerle schlurften auf den Dorfplatz zu, woraufhin Meinrad sein Mahl schnell beendete und sich erhob.
„Da kommen die Schmarotzer", murmelte Meinrad verstohlen. „Pass auf und lass dich von den beiden zu nichts verleiten."
Robert nahm einen Schluck vom Kaffee, verschluckte sich und hustete.
„Verdammt noch mal, was ist das?", rief er entsetzt aus.
Meinrad lachte wieder lauthals auf.
„Kaffee! Was denn sonst?"
„Das Gesöff soll Kaffee sein?"
„Na ja, wenn Herr Wichtig lieber Bohnenkaffee aus garantiert pestizidgetränkten südamerikanischen Großgrundplantagen haben möchte, muss er ins Kaffeehaus gehen. Wir haben hier nur Eichelkaffee. Da, schau mal in den Wald, siehst du dort Kaffeebäume oder Eichen? Wir essen und trinken nur, was hier auch wächst", schimpfte Meinrad mit akzentuiert vorgetragener Verärgerung in der Stimme, die sein keckes Grinsen geschickt übertönte.
Robert kostete noch einmal. Nun, ein ungewohnter Geschmack, aber mit etwas gutem Willen genießbar.
„Entschuldigung, ich wollte nicht undankbar sein."

„Schon gut“, winkte Meinrad ab. „Also, Robert, war mir ein Vergnügen, einen echten Manager kennenzulernen. Dein Anzug ist bestimmt in einer Stunde trocken, er hängt dort hinten auf der Wäscheleine. Meine Klamotten lege bitte einfach in die Jurte. Ich muss jetzt zur Arbeit.“
Überrascht blickte Robert seinen jungen Freund an.
„Arbeit? Du musst zur Arbeit?“
Meinrad verdrehte die Augen.
„Das Leben als Selbstversorger bedeutet nicht, selbständig die Website eines Onlineshops anzuklicken, sondern möglichst alles, was man zum täglichen Leben braucht, selbst herzustellen. Die Beete für das Wintergemüse müssen angelegt werden, die Kirschen sind reif, das erste Heu muss gewendet werden. Arbeit genug für alle.“
Meinrad nickte grüßend und wandte sich zum Gehen. Robert sprang hoch und hielt ihn zurück.
„Meinrad, einen Moment“, flüsterte Robert und blickte sich verschwörerisch um. „Ich habe noch eine Frage.“
Meinrad wartete, aber Robert hörte nicht auf, in alle Richtungen zu spähen.
„Eine Frage, also bitte.“
„Wie kann ich Angelika kennenlernen?“
Meinrad schüttelte fast ein wenig mitleidig den Kopf.
„Vergiss es. Angelika steht nicht auf Männer, die ihre Arbeit mit ihren Arschbacken auf Schreibtischsesseln verrichten, sondern auf Männer, die ihre Arbeit mit bloßen Händen auf den Feldern tun.“
Dabei zeigte Meinrad seine offenen Handflächen. Robert hatte die Hände seines jungen Freundes noch gar nicht genau betrachtet, erst jetzt fiel ihm auf, wie kräftig und rau diese waren. Damit verabschiedete sich Meinrad und verschwand zwischen den Jurten. Roberts Blick schweifte umher. Die zwei Langhaarigen hatten ihre Kaffeetassen geleert und einer von ihnen begann mit beispielloser Langsamkeit einen Joint zu drehen. Der andere starrte Robert unverhohlen an.
„Na, Kumpel, willst du auch mal ziehen. Wir haben superreines Gras. Das ist kein Biomüll, das haut voll rein. Setz dich zu uns.“

15

„Kann ich Ihnen behilflich sein?"

Robert Wieser wandte sich der routiniert lächelnden Verkäuferin des Sportartikelladens zu.

„Ja, das können Sie", sagte er schwungvoll und versuchte zum hundertsten Mal sein völlig zerknautschtes Jackett glatt zu streichen. „Ich brauche ein Zelt, einen Schlafsack, Campinggeschirr, einen Kompass, eine Schaufel, feste Wanderschuhe und einen Regenschutz. Und zwar auf der Stelle."

Das Lächeln der Verkäuferin verlor die professionelle Unverbindlichkeit und gewann an echter Freude.

„Der Urlaub beginnt also recht bald?", fragte sie scherzend zurück.

„Er hat vor einer Viertelstunde begonnen, ich habe keine Zeit zu verlieren."

Nur ein paar Meter nach der Autobahnauffahrt war Robert in eine zermürbende Krise, in ein schier endlos tiefes emotionales Loch gefallen. Ein so unbändiger Hass auf sein Leben als gutbezahlter Trottel vom Dienst war in ihm ausgebrochen, dass er beinahe mit einhundertdreißig Kilometern pro Stunde durch die nächstbeste Leitschiene in den erstbesten Brückenpfeiler gerast wäre. Er hatte die Brücke schon in der Ferne ausgemacht und war zu allem entschlossen gewesen, doch dann war mit einer ebenso überwältigenden Wucht wie zuvor die Krise eine lebensrettende Idee in ihm gekeimt. Er hatte die nächste Autobahnabfahrt genommen und sich auf die Suche nach einem Einkaufszentrum gemacht, war bald vor einem großen Shoppingkomplex stehengeblieben, hatte seinen Chef angerufen und sich für eine Woche krankgemeldet, hatte seine Frau angerufen und ihr gesagt, dass er überraschend einen mehrtägigen Auslandstermin aufgehalst bekommen hatte und war dann mit sicherem Schritt und vollständig entschlossen in den Sportartikelladen gestapft.

„Ich bezahle mit Kreditkarte."

16

Senta Wegscheider stand wie praktisch den ganzen Sommer über barfuß im Gras, sie hatte ihre zu Fäusten geballten Hände in ihre Hüften gestemmt. Ihr langes graues Haar war zu einem losen Zopf gebunden, Schweiß glänzte auf ihrer Stirn, ihre Atmung ging stark und gleichmäßig, beruhigte sich aber schnell. Das Gras für die Kühe war geschnitten, ein paar sonnige Tage und es würde erstklassiges Heu für den Winter liefern. Die kleine Kuhherde, die Josef vor zwei Jahren gekauft hatte, versorgte die Erdenkinder beständig mit Milch und Butter und im Winter gab es auch Rindfleisch. Josef und Ernst hatten in den letzten beiden Wintern jeweils ein Jungrind geschlachtet und zerlegt. Senta war auf einem Bauernhof aufgewachsen, sie hatte in ihrer Kindheit wie alle am Hof beim Schlachten von Schweinen oder Rindern mithelfen müssen, denn ihr Vater hatte dem Fleischhauer im Dorf nicht vertraut und lieber selbst für frisches Fleisch gesorgt. So hatte sie also nach vier Jahrzehnten wieder beim Schlachten geholfen. Das Schlachten war Josefs Idee gewesen, denn viele in der Kommune aßen lieber vegetarische Kost.

„Irgendetwas stimmt hier nicht", flüsterte Senta und ließ den Blick auf dem Komposthaufen ruhen.

„Ich spüre es auch", murmelte Ernst Riemenschmied, warf sich die Sense über die Schulter und wischte mit einem Taschentuch den Schweiß von seiner Stirn. „Er hat herumgestochert und dann die Arbeit abgebrochen. Das hat er doch noch nie gemacht."

Senta legte die Sense zu Boden und grub sich mit den Händen in die obere Deckschicht des Haufens. Der Haufen roch gut, kaum zu glauben, dass Josef den Haufen noch weiter reifen lassen wollte, obwohl die Winterbeete unbedingt in den nächsten Tagen angelegt werden mussten.

„Hast du ihn heute gesehen?", fragte Senta und wandte sich Ernst zu.

„Nein. Und gestern auch nicht."

Für eine Weile standen die beiden schweigend beieinander, dann klatschte Senta in die Hände.

„Die Beete müssen angelegt werden, egal, was Josef sagt. Machst du bitte den Haufen auf, die Jungen sollen dir helfen. Und ich gehe zum Hof und sehe nach Josef", sagte Senta entschlossen.

Ernst nickte zustimmend. Josef Lehner übernachtete in der Regel im

Jurtendorf, die Wohnräume seines großen Vierkantbauernhofs standen die meiste Zeit über leer, nur die Stallungen wurden für die Rinder, Schweine, Pferde, Hühner und Enten der Kommune benutzt. Von Zeit zu Zeit aber, wenn Josef die Einsamkeit suchte, wenn er grüblerisch war, wenn er über so manches nachdenken wollte oder musste, verschloss er sich für einen Nachmittag oder eine Nacht in seinem Haus.

„Meinrad wird es machen", bestimmte Ernst grummelnd. „Ich glaube, er muss in der nächsten Zeit wieder härter arbeiten."

Senta schaute ihren alten Freund fragend an. Ernst strich sich durch den Vollbart, seine Miene spiegelte keinen Deut der an ihm sonst so offen liegenden und überquellenden Heiterkeit wider.

„Er war gestern wieder im Rotbuchenhain. Na gut, das kann ich ja tolerieren, er ist zwar kein kleiner Junge mehr, aber bitte. Aber er hat diesen nervösen Ingenieur, der bei uns übernachtet hat, hingeführt. Ich habe sie gesehen, als sie zurückgekommen sind. Das muss doch nicht sein."

Senta ließ sich Zeit mit einer Antwort, überdachte die Aussage wohl, dann legte sie ihre Handfläche auf Ernsts Handrücken, ihre Lippen waren verkniffen.

„Ja, ich glaube auch, dass dein Sohn in den nächsten Tagen wieder ein bisschen härter arbeiten sollte."

17

„Wo ist eigentlich der Severin?", fragte Ernst Riemenschmied in die Runde. Niemand der fünf Jugendlichen sagte irgendetwas. Die drei Burschen und zwei Mädchen hatten sofort bemerkt, dass Ernst sauer war, er hatte sie nämlich nicht freundlich darum gebeten, die Arbeit hier zu machen, sondern sie knapp und trocken zusammengerufen. Alle mochten den stärksten Mann der Kommune, alle liebten seine Scherze und erfreuten sich an seiner robust guten Laune, wenn er aber so wortkarg war wie jetzt, musste ihn irgendetwas wirklich verärgert haben, und da zogen die Jugendlichen es lieber vor, seine Anweisungen zu befolgen.

„Ich habe ihn schon länger nicht gesehen", sagte schließlich Meinrad.

Severin war immer wieder mal für ein paar Tage unauffindbar, also machte sich keiner weiter Gedanken.
„Also Meinrad, du nimmst Mistgabel und Schaufel und gräbst, die anderen holen die Siebgitter. Ihr habt drei Stunden bis zum Abendessen, bis dahin muss der Haufen offen sein. Und ich will einen schönen großen Berg gesiebten Humus sehen, denn morgen lege ich die Winterbeete an. Haben alle verstanden?"
Vier der fünf Jugendlichen nickten zustimmend.
„Aber, Papa", warf Meinrad ein, „ich soll alleine schaufeln und vier werfen die Erde durch die Siebe? Wäre nicht drei zu zwei besser als vier zu eins?"
Ernst Riemenschmied schaute seinen Sohn ruhig und bestimmt an, und zwar in einer Art und Weise, dass Meinrad vollkommen klar war, dass er keine weiteren Diskussionen duldete.
„Du hast den breitesten Rücken und die vorlauteste Zunge von allen, junger Mann, ich bin mir sicher, dass du das schaffen wirst."
Damit wandte sich Ernst ab und stapfte davon.
„Hast du was ausgefressen?", fragte eines der Mädchen.
Meinrad machte eine saure Miene und spuckte geräuschvoll zu Boden.
„Ach was, der spinnt schon wieder mal", knurrte Meinrad. „Also los, fangen wir an."
Grimmig streifte Meinrad sein Hemd ab, packte die Mistgabel und begann am oberen Ende des Komposthaufens zu graben. Nach wenigen Minuten floss der Schweiß über seinen nackten Oberkörper und das Haar an den Schläfen war klitschnass.
Ich habe also den breitesten Rücken, spukte es durch seinen Kopf, ich muss also wieder mal schuften, aber der kriegt mich nicht klein, ganz sicher nicht, das stecke ich locker weg.
Meinrad bemerkte zuerst gar nicht, dass die vier anderen auf Scheibtruhen die Siebgitter herankarrten, so vertieft war er in seine Arbeit. Ein Pfiff schreckte ihn hoch. Meinrad schaute in ein Gesicht, dass er so schnell wiederzusehen nicht erwartete hatte. Er erschrak sogar ein wenig.
„Wo kann ich mich nützlich machen?", fragte Robert Wieser.
Meinrad musterte ihn von Kopf bis Fuß, dann trafen sich die Blicke seiner Freunde mit dem seinen. Sie waren amüsiert, verkniffen sich aber spöttisches Gekicher. Robert war gekleidet wie ein typischer städtischer Ökodorftourist. Feste Wanderschuhe der höheren Preisklasse und ein modisches Joggingdress. Und er zeigte dieses Leuchten in den Augen, dass

Leuten zu eigen war, die im Fernsehen zu viele Naturdokumentationen gesehen hatten und sich einbildeten, im Urlaub entscheidende Erfolge gegen die Umweltverschmutzung und den Klimawandel erzielen zu können.
„Senta meint, der Robert soll dir beim Graben helfen", rief eines der Mädchen und zwinkerte Meinrad zu.
Meinrad rollte mit den Augen. Auch das noch! War sein Vergehen so schlimm gewesen? Natürlich hegte er eine klare Vermutung, warum er von seinem Vater zu Schwerarbeit verdonnert worden war. Da kam ihm der Mann gerade recht.
„Hallo Robert!", grüßte Meinrad auf dem Komposthaufen stehend. „Habe nicht erwartet, dich so bald oder überhaupt wieder zu treffen. Also, nützlich kannst du dich machen, indem du die Mistgabel nimmst und die obere Deckschicht abträgst, bis du auf den Humus stößt. Der Humus wird durch die Siebe geworfen und fein säuberlich aufgehäuft. Alles ganz einfach und super nützlich."
Robert nickte begeistert und packte eine herumliegende Mistgabel.
„Äh, wo soll ich anfangen?"
Die vier Jugendlichen stellten die Scheibtruhen ab und setzten sich unter eine schattenspendende Eiche. Sie hatten ihren Spaß.
„Fang am anderen Ende an. Die Arbeit ist nicht kompliziert, aber man braucht etwas Kraft."
Robert Wieser war sich sicher, dass das der richtige Weg war, die Aufmerksamkeit von Angelika zu erringen. Meinrad hatte ja gesagt, dass sie auf Männer stand, die mit ihren Händen auf dem Feld arbeiteten. Der Komposthaufen war zwar kein Feld, aber das mit dem Feld war ja eher im übertragenen Sinne gemeint, war wohl mehr eine Metapher für körperliche Arbeit in der Selbstversorgerlandwirtschaft. Robert schaufelte hurtig drauflos, innerhalb kürzester Zeit war er schweißüberströmt, doch zum Glück verfügte er durch die regelmäßigen Besuche im Fitnesscenter über eine gute Kondition.
Schon nach wenigen Minuten entdeckte Robert aus den Augenwinkeln, dass Angelika mit einem großen Tonkrug auf sie zukam. Sofort beschleunigte er seine Arbeit, um dann wie überrascht von ihrer Anwesenheit in seinem Werk innezuhalten.
„Hallo!", rief er auf dem Komposthaufen stehend Angelika zu, die ihn genau musterte und den Gruß nickend erwiderte.
„Kurze Apfelsaftpause!", rief sie. „Kommt, es gibt etwas zu trinken."

Meinrad stieg vom Haufen herab, die anderen vier erhoben sich aus ihrer vorerst bequemen Lage unter dem Baum.
„Komm runter. Trink erst mal etwas“, forderte Meinrad Robert auf.
Robert war ein Profi, er hatte zwanzig Jahre Berufspraxis in der Privatwirtschaft, er wusste genau, wie man den Eindruck erweckte, eine sehr wichtige und außerordentlich dringende Arbeit noch unbedingt vor Feierabend abschließen zu müssen.
„Einen Moment, ich bin gerade gut in Schwung.“
Meinrad suchte in Angelikas Augen. Wusste sie etwas von seinem Vergehen? Sie erwiderte Meinrads Blick ohne jeden Argwohn, also schloss Meinrad, dass sie nichts wusste. Als er ihr so gegenüberstand, kam er sich wirklich dumm vor, vielmehr sogar vermessen. Meinrad akzeptierte innerlich die Strafen, die sein Vater ihm noch aufbrummen würde und schwor sich, bei seinen Streichen in Zukunft ein wenig umsichtiger zu sein. Andererseits ärgerte er sich aber auch über seinen Vater, da tat der Mann immer lieb und ein bisschen schrullig, aber seinen scharfen Blicken entging dann doch nichts.
„He, was ist das!“
Der Tonfall war alarmierend.
Angelika und die fünf Jugendlichen der Kommune der Erdenkinder schauten zu Robert Wieser hinüber, der die Mistgabel zur Seite warf, sich niederkniete und mit den Händen im Komposthaufen scharrte.
„Um Himmels Willen!“, rief Robert und sprang hoch.
Robert schaute wie hypnotisiert in das starre Gesicht, Insekten krabbelten über die nackte Haut. Robert taumelte. Plötzlich stand Angelika neben ihm. Sie schlug die Hände vor dem Gesicht zusammen.
„Meinrad“, rief sie aus, „lauf zu Senta und sag, wir haben Meister Josef gefunden! Er ist tot!“

18

Christina saß konzentriert hinter dem Steuer, trat auf der kurvenreichen Fahrbahn tief ins Pedal, setzte zu einem Überholmanöver an und ließ einen gemächlich dahintuckernden Traktor hinter sich. Die weitläufige Umgebung rund um Steyr war von kleinen und größeren Dörfern, von Betriebsarealen und den traditionellen großen Vierkanthöfen bestimmt. Sie kannte von ihren Radtouren die Topografie dieses Landstriches gut, auch wenn sie das als Ziel ihrer Fahrt genannte Dorf noch nicht kannte. Sie war noch nie in Dürnfeld gewesen, denn der Ort lag für Fahrradtouren relativ weit von Steyr entfernt und verfügte, wie man ihr schon vor langem einmal gesagt hatte, außer einem Kohlekraftwerk über keinerlei touristische Attraktionen. Ein Bauerndorf, das wegen seiner günstigen Lage in der Nähe der oberösterreichischen Schwerindustrie und eines in den Siebzigerjahren des vorigen Jahrhunderts sehr umtriebigen Bürgermeisters mit guten Kontakten in die obersten politischen Kreise des Landes als Standort eines Kraftwerkes ausgewählt und an das Eisenbahnnetz angeschlossen worden war.

Die Stimme aus dem Navigationsgerät sagte ihr rechtzeitig an, dass sie an der nächsten Kreuzung links abzubiegen hatte, aber Christina bedurfte dieser Ansage gar nicht, denn sie sah schon aus der Ferne den hoch aufragenden Schornstein des Kraftwerks. Ein Ziel, das man in diesem nur sanft hügeligen Land nicht verfehlen konnte. Nach wenigen Kurven kam sie zur nächsten Kreuzung. Ein großes Schild mit der Aufschrift Kraftwerk Dürnfeld wies an der Kreuzung nach links in ein Waldstück. Flott nahm sie die Kurve und sah schon das rotierende Blaulicht eines Rettungswagens, außerdem standen dort im Wald zwei Streifenwagen. Christina parkte ihren schwarzen VW Golf hinter den Streifenwagen, so dass der Rettungswagen jederzeit losfahren konnte. Sie stieg aus und blickte sich um.

Vogelgezwitscher und die milde Abendluft in einem Wald nach einem sonnigen Sommertag empfingen sie zuallererst, doch dann hörte sie Stimmen und das Brummen eines weiteren Autos. Ein Kleinbus rollte heran. Christina nickte, die Spurensicherung war also auch schon da, dann konnte die Arbeit ja richtig losgehen. Ein gemütlich aussehender, etwas übergewichtiger Polizist kam auf sie zu, er trug seine Mütze lässig nach

hinten gekippt und grinste sie schon aus der Ferne breit an. Christina trat auf ihn zu und reichte dem Mann die Hand.
„Guten Tag, Herr Kollege. Christina Kayserling, Kriminalreferat Steyr“, stellte sie sich vor.
„Grüss dich, Frau Kollegin, ich kenn dich eh.“
Christina zog die Brauen hoch. Ihr Gedächtnis war ganz bestimmt nicht das schlechteste, aber sie konnte sich nicht erinnern, dieses einfache, ein wenig von langjährigem Alkoholkonsum geprägte, durchwegs sympathisch lächelnde Gesicht schon einmal gesehen zu haben.
„Aha, Sie kennen mich? Und woher?“
Er winkte ihr.
„Also von mir aus sagst Sie, aber von mir aus kannst auch du sagen. Wie du willst. Ich bin der Raimund Brandstätter, Postenkommandant. Wir hier draußen auf dem Land sind nicht so steif. Komm mit, Frau Kollegin, unser Toter liegt da drüben im Kompost. Ein paar Minuten müssen wir gehen.“
Christina schaute den Landpolizisten von der Seite an.
„Wo liegt der Tote? Im Kompost?“
„Freilich, wie ich sag, im Kompost.“
„Ein richtiger Komposthaufen mit Bioabfällen, verrottendem Laub und Gras und so Zeug? Und der Tote liegt da drinnen?“
„Ein Riesenkomposthaufen. So groß wie in den gewerblichen Kompostieranlagen.“
„Ein Komposthaufen“, seufzte Christina. „Da werden die Kollegen von der Spurensicherung und die Gerichtsmedizin eine Riesenfreude haben.“
„Ja, und du wirst eine Riesenfreude mit unseren Verdächtigen haben, Frau Kollegin“, sagte Raimund Brandstätter und zeigte in Richtung des Jurtendorfes. „Dort sind sie, unsere Ökokinder.“
Christina lächelte den Landpolizisten breit an. Ihre durchaus streitbare Bestimmtheit blitzte mehr als deutlich in diesem Lächeln.
„Du, Raimund, ich glaube, diese Riesenfreude werden wir gemeinsam haben. Was meinst du?“
„Siehst du, Frau Kollegin, das du geht also doch. Ich habe mir ja gleich gedacht, dass du nicht so zuwider bist.“
„Ist es das, was ihr hier am Land von mir wisst, dass ich zuwider bin?“
„Kränk dich nicht, Frau Kollegin, ich höre die Geschichten, aber ich bilde mir lieber selber ein Urteil. Und eines weiß ich sicher: eine Kriminalerin,

die nicht zuwider ist, kann keine Kriminalerin sein, sondern höchstens eine Politesse. Deswegen bin ja ich zum Beispiel nicht zu den Kriminalern gegangen, sondern im Bezirk geblieben. Mir liegt das Zuwidere nicht so."
Christina musterte den Mann mit steigendem Wohlwollen. Seine herbe Direktheit und das kecke Ignorieren ihres höheren Dienstgrades, gepaart mit diesen spähenden, wachen Augen gefielen ihr.
„Sagst halt Christina zu mir, Frau Kollegin klingt so förmlich, und ich bin ja nicht so steif, obwohl ich aus der Stadt komme. Und dann hol bitte die Leute von der Spurensicherung her, die stehen da planlos in der Gegend herum und ich will dann doch irgendwann ein paar gesicherte Informationen."
„Das ist recht. Und, Christina, wir werden das Kind schon schaukeln."
Ihr Lächeln verschwand mit einem Mal.
„Bevor ich irgendwelche Kinder schaukle, will ich zuerst den Toten sehen."

19

Ein flaues Gefühl lag in seinem Magen, sein Gaumen war trocken, sein Blick wanderte unruhig hin und her, Robert Wieser hatte auf einmal Sehnsucht, in seinem Auto zu sitzen und den Popsongs von ABBA zu lauschen. Aber das war jetzt nicht möglich, noch nicht, denn der Polizist hatte ihnen mit unmissverständlichen Worten klar gemacht, dass sie hier warten mussten. Der Polizist hatte ihre Gruppe auch von den anderen getrennt, sie standen in der Nähe der Komposthaufen, während die anderen Bewohner des Jurtendorfes und die Touristen von der Campingplatzwiese in großer Entfernung der Dinge, die da noch kommen würden, harren mussten. Robert, Angelika, Meinrad und die vier anderen Jugendlichen, Senta Wegscheider und Meinrads Eltern Ernst und Gerlinde standen schweigend beisammen und schauten den Einsatzkräften bei ihrer Arbeit zu.
Sie alle hatten sofort gewusst, dass die Frau im schicken und doch salopp Hosenanzug hier das Sagen hatte, denn sie war vom Kommandanten der uniformierten Polizei und von einem Trupp der Spurensicherung es-

kortiert worden. Auch an der Art des methodischen Inspizierens des Ortes hatten sie erkannt, dass die Kriminalpolizei vor Ort war. Fast eine halbe Stunde lang hatte die Polizistin die Gegend rund um den Kompostplatz besichtigt, hatte dem Fotografen verschiedene Anweisungen gegeben, was er abzulichten hatte, hatte den Komposthaufen genau in Augenschein genommen und sich allerlei Notizen gemacht.

Robert war in sich gekehrt, er hätte nicht gewusst, was er zu den Leuten, die da neben ihm standen, hätte sagen sollen. Wie fremd diese Leute in ihrer merkwürdigen Kluft, die an die Arbeiterkleidung des maoistischen Chinas erinnerte, ihm auf einmal schienen. Ja, Angelika stand neben ihm, ja, er hätte mir ihr jederzeit ein Gespräch anfangen können, aber was hätte er angesichts des toten Mannes im Kompost sagen sollen?

„Sind Sie Robert Wieser?"

Robert erschrak. Die Frage riss ihn jäh aus seiner Versenkung und Grübelei, er warf den Kopf herum und starrte abwechselnd die Polizistin in Zivilkleidung und den uniformierten Polizisten an.

„Ja, Ingenieur Robert Wieser. Ich kann mich leider nicht ausweisen, denn meine Papiere sind im Auto und der Herr Inspektor hat gesagt, ich müsse hier warten."

Christina musterte den Mann genau. Nicht nur seine Kleidung, auch die Frisur und sein rasiertes Kinn unterschieden ihn von den anderen Leuten in der Gruppe. Er hatte bei der ersten Befragung, die Raimund Brandstätter durchgeführt hatte, angegeben, sich erst seit gestern Abend in der Kommune aufzuhalten. Ein Wohlstandsbürger auf dem Ökotrip? Wie auch immer, bis auf einen nervösen Zug in seiner Miene sah er nicht übel aus.

„Sie haben also den Toten gefunden. Sie und Frau Angelika Leser."

Christina wandte sich der rothaarigen jungen Frau zu. Sie wunderte sich, dass eine Frau mit so einem ebenmäßigem Gesicht, so ausdrucksstarken Augen und einer so eindrucksvollen Haarpracht nicht Schauspielerin oder Fotomodell war. Die plumpe Kleidung ließ höchstens vermuten, dass sie nicht nur ein schönes Gesicht, sondern auch einen wohlproportionierten Körper hatte. Die junge Frau schaute Christina direkt und unumwunden in die Augen. Früher, als sie selbst noch eine junge Frau gewesen war und mühsam um ihr Selbstbewusstsein gerungen hatte, waren ihr Begegnungen mit so auffällig von der Natur begünstigten Menschen überaus unangenehm gewesen und hatten ihr immer das Gefühl gegeben, ein hässliches Entlein zu sein. Aber das war früher gewesen, jetzt hatte sie

sich selbst unter Kontrolle, und vor allem war sie hier die Kriminalpolizistin, vor der man Respekt zeigte oder sogar Furcht empfand.
„Ja, das ist korrekt."
„Und Sie haben den Toten auch sofort identifiziert?"
„Natürlich. Alle im Dorf kennen Meister Josef."
„Sie meinen Josef Lehner, den Besitzer des Bachleithenhofes?"
Angelika nickte zustimmend, während sich Christina Raimund Brandstätter zuwandte.
„Weißt du, ob der Bachleithenhof einer dieser traditionellen oberösterreichischen Erbhöfe ist?"
„Muss ich erst herausfinden", sagte Raimund.
„Nein, kein alter Erbhof, obwohl es seit hundertdreißig Jahren eine vollkommene patriarchalische Erblinie gibt. Der Bachleithenhof ist 1880 von Josef Lehners Urgroßvater erworben und seit damals in direkter Erbfolge an den jeweils ältesten männlichen Sohn vererbt worden. 1893 ist der Vierkanter fertig gestellt und als Wohnhaus bezogen worden."
Christina musterte die untersetzte Frau Mitte fünfzig, ihre kräftigen Hände und ihr wettergegerbtes Gesichts.
„Und das wissen Sie ganz genau? Wie ist Ihr Name?"
„Senta Wegscheider. Ja, ich weiß das genau, Josef hat es mir erzählt. Ich kannte Josef gut, ich habe ihn vor etwas mehr als drei Jahren gefragt, ob wir hier in seinem Wald siedeln und unsere Landwirtschaft aufbauen dürfen. Das alles, der Wald, die Wiesen und die Felder in dieser Richtung und in dieser Richtung haben ihm gehört. Wir befinden uns mitten auf dem Bachleithengrund."
Christina lauschte der angenehmen Stimme der Frau, ihrer melodiösen Intonation, dem klaren Klang der Silben. Christina nickte und ließ noch einmal den Blick schweifen, dann fasste sie Senta scharf ins Auge.
„Was geschieht denn jetzt mit dem Dorf?", fragte sie und sah sofort, dass diese Frage für die Dorfbewohner wie ein glühendes Eisen auf nackter Haut wirkte.
„Wir wissen es nicht", antwortete Senta erst nach einer Weile und setzte dann beinahe flüsternd hinzu: „Wahrscheinlich werden wir von hier fortgejagt."
Christina horchte in das Schweigen. Die Angst vor der Zukunft schien echt zu sein, sie fühlten das Ende ihrer Lebensweise fernab der modernen Zivilisationen heranziehen.

„Gut, meine Damen und Herren, halten Sie sich bitte für weitere Befragungen zur Verfügung.“
Damit wandte sie sich ab und gemeinsam mit Raimund Brandstätter stapfte Christina davon.
„Wenn die Spurensicherung fertig ist, können wir alles zusammenpacken und abziehen. Wir müssen so schnell wie möglich herausfinden, ob Josef Lehner ein Testament gemacht hat.“
„Das müssen wir unbedingt, weil wir dann vielleicht gleich mal wissen, wer als Mörder in Frage kommt.“
Christina winkte ab.
„Solange die Gerichtsmedizin nicht eine Fremdeinwirkung mit Todesfolgen findet, ist das noch kein Mordfall, sondern der etwas seltsame Todesfall eines Mannes höheren Alters.“
„Eines Mannes höheren Alters und höheren Besitzes. Der Wald und die Felder sind selbst für einen hiesigen Großbauern überdurchschnittlich groß.“

20

Sie hatte auf das Navigationsgerät verzichtet, denn Raimund Brandstätter hatte es sich nicht nehmen lassen, seine Ortskenntnisse in die gemeinsame Arbeit einzubringen, er hatte ihr den Weg angesagt. Sie waren nur ein paar Minuten im Auto gesessen, denn die erste Adresse, die sie an diesem Abend ansteuerten, lag im Ort Dürnfeld. Christina lenkte das Auto gemächlich durch die Siedlung und ließ den Blick schweifen. Sie befanden sich in einem Neubauviertel des Dorfes, schmucke Einfamilienhäuser und gepflegte Gärten prägten den Charakter.
„Da vorne. Das gelbe Haus“, sagte Raimund und deutete auf ein Haus mit ausladender Fassade, breiten Fenstern und einer zweitürigen Garage.
Christina hielt das Auto am Straßenrand an und stieg aus. Das Haus war nicht wesentlich größer als die anderen Häuser, aber durch die Architektur und den einwandfreien Zustand wirkte es vornehmer, vielleicht auch protziger. Hier also wohnte der ältere Sohn von Josef Lehner. Die beiden

traten an die Wohnungstür, klingelten und warteten. Der milde Sommertag versank, ein angenehmes Lüftchen brachte Kühle, in der Nachbarschaft ratterte der in solchen Siedlungen unvermeidliche Rasenmäher. Sie klingelten erneut.

„Gehen wir rein", forderte Raimund Christina auf und langte zur Türschnalle. Die Tür war nicht verschlossen. Christina rührte sich nicht von der Stelle, sondern drückte wieder ihren Zeigefinger auf die Glocke. Sie hörten eine Stimme und kurz darauf wurde die Tür von einer Frau Mitte dreißig geöffnet. Christina musterte die Frau, deren Erscheinung sich fugenlos in das Ambiente der Siedlung fügte, schmuck, gepflegt, restlos unauffällig in ihrer Alltäglichkeit, auch der in sich gekehrte und von stillen Enttäuschungen geprägte Glanz in ihren Augen schien ihrem Lebensumfeld vollkommen angemessen.

„Guten Tag, mein Name ist Christina Kayserling, Kriminalpolizei. Das ist Inspektor Brandstätter vom hiesigen Bezirkspolizeikommando. Ist vielleicht Herr Alois Lehner zuhause?"

Die Frau antwortete nicht, ihr Gesicht blieb angesichts des unerwarteten Besuches der Polizei ausdruckslos. Sie hielt den Blicken Christinas problemlos stand, dann schaute sie den uniformierten Polizisten neben Christina an.

„Grüss dich, Raimund. Wollt ihr nicht hereinkommen?"

„Grüss dich, Karin. Wäre nicht schlecht."

Die Frau ging voran und Raimund überließ Christina den Vortritt. Er kannte also die Ehefrau von Alois Lehner persönlich. Christina erwog, ob es eine gute Idee gewesen war, auf Raimunds Vorschlag, sie bei der Tour zu den nächsten Angehörigen des Toten zu begleiten, einzugehen. Raimund schien Christinas Gedanken erraten zu haben.

„Sie ist eine Bekannte meiner jüngeren Schwester. Vor einigen Jahren sind wir uns ein paar Mal über den Weg gelaufen. Habe nicht gewusst, dass sie Lehners Frau ist", flüsterte er Christina zu, die die Information mit einem Nicken quittierte.

Im rustikal eingerichteten Vorzimmer hingen Geweihe von Rehen und Hirschen an der Wand. Der Hausherr war also Jäger. Sie kamen in eine geräumige Wohnküche, eingerichtet mit modernen und ebenso rustikal wirkenden Küchenmöbeln vom Tischler, mit den neuesten Küchenmaschinen ausgerüstet und in tadellos gepflegtem Zustand. Die Frau hatte offenbar soeben das Abendessen für mehrere Personen zubereitet, auf einem Teller lagen fertig gestrichene Butterbrote, auf einem zweiten lag Wurst- und Käseaufschnitt, eine Kanne Kräutertee dampfte auf dem Esstisch.

„Wollen Sie sich setzen? Wollen Sie etwas Tee?", lud die Hausfrau ihre ungebetenen Gäste ein.

„Vielen Dank, wir wollen nicht lange stören, wir müssen mit Alois Lehner sprechen. Ist Ihr Mann zuhause?"

„Er ist noch nicht von der Arbeit zurück. Ich weiß nicht, wann er kommt."

„Wo arbeitet ihr Mann?"

„Im Lagerhaus."

„Und was macht er da genau?"

„Er ist dort der Chef. Ist irgendetwas passiert?", fragte die Frau mit zusammengekniffenen Augen.

Raimund Brandstätter hielt sich dezent zurück, schließlich war das hier nicht seine Spielwiese, aber er beobachtete genau.

„Frau Lehner, wir müssen Ihnen eine traurige Nachricht überbringen. Ihr Schwiegervater Josef Lehner ist tot."

Die Miene der Frau wurde sichtlich zu Stein, regungslos, hart, nur mit schwerem Werkzeug zu brechen. Sie schaute Raimund Brandstätter an.

„Ja, Karin, so ist es. Wir haben seinen Leichnam der Gerichtsmedizin überstellt. Mein Beileid."

Damit reichte er ihr die Hand, eine persönliche Geste, die Christina nicht nachvollzog. Im Türrahmen tauchte ein etwa zehnjähriger Junge auf, der angesichts der unangenehmen Atmosphäre in der Wohnküche nicht nähertrat, sondern in sicherer Entfernung verharrte.

„Wieso Gerichtsmedizin? Wieso Kriminalpolizei? Ist er ermordet worden?"

„Wir wissen es nicht", antwortete Christina, „aber wir müssen die Möglichkeit in Erwägung ziehen. Deshalb auch die Gerichtsmedizin. Hat Ihr Ehemann ein Handy?"

„Ja, freilich."

„Geben Sie mir bitte die Nummer. Vielleicht erreiche ich ihn am Telefon."

Karin Lehner notierte die Telefonnummer und reichte den Zettel Christina.

„Niemand wird zur Beerdigung kommen. So eine Schande."

Christina steckte den Notizzettel in ihre Handtasche. Wie viel man in manchen Situationen aus wenigen Gesten und Worten über Menschen und Beziehungen erfahren konnte.

21

Nachdem die Polizei den Ort des Geschehens verlassen hatte, waren die ersten Zelte abgebrochen worden. Sommers mit friedlichem Protest und Verzicht auf Komfort gegen den Klimawandel die Stimme zu erheben, war das eine, aber Probleme mit der Polizei wegen eines vermeintlichen Mordfalles zu haben, etwas völlig anderes. Senta Wegscheider rechnete damit, dass die Zelte im Laufe des morgigen Tages weitgehend verschwinden würden, dass sich die Ökotouristen nicht länger an den Mahnwachen am Kraftwerk beteiligen würden. Wer konnte es ihnen verdenken? Sie selbst war so niedergeschlagen, so deprimiert, so erschöpft, dass sie für einen Moment auch an ein fluchtartiges Verlassen des Ortes gedacht hatte. Aber das ging nicht, das käme einer schnellen Kapitulation vor den Widrigkeiten des zivilisationsfreien Lebens in einer hochtechnisierten Welt gleich, doch gerade diesen Widrigkeiten zu trotzen, war ihre Lebensaufgabe. Wenngleich der Tod von Meister Josef eine gewaltige Prüfung war, eine Prüfung, an der sie zu zerbrechen fürchtete. Senta ließ die Erdenkinder, die die hereinbrechende Nacht mit ihr verstört und schweigsam rund um das Lagerfeuer saßen, ihre Furcht spüren. Sentas Stärke und ihr Führungsanspruch in dieser Gemeinschaft rührte daher, dass sie keinerlei Emotionen und Gedanken für sich behielt, sondern immer alles offen und bereitwillig teilte. Auch ihre Angst. Heute wurde nicht getrommelt und getanzt, gegessen und gelacht, heute wurde ihres Bruders und Mentors gedacht.

Gebhardt Höller, der Arzt der Kommune, erhob sich und trat in die Runde. Seine Stimme war laut und eindringlich, wie immer sprach seine umfassende Bildung und sein zäher Wille zur Tat aus ihm.

„Schwestern und Brüder, ihr alle wisst, was bis jetzt noch niemand gesagt hat, aber ich wage es auszusprechen. Wenn der Tod von Meister Josef tatsächlich, wie das offenbar die Polizei vermutet und wie man nach Ansicht der Lage vermuten muss, durch einen Akt der Gewalt eingetreten ist, dann ist das der schlimmste, niederträchtigste und sündhafteste Versuch, unsere in Frieden und Einklang mit der Natur lebende Gemeinschaft zu zerstören. Wir wissen, dass die Hochverbraucher uns hassen, weil wir ihnen einen Spiegel vor Augen halten, weil wir durch die Abkehr vom Materialismus unendlich viel mehr Lebensglück und Zufriedenheit er-

reicht haben, als es selbst die grellsten Verlockungen der hektischen Warenwelt zu versprechen wagen. Unser Dorf, unsere Landwirtschaft, unsere Weisheit und Erfahrung sind so tief mit diesem Wald und diesen Feldern verwurzelt, dass wir in Wahrheit nur eines fürchten müssen, nämlich das Schicksal aller indigenen Völker zu erleiden. Wahrscheinlich wird die Gier, die blinde Zerstörungswut und der Neid der weißen Eroberer, die in diesem Land zu gefräßigen Hochverbrauchern mit dicken Bankkonten geworden sind, uns dieses Land und somit unser Leben wegnehmen. Das werden wir uns nicht gefallen lassen! Seit ich zwei Jahre im Reservat bei den Navajos gelebt habe, weiß ich, wie die Hochverbraucher systematisch gegen alternative Kulturen vorgehen. Wir dürfen uns nicht davon einschüchtern lassen, wir müssen unseren gewaltlosen Widerstand weiterführen, wir dürfen nicht ablassen, den Hochverbrauchern zuzurufen, dass sie mit jeder ihrer Handlungen unserer Mutter Erde Schmerzen und Schaden zufügen!"
Die Zustimmung, das Klatschen und Johlen war höchstens schaumgebremst. Alle schätzten Gebhardt und hatten Respekt vor seinem Wissen, immerhin hatte er in jungen Jahren in Rekordzeit zwei Doktorate gemacht, hatte als Arzt drei Jahre in einem Krankenhaus für Arme in Guatemala gearbeitet und danach bei den Navajos gelebt, doch seine kämpferischen und reichlich sektiererischen Ansichten trafen nicht immer den Geschmack aller. Senta erhob sich, sie war nicht glücklich über Gebhardts Aufruf, obwohl er natürlich in einem Punkt völlig Recht hatte. Sofort kehrte Stille ein, sofort lauschten alle ihrer großen Schwester.
„Schwestern und Brüder, danken wir Gebhardt für seine Worte. Es stimmt, durch den Tod von Meister Josef ist unser Leben auf seinem Grundstück unsicher geworden. Wir kennen Josefs Söhne und wir wissen, dass sie nicht eine Sekunde zögern werden, uns von hier zu vertreiben. Macht euch also für den Abschied bereit. Doch bevor wir uns von diesen Feldern, Wiesen und Bäumen verabschieden, müssen wir uns von unserem Bruder Josef verabschieden. Erhebt euch und reicht euch die Hände! Begleiten wir die Seele des Mannes zu den ewigen Geistern, dessen Weisheit und Fleiß uns zu der besten Nahrung, die unsere Mutter Erde hervorbringen kann, verholfen hat. Singen wir einen letzten Gesang für einen Mann, der vielleicht spät in seinem Leben, schließlich aber mit voller Klarheit das Wesen menschlichen Bauerntums erkannt und gelebt hat. Gedenken wir schließlich des Mannes, der seine Komposthaufen so geliebt hat, dass es

mir als Akt der letzten Gnade erscheint, dass er im Kompost sein Leben ausgehaucht hat. Singen wir für unseren Bruder Josef dieses Lied!“
Ein leiser, bedächtig anschwellender Chor trug einen schlichten, kontemplativen Gesang in die Tiefe des Waldes und über die Weite der Felder. Das Lodern des langsam umtanzten Feuers warf geisterhaft schwebende Schatten in die Dunkelheit der beginnenden Nacht.
Im nahen Kraftwerk fuhr der Schichtleiter wegen der allabendlichen Verbrauchsspitze die Leistung des Kessels hoch.

22

„Kommen Sie herein, bitte, da entlang. Ich habe Sie schon erwartet.“
Der gutaussehende Mittdreißiger führte Christina und Raimund in das Wohnzimmer der schicken und geräumigen Villa. Er trug eine Anzughose und die oberen zwei Knöpfe seines Hemdes waren geöffnet, die Ärmel aufgekrempelt, die Krawatte hatte er wohl schon vor längerer Zeit abgelegt. Natürlich, es lief auf acht Uhr abends zu und er war hier zuhause, da durfte die Kleidung schon salopp aussehen.
„Sie müssen entschuldigen, dass ich Sie alleine begrüße, meine Frau bringt gerade unsere kleine Ricarda ins Bett. Sie wird in ein paar Minuten zu uns stoßen. Darf ich Ihnen etwas zu trinken anbieten? Frau Inspektor? Herr Wachtmeister? Kaffee? Orangensaft? Cognac?“
„Vielen Dank, Herr Lehner, wir wollen wirklich nicht lange stören.“
„Setzen Sie sich doch“, forderte Michael Lehner seine späten Gäste auf und ließ sich selbst auf einen Fauteuil der komfortablen Sitzlandschaft fallen. Die beiden folgten seinem Beispiel. Er griff nach der Cognacflasche, die auf dem Tisch stand und goss einen Schluck in das ebenfalls bereitstehende Glas.
„Sie erlauben doch, dass ich nach dieser Schreckensmeldung einen Cognac zu mir nehme? Immerhin ist mein Vater tot, das ist für mich natürlich ein schwerer Schlag. Ja, Sie vermuten richtig, meine Schwägerin Karin hat mich zuvor angerufen und mir die traurige Nachricht mitgeteilt. Sie hat auch gesagt, dass Sie wahrscheinlich bei mir auftauchen werden. Da sind Sie also.“

Nachdem Christina den Mann genau beobachtet hatte, ließ sie nun ihren Blick umher wandern. Offenbar war der jüngere Sohn des Toten wesentlich vermögender als sein älterer Bruder, denn diese Villa am Stadtrand von Linz befand sich nicht nur in bester Lage, auch das Interieur spiegelte einen Wohlstand wider, der erheblich über dem des schmucken, letztlich aber schlichten Einfamilienhauses in Dürnfeld lag. Und Michael Lehner selbst wirkte wie ein eloquenter Managertyp in gehobener Führungsposition.
„Hat Ihre Schwägerin auch gesagt, dass wir bestimmte Unklarheiten am Ableben Ihres Vaters untersuchen?", fragte Christina.
„Das hat sie gesagt", gab Michael Lehner zurück und seine Stirn legte sich in dunkle Falten. „Wenn es da irgendein Verbrechen gegeben hat, wenn mein Vater also wirklich ermordet worden ist, dann hoffe ich sehr, dass Sie mit der vollen Härte unserer Gesetze den Täter oder die Täterin zur Rechenschaft ziehen. Nein, ich hoffe das nicht, ich erwarte das!"
Man hörte und sah, dass dieser Mann in früheren Jahren viel Energie in die Schulung seiner Rhetorik und seines Auftretens gelegt hatte. Man würde kaum glauben, einen Bauernjungen vor sich zu haben, sondern könnte meinen, seine geschliffenen Manieren wären das Resultat einer straffen großbürgerlichen Erziehung in einem katholischen Internat.
„Wie ist das passiert? Was ist da überhaupt vorgefallen? Ich bin sehr verstört und habe keinerlei Informationen."
„Ihr Vater wurde leblos in einer Kompostmiete gefunden. Die erste Untersuchung ergab Herzversagen als wahrscheinliche Todesursache", antwortete Christina.
„Herzversagen? Das würde ich jetzt mal als unwahrscheinlich bezeichnen, mein Vater erfreute sich einer sehr rüstigen Konstitution. Aber wer weiß, er war achtundsechzig Jahre alt, möglich ist da ein Herzversagen schon. Und dass er sich seit mehreren Jahren mit Kompostierungen beschäftigt hat, ist auch bekannt. Er hat sich bei der Arbeit überanstrengt, hat einen Herzinfarkt erlitten und ist verstorben. Das hört sich nicht nach einem Mord an."
„Herr Lehner, irgendjemand hat den Leichnam Ihres Vaters bewusst in den Haufen eingegraben. Der Verwesungsprozess hat schon eingesetzt, ein paar Tage länger im Kompost und wir hätten außer dem Skelett kaum mehr verwertbare Spuren gefunden Das ist es, was uns stutzig macht."
Michael Lehner stellte mit betretener Miene das Cognacglas ab und starrte vor sich hin.

„Was war Ihr Vater für ein Mensch? Erzählen Sie mir doch ein wenig von ihm", forderte Christina den Mann auf.
„Tja", hob Michael Lehner seufzend an und ließ seinen Kopf in den Nacken fallen. „Mein Vater war schon immer irgendwie ganz eigen. Er hat für die Arbeit gelebt, das kann man definitiv sagen, er hat immer vorbildlich für die Familie und den Hof gesorgt, immerhin hat er für meinen Bruder einen beruflichen Einstieg geschaffen und auch mein Betriebswirtschaftsstudium finanziell ermöglicht. Dafür können wir ihm nicht genug danken. Bis zum Tod meiner Mutter hat er den Bachleithenhof sehr erfolgreich geführt. Er war sehr sparsam, aber nie geizig, er war gerecht und hat uns, seinen Söhnen, viele Freiheiten gelassen, die andere Burschen in unserem Alter nicht hatten."
Der Sprachfluss des Mannes kam geölt, routiniert und diszipliniert, es war für Christina praktisch unmöglich, irgendeine Emotion hinter dieser polierten Maske auszumachen.
„Sie sagten, er wäre eigen gewesen. Wie meinen Sie das?"
„Er hatte immer, nennen wir es so, kreative Ideen für die Arbeit auf dem Hof. Meine Mutter hatte in manchen Phasen ihres Ehelebens einige Mühe, meinem Vater solche Ideen auszureden. Ich gebe Ihnen ein Beispiel. Er hat sich eingebildet, die Schweinemast nicht mehr im Stall durchzuführen, sondern auf den Feldern einfache Verschläge zu bauen und die Tiere das ganze Jahr über im Freien zu lassen", erzählte Michael Lehner und schüttelte den Kopf über diese Idee. „So etwas ist vielleicht für Biobauern, die zehn, fünfzehn Tiere halten, in Ordnung, stellen Sie sich aber vor, ein paar hundert Mastschweine rennen frei auf einem mehrere Hektar großen Areal herum und suchen sich ihr Fressen selbst. Völlig unrealistisch, absolut ineffizient und unhygienisch, niemand, der von Landwirtschaft auch nur ein bisschen Ahnung hat, würde so etwas tun. Das hat schließlich auch mein Vater einsehen müssen."
„Ihr Vater hat in den letzten Jahren diese Kommune, die Erdenkinder, auf seinem Grundstück wohnen lassen. Er selbst war Mitglied dieser Gruppe."
Michael Lehner klopfte mit der Spitze seines Zeigefingers auf die Tischplatte.
„Diese Bande, vor allem diese Hexe Senta, haben meinen Vater einer Gehirnwäsche unterzogen! Ich bin auf diese Verrückten nicht gut zu sprechen, ganz und gar nicht. Nach dem Tod meiner Mutter war mein Vater verständlicherweise sehr niedergeschlagen, er war orientierungslos, er hat

sich aber von Alois und mir nicht helfen lassen wollen. Dieses Frauenzimmer Senta hat das schamlos ausgenutzt, hat die Schwäche meines Vaters benutzt, um die seit vier Generationen von der Familie Lehner geführte Landwirtschaft für ihre verrückten Ideen zu gewinnen. Ja, Frau Inspektor, so bitter diese Wahrheit für mich in dieser Stunde auch ist, mein Vater hat seine eigenen Söhne davongejagt und diesen Verrückten Haus und Hof geöffnet. Das ist eine offene Wunde, die jetzt aber hoffentlich heilen wird. Alois weiß sehr genau, was zu tun ist."

„Wie meinen Sie das, Herr Lehner?", fragte Christina mit zusammengekniffenen Augen.

„Alois ist der älteste Sohn, er ist, wie es die Tradition bestimmt, der Hoferbe. Und Alois ist ein sehr energischer Mann, er wird diese Parasiten in kürzester Zeit aus dem Bachleithenwald verjagt haben. Und wissen Sie was, Frau Inspektor, auch wenn ich in der Vergangenheit nicht immer einer Meinung mit meinem großen Bruder war, aber wenn es um den Bachleithenhof geht, werden die Lehnerbuben Schulter an Schulter stehen. Das verspreche ich Ihnen."

Christina legte ihre Hände übereinander.

„Herr Lehner, was haben Sie gestern gemacht?"

Michael Lehner schaute unumwunden in Christinas Augen.

„Sie vermuten einen Mordfall?", konterte er mit einer Gegenfrage.

„Wir müssen alle Möglichkeiten in Betracht ziehen."

„Und in einem Mordfall bin ich als naher Angehöriger automatisch verdächtig, nicht wahr? Sie müssen diese Frage stellen."

Christina nickte zustimmend und wartete. Michael Lehner warf sich wieder in die Lehne des Fauteuils.

„Meine beruflichen Pflichten binden wochentags meine Energie und Zeit, ich arbeite meist sechzig Stunden in der Woche, aber der Sonntag ist der Tag der Familie. Da bin ich unnachgiebig, ich schalte auch konsequent mein Diensthandy aus. Ich war gestern Vormittag hier im Haus und habe ausgiebig gefrühstückt, mit Ricarda Ball gespielt und im Garten die Hecke geschnitten. Zu Mittag waren wir in Gmunden bei meinen Schwiegereltern zum Mittagessen eingeladen und am späten Nachmittag haben wir noch einen Spaziergang am Traunsee gemacht. Den Abend habe ich zuhause im Kreis meiner Familie verbracht."

„Danke für die Auskunft, Herr Lehner", sagte Christina mit einem Kopfnicken.

Aus den Augenwinkeln nahmen sie eine Bewegung wahr. Michael Lehner schoss in die Höhe und eilte der ins Zimmer tretenden Frau entgegen.
„Frau Inspektor, Herr Wachtmeister, darf ich Ihnen meine Gemahlin Eleonore vorstellen."
Die Frau Ende zwanzig trat auf die beiden Polizisten zu und schüttelte ihnen, flankiert von ihrem breit lächelnden Mann, die Hände. Christinas Blick pendelte zwischen Michael und Eleonore Lehner hin und her. Sie hatte sich die Frau dieses Mannes anders vorgestellt. Eleonore Lehner hatte blasse Haut, war schmächtig, zeigte verträumte Augen und ein fast entrückt wirkendes Lächeln, sie war hübsch, aber neben einem so betont männlichen, kräftig und vital wirkenden Mann sah sie irgendwie unscheinbar aus. Mag wohl die schmucke Villa von der Frau in die Ehe eingebracht worden sein? Christina nahm sich vor, das so bald wie möglich nachzuprüfen.
„Darf ich Ihnen etwas anbieten? Etwas zu trinken oder einen kleinen Imbiss?", fragte die Frau im Ton aristokratischer Noblesse.
„Vielen Dank, aber wir sind praktisch schon wieder unterwegs. Danke für das Gespräch. Und mein herzliches Beileid."
Wenig später saßen die Polizistin und der Polizist in ihrem schnell fahrenden Auto. Sie sprachen wenig.

23

Der silbergraue Audi rollte unter das Carport, Robert Wieser zog den Autoschlüssel ab, stieg aber noch nicht aus, sondern verharrte in seiner Sitzposition und starrte durch die Windschutzscheibe in die Leere. Er dachte an nichts, zumindest hätte er nicht sagen können, ob er an etwas dachte oder nicht, denn seine Gedanken zerflossen zu einer breiigen Masse unbestimmter Beliebigkeit. Träge blickte er auf die Uhr auf dem Armaturenbrett, es war zehn Uhr abends. Er hatte die Fahrt von Oberösterreich nach Wien langsam angelegt, er hatte sich im dahin fließenden Abendverkehr auf der Autobahn mitziehen lassen, weder bedrängt von Eile oder Betriebsamkeit, weder von einer Absicht oder Hoffnung geleitet,

sondern einfach nur geführt von der Unausweichlichkeit der steten Wiederholung des Alltages.
Er konnte zwar keine klaren Gedanken fassen, doch Bilder tauchten in beunruhigender Beharrlichkeit vor ihm auf. Ein über die Kühlerhaube stürzender Schatten, um ein Lagerfeuer tanzende Menschen, die unbeschreibliche Schönheit von Angelika und die leeren Augen eines toten Mannes. Wie konnte er sich von diesen Bildern befreien? Wollte er sich von diesen Bildern befreien? War er nicht an diesem letzten Abend und dem heutigen Tag auf irgendwie befreiende Art und Weise dem mittlerweile verhassten Alltagstrott überraschend entkommen? Hatte er in den letzten Stunden nicht intensiver gelebt, mehr gesehen und stärker empfunden, als in den letzten fünf Jahren zusammen? Und war nicht diese Euphorie, dieser Hauch von Abenteuer, diese plötzliche und intensive Verliebtheit, die er erlebt hatte, all das, was er zuletzt so peinsam vermisst hatte?
Robert Wieser schlurfte, in seinem zerknitterten Anzug steckend, auf sein Haus zu. In den Fenstern brannten noch Lichter, seine Frau und seine Kinder waren also noch wach. Sie erwarteten sein Kommen nicht, er hatte ja von ein paar Tagen Auslandsaufenthalt gesprochen, er würde also unvermutet in ihre Welt einbrechen, sie vielleicht in flagranti bei geheimen Freizeitbeschäftigungen erwischen. Er steckte den Schlüssel an und drehte ihn langsam im Schloss. Würde vielleicht seine Frau Herta in den muskulösen Armen eines feschen Tennislehrers liegen, sein vierzehnjähriger Sohn Sebastian heimlich Pornovideos im Internet angaffen, seine elfjährige Tochter Alexandra zum ersten Mal schlüpfrige Romane lesen? Ein grimmiges Lächeln legte sich in sein Gesicht. Er huschte in das Haus, stellte seine Tasche ab, schlüpfte aus den Schuhen und trat in das Wohnzimmer.
„Guten Abend", sagte er in den Raum.
Er war enttäuscht. Seine Kinder hockten wie immer vor dem Fernseher, schauten kurz über die Schulter und ohne ihn wirklich zu begrüßen, widmeten sie sich wieder den sprechenden Porträtbildern geliftteter amerikanischer Schauspielerinnen.
„Du bist wieder da?", fragte Herta, die mit ungläubigem Blick von der Küche in das Wohnzimmer gekommen war. „Ist irgendetwas passiert?"
Robert musterte seine Frau. Sie trug die formlose Alltagskleidung einer braven Hausfrau und Mutter, sie hatte ihre Lesebrille aufgesetzt und in der Hand hielt sie, den Finger in die zuvor gelesenen Seiten geklemmt,

eines dieser Bücher über positives Denken oder erfolgreiche Motivation, mit denen sie seit einigen Jahren ihre Lebenszeit verschwendete.
„Die Reise ist verschoben worden", antwortete Robert lapidar. „Ein schwieriger Kunde."
Ihr fiel sofort seine zerknautschte Kleidung auf und dass er unrasiert war.
„Was ist mit dem Anzug passiert? Bist du irgendwo unter die Räder gekommen?"
„Nein, nur in einen Regenguss."
Sie zuckte kaum merklich mit den Schultern und schob die Lesebrille auf ihre Stirn.
„Willst du etwas essen? Im Kühlschrank ist noch ein Schnitzel. Und ein paar Knödel sind auch noch da. Alex, es ist Zeit zum Schlafengehen. Morgen ist wieder Schule. Basti, das gilt auch für dich. Genug ferngesehen für heute", wies sie mit strenger Stimme ihre Kinder an.
Murrend erhob sich Alexandra und verzog sich ohne Gute Nacht zu sagen einen Stock höher in ihr Zimmer, während Sebastian noch durch diverse Fernsehkanäle zappte. Robert folgte seiner Frau in die Küche. Sie setzte sich wieder an den Küchentisch, nahm die Tasse zur Hand, trank einen Schluck Kräutertee und wandte sich wieder der Lektüre zu. Robert fühlte sich wie ein Fremder in seinen eigenen vier Wänden, in dem Haus, das er mit Hilfe einiger Verwandter und Freunde zu einem nicht unwesentlichen Teil selbst erbaut hatte. Er öffnete die Kühlschranktür und starrte hinein, doch er fand nichts, was seinen Appetit anregen hätte können, obwohl er den ganzen Tag über wenig gegessen hatte. Dennoch nahm er pflichtbewusst den Teller mit den Knödeln heraus, schnappte einen und biss davon ab wie von einem Apfel. Er lehnte sich an den geschlossenen Kühlschrank und musterte träge kauend seine lesende Frau. Nach einer Weile hob sie den Blick.
„Ist irgendetwas?", fragte sie scheel.
Ja, es ist etwas. Ich habe gestern einen Jugendlichen umgefahren und war dann mit ihm zum Spannen in einem Baum. Ich habe die schönste Frau, die mir je zu Augen gekommen ist, splitternackt gesehen und eine sensationelle Erektion gehabt. Ich habe einen toten alten Mann, den die Würmer schon angeknabbert haben, aus einem Komposthaufen gewühlt. Und ich habe seit mindestens einem Jahr nicht mehr mit dir geschlafen.
„Ach nichts, es war ein langer und anstrengender Tag."
Sie blickte wieder in das Buch.

„Musst du morgen wieder früh raus?“
„Zum Glück nicht, habe mir morgen frei genommen.“
Sie las noch ein paar Zeilen, griff dann zum Lesezeichen, klappte das Buch zu und erhob sich.
„Wenn ich die Kinder zur Schule gebracht habe, fahre ich zum Einkaufen. Mittags bin ich wieder zurück.“
Herta erledigte noch ein paar Handgriffe, sie stellte die Teetasse in den Geschirrspüler und schaltete ihn ein, räumte dies und das noch weg und nahm auch den Teller mit den Knödeln zur Hand.
„Willst du noch etwas?“
„Nein, hab sowieso keinen Hunger.“
Damit ließ sie den Teller wieder im Kühlschrank verschwinden.
Wie alt bist du jetzt? Ja, genau, achtunddreißig. Für eine Frau mittleren Alters bist du ziemlich anziehend, auch wenn du absolut unkesse Klamotten trägst. Du warst immer sehr anziehend, manche haben mich um eine so attraktive Frau beneidet, manche haben dir auch schöne Augen gemacht, tun es jetzt noch, aber du hast dich irgendwann nicht mehr so recht für die Dinge, die zwischen Männern und Frauen passieren können, interessiert. Was hältst du davon, wenn du den Einkauf morgen bleiben lässt und wir den ganzen Vormittag gemeinsam im Bett verbringen?
Robert griff nach der Hand seiner Frau. Sie hielt in ihrer Bewegung inne und schaute ihn direkt an. Ihr Blick war nicht genervt, nicht kalt oder herzlos, viel schlimmer, ihr Blick war nüchtern.
„Du musst dringend duschen. Und den Anzug nehme ich morgen gleich zur Putzerei mit.“
Er ließ ihre Hand wieder los und nickte.
„Das wäre super, danke.“
„Mach das Licht aus, wenn du schlafen gehst“, sagte sie noch und verschwand, ihren Sohn vom Sofa aufjagend.
Robert öffnete das Küchenfenster und starrte in den dunklen Garten hinaus. Das immerwährende Rumoren der Straßen lag in der Luft.

MITTWOCH

24

Meinrad stand barfuß am Rande der Wiese und verfolgte das Treiben. Seine Stimmung war gedrückt, so wie die Stimmung im ganzen Dorf gedrückt war. Der Gedanke, von hier fort zu müssen, war ihm zuwider, er hatte sich an das Fleckchen Erde gewöhnt und das Kraftwerk störte ihn auch nicht wirklich. Sicher, bei Inversionswetterlage stank der kohlebefeuerte Stahlbetonkoloss schon gewaltig, aber meist wehte hier ein lebhafter Westwind und trug den Gestank hoch über ihre Köpfe hinweg in die Ferne.

Wohin sollte er gehen? In nicht mal einem Jahr würde er achtzehn Jahre alt und somit volljährig sein. Was sollte er mit seinem Leben anfangen? Sollte er sich in das System einreihen, einen Job suchen und auch ein Hochverbraucher werden? Was für einen Job könnte er annehmen? Er hatte ja keinerlei Ausbildung, keinen Lehrabschluss, keine Matura, er hatte nur einen Zettel von den Behörden, dass er über die Pflichtschulreife verfügte. Das war auf dem Arbeitsmarkt praktisch nichts wert. Natürlich, seine Kenntnisse über Permakulturen, Kräuterkunde, Gartenbau und Biolandwirtschaft waren hervorragend, eine Lehre als Gärtner würde er in kürzester Zeit absolvieren können. Aber wollte er das? Denn eines wusste Meinrad mit Gewissheit, so schräg manche Vögel in der Kommune auch waren, so sehr ihm auch manchmal dieser schamanische Mutter Erde-Schmarren auf die Nerven ging, diese Leute, mit denen er hier zusammenlebte, hatten von der gegenwärtigen Situation der Welt mehr verstanden als alle diese oberklugen Wirtschaftsfuzzis und Politheinis, die in ganz Europa den Ton angaben. Was erwartete ihn im System? Ein Job im Elektrosmog der modernen Datenverarbeitung? Ein Job als Benzinfresser auf der Autobahn? Ein Job als Polizzenmakler, der naiven Leuten für völlig aus der Luft gegriffene Versicherungsdienstleistungen das Geld aus den Taschen zieht? Sollte er mitmachen bei der Verschmutzung der Meere mit Rohöl und Chemieabfällen, bei der Verfrachtung von Kohlenstoff aus der Erdkruste in die Erdatmosphäre, beim Raubzug durch die Biotope der Welt auf der Suche nach geeigneten Räumen für Palmöl-, Kaffee- und Gen-Mais-Plantagen, bei den entschlossenen Vernichtungsfeldzügen der Industriekultur gegen alle irdischen Habitate, die nur ansatzweise eine höhere Komplexität an Biodiversität aufwiesen als es nach DIN vorgeschrieben war. Gebhardt Höller war zweifellos ein ziemlich durchgeknallter Freak und sein Navajogesülze ging Meinrad massiv auf die Nerven, aber kein einziger Gedankengang, den er Meinrad und den anderen Jugendlichen in der Kommune referiert hatte, war an irgendeiner Stelle fehlerhaft. Zumindest Meinrad hatte bei aller Skepsis, die er ihrem Arzt und Vordenker entgegenbrachte, keine seiner Aussagen irgendwie widerlegen können.

Meinrad rammte seine Hände in die Hosentaschen. Der Campingplatz hatte sich, wie angenommen, schon in den frühen Morgenstunden zu leeren begonnen. Auch die zuletzt aus München angereisten Aktivisten hatten ihr Zeug gepackt und in den alten klapprigen Ford Transit, mit dem sie gekommen waren, verladen. Aus dem Sommernachtsabenteuer mit der hübschen Studentin Annegrit würde also nichts werden, denn eben bestieg die siebenköpfige Gruppe den Kleinbus. Sie winkten noch zum Abschied, Meinrad erwiderte den Gruß und dann tuckerte das Fahrzeug ab.

Mit hängenden Schultern schlurfte Meinrad zurück in Richtung Dorf. Alles war durcheinander geraten. Die Beete für das Wintergemüse würden jetzt wohl nicht angelegt werden, die nach jahrzehntelanger Kontaminierung mit Pestiziden mühsam halbwegs renaturierten Felder würden bald wieder von schweren Maschinen beackert und mit Stickstoff aus der Chemiefabrik gedüngt werden.

Und eine Frage ließ Meinrad nicht und nicht los. Was war mit diesem zwar nicht sehr gesprächigen, aber überaus gütigen alten Mann geschehen, der im letzten Jahr meist neben ihm in der Jurte übernachtet hatte, dessen Schnarchen, dessen gute Laune beim Aufwachen, dessen gewaltiges Wissen über die Funktionsweisen organischer Prozesse ihm so vertraut geworden waren, dass Meinrad ihn im Zwiegespräch nicht Meister, sondern Opa Josef genannt hatte? Wer also hatte diesen Mann, der laut Grundbuch bis vor kurzem Herr dieses Landes gewesen war, ermordet? Und warum?

25

Christina klemmte den Telefonhörer mit der Schulter fest, griff mit der linken Hand nach dem Zettel und tippte mit der rechten die Nummer in die Tastatur des Tischtelefons. Sie wartete kurz, dann teilte der Tonbanddienst des Mobilnetzbetreibers mit, dass die gewählte Rufnummer vorübergehend nicht erreichbar war. Also war auch der dritte Anrufversuch schiefgegangen. Sie hatte auch im Lagerhaus angerufen und sich nach Alois Lehner erkundigt. Der Chef sei heute nicht im Büro, hatte sie von einer reichlich unwirschen Sekretariatskraft erfahren. Er sei gestern am frühen Nachmittag verschwunden, hatte Christina dann noch aus der Frau herausbekommen, und sie wisse nicht, wo er wäre, schließlich sei sie ja hier nicht die Chefin und die Frau vom Chef sei sie Gott sei Dank auch nicht.

Danach hatte Christina auf dem privaten Festnetzanschluss der Familie Lehner angerufen. Niemand hatte den Hörer abgenommen.

Christina saß auf ihrem Bürostuhl und malte in sich versunken Spiralen auf ein Blatt Papier. Alois Lehner, der ältere der beiden Söhne des Todesopfers, war also derzeit telefonisch und am Arbeitsplatz nicht zu erreichen. Das war kein gutes Zeichen, wie Christina fand, und deshalb musste sie da nachhaken, und zwar nicht erst irgendwann demnächst, sondern so schnell als möglich.

Sie erwog die Möglichkeiten in diesem Fall. Josef Lehners Leichnam hatte äußerlich keinerlei Spuren von Gewalteinwirkung gezeigt, was nun zwei grundsätzliche Möglichkeiten eröffnete.

Erstens ergab sich die Möglichkeit, dass er tatsächlich an natürlichem Herzversagen gestorben war und in einem obskuren Beisetzungsritual von irgendeinem Verrückten in den Komposthaufen eingegraben worden war. Manche Leute, die Christina in der Kommune gesehen hatte, wirkten auf den ersten Blick durchaus verschroben genug, um eine solche Tat zu begehen. In diesem Fall wäre ihre Recherche schnell abgeschlossen, denn so etwas war strafrechtlich nicht relevant, mithin nicht ihr Job.

Zweitens bestand die Möglichkeit, dass irgendjemand den Mann vom Leben in den Tod befördert hatte, ohne äußerliche Spuren zu hinterlassen, also wohl durch die Verabreichung von Gift. In der Hoffnung, dass die Fäulnisprozesse im Komposthaufen den Körper schnell zersetzen würden, hatte der Täter oder die Täterin den Leichnam eingegraben. In diesem Fall wäre es vorsätzlicher Mord. Und seit es Menschen gab, gab es zwei beständige Grundmotive für einen Mord, das eine war Geld, das andere die Liebe. Nun, über Geld verfügte Josef Lehner für einen Bauern in reichem Maße, und was das Liebesleben des achtundsechzigjährigen Witwers betraf, herrschte noch völlige Unklarheit.

Christina verschränkte die Arme hinter dem Kopf, ließ sich in die Stuhllehne fallen und schaute sinnierend zum Fenster hinaus. Das Allerwichtigste war jetzt der Befund aus der Gerichtsmedizin, doch diesen würde sie erst am späten Nachmittag erhalten.

Ihr Handy spielte die ersten Takte eines Menuetts von Johann Sebastian Bach. Sie hatte sich dieses Musikstück als Klingelton ausgesucht, weil sie dadurch das Klingeln anderer Handys sofort vom Klingeln ihres Handys unterscheiden konnte.

„Christina Kayserling", meldete sie sich förmlich, denn die auf dem Display angezeigte Nummer war ihr unbekannt.

„Guten Morgen, Frau Kollegin. Wie geht's so bei euch in der Stadt?", meldete sich Raimund Brandstätter, dessen Stimme Christina sofort erkannt hatte.

„Na ja, heiter bis wolkig. Und selbst?"

„Geht so. Hast du den Alois Lehner schon erreicht?"

„Nein, das Handy ist ausgeschaltet, im Büro ist er nicht und zuhause hebt niemand ab."

„Du, Christina, ich habe mich über den Alois ein bisschen informiert."

„Aha, das ist gut", meinte Christina wirklich ein wenig überrascht, denn sie hatte nicht gedacht, dass der behäbig wirkende Polizist auch nur einen Finger rühren würde, schließlich war das ein Fall für die Kriminalpolizei. „Und was hast du herausgefunden?"

„Die Karin ist ja eine Bekannte meiner Schwester, also hab ich meine Schwester angerufen und ein bisschen geplaudert. Was man so hört, ist der Alois Lehner ein sauberer Hallodri, der sich mit seinen Kumpels aus der Jägerschaft so manche Nacht bei Schnaps, Zigaretten und Karten um die Ohren schlägt. Die Arbeit im Lagerhaus macht er angeblich im besten Fall zufriedenstellend, aber er ist gut vernetzt. Weißt eh, die Waidmänner halten zusammen und schauen, dass sie an den Futtertrögen bleiben."

„Karten und Schnaps", wiederholte Christina. „Geht es da auch um größere Summen?"

„So genau weiß ich das nicht, aber meine Schwester hat gehört, dass der Alois vor zwei oder drei Jahren angeblich seinen Geländewagen verspielt hat. Das war ein Toyota Land Cruiser, so ein luxuriöser Riesenwagen, der auf der Straße und im Forst gut vorankommt. Jetzt ist ein Suzuki Geländewagen auf seinen Namen angemeldet. Das ist im Vergleich zu dem Toyota ein Kleinauto."
Christina begann wieder Spiralen auf das Papier zu zeichnen.
„Und Frauen? Spielen Frauen bei diesen Waidmännernächten eine Rolle?"
„Weiß ich nicht, aber in der Regel sind das Männergesellschaften, die vielleicht gemeinsam nach Tschechien ins Bordell fahren, aber sicher keine Frauen in die Runde lassen."
„Gratuliere, Raimund, das sind schon mal sehr interessante Informationen."
„Gell, wir hier am Land sind auch nicht die letzten Deppen", sagte Raimund jovial.
„Habe ich nie behauptet und würde ich nie behaupten."
„Glaube ich dir sogar. Und wenn der Alois telefonisch nicht zu erreichen ist, sollten wir vielleicht eine kleine Fahrt in unseren landschaftlich so berühmten Nationalpark Kalkalpen unternehmen."
„Sag bloß, du weißt, wo Alois Lehner ist", rief Christina in das Telefon.
„Das nicht, aber ich weiß, wo seine Jagdhütte liegt."
Sie katapultierte sich hoch.
„Du bist eine Wucht!", rief sie aus. „In einer halben Stunde bin ich bei dir."
„Ist recht, Frau Kollegin."
Damit trennte Christina die Leitung. Sie ging im Kopf die Fahrt in den ihr von vielen Wanderungen mit ihrem Mann gut vertrauten Nationalpark durch. Die Tour in die Berge würde einige Stunden in Anspruch nehmen, aber am späten Nachmittag könnte sie wieder im Büro sein. Bis dahin würde wohl auch der Bericht der Gerichtsmedizin vorliegen. Wenn das kein guter Plan war? Sie musste nur noch bei sich zuhause vorbei und die Wanderschuhe holen. Christina eilte los.

26

Seit drei Stunden lag Robert Wieser auf seinem Bett oder saß auf der bequemen Couch und versuchte angestrengt, sich zu entspannen. Was natürlich in sich ein Widerspruch war, und genau dieser Widerspruch machte ihn förmlich verrückt. Am Morgen hatte seine Frau die Kinder wie üblich in ihr Auto verfrachtet und sie zur Schule gebracht, danach war sie zum Einkaufen gefahren, er hatte also den ganzen Vormittag über das Haus für sich alleine gehabt, über eine sturmfreie Bude verfügt. Ganz selten war er in den letzten Jahren alleine in seinem Haus gewesen. Tagsüber war er immerzu im Büro oder auf Dienstreise und abends und am Wochenende war er praktisch nie allein zuhause gewesen. Ganz alleine in den Mauern zu sein, die er immer mehr als eine Art Gefängnis erlebte, machte ihn völlig konfus. Er hatte sich in sein Arbeitszimmer gesetzt und den Computer gestartet, hatte seine privaten E-Mails abgefragt, hatte ein paar Nachrichtenwebsites angeklickt, hatte sich erfolglos zu beschäftigen versucht. Danach war er unruhig durch das Haus gelaufen und hatte nicht gewusst, was er sonst machen hätte können oder sollen. Er wagte nicht, sich in den Garten in das angenehme Licht der Sonne zu setzen, denn es war Mittwochvormittag, eine Zeit, in der er normalerweise arbeiten musste. Zwar besaß er ein Haus mit Garten, aber in diesen Einfamilienhaussiedlungen klebten die Häuser dicht an dicht und die Gärten waren klein, so dass die Nachbarn immer genau wussten, wann er im Garten saß und faulenzte und wann nicht. Er hatte sich in der Firma krank gemeldet, aber er war gar nicht krank, er schwänzte einfach das Büro. So etwas hatte er noch nie gemacht, auch als Schüler hatte er nie den Unterricht geschwänzt, so etwas hatte er immer irgendwie als anrüchig empfunden.
Er sah durch das Fenster Hertas Auto in die Garage rollen, wenig später kam sie schwer bepackt in die Wohnräume. Robert eilte auf sie zu und nahm ihr einen schweren Einkaufskorb mit Nahrungsmitteln ab.
„Großeinkauf für die ganze Woche?“, fragte er um ein freundliches Lächeln bemüht.
„So ist es. Holst du vom Auto noch das Mineralwasser?“
„Natürlich“, gab er zurück, stellte den Einkaufskorb auf dem Küchentisch ab, holte die Kiste mit dem Mineralwasser und schleppte sie in den Vorratsraum im Keller.

Zurück in der Küche stand er im Türrahmen und kam sich ziemlich nutzlos vor, während Herta den Einkauf in den Kühlschrank und die Küchenschränke räumte.
„Sag mal, was war das für ein Projekt?", fragte Herta, ohne ihre Tätigkeit zu unterbrechen.
„Das Übliche. Im Kraftwerk Dürnfeld planen sie das Supply Chain Management umzukrempeln. Der neue Manager dort bildet sich ein, die Prozesse optimieren zu müssen. Das Übliche halt."
„Wieso Dürnfeld? Das ist doch in Oberösterreich. Du hast aber gesagt, dass du im Ausland bist?", präzisierte Herta ihre Fragen und wandte sich Robert nun direkt zu.
„Ja, zuerst war ich in Oberösterreich, aber am nächsten Tag hätten wir nach Stuttgart fahren sollen und deswegen bin ich dort geblieben. Daraus ist aber nichts geworden", versuchte Robert glaubhaft zu vermitteln.
Sie stemmte ihre Hände in die Hüften und schaute ihn mit finsterer Miene an.
„Und wo hast du übernachtet?"
„Wieso fragst du das?", konterte er ausweichend.
„Weil dein Anzug und deine Schuhe ausgesehen haben, als ob du in einem Heustadel oder Kuhstall geschlafen hättest."
Er fühlte sich wie eine Ratte in die Enge gedrängt, eingekesselt von einem Paar Lederschuhen mit Schmutzspuren und einem zerknautschten Anzug. Er schwieg seine Frau an.
„Und was ist das für eine Campingausrüstung im Kofferraum deines Autos? Kann sich die Firma keine Hotels mehr leisten und müsst ihr jetzt in Zelten übernachten?"
„Spionierst du mir nach?", fragte er mit steigendem Ärger.
„Nachspionieren? Wohl kaum. Ich habe nach meiner Handtasche gesucht, die seit dem Besuch bei Tante Martha bei dir im Kofferraum gewesen ist."
Die Regenfälle hatten die Flüsse über und über anschwellen, sie schließlich aus den Ufern treten lassen. Die Wassermassen drückten gegen die mittlerweile völlig durchweichten Dämme, der Pegelstand näherte sich gefährlich einem ewigen Allzeithoch. Und nun noch dieser schwere und gnadenlose Wolkenbruch, dieser geradezu tosend aus überschweren dunklen Wolken niederbrechende Wasserstrom. Ein Damm brach, mit enormer Wucht entkam die Urgewalt und riss alles mit sich. Robert dachte nicht mehr nach, er redete einfach.

„Es war kein Heustadel, sondern eine Jurte. So etwas habe ich zuvor noch nicht gesehen. Angeblich leben die mongolischen Steppenvölker das ganze Jahr über in solchen Jurten. Und ich habe Kaffee aus Eicheln getrunken. Kannst du dir das vorstellen? Habe nie davon gehört, dass man aus Eicheln Kaffee machen kann. Und diese komischen Leute schauen einen komisch an, wenn man in Anzug und Krawatte daherkommt, und nicht, wenn man nicht in Anzug und Krawatte daherkommt. Dort ist alles anders, die lachen und singen den ganzen Tag, obwohl sie auf den Feldern mit bloßen Händen schuften. Ich habe mir nie gedacht, dass Menschen überhaupt so leben können. Ohne Strom, ohne Autos, ohne Telefon. Das Essen schmeckt merkwürdig, aber bis auf Salz und Pfeffer bauen sie alles auf ihren Feldern an. Ich war in einer anderen Welt. Unglaublich eigentlich."

Roberts Blick schweifte in die Ferne. Herta verschränkte die Arme, in ihrer Miene vermischten sich Unglauben, Ärger und Besorgnis.

„Robert, wovon redest du da? Was für Jurten? Was für eine andere Welt? Wo warst du bitte?"

Wie leicht auf einmal alles war, wie unkompliziert.

„Du frisst alles in dich hinein, hat Senta gesagt, als sie mir diese unglaublich entspannende Rückenmassage verpasst hat. Woher die Frau das gewusst hat, ist mir ein Rätsel. Aber so sind diese Leute, die nehmen dich wirklich wahr, hören dir zu und schauen direkt in deine Seele hinein. Die brauchen kein Internet, Handy oder Power Point zur Kommunikation, die verdrahten sich direkt mit dem Gehirn und wissen einfach Bescheid."

„Robert, du redest wirres Zeug", stellte Herta mit steigender Verärgerung fest. „Und wer ist diese Senta?"

Robert lachte hell auf.

„Keine Sorge, Herta, diese Senta ist keine Gefahr. Sie ist Mitte fünfzig und lebt beziehungslos. Zumindest was ich gehört habe. Sie lebt für die Gemeinschaft, sie ist so eine Art Priesterin. Oder Anführerin. Oder Schamanin. Ich glaube, sie ist eine heilige Frau."

„Eine was?", schnitt Hertas Stimme. „Eine heilige Frau? Hast du Drogen genommen, oder was?"

„Jetzt verstehe ich es erst!", rief Robert lachend aus und klatschte sich mit der flachen Hand auf die Stirn. „Ich bin so langsam im Denken! Das macht diese Versklavung durch das Fernsehen und die Werbung. Man wird total langsam im Denken. Die Massage hat nicht nur das Rückgrat

wieder eingerichtet, sondern auch die Knoten im Denken gelöst. Dass ich das nicht früher bemerkt habe!"
„Du bist ja vollkommen übergeschnappt! Ich habe einen Geisteskranken zum Mann", stieß Herta pikiert aus.
Robert schaute seiner Frau in die Augen, erkannte ihre grundlose Angst, sah ihre zwanghafte Abhängigkeit von Hygieneartikeln und Scheuerpulver, fühlte ihre neurotisch einzementierten Verhaltensformen als Konsumentin, erblickte ihre Einsamkeit und Verzweiflung in einem unerklärlichen Kosmos und endlichen Leben. Er breitete seine Arme aus, ging auf sie zu und wollte sie wie ein liebender Partner in die Arme schließen, ihr Schutz spenden, ihr seine plötzlich losgebrochene Lebensfreude mitteilen, ihr gut zureden und ihr helfen, den Weg in die Freiheit zu beschreiten.
Die Ohrfeige klatschte laut.
Der Schlag riss Robert aus der Euphorie. Der Erleuchtung folgte stehenden Fußes die Erkenntnis, und dies war unendlich schmerzvoller als es jede noch so hart ausgeführte Ohrfeige sein konnte. Die Erkenntnis nämlich, dass viele Menschen sich nicht befreien konnten, weil sie sich nicht befreien wollten. Und die Erkenntnis, dass er ein schwacher Mann war, dass er niemandem helfen konnte, dass er der Frau, die er siebzehn Jahre lang vergeblich versucht hatte zu lieben, nicht den Weg weisen konnte, dass er seinen Kindern ein von Anfang an erbärmlicher, in seiner Unfähigkeit und Feigheit versagender Vater gewesen war. Senta vermochte mit ihrer spirituellen Kraft anderen den Weg weisen, er aber hatte bislang immer versagt. Vielleicht könnte er das eine oder andere lernen, vielleicht würde er versteckte Talente entdecken, aber Sentas Größe würde er nie erreichen können. Doch das machte nichts, er musste nicht groß und bedeutend sein, er war auch kein großer und bedeutender Ingenieur gewesen, sondern höchstens bloß tüchtig. Unendlich leid tat es ihm, dass er seine Familie nicht retten konnte. Zumindest jetzt noch nicht, vielleicht später einmal, wenn er zu größerer Weisheit emporgestiegen sein würde. Das war immerhin ein kleiner Hoffnungsschimmer.
„Robert, bleib mir vom Leib. Ich warne dich, wenn du mir zu nahe kommst, schmeiß ich dir die Vase an den Kopf. Du musst zu einem Psychiater! Du brauchst Medikamente!"
Still erduldete er den Ausbruch seiner Frau. Er erkannte nun, wie sehr auch sie in diesem Gefängnis, das sie beide eine Ehe genannt hatten, gelitten hatte. Der Ausbruch war für sie furchtbar schmerzlich, bestimmt

aber auch heilsam, und deshalb musste er ihn über sich ergehen lassen, obwohl er ahnte, dass mit jedem Satz, den Herta hervorstieß, der Abschied näher rückte.
„Nein", flüsterte er, „keine Medikamente, denn ich bin schon geheilt. Gesund geknetet von einer bedeutenden Heilerin."
Herta kreischte schrill.
„Wenn du mich mit diesem Weib betrügst, dann lasse ich mich scheiden!"
Das Wort stach wie ein Dolch, der sich tief in die Haut, in das Fleisch, in die Organe grub, vernichtend und endgültig. Endlich war es heraußen, endlich lag es offen und ersichtlich. Herta schluchzte lauthals.
„Ja, ich lass mich scheiden! Jetzt weiß du es. Ich will nicht mehr. Ich kann dich nicht mehr sehen."
Damit lief sie auf und davon, verschwand im Schlafzimmer.
Robert war ruhig und gefasst. Auch ihm liefen Tränen über die Wangen. Er schaute auf die Uhr. In ein paar Minuten musste seine Tochter von der Schule abgeholt werden und danach der Sohn. Er würde sich jetzt um seine Kinder kümmern, ihnen alles erklären, sich für ein falsches Leben bei ihnen entschuldigen müssen.

27

Zwei Autos rollten mit gemäßigter Geschwindigkeit vom Kraftwerk kommend in den Wald, ein voluminöser Geländewagen und eine schwarze Limousine der Oberklasse. Beide Autos hielten am Straßenrand, aus beiden Autos stiegen Männer knapp über fünfzig, einer in einen Trachtenanzug, der andere in einen Businessanzug gehüllt. Meinrad kannte beide Männer und lief, kaum dass er ihrer ansichtig wurde, in das Dorf.
„Senta! Senta! Wir bekommen hohen Besuch!", rief er, woraufhin alle, die sich am Dorfplatz befanden, sofort in ihren Arbeiten innehielten und den beiden Männern entgegen starrten.
Senta maß kurz den Stand der Sonne. Es war um die Mittagszeit. Niemand hatte heute eine Suppe oder einen Eintopf gekocht, alle waren beschäftigt gewesen, ihre Habseligkeiten zu sichten, zu ordnen und manche haben

schon begonnen ihr Hab und Gut zu verpacken. Die Stimmung im Jurtendorf war miserabel.
Der engste Kreis der Erdenkinder stand beisammen, Senta, der Arzt Gebhardt Höller und Meinrads Eltern. Ihre Mienen ließen die sonst gezeigte Heiterkeit und Unbeschwertheit vermissen.
„Ja, super, da ist die ganze Bande auf einem Haufen!", rief Reinhold Mitteregger wie immer dröhnend und seine Geringschätzung der Kommune gegenüber in keiner Weise verhüllend. „Da können wir gleich mal reinen Tisch machen!"
Senta ließ sich von der demonstrativ zur Schau gestellten Dominanz und Aggressivität des übergewichtigen, für besondere Anlässe immer in einen Steireranzug gekleideten Bürgermeister von Dürnfeld nicht aus der Ruhe bringen. Allerdings wusste sie, dass Mitteregger ein Mann war, den man mit nur ein, zwei Sätzen an den Rand eines Wutausbruchs bringen konnte. Gebhard Höller etwa war in der Vergangenheit mit dem cholerischen Bürgermeister mehrmals aufeinander gekracht. Mitteregger und Höller, das waren zwei Männer, die einander wechselseitig zur Raserei treiben konnten.
„Herr Bürgermeister, wir wünschen Ihnen ebenso einen guten Tag und ein langes und erfülltes Leben", entgegnete Senta ruhig.
Mitteregger stemmte seine geballten Fäuste in die Hüften und drückte herausfordernd seinen voluminösen Bauch noch vor.
„Was habt's ihr Narrischen mit dem Lehner Pepi angestellt?", rief er streitbar.
„Gemach, gemach, Herr Bürgermeister", warf der zweite Besucher ein. „Wir wollen hier keine haltlosen Beschuldigungen oder Verdachtsmomente herausposaunen. Lassen Sie uns lieber sachlich sein."
Meinrad musterte den Direktor des Kraftwerks genau. Wie immer sprach er besonnen, kultiviert und lösungsorientiert. Reinhold Mittereggers ungesund gerötetes Gesicht nahm für einen Augenblick einen wirklich gefährlich anmutenden Ausdruck an.
„Sie haben leicht reden, Herr Direktor, Ihr Schwager ist ja nicht zu den Narrischen übergelaufen und von denen ermordet worden!"
„Wer hat da wen ermordet?", erhob nun Senta scharf die Stimme, denn solchen Vorwürfen konnte sie nicht mit ruhiger Gelassenheit begegnen.
„Abgemurkst habt ihr ihn, den Pepi, den blöden Hund!", brüllte Mitteregger.

Laute Stimmen, wildes Geschrei erhoben sich, die Situation spitzte sich bedrohlich zu, manche der Erdenkinder drohten mit den Fäusten, allen voran Gebhardt Höller, der von Senta nur mit Mühe zurückgehalten werden konnte. Der Bürgermeister von Dürnfeld zeigte aber keine Angst vor der wütenden Menge, sondern stellte sich breitbeinig und mit geballten Fäusten ihnen gegenüber.
Georg Haunold trat zwischen den kämpferischen Bürgermeister und die Erdenkinder, er gestikulierte und forderte Beruhigung.
„Herr Bürgermeister, wenn Sie weiter solche Vorwürfe vorbringen, ziehe ich mich zurück und überlasse Sie gerne Ihren höchst produktiven Gesprächen."
Der Tonfall von Haunold war unmissverständlich, Mitteregger machte eine wegwerfende Handbewegung und versuchte sein Temperament im Zaum zu halten. Auch die Dorfbewohner beruhigten sich und wandten ihre Aufmerksamkeit dem eleganten Mann im dunklen Anzug zu.
„Meine sehr geehrten Damen und Herren, ich möchte im Namen der oberösterreichischen Energieversorgungsgesellschaft meine tief empfundene Anteilnahme Ihnen und der Dorfgemeinschaft von Dürnfeld ausdrücken. Der Verlust von Josef Lehner ist für uns alle ein herber Schlag, insbesondere als offenbar besorgniserregende Umstände zu seinem Ableben geführt haben. Herr Bürgermeister Mitteregger war bei mir im Büro und hat mich von den Vorfällen informiert, weswegen ich ihm vorgeschlagen habe, hierher zu kommen und mit Ihnen den Dialog zu suchen. Wir alle wissen, dass es in Dürnfeld und auch unter meinen Angestellten manche gibt, die Ihre Anwesenheit als Störung der öffentlichen Ordnung empfinden. Und genauso ist es bekannt, dass manche von Ihnen unsere Arbeit im Kraftwerk als unbotmäßige Schädigung der Umwelt betrachten. Diese Situation ist hinlänglich bekannt. Aber im Angesicht so tragischer Ereignisse bitte ich beide Seiten um Mäßigung im Tonfall und um Kooperation bei der Bewältigung kommender Ereignisse."
„Herr Haunold", hob Senta an, „wir danken Ihnen für Ihre Anteilnahme und für Ihr Bemühen, die bestehenden Probleme konstruktiv zu lösen. Wir wissen zu schätzen, dass Sie uns immer als gleichberechtigte Gesprächspartner in einer offenen Diskussion akzeptiert haben, aber mir fällt beim besten Willen nichts ein, womit Sie uns bei der Bewältigung kommender Ereignisse helfen könnten."
Georg Haunold nickte mit ernster Miene.

„Ich kenne die Besitzverhältnisse der Familie Lehner nur vom Hörensagen, aber wenn, und das ist ja die wahrscheinlichste Zukunftsvariante, die bäuerliche Erbfolge eintritt, werden der Wald und die Felder an die Söhne von Herrn Lehner, an die Neffen unseres Herrn Bürgermeisters, fallen."

„Ja, genau!", rief Mitteregger mit schneidender Stimme dazwischen. „Und dann könnt ihr euren Krempel gleich packen, weil die Buben sind anständige Leute und werden hier wieder für Recht und Ordnung sorgen."

„Ach, und was ist mit Josefs Testament?", konterte Gebhardt Höller schroff, der seine Wut nicht mehr bändigen konnte. „Was, wenn Josef die zwei Gangster enterbt hat? Oder haben Sie, geschätzter Herr Bürgermeister, vorsorglich das Testament von Josef schon verschwinden lassen?"

„Was für ein Testament?" brüllte Mitteregger. „Ich weiß nichts von einem Testament!"

Sofort brach wieder ein Sturm los, Mitteregger und Höller schrien einander an. Es kostete Senta Wegscheider und Georg Haunold einige Mühe, den Wirbel wieder zu schlichten.

„Also von einem Testament habe ich keinerlei Kenntnis!", rief Haunold. „Und in Wahrheit gehen mich diese familiären Angelegenheiten nichts an. Ich möchte Ihnen, der Gruppe der sogenannten Erdenkinder, offiziell und mit dem Einverständnis des Landeshauptmanns von Oberösterreich, mit dem ich vor zwanzig Minuten telefoniert habe, Folgendes mitteilen."

Alle Augen waren auf den Direktor des Kraftwerkes gerichtet, alle Ohren waren gespitzt.

„Sollte es zu einer Auflösung Ihrer Siedlung im Bachleithenwald kommen, biete ich Ihnen auf Kosten der oberösterreichischen Energieversorgungsgesellschaft die Hilfe einer Speditionsfirma zur Umsiedelung an einen Ort Ihrer Wahl an. Uns allen ist klar, dass wir völlig unterschiedliche Ansichten über die Notwendigkeit der Energieversorgung des Landes haben, das heißt aber nicht, dass man einander nicht respektieren, und dass man einander im Falle des Falles nicht helfen kann."

Niemand konnte etwas erwidern, niemand konnte sich der Offenheit und Ehrlichkeit dieser Aussage entziehen. Betretenes Schweigen lastete in den Reihen der Erdenkinder. Nur Bürgermeister Reinhold Mitteregger grinste breit vor sich hin.

28

Die Autotür schnappte zu, Sebastian Wieser legte den Sicherheitsgurt an. Im Fond des Wagens, hinter dem Beifahrersitz, saß Alexandra Wieser und schaute gelangweilt zum Fenster hinaus. Robert beschleunigte das Auto bedächtig und reihte sich in den Verkehr am Stadtrand von Wien ein. Er lenkte das Auto nur mit geringer Aufmerksamkeit, aber er hätte den Weg fast blind fahren können. Seit elf Jahren lebte die Familie Wieser mittlerweile in ihrem schmucken Einfamilienhaus im Bezirk Liesing am Südrand von Wien, aber schon in seiner Jugendzeit, als er mit seinen Kumpels zum Fußballspielen in den hiesigen Sportverein gekommen war, hatte er die Gegend kennengelernt. Er kannte jede Gasse, jede Ampel, jede Kurve hier. Robert schaute kurz zu seinem Sohn hinüber, der an seinen Fingernägeln kaute. Herta versuchte seit Jahren ihrem vierzehnjährigen Sohn das Kauen der Fingernägel abzugewöhnen, weil sie es ekelhaft fand, weil ihr diese nervöse Kauerei gegen den Strich ging, weil sie es nicht ausstehen konnte, wenn er die abgekauten Nägelreste in seinem Zimmer auf den Teppich spuckte. Robert war nie klar geworden, warum Herta diese bislang erfolglose Erziehungsstrategie nicht schon längst verworfen hatte. Irgendwann würde Sebastian aufhören, seine Nägel zu kauen. Und wenn nicht, was war das Problem? Sebastian bemerkte, dass sein Vater ihn beobachtete und stellte sofort das Nägelkauen ein.

„Hast du jetzt länger Urlaub?“, fragte er.

„Ist noch nicht ganz klar“, antwortete Robert.

Der junge Mann blickte überrascht hoch, auch die elfjährige Alexandra wandte ihre Aufmerksamkeit ihrem Vater zu.

„Noch nicht klar? Du musst doch wissen, wie viele Urlaubstage du genommen hast.“

„Vielleicht werde ich länger Urlaub machen.“

„Und im August? Hast du da noch einmal Urlaub?“

Die Familie hatte schon zu Ostern einen zweiwöchigen Urlaub in einem hübschen, nicht allzu teuren Hotel auf Kreta gebucht, inklusive Flugreise, Mietauto und Liegestühlen auf dem Sandstrand.

„Ich fürchte, aus Kreta wird nichts werden“, gab Robert zu.

„Na super! Und warum das jetzt?“, fragte Sebastian empört.

Robert dachte nach. Was sollte er seinen Kindern sagen, wie sollte er es

ihnen beibringen, wie sollte er die verzwickte Lebenssituation, in der er steckte, erklären? Klar war, dass er nicht lügen würde, dass er keine Ausflüchte suchen würde, dass er ihnen reinen Wein einschenken würde.
„Und meine Reitwoche? Wird das auch nichts?“, fragte Alexandra beunruhigt.
Kurz blickte Robert über seine Schulter.
„Keine Sorge, Alex, deine Reitwoche im Juli wirst du sicher machen können. Es ist nur so, dass der gemeinsame Urlaub ins Wasser fallen wird.“
„Musst du arbeiten, oder was?“, hakte Sebastian nach.
Robert betätigte den Blinker und bog rechts von der Durchzugsstraße in die weitläufige Stadtrandsiedlung ein. Der Audi rollte langsam durch die Nebenstraßen seinem Haus entgegen.
„Die Mama und ich werden uns scheiden lassen“, sagte er mit leiser Stimme.
Schweigen. Die Kinder starrten ihren Vater eine Weile baff an.
„Tut mir leid, Kinder, dass wir euch den Badeurlaub verderben, aber es geht nicht anders. Es wird jetzt eine schwere Zeit auf uns zukommen und wir müssen jetzt zusammenhalten.“
„Zusammenhalten?“, fragte Sebastian mit einem schrillen Ton in der Stimme. „Wir sollen zusammenhalten, aber ihr lasst euch scheiden! Wie passt das zusammen?“
Robert nickte seinem Sohn zu.
„Du hast natürlich recht, ich habe mich falsch ausgedrückt. Ich will sagen, dass ihr euch auf mich verlassen könnt, dass ich für euch sorgen werde.“
„Na sicher wirst du für uns sorgen, schließlich musst du Alimente zahlen!“, kreischte Sebastian.
Alexandra schluchzte, Robert schaute wieder kurz zu ihr nach hinten.
„Weine nicht, Alex, du musst jetzt stark sein. Es wird bestimmt bald wieder besser werden.“
„Die Eltern von der Yvonne“, rief das Mädchen unter Tränen, „haben sich auch scheiden lassen. Die Yvonne sagt, dass die Scheidung ein Horror war, weil sich ihre Eltern dauernd gestritten haben.“
„Ihr denkt nur an euch!“, warf Sebastian seinem Vater vor. „Ihr seid total egoistisch. Ich will im nächsten Schuljahr in der HTL anfangen und brauche einen neuen Computer. Ihr denkt nur an euch!“
„Was wird jetzt aus meinem Pferd? Die Mama hat mir versprochen, wenn ich nur Einser und Zweier im Zeugnis habe, kriege ich ein eigenes Pferd.“

„Sebastian, den Wechsel in die HTL wirst du trotzdem machen können. Du hast deinen Computer doch erst seit zwei Jahren. So schnell werden die nicht kaputt. Und Alex, das mit dem eigenen Pferd war sowieso nie so sicher. Das ist zu teuer. Wir müssen jetzt etwas sparsamer sein."
„Ihr seid so gemein! Die Carina hat ein eigenes Pferd!"
„Die Carina stammt aus einer reichen Unternehmerfamilie. Ihr Vater kann sich ein Pferd für seine Tochter ohne Probleme leisten", sagte Robert.
„Und warum bist du kein Unternehmer?", keifte Alexandra. „Warum hast du nicht genug Geld?"
„Seid bitte nicht unbescheiden. Viele Kinder wohnen nicht in einem so schönen Haus, haben nicht so toll ausgestattete Kinderzimmer wie ihr", wandte Robert ein und dachte an die lachenden Kinder der Kommune und deren schlichte Spielsachen aus Holz und bemaltem Ton.
Sebastians Miene war voller Abscheu und Ekel, er drehte sich zu seiner kleinen Schwester um.
„Bleib cool, Alex, vielleicht ist es eh besser, wenn sich die Mama scheiden lässt, weil sie sich dann einen Millionär angeln kann. Der Papa ist halt ein voller Versager."
Roberts Atem stockte für einen Augenblick. Seine Schläfen pochten, die Vorwürfe seiner Tochter stachen wie Dolche und die verächtliche Aussage seines Sohnes schnitt in sein Fleisch wie ein Skalpell. Und in einem hatte Sebastian gewiss recht, denn als Vater hatte er, wie jetzt allzu offensichtlich klar wurde, schmählich versagt. Robert bremste vor der Einfahrt zu seinem Haus, schnappte nach Atem und starrte durch die Windschutzscheibe in die flirrende Luft. Die Kinder warfen die Türen auf und liefen in das Haus. Robert blieb alleine zurück, ratlos, verängstigt, verstört. Er wusste nur, dass er es nicht länger unter diesem Dach aushielt, dass er fort musste, dass er mit allem, was ihn unfrei machte, brechen musste. Roberts Stirn sank entkräftet auf das Lenkrad.

29

„Mit einem gezielten Schuss ist der Schranken schnell offen."
Christina schaute Raimund mit verkniffenen Lippen an. Der Mann schmunzelte vor sich hin und hob unschuldig abwehrend beide Hände.
„So machen sie es im Fernsehen immer. Ein Schuss und die Tür ist offen."
Christina wandte sich vom versperrten Schlagbaum ab und ging zum Auto.
„Du sitzt zu viel vor der Glotze, das bekommt dir nicht. Wir gehen zu Fuß."
„Zu Fuß? Da brauchen wir mindestens eine halbe Stunde", wandte Raimund Brandstätter ein.
Christina öffnete die Heckklappe des Autos und schlüpfte aus ihren Stadtschuhen. Raimund trat neben sie und schaute mit beeindruckt hochgezogenen Augenbrauen in den Kofferraum.
„Schau, schau, du bist ausgerüstet."
Kommentarlos schnürte sie die Wanderschuhe fest an ihre Beine, legte ihre Jacke in den Kofferraum und verstaute die Dienstwaffe, ihr Handy und eine Wasserflasche im Rucksack.
„Wenn dir der Anstieg zu viel ist, wartest du am besten hier und passt auf, dass wir keinen Strafzettel kriegen."
Raimund Brandstätter lachte wieder, ließ seinen Blick über die sonnenhelle Höhenlage, über die Baumwipfel und Bergwiesen schweifen, er lauschte kurz dem Gezwitscher der Vögel. Das Wetter war für eine Bergwanderung optimal, es war nicht zu heiß und die Fernsicht war hervorragend.
„Ich gehe mit dir mit. So eine Frau alleine im Wald verirrt sich am Ende noch und kommt in schlechte Gesellschaft. Außerdem täuscht meine Gewichtsklasse ein wenig, ich bin recht gut zu Fuß."
„Dann los", sagte Christina und legte ein ordentliches Tempo vor, das Raimund zu ihrer Überraschung zwar schwitzend, aber ohne Mühe halten konnte.
Nach einer halben Stunde Fußmarsch, bei dem sie wenig redeten, kamen sie zu einer Alm, auf der eine Rinderherde friedlich graste. Beschaulichkeit und Stille, nur vom Bimmeln der Kuhglocken und dem Gesang der Bergvögel unterbrochen, breitete sich vor ihnen aus. Raimund wischte mit einem Taschentuch den Schweiß von seiner Stirn und fächelte sich ein wenig Kühlung zu.

„Du bist sauber in Form, Christina. Dein Schritt ist recht passabel", brummte er anerkennend.
„Ich bin öfter hier im Nationalpark zum Wandern. Das hält fit. Aber du bist auch recht gut in Schwung, ich meine …"
Raimund winkte ab.
„Du meinst, für einen Mann meines Alters und meiner Statur. Ja, in der Freizeit bin ich auch öfter zum Wandern hier. Allerdings bin ich eher der Genusswanderer, ich renne nicht so narrisch wie du. Da drüben ist die Hütte."
Christinas Blick lag auf der kunstfertig aus rohen Stämmen gezimmerten Blockhütte am oberen Rand der Alm. Es war weit und breit kein Auto zu sehen, die Hütte schien einsam und verlassen.
„Jetzt sind wir schon da, also schauen wir uns mal genauer um", schlug Christina vor und marschierte über die Almwiese auf die Hütte zu.
„Die Reifenspuren sind frisch", stellte Raimund fest, als er den weichen Boden rund um die Hütte inspizierte. „Das sind mindestens drei Autos gewesen."
Christina klopfte an die Hüttentür und als niemand, öffnete drückte sie die Klinke hinunter. Die Tür war versperrt, also lugte sie durch das kleine Fenster. Sie konnte durch die staubige Scheibe und in der Dunkelheit des Innenraumes kaum etwas erkennen.
„Damit kommen wir rein", rief Raimund und zog aus einem Versteck hinter einem Brennholzstapel einen Schlüssel hervor. Er trat an die Tür und sperrte das Schloss auf.
„Hast du das Versteck gekannt?"
„Das nicht, aber viele Jagdhütten haben irgendwo einen versteckten Ersatzschlüssel. Und bei den Verstecken sind die Jäger meist nicht sehr kreativ."
Sie traten in den Innenraum. Kalter Zigarettenrauch schlug ihnen entgegen. Das Interieur der Hütte war derangiert, ein Stuhl lag auf dem Boden, auf dem Tisch standen ein überquellender Aschenbecher, eine Unzahl leerer Bierflaschen und Gläser, auf einem Schrank neben dem Tisch befanden sich benutzte Teller und Schüsseln mit Speiseresten, sowie eine ganze Batterie von halbleeren Schnapsflaschen. Christina zählte die benutzten Biergläser.
„Wahrscheinlich fünf Männer", sagte sie. „Und sie waren so verkatert, dass sie nicht mehr aufgeräumt haben."

Raimund öffnete die Tür zum hinteren Schlafraum der Hütte.
„Fünf benutzte Decken. Die Betten haben sie auch nicht gemacht. Das sind keine ordentlichen Waidmänner. Ein echter Jäger macht die Hütte sauber, bevor er sie verlässt. Das ist eine Säuferpartie. Warum sich solche Kerle überhaupt die Mühe machen, auf den Berg hinaufzufahren? Saufen können sie in jedem Wirtshaus."
Christina kniete sich beim hinteren Fenster zu Boden und zählte.
„Deswegen", sagte sie und wies auf die siebenunddreißig auf dem Boden liegenden Patronenhülsen. „In keinem Wirtshaus kann man besoffen zum Fenster rausschießen."
„Ganz reizend, wirklich, eine sehr sympathische Bande", knurrte Raimund.
Plötzlich lag die einprägsame Melodie eines barocken Menuetts in der Hütte. Christina öffnete den Rucksack und drückte ihr Handy ans Ohr.
„Christina Kayserling", meldete sie sich. „Wie bitte? Ich verstehe Sie sehr schlecht, der Empfang ist hier nicht gut. Richtig, ich führe die Ermittlungen. Wir müssen uns möglichst bald treffen. Ich komme zu Ihnen. Ich rufe Sie an. Herr Doktor Baumann, danke für den Rückruf."
Christina steckte das Telefon wieder ein.
„Dem Notar Doktor Baumann in Steyr werde ich mit einem kurzen Besuch die Aufwartung machen. Er verwaltet das Testament von Josef Lehner", erläuterte Christina.
„Da dürfen wir mal gespannt sein", brummte Raimund verkniffen.
Christina ließ noch einmal den Blick in der Hütte kreisen, trat dann ins Freie und holte tief Luft. Nachdem die Hütte wieder versperrt war, marschierten die beiden mit ausgreifenden Schritten bergab.

30

„Robert! Du hier? Du hast dich doch krank gemeldet."
Robert Wieser stand vor dem Schreibtisch seines Vorgesetzten und musterte den Mann, der sich in die Lehne seines Schreibtischstuhls fallen ließ. Robert war ruhig und gefasst.
„Werner, wir müssen reden."
„Gib mir eine halbe Stunde, dann stehe ich dir zur Verfügung."
„Es muss jetzt sein", setzte Robert nach und nahm auf dem Stuhl vor dem Schreibtisch Platz.
Der Mann, Werner Pospischil, speicherte die offene Exceldatei und wechselte auf die Desktopanzeige auf seinem Computer. Seine Mimik und Gestik zeigte überdeutlich, dass er diese Störung seines Arbeitsablaufes gar nicht guthieß. Er seufzte.
„Also, was ist so wichtig, dass du deinen Krankenstand unterbrichst und mich auf der Stelle sprechen musst?"
Robert legte seine Handflächen auf seine Oberschenkel, für eine Weile schaute er zum Fenster hinaus, um sich dann wieder seinem Vorgesetzten zuzuwenden. Wie leicht ihm alles auf einmal fiel.
„Ich habe zuvor meinen Arbeitsplatz in Ordnung gebracht, die nötigen Dateien auf dem Server abgelegt, meine Privatdinge zusammengepackt. Werner, ich kündige."
Diese Nachricht bewirkte bei Roberts Gegenüber zuerst einen Augenblick des Erschreckens, dann eine sich breitmachende Verärgerung.
„Du kündigst? So plötzlich? Warum das?"
„Weil ich in dieser Firma meine Zeit vergeude, weil die Arbeit unnütz ist, weil ich nicht länger in diesem Gefängnis aus Terminverpflichtungen und Kostenkontrolle stecken will. Und weil ich nicht mehr dreißigtausend bis vierzigtausend Kilometer im Jahr mit dem Auto fahren will."
„Hast du ein Tief? Kommt jetzt so eine dubiose Burnout-Geschichte? Oder setzt schon die Midlifecrisis ein?", fragte Werner Pospischil höhnisch und verschränkte die Arme.
„Ja, ja und ja, aber dass du das verstehen wirst, erwarte ich nicht. Es ist auch egal, ich habe meine Entscheidung getroffen."
„Und was ist mit dem aktuellen Projekt? Das Kraftwerk Dürnfeld ist ein strategisch wichtiger Kunde! Über diese Schiene können wir in den

Energieversorgungsmarkt einsteigen. Das ist eine einmalige Chance für uns. Deswegen haben wir ja dich hineingesetzt, weil du ein Vollprofi bist. Na ja, warst …"
Robert ließ sich vom vorwurfvollen Tonfall seines um drei Jahre jüngeren, dynamischen und erfolgsorientierten Vorgesetzten nicht unter Druck setzen. Robert zuckte mit den Schultern.
„Hast du gewusst, dass es in unserem Land Menschen gibt, die völlig ohne Strom, ohne Kohle, ohne Benzin leben? Es sind sehr wenige, aber ich glaube, es werden bald mehr werden."
„Aha, und?"
„Ich bin draufgekommen, dass wir hier, in diesem Büro, in dieser Firma, in diesem Wirtschaftssystem, in einer Illusion feststecken. Wir haben eine Welt aufgebaut, von der wir glauben, sie stehe auf dem soliden Boden der Industrie und der Geldwirtschaft. Aber dieser Boden ist höchstens eine dünne Eisschicht, die immer schneller schmilzt."
Werner Pospischils Verwunderung war an seiner Miene klar und deutlich ersichtlich. Er kratzte sich am Kinn.
„Du warst bei diesen Ökospinnern in Dürnfeld? Hab ich Recht?", fragte Pospischil und brach dann in schallendes Gelächter aus. „Hast du etwa die Erleuchtung erhalten? Eine Marienerscheinung für esoterisch angehauchte Grünfanatiker? Oder sind auf wundersame Art und Weise alle Umweltgifte aus der Natur verschwunden und haben sich in deinem Kopf angesiedelt?"
Pospischil stützte sich mit beiden Händen auf die Schreibtischplatte, um seinen Lachkrampf im Zaum zu halten. Er wischte sich eine Lachträne aus dem Auge.
„Werner, du glaubst jetzt vielleicht, dass das lächerlich ist, aber es ist bitterer Ernst. Du musst anfangen, die Realität zu sehen."
Werner Pospischil fing sich wieder, er winkte entschuldigend und präsentierte sich schließlich gefasst und betont sachlich.
„Verzeihung, aber das war jetzt echt der Gag der Woche. Okay, ich sehe jetzt wieder die Realität, keine blöden Witze mehr. Also, du willst kündigen und einen auf Weltretter machen. Das ist für die Firma zum jetzigen Zeitpunkt nicht sehr erfreulich, aber wir werden das schon schaffen. Ich werde eine einvernehmliche Auflösung des Dienstverhältnisses mit sofortiger Wirkung aufsetzen. Du brauchst dann nur mehr zu unterschreiben und wir gehen getrennte Wege. Alles seriös und professionell. Die

Frau Fellinger vom Personalbüro wird das gleich machen, ich rufe sie an. Gibt es sonst etwas?"
Werner Pospischil fixierte Robert mit kalter Herablassung.
„Das war es. Danke und Lebewohl, Werner", sagte Robert, erhob sich und ging zur Tür.
„Eines noch!", rief Pospischil.
Robert drehte sich um, die beiden Männer schauten einander in die Augen.
„Ich habe dich nie leiden können und habe immer gewusst, dass du ein total peinliches Würstel bist, Robert. Und wie ich sehe, habe ich wieder einmal Recht gehabt. Und jetzt raus hier, ich habe noch zu arbeiten!"

31

Senta schob den schweren Vorhang zur Seite und huschte in das Innere der Jurte. Sie schaute sich um.
„Du packst nicht?", fragte sie.
Gebhardt Höller klappte das Buch zu und legte es zur Seite. Er schaute Senta ruhig und gelassen an.
„Ich packe nicht. Ich bleibe hier."
Senta seufzte und setzte sich zu ihrem alten Freund auf den Boden.
„Und wenn sie mit der Polizei kommen? Wenn sie dich hier rausprügeln? Wenn sie die Jurte anzünden?"
Er strich durch sein langes, glattes Haar und verschränkte schließlich trotzig seine Arme.
„Vielleicht wird das in genau dieser Reihenfolge passieren. Aber ich glaube das nicht, ich glaube, Josef hat mit uns noch etwas vorgehabt."
Senta war dieser eine Satz, den Gebhardt dem Bürgermeister entgegen geschmettert hatte, nicht aus dem Kopf gegangen, deswegen war sie nun in seine Jurte gekommen.
„Weißt du etwas über ein Testament?", fragte sie unumwunden, wie das nun mal ihre Art war.
„Nichts Genaues. Ich habe Josef einmal diesbezüglich angesprochen und

er hat mir nur gesagt, dass er wie alle alten Bauern ein Testament gemacht hat."

„Hat er dir das gesagt? Ich wollte auch einmal mit ihm darüber sprechen, aber er hat so schroff und abweisend reagiert, dass ich das Thema nie wieder angeschnitten habe."

Gebhardt Höller erhob sich aus seiner sitzenden Position und kniete sich auf den Teppich, er vollführte feierliche Gesten, wie er sie bei den Indianern in Mittel- und Nordamerika gelernt hatte.

„Schwester", flüsterte er schließlich, „gestern Nacht habe ich getanzt und die Großen Geister um Rat gefragt. Sie waren sehr verschlossen, ich habe sehr demütig um eine Antwort bitten müssen. Doch schließlich haben die Großen Geister mir gesagt: Mensch, fürchte dich nicht."

Er fasste Senta an den Händen. Sein Lächeln war voller Zuversicht, voller Überzeugung, voller Sicherheit.

„Wir brauchen keine Angst zu haben, Senta. Die Großen Geister wachen über uns!"

32

Christina leerte mit einem großen Schluck das Wasserglas und füllte es gleich noch einmal. Sie setzte sich an den Schreibtisch und sichtete ihre E-Mails. Die Gerichtsmedizin hatte also schon einen Bericht geschickt. Schnell überflog sie den Inhalt, um dann den Text noch einmal langsam und genau zu lesen.

Der Großblütige Fingerhut oder Digitalis grandiflora zählt zu den Hemikryptophyten, gehört zu den schönsten heimischen Waldpflanzen und gedeiht an Waldrändern und Lichtungen. Alle Teile der Pflanze enthalten toxische Cardenolide. Diese Substanzen bewirken bei Menschen Herzrhythmusstörungen, darüber hinaus kann es zu Sehstörungen, Übelkeit und Erbrechen kommen. Eine Überdosis wirkt für Menschen letal.

Christina klickte auf den Drucken-Button, erhob sich und nahm das bedruckte Papier zur Hand. Immer noch konnte sie ihren Blick nicht von den Zahlenwerten lösen, die in einer Tabelle aufgereiht die inhaltliche

Mitte des Laborberichts ausmachten. Das Ergebnis der rechtsmedizinischen Analyse war eindeutig, über die Todesursache gab es keinen medizinischen Zweifel, der Tod von Josef Lehner war durch Herzversagen aufgrund eines oral eingenommen Tranks aus dem Sud des Großblütigen Fingerhuts eingetreten.
Lag nun ein Giftmord vor oder war es eine Selbsttötung? Diese Frage hatte Christina jetzt zu klären. Nachdem, was sie bislang über Josef Lehner gehört hatte, wären beide Varianten möglich. Wenn es denn ein Mord gewesen war, wer würde zu diesem Mittel greifen? Ein alkoholabhängiger und schießwütiger Jäger? Ein eloquenter sozialer Aufsteiger im Businessanzug? Ein kräuterkundiger Ökodorfbewohner? Ein Mann oder eine Frau?
Christina nahm ihr Telefon zur Hand und wählte Raimund Brandstätters Nummer. Sie klemmte das Handy mit der Schulter ans Ohr, während sie Kaffeebohnen in die Espressomaschine schüttete. Der Arbeitstag würde heute noch länger dauern.
„Hallo Raimund. Es gibt Neuigkeiten."

DONNERSTAG

33

„Und deswegen habe ich mir Folgendes ausgedacht. Passt auf."
Die vier Jugendlichen saßen dumpf brütend beisammen und hörten nur mit einem Ohr Meinrad zu, der seit zehn Minuten mit seinen irren Geschichten und schrägen Einfällen versuchte, die Stimmung zu heben. Bislang war sein Erfolg bescheiden.
„Wir könnten verkehrte Bohrungen durchführen. Um das Scheißöl aus dem Boden zu kriegen, müssen ja ein paar tausend Meter tiefe Löcher durch die Gesteinsschichten gebohrt werden. Jetzt brauchen wir so einen Bohrer, mit dem wir bei den Raffinerietanks Löcher bohren, bis wir auf Hohlräume im Gestein oder zuvor leergepumpte Öllagerstätten stoßen. Dann werden heimlich unterirdisch Rohrleitungen verlegt, schließlich die

Öltanks von unten aufgeknackt und dann kann das Öl direkt aus der Raffinerie durch die unterirdischen Rohre und die Bohrung wieder zurück in die Erdkruste fließen. Die Löcher werden abschließend durch Sprengungen auf ewig verschlossen. Operation Rücklagerung erfolgreich! Terroristisch genial, oder? Wir müssen uns nur eine vernünftige Bohrausrüstung besorgen!"

Das erhoffte Gelächter blieb aus, seine Freunde zeigten nur mäßig amüsierte Gesichter.

„Meinrad, deine Geschichten waren auch schon mal besser."

„Habt ihr schon gepackt?"

„Sicher."

„Ich bin noch nicht fertig."

„Gebhardt will bleiben."

„Na klar, und wenn die Bulldozer kommen, werden ihm seine Navajos in voller Kriegsbemalung mit Pfeil und Bogen zu Hilfe kommen."

„Hör auf zu stänkern, ich finde der Gebhardt hat Recht."

Sie nahmen sich schnell nähernde Schritte wahr und drehten die Köpfe. Eine Frau in wallenden Röcken trat an die Runde heran, ihre Miene war beunruhigt.

„Sagt mal, wann habt ihr den Severin eigentlich zuletzt gesehen?", fragte Susanne Wurzwaller, die Mutter des jungen Mannes.

„Vor einer Woche waren wir noch drüben am Zaun. Wir haben die Transparente nach einem Gewitterregen wieder aufgestellt", sagte Meinrad. „Das war am Mittwochnachmittag."

„Ja, Mittwoch war er noch da. Dann muss er losgezogen sein."

„Hat er euch irgendetwas erzählt? Hat er gesagt, wo er hingehen will?", fragte die Frau besorgt.

„Du, Susanne, mach dir keinen Stress", versuchte Meinrad zu beschwichtigen. „Der Severin ist doch immer wieder mal ein paar Tage fort. Außerdem ist er ja jetzt achtzehn. Er darf hingehen, wohin er will."

„Darf er ja, aber er hätte mir oder sonst irgendjemand sagen können, dass er diesmal länger unterwegs ist. Immerhin packen wir unsere Sachen. Wer weiß, wann sie uns von hier fortjagen. Er hat von alledem ja noch keine Ahnung. Wenn ihr irgendetwas herausfindet, sagt es mir bitte."

Die fünf Jugendlichen nickten zustimmend. Severins Mutter hatte natürlich Recht, und eine Woche war Severin eigentlich auch noch nie fortgewesen. Sie blickten der flott davon marschierenden Frau hinterher.

„Hat wer von euch einen Plan, wie es weitergehen wird?", fragte eines der Mädchen, doch sie erhielt keine Antwort.
„Meinrad!", rief einer der Jungs und zeigte zur Straße hinüber. „Dein Kumpel ist wieder da."
Alle schauten hinüber zu Robert Wieser, der mit einem schweren Rucksack auf dem Rücken in Richtung des Dorfes marschierte.
„Bitte, was macht der da?", ächzte Meinrad. „Der ist ja lästiger als Fußpilz."
„Alle gehen und er kommt."
„Aber fesch ist er schon."
„Fesch vielleicht, aber so was von peinlich."
„Können wir den nicht wieder zurückschicken?"
„Kommt", sagte Meinrad und erhob sich. „Verschwinden wir lieber, sonst geht er uns am Ende noch auf den Wecker."

34

Christina überblickte noch einmal ihren Schreibtisch. Hatte sie alles eingepackt? Sie nickte und schnappte ihre Handtasche. Die Ergebnisse ihrer gestrigen Recherchen lagen fein säuberlich ausgedruckt in einem Aktenumschlag auf dem Schreibtisch. Sie hatte sich ein umfassendes Bild von den Leuten aus dem Umfeld des Toten gemacht. Obwohl sie bis spät in die Nacht gearbeitet hatte, war sie schon frühmorgens wieder aufgestanden und unverzüglich ins Büro geeilt. Sie las von ihrem Handy die Uhrzeit ab und beschloss aufzubrechen. Sie hatte vor, die Einladung zur Testamentseröffnung persönlich zuzustellen. Christina spürte ein leichtes Kribbeln im Bauch, ihr war, als stünde sie unter Strom. Sie marschierte auf den Dienstwagen zu.
Christina steuerte das Auto sehr flott durch die Gassen der Stadt, kam zur Ausfallstraße und setzte zu einem Überholmanöver an.

35

„Daher habe ich beschlossen, meinem Leben eine Wendung zu geben. Ich habe so nicht mehr weiter machen können, ich habe etwas ändern müssen."

Sie standen in einer losen Gruppe auf dem Dorfplatz, Robert hatte seinen Rucksack am Boden abgestellt und in kurzen Worten erklärt, weshalb er nun hier war. Er wusste nicht genau, warum man sein Kommen und seine Worte so reserviert aufnahm. Hatte er sich durch irgendetwas unmöglich gemacht? Dass er diesen alten Mann im Komposthaufen gefunden hatte, war ja nicht seine Schuld. Nur der Arzt, Gebhardt, wie sich Robert erinnerte, lächelte ihn an, kam auf ihn zu und umarmte ihn.

„Sei willkommen, Bruder, sei willkommen. Unsere Gemeinschaft braucht regen Zustrom ehrlich motivierter und entschlossener Menschen. Wir können dir hier ein Leben in harter und ehrlicher Arbeit im Einklang mit der Natur anbieten, ein Leben der spirituellen Besinnung und vielleicht auch Erleuchtung, ein Leben in einer intakten Großfamilie, ein Leben in Freude, Glück und Bescheidenheit."

Robert suchte in der kleinen, ihn umstehenden Gruppe nach den tiefgrünen Augen Angelikas und fand sie. Freude und Glück, hatte Gebhardt gesagt, oh ja, Freude und Glück hoffte er hier zu finden.

„Ich habe auch Geld dabei", sagte Robert und zog ein Bündel Banknoten aus der Seitentasche seines Rucksackes. „Ich möchte für die Unkosten, die ich verursache, aufkommen."

Robert schaute etwas ratlos in die Runde, weil niemand Anstalten machte, das dargebotene Geld in Empfang zu nehmen.

„Behalte dein Geld", sagte Senta schließlich mit äußerst unnahbarer Miene. „Wir brauchen kaum Geld, wir haben bisher fast alles zum Leben im Wald und auf den Feldern vorgefunden. Dass du dem Irrsinn des Hochverbrauchs abschwören willst, ist ja gut und schön, aber der Zeitpunkt für einen Einstieg in unsere Gemeinschaft ist denkbar schlecht gewählt. Sei trotzdem willkommen."

Damit wandte sich Senta ab und mit ihr verließen auch die anderen die Ansammlung zur Begrüßung des jüngsten der Erdenkinder.

„Warum?", fragte Robert und hielt Gebhardt auf. „Warum ist der Zeitpunkt schlecht gewählt? Habe ich etwas falsch gemacht?"

Gebhardt Höller legte Robert vertrauenheischend die Hand auf die Schulter.
„Der Mann, den du tot gefunden hast, Meister Josef, war der Besitzer dieser Ländereien, denn in dieser Welt gehören das Land, die Pflanzen und die Tiere nicht sich selbst und allen, sondern, wie es in den Grundbüchern penibel vermerkt ist, immer irgendwelchen Menschen. Die Hochverbraucher glauben an die Schriftzeichen in Büchern, sind von ihnen so abhängig wie der Alkoholsüchtige vom Schnaps. Meine Brüder und Schwestern fürchten den morgigen Tag, sie fürchten, dass die Gemeinschaft zerbrechen könnte. Die Angst ist eine schwere Erkrankung der Seele, lass dich nicht von ihr anstecken."

36

Christina marschierte flott über den Waldweg auf die Jurtensiedlung zu, ihre Handtasche hatte sie im Auto belassen, in ihrer Rechten hielt sie nur ein Kuvert mit dem Aufdruck der Notariatskanzlei Baumann. Sie sah zwei Männer vor einer der Jurten sitzen, einer der beiden war der Mann, der den Toten im Kompost gefunden hatte. Christina nahm sich vor, die Geschichte dieses Mannes schnellstmöglich aufzurollen, denn sie hatte in Erfahrung gebracht, dass er zumindest nominell kein Aussteiger und Zivilisationsverweigerer war. Robert Wieser besaß gemeinsam mit seiner Frau ein Einfamilienhaus in Wien Liesing, verfügte über einen tadellosen Leumund, übte in einem mittelständischen Softwareunternehmen einen seriösen Ingenieursjob aus und ein fast neuer Audi A4 war auf seinen Namen angemeldet. Das waren biografische Rahmenbedingungen, die es für Christina zumindest fragwürdig erscheinen ließen, dass just so ein Mann in einer Selbstversorgerkommune Leichen aus dem Kompost gräbt.
Die beiden Männer entdeckten Christina, erhoben sich und starrten sie an. Sie trat an die beiden heran und musterte den großen, hageren Mann mit dem grauen Zopf, der sie mit auffällig stechenden Blicken ebenso musterte.
„Sagen Sie mir bitte, wo finde ich Senta Wegscheider?"
„Was wollen Sie von ihr?", fragte Gebhardt Höller.

„Wenn Sie mir mitteilen, wo ich sie finde, kann ich ihr das persönlich sagen“, gab Christina betont trocken zurück.
„Sie ist drüben am Bach“, antwortete Gebhardt und wies in die Richtung.
Grußlos marschierte Christina in die angewiesene Richtung. Christinas Augen weiteten sich, als sie fünf Frauen entdeckte, die in Waschzubern ihre Wäsche schrubbten und spülten. Sie schüttelte unwillkürlich den Kopf. Das, was die Frauen hier in mühevoller Handarbeit leisteten, verrichtete ihre Waschmaschine in einem Bruchteil der Zeit, und die größte arbeitstechnische Herausforderung war, die Tasten der Maschine richtig zu bedienen.
„Guten Tag!“, rief Christina und machte sich bei den in ihre Arbeit vertieften Frauen bemerkbar. „Frau Wegscheider, kann ich Sie bitte sprechen?“
Senta wischte ihre Hände trocken und kam auf Christina zu.
„Ja, bitte?“, fragte die Mittfünfzigerin.
„Frau Wegscheider, ich habe hier ein Schreiben der Notariatskanzlei Baumann aus Steyr. Ich war so frei und habe diesen Brief an mich genommen, um ihn persönlich herzubringen, da ich nicht weiß, ob die Post bei Ihnen regelmäßig und zeitgerecht Briefe zustellt.“
Die anderen Frauen hielten ebenfalls in ihrer Arbeit inne und lauschten aus der Distanz dem Gespräch. Senta wischte sich ein paar Haarsträhnen aus dem Gesicht, griff nach dem dargebotenen Brief und öffnete das Kuvert. Christinas Blick ruhten auf den Händen der Frau. Kräftige Hände, raue, von der Arbeit im Wasser runzelige Haut, kurze Fingernägel. Ihre Großmutter hatte ähnliche Hände gehabt, daran konnte sich Christina lebhaft erinnern. Die Hände einer alten Bäuerin, die ein Leben lang hart gearbeitet hatte, damit es die Kinder einmal besser haben würden, damit die Kinder einmal nicht von frühmorgens bis spätabends wie die Ackergäule schuften mussten, damit die Kinder etwas lernen und aus ihrem Leben etwas machen konnten. Und diese Frau, deren kluge Augen Christina sofort aufgefallen waren, verzichtete auf all das, was die Generationen der Großeltern und Eltern aufgebaut hatten, damit es den Kindern dereinst besser gehen möge. Warum tat sie das?
„Die Testamentseröffnung“, sagte Senta gefasst und blickte vom Brief hoch in Christinas Augen. „Also bin ich eingeladen.“
„Überrascht Sie das?“
„Überraschen ist nicht das richtige Wort.“

„Frau Wegscheider", hob Christina an und zog ein Papier aus Ihrer Tasche, „ich habe einen Durchsuchungsbefehl für Josef Lehners Haus dabei. Und ich habe den Schlüssel. Wollen Sie mir bitte bei der Besichtigung Gesellschaft leisten?"
„Lassen Sie mich etwas anderes anziehen."
Christina nickte zustimmend.
Senta steckte den Brief in die Tasche ihrer Schürze und eilte in ihre Jurte. Christina stand auf dem Dorfplatz und schaute sich um, von einigen Bewohnern misstrauisch beäugt. Sie hob den Blick zu den tagein und tagaus blinkenden Lampen des über den Baumwipfeln aufragenden Schlots des Kraftwerks. War das hier die Lösung des Problems mit dem Kohlenstoff in der Atmosphäre? Ein Leben in Jurten wie zu Zeiten der Völkerwanderung? Und was war so gut und gerecht an einem Leben ohne moderne Zivilisation, wenn dann alte Bauern vergiftet in Kompostmieten vergraben wurden?
„Gut, ich bin bereit."
Christina drehte sich um. Senta Wegscheider stand in einen hellen Leinenanzug gehüllt vor ihr. Sie trug feste Wanderschuhe.
„Man geht etwa fünfzehn Minuten zum Haus. Diese Richtung", sagte Senta und wollte losmarschieren.
„Steigen Sie doch bitte in mein Auto ein. Wir fahren."
Wenig später stiegen die beiden Frauen ins Auto. Christina atmete tief ein. Sie war ein klein wenig irritiert, die Aussage drängte sich förmlich über ihre Lippen.
„Sie erinnern mich irgendwie an meine Großmutter."
Senta legte den Sicherheitsgurt an und hielt ihre Handtasche fest umklammert.
„An Ihre Großmutter. Wirke ich schon so alt?"
„Meine Großmutter ist seit vielen Jahren tot. In der Kindheit war ich im Sommer immer gern auf dem Bauernhof meiner Großeltern. Und meine Großmutter hat Hände wie sie gehabt. Und auch diesen Lavendelduft in den Kleidern."
Sie startete den Wagen. Wieder sog Christina diesen Duft ein, der sie an den alten massiven Kleiderschrank in dem mit Fensterläden abgedunkelten Schlafzimmer ihrer Großeltern erinnerte, der ihr den abgeklärten und gütigen Blick, die sich liebevoll durch ihr Haar wühlenden Hände der Großmutter wieder nahe brachte.

„Der Lavendel hält die Motten fern. Ein probates Hausmittel zum Schutz von Leinenkleidung."
„Frau Wegscheider", sagte Christina und fuhr zügig los, „wir wissen, dass Josef Lehner an Herzversagen nach einer Überdosis Digitalis grandiflora gestorben ist."
Sentas Lippen waren blutleer, verbissen starrte sie zum Fenster hinaus.
„Ich habe es befürchtet."
„Was haben Sie befürchtet, Frau Wegscheider?"
„Dass Josef ermordet worden ist."
„Ermordet? Ich habe nichts von einem Mord gesagt."
Senta schaute Christina von der Seite an, die ihren Blick kurz von der Fahrbahn wendete und nach Sentas Augen spähte.
„Sie haben mich doch deswegen mit dem Auto abgeholt. Sie wollten mich sprechen, mich befragen. Natürlich, Sie machen Ihre Arbeit, Sie müssen wissen, was es mit Josefs Ableben auf sich hat."
„Ja, deswegen habe ich den Brief persönlich zugestellt. Also, warum glauben Sie, dass Josef Lehner ermordet worden ist. Es hätte ja auch ein Unfall sein können. Oder Selbstmord."
Senta lachte gequält auf.
„Selbstmord? Doch nicht der Josef! Er hat bis zum Tod seiner Frau vierundsechzig Jahre lang ein unglückliches Leben geführt und sich nicht selbst getötet. Warum sollte er es jetzt tun, wo er sich endlich befreit hat und glücklich war? Nein, der Josef Lehner, den ich gekannt habe, hätte sich niemals selbst getötet, dazu hat er die Natur und das Leben viel zu sehr geliebt. Und ein Unfall? Kann ich mir beim besten Willen nicht vorstellen. Der Josef kannte alle Kräuter und Gewächse in dieser Gegend, er hätte niemals den Fingerhut mit einer anderen Pflanze verwechselt. Wenn er an Fingerhut gestorben ist, dann weil ihn jemand damit vergiftet hat."
Christina ließ sich mit der nächsten Frage Zeit. Ihre Sinne waren geschärft, sie lauschte genau.
„Kennen Sie sich mit den Kräutern und Gewächsen in dieser Gegend aus, Frau Wegscheider?"
Senta stellte ihre Handtasche zu ihren Füßen auf den Boden. Sie faltete ihre Hände.
„Ja. Seit rund vierzig Jahren sammle ich Wissen über Pflanzen aller Art und beschäftige mich mit Kräuterheilkunde. Und um Ihre nächste Frage vorwegzunehmen, ja, ich weiß, wo Fingerhut in der Gegend um Dürnfeld

wächst, und ja, ich habe auch schon mal mit Fingerhut experimentiert und für homöopathische Arzneien potenziert. Und um auch dieser Frage vorzugreifen, nein, ich habe meinen lieben Freund Josef nicht vergiftet."
Christina lachte kurz auf.
„Frau Wegscheider, ich wünschte, alle Leute wären so kooperativ der Polizei gegenüber. Und wenn Sie so viel von meinen Beweggründen verstehen, dann werden Sie auch einsehen, dass ich Sie für hochgradig verdächtig halte. Auch wenn so eine Äußerung einer Polizistin in einer laufenden Ermittlung nicht gerade als Empfehlung im Diensthandbuch steht."
„Sie haben das Testament eingesehen und wissen, was über mich darin steht."
„Wissen Sie, was darin steht?"
„Nein, der Josef hat mir nie etwas über ein Testament gesagt. Er hat das Thema strikt vermieden. Doch wenn ich Josefs Gedanken erraten soll, meine ich, dass er der Gemeinschaft oder mir Ländereien vermacht hat."
„Sie hätten zur Kriminalpolizei gehen sollen", witzelte Christina ohne jeden Humor in der Stimme.
„Nein, das hätte ich nicht gekonnt. Ich hätte das Leid und Elend, die Lüge und die Gewalt, mit der man als Kriminalpolizist konfrontiert wird, nicht ertragen. Ich wäre ganz bestimmt depressiv geworden."
Christina versuchte sich zu wehren, versuchte mit Routine und mit ihrem eisernen Willen diesen letzten Satz, die Ausstrahlung dieser Frau und den Wohlklang ihrer Stimme auf Distanz zu halten. Sie fand, dass sie sich gar nicht schlecht hielt.
„Erzählen Sie mir doch, wie Josef Lehner und Sie sich kennengelernt haben."
Das Auto fuhr nicht auf direktem Weg zum Bachleithenhof, aber es fuhr schnell. Christina bog bei einer Kreuzung zügig in eine kleine Nebenstraße.
„Vor rund vier Jahren haben ein paar Freunde und ich uns dazu entschlossen, vor dem Kraftwerk gegen die Verbrennung von Kohle zu protestieren. Wir waren bereit, wochenlang vor dem Zaun des Kraftwerks unsere Kundgebung durchzuhalten. Am Anfang waren einige Leute sehr aktionistisch und haben sich auf die Schienen oder die Tore gekettet, manche sind sogar in das Kraftwerksgelände eingedrungen und haben Graffitis auf die Wände geschmiert. Der Gipfel war die Besteigung des Schorn-

steins. Aber es gab auch eine Gruppe, wenn Sie so wollen, der harte Kern der heutigen Kommune, die auf gewaltlosen Protest und auf den befreienden Sog eines moralischen Lebens gesetzt haben. Josefs Wiesen und Felder grenzen ja teilweise direkt an das Kraftwerksareal, so bin ich einmal zu ihm gegangen, habe geklopft, mich vorgestellt und gefragt, ob wir auf der ungenutzten Wiese auf der Ostseite des Kraftwerks unsere Zelte aufschlagen dürfen. Ich habe mit drohenden Fäusten und gefletschten Zähnen gerechnet. Diese Reaktionen habe ich als Umweltaktivistin immer wieder angetroffen, denn viele Leute ertragen es nicht, wenn andere ihnen zeigen, dass man Fehler und Verbrechen an der Natur nicht machen muss. Auf jeden Fall habe ich einen einsamen, traurigen und völlig in sich gekehrten Mann getroffen, der ein paar Monate zuvor seine Gattin zu Grabe getragen hat. Und wir kamen irgendwie ins Gespräch. Josef konnte nicht glauben, dass manche Menschen einfach nicht lügen wollen, er hat nicht erwartet, dass irgendjemand ihm einmal im Leben wirklich zuhört und von seinen Ideen begeistert ist, der mit ihm argumentiert und streitet, lacht und trinkt, tanzt und mit ihm, trotz unseres vorgerückten Alters, schlafen will. Ich bin an diesem Tag etwa gegen vier Uhr Nachmittag vor seiner Haustür gestanden und habe geklopft, und als ich das Haus wieder verlassen habe, war es zehn Uhr Vormittag des nächsten Tages. Das war eine der unglaublichsten und intensivsten Begegnungen in meinem Leben. Und Josef hätte Ihnen diesen Satz wohl genauso gesagt."

„Sie hatten also eine Beziehung zu Josef Lehner?"

„Haben Sie mir nicht zugehört? Von wegen miteinander schlafen, Frau Inspektor, das war nur an diesem einen Abend und nur weil Josef nach vierzig Jahren unglücklicher Ehe nicht mehr gewusst hat, was zwischen Frauen und Männern entstehen und geschehen kann. Wir haben nur einmal Sex gehabt, eben bei dieser unserer ersten Begegnung, danach war es eine seelische Übereinstimmung, bei der ein Kopfnicken, ein einziges Wort, ein kurzes Lächeln während der Arbeit auf dem Feld mehr Nähe und tiefere Verbundenheit zum Ausdruck gebracht hat, als jede Nacht in einem Bett. Außerdem, wir sind nicht mehr die Jüngsten. Und um auf Ihre Frage jetzt klipp und klar eine Antwort zu geben: Ja, ich hatte zu Josef Lehner eine Beziehung."

Log sie? Redete diese Frau von irgendwelchen Dingen, die sie sich in ihrem Wahn einbildete? Verfolgte sie ein kaltes Kalkül? Christina war sich nicht sicher, sie durfte sich nicht sicher sein. Sie wollte dieser Frau mit der faszinierenden Stimme und diesem heimeligen Duft glauben, sie wollte von ihrer Unschuld überzeugt sein, aber sie wehrte sich mit Händen und Füßen, dieser Verlockung nachzugehen. Was, wenn diese Frau eine Sirene war, die mit ihrem bezauberndem Gesang die Seefahrer auf die tödlichen Klippen lockte? Christina umklammerte das Lenkrad mit hartem Griff, sie fuhren nun auf den Bachleithenhof zu. Und sie stand ziemlich tief im Gaspedal.

„Entschuldigen Sie, Frau Inspektor, müssen Sie so rasen? Ich bin seit mindestens acht Jahren nicht mehr in einem Auto gefahren, mir wird übel bei diesem Tempo."

Christina atmete durch und stieg auf die Bremse.

„Verzeihung. Meine Raserei ist berufsbedingt. Wir sind schon da."

„Sie sind wohl immer sehr schnell in Ihrem Leben?", fragte Senta.

Christina ächzte gequält.

„Was glauben Sie, was man als Polizistin für Schwierigkeiten hat, wenn man schneller denkt und schneller handelt als die allermeisten männlichen Kollegen."

Die beiden Frauen warfen die Autotüren hinter sich zu.

37

„Stimmt es, dass die Polizei Senta geholt hat?"

„Ist sie festgenommen worden?"

„Kommen wir jetzt alle ins Gefängnis?"

Gerlinde Riemenschmied und Gebhardt Höller versuchten das Durcheinander an Stimmen zu entwirren. Gerlinde gestikulierte energisch, bis endlich Ruhe eingekehrt war. Als ruchbar geworden war, dass Senta von dieser Kriminalpolizistin im Auto mitgenommen worden war, hatten sich die Erdenkinder allesamt auf dem Dorfplatz versammelt.

„Haltet alle mal die Klappe!", rief Gerlinde, die mit Senta am Bach Wäsche gewaschen und das kurze Gespräch zwischen Senta und der Polizistin mitgehört hatte. „Senta ist nicht festgenommen worden! Diese Polizistin ist mit Senta zum Hof gefahren. Senta ist zu einem Notar eingeladen worden. In ein paar Tagen wird Meister Josefs letzter Wille verlesen werden."

Mit dieser Antwort kehrte Stille in die Gruppe ein. Robert stand inmitten der Erdenkinder und fühlte sich einerseits gut, seinem bisherigen idiotischen Leben entkommen zu sein, andererseits war er von der Unruhe der Dorfbewohner angesteckt worden. Vor allem aber stand er hinter Angelika, konnte ihren Duft ahnen, ihre Aura spüren, ihr nahe sein.

„Meister Josefs Testament?", erhob Angelika ihre Stimme. „Was bedeutet das? Wird Senta im Testament erwähnt?"

Gebhardt Höller trat in die Runde und hob wieder einmal zu einer Ansprache an.

„Schwestern und Brüder! Meister Josef hat zu niemandem etwas über den Inhalt des Testaments gesagt. Ich habe ihn einmal direkt darauf angesprochen, doch er hat mir nichts vom Inhalt dieses Dokuments gesagt. Dass aber Senta bei der Eröffnung dabei ist, bedeutet, dass sie im Testament genannt wird. Vielleicht erhält sie aus Meister Josefs Nachlass die alte Pendeluhr oder das Porzellangeschirr, vielleicht hat Josef bestimmt, dass wir hier weiter leben können. Wir werden es erfahren. Bis dahin müsst ihr euch in Demut und Geduld üben. Doch eines kann ich euch versichern, die Großen Geister wachen über uns!"

Damit löste sich die Versammlung langsam auf. Robert wandte sich ab und ging wieder zu seinem Zelt, welches er am Rande der Jurtensiedlung im Schatten einer hohen Buche aufgestellt hatte.

„Na ja, wenn die Großen Geister über uns wachen", murrte Meinrad, der sich Robert anschloss, „dann kann ja nichts mehr schief gehen. Du, Robert, ich muss dir etwas sagen. Als ich heute früh gesehen habe, dass du schon wieder bei uns auftauchst, habe ich mir gedacht, der Typ ist lästig. Aber ich habe mir das noch mal durch den Kopf gehen lassen. Finde es eigentlich prima, dass du uns jetzt nicht im Stich lässt."

„Gehe ich recht in der Annahme, dass das eine Art Willkommensgruß ist?"

„Ja, kann man so sagen", antwortete Meinrad und trat ganz nahe an Robert heran. „Sag mal, hast du dein Auto noch?"

Robert war verlegen, er wusste ja, dass die Erdenkinder auf Autos und deren Lenker nicht gut zu sprechen waren.

„Ja, natürlich, so schnell konnte ich den Wagen nicht verkaufen, aber ich habe ihn auf der anderen Seite von Dürnfeld bei einem LKW-Parkplatz abgestellt."

„Kannst du mich heute Abend nach München fahren?"
Robert schaute Meinrad perplex an.
„Nach München?"
„Ist jetzt wirklich wichtig. Ich muss da in so eine Schwulenbar."
Robert trat einen Schritt zurück und musterte Meinrad indigniert.
„He, jetzt mal langsam", knurrte Meinrad. „Erstens haben Schwule nicht automatisch ansteckende Krankheiten und zweitens bin ich nicht schwul. Das muss unbedingt ein Geheimnis zwischen uns bleiben. Ich würde dir damit nicht auf die Nerven gehen, aber anders als mit deinem Auto komme ich heute nicht mehr nach München und zurück. Ich muss da einen Kumpel suchen, der vielleicht in Schwierigkeiten steckt. Ich zahle auch den Sprit. Hilfst du mir bitte?"
Robert zuckte mit den Schultern.
„Okay, ich helfe dir. Wann fahren wir los?"
„Abends gegen sieben Uhr."
„Einverstanden."
„Du hast jetzt extra was gut bei mir."
Meinrad reichte Robert dankbar die Hand und wollte sich wieder davon trollen.
„Eine Frage noch, Meinrad."
„Du immer mit deinen Fragen."
„Meine Klamotten taugen vielleicht für Nordic Walking im Schlosspark von Schönbrunn, aber hier bin vollkommen falsch gekleidet. Wie komme ich zu so einem Leinenanzug?"
Meinrad boxte Robert auf den Oberarm.
„Du meinst es ernst, du willst also Angelika wirklich kennenlernen."
Robert winkte beschwichtigend ab.
„Es geht nicht um Angelika. Oder nicht nur."
„Egal, das ist deine Sache. Und so schicke Klamotten kriegst du, indem du sie nähst."
„Kleidung nähen? Ich soll Kleidung nähen? Das kann ich nicht."
„Schon klar", winkte Meinrad ab. „Ihr Systemfuzzis könnt zwar mit dem Flugzeug rund um den Globus fliegen, ohne das Sackerl vollzureihern, aber mit Nadel und Zwirn könnt ihr nicht umgehen. Das überlasst ihr lieber halbverhungerten Kindern in Bangladesh, nicht wahr? Entweder du lernst es oder du fragst meine Mutter, ob sie einen Anzug für dich näht. Aber derzeit hat sie sicher keine Zeit für Näharbeiten."

Plötzlich riss Meinrad den rechten Arm hoch und winkte. Robert drehte sich um und schaute in die Richtung, in die Meinrad winkte. Ein Radfahrer auf einem Mountainbike, an das ein Fahrradanhänger gehängt war, radelte über den Feldweg auf die Siedlung zu.
„He, Theo ist da!", rief Meinrad merklich erfreut und lief dem Mann entgegen.
Kaum war der Mann am Dorfplatz vom Rad gestiegen, wurde er von den Kindern und Jugendlichen der Kommune umringt und in ein vielstimmiges Geplapper gehüllt. Robert ging näher und sah einen mittelgroßen, schlanken und muskulösen Mann mit kantigen Zügen und sonnengegerbter Haut. Der Mann wirkte wie ein berühmter Bergsteiger oder ein gutaussehender Schisportprofi. Er trug todschicke Radsportkleidung und sein Fahrrad war ein Profigerät. Robert konnte das Alter des Mannes kaum einschätzen, die Bewegungen wirkten, als wäre er ein fünfundzwanzigjähriger Sportler, der akzentuiert männliche Bartansatz und ein paar Lachfalten ließen vermuten, er wäre an die vierzig.
„Ruhe, Kinder, gebt doch Ruhe!", rief Meinrads breitschultriger Vater Ernst und umarmte den Mann wie einen alten Freund. „Lasst den Theo doch erst mal zu Atem kommen. Hast du wieder Setzlinge mitgebracht?"
„Ja, schau mal her", sagte der Mann und öffnete das Verdeck des Radanhängers. „Die zwei Apfelbäume sind steirische Maschanzker. Eine ganz alte Sorte, kleinfruchtig, aber sehr robust. Das Bäumchen ist eine Hauszwetschke. Hier eine Jamswurzel und zwei fast ausgestorbene heimische Rübensorten. Die sollten möglichst schnell in die Erde gesetzt werden. Und für die Kinder hab ich drei Gläser Kastanienblütenhonig."
Als der Mann sich wieder Ernst zuwandte und ihm in die Augen schaute, schwand das freudige Lächeln aus seinem Gesicht.
„Ich habe es gestern Abend gehört. Ist es wahr, dass Josef ermordet worden ist?"
„Möglich ist es", bestätigte Ernst betreten. „Die Polizei hat jedenfalls einen berechtigten Verdacht."
„Schlimm, sehr schlimm. Wer kann so etwas nur machen? Der Josef hat doch keiner Fliege etwas zuleide getan. Meine Güte, war ich zuerst sauer, dann aber traurig. Wann ist die Beisetzung?"
„Wir wissen es noch nicht, die Polizei hat den Leichnam in die Gerichtsmedizin gebracht, seitdem haben wir hier keinerlei Informationen. Komm rein und iss mit uns, dann können wir alles genau besprechen."

„Gerne, Ernst, aber zuerst möchte ich noch jemand begrüßen."
„Da kommt sie schon", sagte Ernst Riemenschmied in seiner stets lächelnden, gutmütigen Art und schaute zwischen den Jurten auf die herbeieilende junge Frau.
Roberts Miene gefror, er verfolgte wie aus tausend Meter Flughöhe die Bewegungsmuster und Mimiken, und er wusste, dass dieser Mann, den alle Theo nannten, der in einem in Alutechnik gefertigten Leichtbaufahrradanhänger Setzlinge transportierte und der so gut und gesund aussah, als sei er einer Sportillustrierten entsprungen, ab sofort sein Todfeind war. Angelika eilte auf Theo zu und zur Begrüßung umarmten sie sich herzlich und tauschten Wangenküsschen aus. Es war diese Vertrautheit, es war diese Freude des Wiedersehens in Angelikas Augen, die rasende Eifersucht in Robert auslöste. Robert schnappte nach Luft, drehte sich auf den Fersen um und eilte zu seinem Zelt.

38

Christina öffnete die Tür und trat in das kühle Vorhaus des Vierkanters. Ein Generationen überdauerndes Bauerntum hatte dieses Land geformt, große Vierkanthöfe lagen verstreut inmitten fruchtbarer Ackerböden und ertragreicher Forste. Früher hatten auf solchen Höfen viele Menschen gelebt, alle Generationen der Bauernfamilie, Knechte und Mägde, die oft ein Leben lang einem Hof verbunden gewesen waren, in kleinen Kammern oder auf dem Heuboden geschlafen und ihren kargen Lohn verdienten hatten. Niemand wohnte mehr in diesem Haus, kühle und stille Räume in meterdicken Ziegelmauern, der Bachleithenhof war in eine geisterhafte Ruhe getaucht. Christina versuchte diese Ruhe nicht zu stören, sie versuchte sich klein zu machen, zu ducken und vorsichtig um sich zu spähen, sie suchte nach den Augen des Kindes in ihr, dem immerzu in den Wohnungen und Häusern der Menschen die sonderbarsten Geschichten eingefallen waren. Sie hatte als Kind viel gesehen, mehr als so manchen Erwachsenen genehm gewesen war, sie hatte Spannungen, nervöse Unruhen, Streit und Missgunst als böse Schwingungen in Räumen wahrgenommen. Und sie hatte immerzu furchtbare Angst gelitten. Die Angst war geblieben, die Neugier war hinzugekommen.

„Frau Wegscheider? Wo sind Sie?", fragte Christina aus ihrer Versunkenheit hochtauchend und nach Senta spähend.

Christina hatte auf ihrem schnellen Rundgang in den verstaubten Wohnräumen nicht auf Senta geachtet. Ihre Eindrücke hatten das bislang entstandene Bild des Lebens von Josef Lehner bestätigt. Ein typisches Bauernhaus mit einem Interieur der späten Siebzigerjahre, solide gebaut, aber in die Jahre gekommen, ein Haus voll von trüben Erinnerungen und kleinlichen Sorgen. Senta stand in der Wohnküche und wartete auf Christina.

„Sie haben noch nicht alles gesehen, Frau Inspektor. Oben sind auch noch Zimmer."

Christina machte keine Anstalten, die Treppe in das Obergeschoss zu nehmen, vielmehr lehnte sie sich an den seit Jahren nicht angeheizten Küchenherd.

„Josef Lehner hat wohl nicht oft hier übernachtet. Die Wohnräume stehen schon seit langem leer."

„Er hat die meiste Zeit bei uns im Jurtendorf gewohnt. Niemand von uns hat eine eigene Jurte, sondern alle können überall wohnen. In Wahrheit hat kaum jemand von uns so viel Besitz, dass er viel Wohnraum braucht. Auch Josef hat nur ein paar Decken und Kleidung zum Wechseln, zwei Paar Schuhe und eine Zahnbürste besessen. Die meiste Zeit hat er bei Ernst und Gerlinde Riemenschmied gewohnt."

„Das sind der kräftige Mann mit Vollbart und die Frau, die zuvor beim Wäschewaschen neben Ihnen gestand ist?"

„Ja. Sie haben auch einen Sohn."

„Warum wohnen Sie nicht hier im Haus? Im Winter ist das bestimmt angenehmer als in einer Jurte im Wald. Und Platz genug ist da."

„Josef wollte das nicht. Ich glaube, er hat das Haus nicht sehr gemocht."

„Wie viele Leute umfasst Ihre Gruppe?"

„Nicht meine Gruppe, die Gruppe wäre richtig formuliert. Wir sind etwa fünfzig, wobei dreißig wirklich zum harten Kern gehört, der schon seit Beginn in der Siedlung lebt. Die anderen sind im Laufe der Zeit gekommen und geblieben. Es gab einmal einen Bericht im Fernsehen über unsere Kommune, seither besuchen uns im Sommer viele Interessierte. Leute, die einige Zeit bei uns verbringen wollen, um gemeinsam mit uns zu protestieren, um zivilen Ungehorsam zu praktizieren und von unserer Lebensweise etwas zu lernen."

„Ziviler Ungehorsam? Ich habe gehört, dass Sie generell gegen Umweltaktivismus sind und von den Sommertouristen verlangen, dass Sie keine Besetzungen, Beschmierungen oder Sachbeschädigungen machen?"

„Ja, das ist auch ein Teil der Abmachung mit dem Direktor des Kraftwerkes. Wir versuchen von beiden Seiten, es zu keiner Konfrontation kommen zu lassen. Aber ich meine mit zivilem Ungehorsam unsere Lebensführung. Das ist massiver praktizierter Ungehorsam. Die Erdenkinder werden zu einem Großteil von gutgebildeten Menschen getragen, wir haben einen hohen Akademikerschnitt in der Gruppe. Mediziner, Lehrer, Naturwissenschaftler und Techniker. Wenn solche Leute dem Finanzminister als Steuerzahler und der Wirtschaft als Konsumenten entgehen, ist das ziviler Ungehorsam."

„Sie selbst sind ja Biologin, habe ich recherchiert. Wie lange leben Sie schon ohne Sozialversicherung?"

„Ich bin seit fünfzehn Jahren österreichische Staatbürgerin ohne Bezüge und ohne Abgaben."

„Sie waschen lieber Ihre Wäsche mit der Hand. Und frieren im Winter."

„Haben Sie einmal den ganzen Winter in einem Zelt oder in einer Jurte verbracht? Das ist eine schwere Zeit. Im Jänner zwei Wochen durchgehend steifer Frost, man ist eingepackt in dicke Wollkleidung und kann sich nicht und nicht aufwärmen. Das klingt für viele Hochverbraucher wie die Hölle auf Erden. Ich freue mich im Oktober schon auf den Frost. Denn eines kann ich Ihnen versichern, das Wunder des Frühlings erfahren Sie erst, wenn Sie die Bürde des Winters bis in die letzte Faser des Körpers gespürt haben. Und es gibt nichts Beruhigenderes für mich als klirrendkalte, wolkenlose Wintertage kurz nach Sonnenaufgang. Die Stille solcher Morgenstunden finden Sie sonst im ganzen Jahr nicht. Der Winter ist die Zeit der Kontemplation."

Konnte diese Frau einen Mord durchführen? Christina legte ihren Kopf in den Nacken und sinnierte. Niemand konnte in einen anderen Menschen hineinsehen und Christina liebte viel zu sehr die Faktizität, als dass sie sich von ihren Intuitionen allein hätte leiten lassen. Nicht zuletzt, diese Frau hatte ein sehr faktisches Motiv.

„Frau Wegscheider", fragte Christina schließlich, „haben Sie gewusst, dass das Kraftwerk Dürnfeld in den Siebzigerjahren erbaut worden ist?"

Senta nickte zustimmend.
„Damals hielt man das für eine kluge Idee", fuhr Christina fort. „Kohle ist ein effizienter Energieträger, Kohle war billig und das Land brauchte für den wirtschaftlichen Aufschwung Strom. Als das Kraftwerk gebaut wurde, haben einige Leute im Ort viel Geld verdient. Haben Sie gewusst, dass sich fast sechzig Prozent des Kraftwerkareals auf dem ehemaligen Grundstück des Bauern Ignaz Lehner, 1992 verstorben und seinerseits leiblicher Vater von Josef Lehner, befindet? Die Familie Lehner hat im Jahr 1975 für das verkaufte Grundstück einen Geldbetrag in nennenswerter Höhe erhalten. Ignaz Lehner war seinerzeit ein sehr engagierter Befürworter des Kraftwerkbaus. Und er war sehr sparsam. Nun, das ist lange her. Aber nach ersten Recherchen muss ich feststellen, dass Josef Lehner nicht nur, wie Sie sagen, Decken, schlichte Leinenkleidung und zwei Paar Schuhe, sondern auch große Ländereien und beträchtliches Geldkapital sein eigen nannte."
„Sie haben das Testament gesehen, da werden Sie ja ungefähr über seinen Besitzstand informiert sein."
Christina fixierte plötzlich Senta scharf, ihre Stimme schnitt, sie sprach schnell und hart.
„Ja, ich bin informiert! Sie kriegen das Land und die Söhne kriegen das Geld. Ihr habt es nicht mehr erwarten können, an das Vermögen heranzukommen. Und deswegen habt ihr diesen Mann ermordet!"
Christina spürte einen Nachhall, sie spürte eine Angst in sich, von der sie nicht wusste, ob es die ihre war. Christinas Blick war direkt in die Augen der Frau ihr gegenüber gerichtet. Sie schwiegen eine ganze Weile, hielten stumm und unausweichlich den Blickkontakt aufrecht.
„Ich …", sagte Senta endlich, „… ich habe Josef nicht getötet."

39

Raimund Brandstätter sortierte die Dinge auf seinem Schreibtisch, nicht etwa, weil besondere Unordnung geherrscht hätte, vielmehr konnte er sich, während er auf Christina wartete, einigermaßen sinnvoll beschäftigen. Durch das Fenster sah er den schwungvoll auf den Parkplatz rollenden schwarzen VW Golf, also erhob er sich, setzte seine Kappe auf und brach auf. Wenig später saß er auf dem Beifahrersitz des Autos und Christina lenkte den Wagen flott über die Landstraße.

„Er ist also im Büro", setzte sie das zuvor am Telefon geführte Gespräch fort.

„Ja, vor zwanzig Minuten hab ich mit ihm gesprochen."

Christina fuhr in Richtung Steyr, ihr Ziel war das Lagerhaus.

„Und du hast mit der Wegscheider gesprochen?", fragte Raimund. „Wie ist die so?"

Christina schaute stoisch durch ihre Sonnenbrille auf die Fahrbahn.

„Zugänglich. Mit der Frau kann man reden."

„Könnte sie es gewesen sein?"

„Natürlich. Sie erfüllt alle Voraussetzungen, allerdings unter der Voraussetzung, dass sie unter irgendeinem Zwang gehandelt hat, von dem wir noch nichts wissen. Die ganze Erbsache ergibt keinen Sinn. Da stehen zu viele Fragezeichen im Raum."

Raimund lachte.

„Unser Freund und Waidmann Alois hat jedenfalls zum wiederholten Male Spielschulden. Eine Finanzspritze könnte er gut gebrauchen."

Christina nickte zustimmend.

„Schauen wir mal, was er so spricht, der gute Alois. Die Wegscheider können wir wohl von der Liste der Verdächtigen streichen. Sie ist nicht so blöd, einen so offensichtlichen Mord zu begehen. Ja, sie kriegt achtzig Hektar Wald und Felder, damit kann sie ihr Leben fernab der Zivilisation weiterführen. Aber solange Josef Lehner lebte, konnte sie sicherer sein. Ihre Aussage, sie wisse nichts über den Inhalt des Testaments, klang glaubhaft. Und selbst wenn sie Bescheid gewusst hat, der zu erwartende Rechtsstreit mit den Söhnen wird in keinem Fall ein Honiglecken. Sie hätte mehr Vorteile von einem Josef Lehner gehabt, der noch in ein paar Jahren hochbetagt in seinen Komposthaufen wühlen würde."

„Aber wenn irgendjemand wollte, dass sie das Land besitzt?"
Christina erwog die Frage. Der behäbig wirkende Landpolizist schien durchaus Qualitäten als Fahnder hinter seinem leutseligen Auftreten zu verbergen.
„Ein unbekannter Helfer? Möglich ist alles."

40

Meinrad Riemenschmied saß im Schatten einer jungen Birke und hielt seinen Blick einerseits auf den fernen Horizont und die sich dort auftürmenden Wolken, und andererseits auf die Fahrzeuge der Presseleute gerichtet. Er war rechtzeitig aus der Siedlung entwischt und so den fünf Fahrzeugen und den einer Story hinterhetzenden Reportern entkommen. Verrückter Altbauer wird in Selbstversorgerkommune massakriert, Meinrad sah diese oder ähnliche Schlagzeilen schon auf den Regionalblättern prangen. Er hatte keinerlei Interesse gehabt, einem nervige Fragen stellenden Reporter über den Weg zu laufen.
Fünfzig Meter neben ihm erhob sich der hohe Zaun des Kraftwerks, rundherum lagen Wiesen und Felder, vereinzelte Bäume und Baumgruppen markierten die Furten, die stählernen Kolosse der Hochspannungsleitung trugen die schweren Leitungskabel in die unsichtbare Ferne irgendeiner Großstadt oder stromverbrauchenden Industrieanlage. Der Sommer bot an diesen späten Vormittag mildes, luftiges Wetter, Sonnenschein und grüblerische Gedanken eines jungen Mannes.
Wo war sein Kumpel Severin, mit dem er seit vier Jahren, seit die Kommune gegründet worden war, Tag um Tag verbracht hatte, mit dem er im Wald, auf den Feldern und im Ort gearbeitet und gelernt hatte? Nun, für manche Arbeiten war Severin nicht zu gebrauchen, da war er nicht kräftig und nicht geschickt genug. Meinrad hatte schon als Halbwüchsiger gut mit der Axt umgehen können, und die Arbeit im Wald machte auch Spaß. Männerarbeit, Arbeit, für die breite Schultern und ein gutes Auge notwendig waren, Arbeit, mit der Meinrad in der Gruppe schnell Anerkennung gefunden hatte. Wie der Vater, hatten die Leute gesagt, er arbeitet wie der

Vater. Kein Wunder, dass Meinrads Vater Ernst seinen Beruf als Programmierer aufgeben musste, denn Ernst war für die Arbeit im Wald geschaffen. Da hatte es einmal drei ziemlich verwegene Kerle gegeben, die bei ihnen überwintert hatten, junge Bergsteiger aus Italien. Meinrad war ganz fasziniert von den feschen Männern gewesen, er war mit ihnen herumgezogen und hatte ihr Verhalten imitiert. Die drei hatten Ernst zu einem Wettkampf beim Holzhacken aufgefordert. Meinrad konnte sich noch lebhaft an die Szene erinnern, wie aufgeregt er gewesen war, wie er einerseits die coolen italienischen Bergsteiger angefeuert und insgeheim seinem Vater die Daumen gedrückt hatte. Das Ziel des Spieles lautete: Wer hat nach einem Tag Holzhacken den größeren Scheiterhaufen. Dem Sieger winkte als Preis ein Fass Bier. Die drei legten sich mächtig ins Zeug, sie waren jung, kräftig und ehrgeizig. Im Lauf des Vormittags war Meinrad enttäuscht von der Leistung seines Vaters, denn nach kurzer Zeit waren die Haufen der Italiener doppelt so groß wie der seines Vaters, doch zu Mittag war Ernst Riemenschmied nicht sehr weit hinter den dreien. Um am Nachmittag hackte Ernst Riemenschmied, ohne sein Tempo zu verändern, die drei in Grund und Boden. Am Ende des Tages war der Scheiterhaufen seines Vaters fast doppelt so groß wie der des Letzten und noch um gut und gern fünfzig Prozent größer als der des stärksten Italieners. Meinrad war wirklich stolz auf seinen Vater. Die vier Männer lagen nach der Arbeit einander in den Armen, lachten, tranken gemeinsam Bier und sehr bald fielen sie hundemüde ins Bett. Meinrad konnte sich erinnern, dass er damals zum ersten Mal viel Bier getrunken hatte, so dass auch er sehr bald schläfrig in der Jurte verschwunden war. Und die Kommune hatte in den nächsten Wochen über wahrlich ausreichende Brennholzvorräte verfügt.

Beim Tanz bildete Severin eine Klasse für sich. Seine schlanke Erscheinung, sein allzu offensichtliches Bewegungstalent und sein musikalisches Gehör verschafften der Kommune bei Festen immer wieder vielbejubelte Tanzvorführungen. Wenn die Musiker der Kommune aufspielten und Angelika und Severin am Feuer tanzten, kam Schwung in die Feier. Meinrad selbst schlug in der Kapelle die Trommel. War Severin bei der Waldarbeit tänzerisch, so war Meinrad beim Tanz hölzern. Eigentlich ergänzten sie sich ganz gut.

„Was sind das für Autos?"

Meinrad schreckte aus seinen Gedanken hoch und blickte hinter sich.

„Senta! Kommst du vom Hof?", rief Meinrad aus und sprang hoch.

„Ja, ich bin zu Fuß gegangen. Nie wieder steige ich in das Auto dieser Frau ein. Ich hab geglaubt, mich trifft der Schlag, so ein Tempo ist mir zu viel. Und was ist da los?", fragte Senta und zeigte auf die in der Ferne sichtbaren Autos beim leerstehenden Campingplatz.
„An deiner Stelle würde ich da jetzt nicht hingehen. Das sind Presseleute, die alles fotografieren und blöde Fragen stellen. Kaum warst du mit der Polizistin fort, da sind sie gekommen. Ich habe mich noch rechtzeitig vertschüst."
Senta Wegscheider strich sich über ihr zu einem Zopf geflochtenes graues Haar. Sie legte Meinrad ihre Hand auf den Unterarm.
„Ich glaube, lieber Meinrad, ich werde dir etwas Gesellschaft leisten. Von Presseleuten mag ich heute nichts hören und sehen, mir reichen schon die Polizeileute."
Die beiden setzten sich unter die Birke. Meinrad wickelte seine Arme um die Beine. Er kaute auf seiner Unterlippe.
„Wie geht es mit uns weiter?", fragte er nach einer Weile.
„Deine Frage ist berechtigt, Meinrad. Du bist jung, du hast ein Leben vor dir, du musst dich orientieren, einen Weg finden. Die Zukunft ist ungewiss und wir alle vermissen Meister Josef. Ich kann die Dinge nicht deuten, mein Blick versinkt in dichtem Nebel, es fällt so viel Regen, obwohl die Böden schon vollgesogen sind. Vielleicht klärt sich mein Blick noch, ich will es hoffen. Wir alle müssen hoffen, wie sonst soll die Welt morgen Gerechtigkeit und Glück finden können, wenn die Menschen heute nicht mehr hoffen?"
Meinrad dachte an sein Vorhaben, nach München zu fahren. Er musste es einfach tun, er konnte das nicht zur Seite schieben, aber er musste auf den Abend warten, denn früher hatte es keinen Sinn, die Fahrt anzutreten.
„Vielleicht finden wir Antworten auf unsere Fragen", sagte Senta in ihrer melodiösen, ruhigen und bedachten Sprechweise, die viele Menschen zu Hoffnungen und manche sogar zu Taten inspirierte. „Vielleicht finden wir keine."
Nach einer Weile des gemeinsamen Schweigens fügte sie grübelnd hinzu: „Die Großen Geister mögen es entscheiden."

41

„Darf ich mich vorstellen, mein Name ist Kayserling, Kriminalpolizei. Und das ist …"
„Ich weiß, wer ihr seid", fiel der große, kräftig gebaute Mann mit den sichtlichen Zeichen üppiger Ernährung und reichlichen Alkoholkonsums Christina ins Wort. „Setzt euch."
Damit ließen sich Christina und Raimund auf die beiden vorsorglich vor dem Schreibtisch aufgestellten Stühle sinken. Ein Rundumblick im Büro bestätigte den Eindruck, den Alois Lehner machte, eine gewisse Schlampigkeit und Achtlosigkeit umrahmten einige Präsentierstücke beständigen Geltungsbedürfnisses. Pokale von Wettbewerben in Eisstockschießen, Fischerturnieren und einige Geweihe erlegter Rehböcke und Gämsen prangten in einer Glasvitrine und an der Wand.
„Also, was wollt ihr von mir?"
Christina war durch das spontan angewendete Du-Wort von Alois Lehner nicht irritiert, die hiesige Landbevölkerung schien die Höflichkeitsform der deutschen Sprache wenn überhaupt, dann nur mit Unwillen zu erlernen. Das war allerdings für Christina kein Grund, sich diesem verbreiteten Sprachgebrauch anzupassen.
„Wir haben zwei Tage vergeblich versucht, Sie zu sprechen, Herr Lehner", sagte Christina in einem unverfänglichen Plauderton, hinter dem sie geschickt ihre lauernde Neugier verdeckte.
„Ihr wollt also über meinen Vater reden. Was wollt ihr wissen?"
„So vieles, Herr Lehner, aber ich bin mir sicher, dass Sie auch so manches von uns wissen wollen. Stimmt das?"
„Was soll ich von euch wissen wollen?", konterte Lehner mit deutlich in der Stimme hörbarer Streitbarkeit. Christina war nach ein paar Worten dieses Mannes klar, warum sein jüngerer Bruder ihn einen energischen Mann genannt hatte, Alois Lehners Temperament schien allzu leicht entflammbar. Christina wusste, dass ihre Geduldreserven bei cholerischen Männern, die ständig einen geringschätzigen Blick für ihre Umwelt und Mitmenschen übrig hatten, sich in einem überschaubaren Rahmen hielten. Noch ließ sie sich von seiner Aggressivität nicht anstecken, noch behielt sie ohne Mühe die distanzierte Balance der professionell agierenden Polizistin aufrecht.
„Vielleicht wollen Sie wissen, was die Gerichtsmedizin herausgefunden

hat? Vielleicht wollen Sie wissen, warum zwei Polizisten in Ihrem Büro sitzen? Vielleicht wollen Sie wissen, wie viel Geld Sie bald bekommen werden?"

Der Enddreißiger mit den rotunterlaufenen Augen starrte zuerst Christina und dann Raimund Brandstätter aus unnahbaren, störrischen Augen an.

„Und was, wenn mich das alles einen Scheißdreck interessiert?"

„Das ist dann wiederum überhaupt kein Problem", stieß Christina nach, hob beschwichtigend die Hände, nickte theatralisch mit dem Kopf und fügte fast beiläufig hinzu. „Wir interessieren uns für solche Dinge, Sie muss das gar nicht interessieren. Wir leben in einem freien Land, jeder darf denken und wissen, was er will."

Raimund Brandstätter nahm seine Mütze vom Kopf und wischte sich mit einem Taschentuch den Schweiß von der Stirn. Die Mittagssonne brach mit voller Kraft in das Büro. Nach nur wenigen Sätzen hatte Christina einen typischen oberösterreichischen Sturkopf exzellent unterlaufen und ihn zumindest ansatzweise unsicher gemacht. Raimund fand, dass sich die Frau Kollegin erstaunlich gut schlug. So etwas konnte er respektieren.

Alois Lehner verschränkte die Arme, seine zusammengekniffenen Augen fixierten Christina.

„Also, ist er getötet worden oder nicht?", fragte Alois Lehner geradezu drohend.

„Sie haben doch eine Ausbildung zum Jäger genossen, Herr Lehner", sprudelte Christina melodiös hervor. „Ich kenne den Lernplan der Jägerausbildung, da ist sehr viel Naturkunde dabei. Sie kennen sich doch bestimmt mit den Pflanzen und Kräutern in der Gegend gut aus, nicht wahr?"

„Ja, sicher", antwortete Lehner knapp.

„Sie kennen wahrscheinlich auch eine Pflanze namens Digitalis grandiflora, im Volksmund Fingerhut genannt?"

Alois Lehner antwortete auf die Frage nicht, vielmehr starrte er dumpf brütend zum Fenster hinaus. Die beiden Polizisten warteten eine Weile, aber der Mann rührte sich nicht, schien nur körperlich anwesend zu sein.

„Herr Lehner?", versuchte Christina das Gespräch wieder in Gang zu kriegen. „Haben Sie meine Frage verstanden?"

Lehner kehrte in die Unterhaltung zurück, seine Miene war zu einem Zerrbild brodelnder Wut geworden, seine Hände waren zu schweren Fäusten geballt.

„Kriegt die Hexe den Hof?", fragte er.

„Sie interessieren sich also doch für unseren Wissenstand", lancierte Christina provokativ.
Eine Provokation, die bei Alois Lehner sofort verfing, er schlug mit der Faust auf die Tischplatte.
„Also was jetzt!", rief er wütend. „Kriegt die Hexe jetzt meinen Hof?"
Christina hatte die Bewegung des kräftigen Armes genau beobachtet, hatte die Miene des Mannes auf sich wirken lassen, hatte seine Stimmungen und Gedanken mit all ihren Sinnen erwittert, zumindest so gut sie das vermochte. Einen solchen Mann zum Ehepartner zu haben, konnte für keine Frau ein Vergnügen sein, und einen solchen Mann zum Vater wohl ebenso nicht. Sie hatte ja die Ehefrau und eines der zwei Kinder von Alois Lehner kennengelernt und konnte ahnen, welches Maß an alltäglicher Tyrannei und Unterdrückung in dieser Familie gang und gäbe war. Christina schlug ein Bein über das andere und strich den Stoff ihrer Sommerhose glatt.
„Herr Lehner, ich sehe, Sie denken und verstehen schnell. Darum will ich mal die Fakten zusammentragen. Ihr Vater ist an einem Trank aus Fingerhut innerhalb weniger Minuten an Herzversagen verstorben. So viel ist durch die Gerichtsmedizin eindeutig festgestellt worden. Im Testament werden Sie und Ihr Bruder als Erben beträchtlicher Geldbeträge genannt und Frau Wegscheider wird die Felder und das Haus erben. Das ist auch ein Faktum."
Alois Lehner sprang hoch, der Stuhl kippte polternd um, sein Gesicht war gerötet, die Sehnen am Hals waren wie Drahtseile gespannt.
„Also doch! Dieser alte Trottel! Diese Hexe! Diese Hur! Die nimmt mir meinen Hof nicht weg, die sicher nicht! Ich bin der Erbe! Der Scheißhof gehört mir!"
Christina blieb an der Oberfläche ganz ruhig, der jäh hervorbrechende Zorn dieses Mannes perlte offenbar an ihr ab wie Regen auf Ölzeug, doch innerlich mühte sie sich um Gelassenheit. Vergeblich, wie sie sich eingestehen musste, alles an diesem Mann widerte sie an, sein aufgedunsenes Gesicht, die Schweißflecken unter seinen Achseln, seine aggressive Ausdünstung, sein ungemütliches Büro und allem voran seine zorngeröteten Augen.
„Jetzt reiß dich zusammen, Lois!", rief Raimund Brandstätter überraschend laut, energisch und wirksam, denn Alois Lehner starrte den bislang praktisch unsichtbaren uniformierten Polizisten überrascht an. „Und setz dich hin! Wir sind noch nicht fertig mit dir."

Langsam hob Lehner seinen Stuhl auf und setzte sich. Christina nickte Raimund unmerklich und doch anerkennend zu.
„Über die rechtlichen Aspekte des Testaments kann ich Ihnen keine Auskünfte erteilen, das ist Sache des Notars oder eines Rechtsanwaltes. Mein Fachgebiet liegt in der Rekonstruktion des Hergangs krimineller Handlungen. Im Falle Ihres Vaters deutet manches auf eine solche Handlung hin, und deshalb muss ich Ihnen ein paar Fragen stellen. Sind Sie bereit dazu, mir Antworten zu geben?"
Alois Lehner antwortete nicht, er schaute mit böser Miene in die Leere. Christina fühlte sich wie eine Viper, die die Maus seit geraumer Zeit fixiert hatte.
„Herr Lehner, sagen Sie mir bitte, warum Sie Ihren verstorbenen Vater gerade eben einen alten Trottel genannt haben?"
Alois Lehner schaute sie überrascht und empört an.
„Was geht euch das was an?", konterte er hart. „Ich kann meinen Vater nennen, wie ich will."
Christina legte ihre Handflächen auf die Platte des Schreibtisches, sie bemühte sich um Ruhe und Bestimmtheit in der Stimme.
„Herr Lehner, wenn Sie mir keine Antworten liefern, dann könnte ich mich genötigt fühlen, Sie in Untersuchungshaft stecken zu lassen. Irgendwann werden Sie meine Fragen beantworten, seien Sie sich da ganz sicher."
„Wieso Untersuchungshaft?", fragte Lehner mit lauter Stimme. „Ihr seid doch hoffentlich nicht so blöd und glaubt, dass ich meinen Vater vergiftet habe?"
Christina atmete durch.
„Herr Lehner, ich fürchte, Sie haben noch nicht ganz verstanden, mit wem Sie es hier zu tun haben. Lachen, gute Laune verbreiten, raunzen, schimpfen oder streiten können andere, ich vollziehe Gesetze. Also, warum betrauern Sie den Tod Ihres Vaters nicht?"
Der Mann verschränkte seine Arme, erstmals huschte ein Schatten über sein Gesicht, der einen flüchtigen Blick hinter die Kulisse aus Starrsinn, Grobheit und Alkoholdunst ermöglichte. Lehners Hände zitterten sogar für einen Augenblick.
„Was wisst ihr von meiner Trauer? Nichts. Ich war immer der Große, der Starke, noch bevor ich auf die Welt gekommen bin, war ich der junge Bachleithner. Mich hat niemand gefragt, aber ich stecke das alles weg. So ist das Leben. Meinen Vater habe ich erst kennengelernt, als ich ein

Jugendlicher war. Und da hab ich ihn auch nicht mehr gebraucht. Ich bin nicht der Mann für Krokodilstränen, das werdet ihr bei mir nicht finden."
Christina verschränkte die Arme.
„Als Sie ein Jugendlicher waren? Aber sind Sie denn nicht auf dem Bachleithenhof aufgewachsen?"
„Als Kinder waren der Michael und ich bei den Großeltern mütterlicherseits, weil mein Vater ja immer hat arbeiten müssen. Jahrelang haben wir gewusst, dass er uns nicht braucht, dass er lieber alleine arbeitet, dass er uns nichts beibringen will. Mein Onkel war uns mehr ein Vater als der Ehemann meiner Mutter. So, jetzt ist es heraußen, jetzt wisst ihr, warum ich wenig Trauer empfinde. Und jetzt wisst ihr auch, warum ich mir meinen Hof nicht von diesen Biobrüdern stehlen lassen werde."
„Dein Onkel?", fragte Raimund Brandstätter neugierig geworden. „Meinst du Reinhold Mitteregger, den Bürgermeister von Dürnfeld?"
„Ja, sicher, der jüngere Bruder meiner Mutter."
Christina überlegte die Situation und sie entschloss sich schnell. Sie erhob sich und legte eine ihrer Visitkarten auf den Schreibtisch.
„Herr Lehner, wir wollen Sie nun nicht weiter von ihrer Arbeit abhalten und ich bedanke mich für die Zeit, die Sie uns gewährt haben. Halten Sie sich bitte zur Verfügung."

42

Robert Wieser steuerte seinen Audi flott der untergehenden Sonne entgegen, natürlich würde sie ihm enteilen, würde sich allabendlich aus dem Tag stehlen und der dunklen Nacht die Erdteile überlassen, kurz nur, denn der Frühsommer neigte sich auf die Sonnenwende und dem längsten Tag im Jahr zu. Robert setzte zu einem Überholmanöver an. Sein junger Fahrgast auf dem Beifahrersitz hatte sich dem Anlass, nämlich der Zivilisation einen Besuch abzustatten, entsprechend gekleidet. Meinrad steckte in Sportschuhen, Bermudashorts und einem grellen T-Shirt, die schlichte und robuste Leinenkleidung der Kommune lag im Kofferraum. Robert blickte kurz hinüber. Meinrad wirkte in diesem Outfit wie ein durchschnittlicher Teenager.

„Also, wir fahren, in rund zwei Stunden sind wir in München. Erfahre ich jetzt, was du dort willst? Und erfahre ich, wohin genau ich fahren soll? München ist eine Millionenstadt, wir werden Wochen brauchen, um alle Straßen abzufahren."
Meinrad klammerte sich noch an den Haltegriff über der Tür, aber langsam gewöhnte er sich an das Tempo. Sein Chauffeur in jedem Fall war ganz ruhig und wirkte, als wisse er, was er tat. Daran baute sich Meinrad auf. Außerdem erkannte er das Ordnungssystem, an das sich die Autofahrer auf der Autobahn scheinbar ganz selbstverständlich hielten.
„Da ist die Adresse", sagte Meinrad, zog aus seiner Bauchtasche eine Visitkarte hervor und reichte sie Robert.
„Bar zum blauen Mond", las Robert. „Was machst du in der Bar zum blauen Mond in München?"
„Ich mache da gar nichts", murrte Meinrad. „Habe die Karte von Severin gekriegt. Er war ein paar Mal dort."
„In einer Schwulenbar?"
„Ja, na und, Severin steht halt mehr auf Männer. Ist das irgendwie ein Problem für dich?"
Robert drückte die Karte mit den Fingern der linken Hand auf das Lenkrad, so dass er sie im Auge behalten konnte, mit der rechten tippte er die Adresse in die Tastatur des Navigationsgeräts.
„Kein Problem für mich, ich kenne ja diesen Severin nicht. Du hast nur seinen Namen ein paar Mal erwähnt. Aber warum suchst du ihn in München?"
„Na weil er da bei seinen Ausflügen immer wieder hinfährt. Autostopp und so, der Severin kommt überall durch."
„Aber was ist das Problem? Wenn er überall durchkommt, gibt es keinen Grund, nach ihm zu suchen."
„Er ist längst überfällig. Eine Woche war er noch nie fort. Außerdem hat er mir nicht gesagt, dass er losfahren will. Das hat er bei den drei Ausflügen zuvor immer gemacht."
Nachdem Robert das Navigationsgerät mit den nötigen Daten gefüttert hatte, reichte er die Karte zurück.
„Vielleicht wollte er dir nichts sagen? Vielleicht will er sein eigenes Leben führen?"
Meinrad grübelte vor sich hin, schließlich schüttelte er den Kopf.
„Nein, der Severin lebt total gern bei uns. Er versteht sich mit seiner

Mutter super, die voll keinen Stress gemacht hat, als raus kam, dass er schwul ist. Überhaupt haben alle total locker darauf reagiert. Aber, wenn man Severin so anschaut, dann denkt man sich sowieso, der muss ja schwul sein. Wenn er seine langen Haare entsprechend kämmt und in ein Kleid schlüpft, geht er glatt als echt fesches Mädchen durch, allerdings wenn er seine Hose runterlässt, dann weiß man, wo es lang geht."

Robert zog die Augenbrauen hoch und schmunzelte.

„Also habt ihr ein Längenmatch ausgetragen?"

„Das Längenmatch ist unentschieden ausgegangen, aber er rennt halt den ganzen Tag mit einem Ständer rum. Ich glaube, er baut das Nahrungseiweiß komplett in Erektionsstabilität um. Soll in der Natur vorkommen, hab ich mal wo gelesen, ehrlich. Ich bin recht bald darauf gekommen, dass er sich nicht so für Mädchen interessiert. Unsere Öko-Peepshow kennst du ja. Als wir die gebaut haben, hab ich durch das Fernglas geguckt und mir einen runtergeholt, und er hat sich einen runtergeholt, weil ich mir einen runtergeholt habe. War super praktisch, denn so hab ich die meiste Zeit das Fernglas behalten können."

Robert schmunzelte nur kurz vor sich hin, seine Gedanken trübten sich ein. Er setzte wieder zu einem Überholmanöver an.

„Sag mal, dieser Theo, was ist das für ein Typ?"

Meinrad hatte sich durch die Plauderei gelockert und saß jetzt entspannt im sich flott bewegenden Auto.

„Der Theo ist total in Ordnung. War am Anfang bei den Besetzungen dabei, einer von den Wilden. Unter anderem ist er einer der drei gewesen, die auf den Schornstein geklettert sind und sich in dreißig Meter Höhe angekettet haben. Drei Tage war er am Schornstein, erst dann gelang es der Feuerwehr ihn loszuschneiden und runterzuheben. Dafür war er ein paar Monate im Gefängnis und musste obendrein noch Strafe zahlen. So ist das in unserer Welt, wenn du etwas für den Umweltschutz tust, bist du entweder gleich mal der Trottel vom Dienst oder du kommst ins Gefängnis. Heute ist der Theo hauptberuflich Millionär."

„Was ist er?", Robert rief erstaunt aus.

„Kein Schmäh, er ist Millionär. Hat vor ein paar Jahren so eine Technik entwickelt, wie man den Wirkungsgrad von Solarzellenanlagen erhöhen kann, hat ein paar von den Dingern selbst zusammengeschraubt und erfolgreich verkauft. Seine Firma hat jetzt dreißig Mitarbeiter. Die Auftragsbücher sind auf Monate im Voraus ausgebucht, aber er will nicht, dass die Firma in kurzer Zeit unnatürlich schnell wächst, sondern, dass die Mitarbeiter, die er brauchen kann, möglichst lange bleiben. Wenn ich mal einen Job brauche, kann ich sicher bei ihm in der Montage einsteigen. Und nach einiger Zeit auch in die Konstruktion wechseln, denn Theo hat mir mal so Pläne für eine Solaranlage gezeigt, die ich eigentlich auf Anhieb richtig lesen konnte. Er hat gemeint, ich hätte das Zeug zum Nachhaltigkeitsingenieur."

„Nachhaltigkeitsingenieur? Was soll denn das sein?"

Meinrad schaute Robert konsterniert an.

„Meine Güte, du kennst dich aber voll nicht aus. Ein Nachhaltigkeitsingenieur ist ein Ingenieur, der drüber nachdenkt, was seine Maschine in der Welt anrichtet, der Maschinen baut, die die Natur nicht vergiften, Biodiversität nicht zerstören und die Menschen nicht versklaven. Die üblichen Technikertrottel im System können ja eine Ringelnatter nicht von einem Laubfrosch unterscheiden, aber Maschinen bauen sie, mit denen alles platt gewalzt wird."

Robert lachte nervös.

„Ein Millionär also, der aus Imagegründen mit dem Fahrrad bei euch auftaucht. Wahrscheinlich hat er in der Gegend seinen schweren Geländewagen versteckt und das Fahrrad aus dem Kofferraum geholt, um bei euch aufzutrumpfen", sagte Robert maliziös.

Meinrad musterte Robert von der Seite und schmunzelte.

„Na, hör ich da so bisschen frostige Stimmung heraus? Und nein, Theo besitzt sicher keinen schweren Geländewagen, er besitzt ein kleines Elektroauto. Das hat rund hundertfünfzig Kilometer Reichweite, er kann also jeden größeren Bahnhof in der Region erreichen. Den Strom kriegt er aus den Solarzellen auf seinem Haus. Sonst fährt er immer mit dem Fahrrad, im Winter bei stabiler Schneelage ist er gelegentlich mal auch mit den Schlittenhunden unterwegs."

„Mit den Schlittenhunden?", fragte Robert ungläubig und mit einer gehörigen Prise Sarkasmus. „So wie bei den alten Trappern in Alaska?"

„Ja, genauso", reagierte Meinrad muffig auf Roberts Herablassung. „Schon klar, die todgeweihten Dinosaurier des Ölzeitalters in ihren Klimawandelkutschen können nicht glauben, dass man auch ohne Verbrennungskraftmotor mobil sein kann. Ihr Hochverbraucher meint, ihr habt die totale Weisheit mit den Kunstharzlösungsmitteln eurer Fertigteilmöbel eingeatmet, wie?"

„Immerhin sitzen wir in diesem Auto auf deinen Wunsch. Das ist dein Beitrag zum Klimawandel."
Meinrad machte eine wegwerfende Handbewegung.
„Das ist eine Ausnahme. Eigentlich ein Notfall."

43

Christina ließ sich in die Lehne ihres Schreibtischsessels fallen und massierte mit langsam kreisenden Bewegungen ihre Schläfen. In der letzten Nacht hatte sie nicht besonders viel geschlafen, heute würde sie hoffentlich früher zu Bett kommen. Gearbeitet hatte sie in jedem Fall für heute genug, die Zeitanzeige auf dem Computerbildschirm zeigte ein paar Minuten nach acht an. Sie beugte sich nach vorn, griff nach der Maus und fuhr den Computer herunter, danach räumte sie die benutzten Tassen und den Teller in den Geschirrspüler der Teeküche, packte ihre Tasche und verließ gemächlich das Polizeikommando. Auf dem Heimweg hielt sie auf der Ennsbrücke an und schaute in das rumorende Wasser unter sich. Der Pegelstand war nach wie vor hoch, aber er schien im Vergleich zu den letzten Tagen ein wenig gefallen zu sein. Ihre Gedanken strömten wie die Massen der Enns, die sich mit dem Wasser der Steyr verwirbelten.
Nachmittags hatte sie sich weiter in den Fall vertieft, hatte Telefonate geführt und in den Datenbanken recherchiert, war von einem zum anderen gekommen, vielleicht sogar vom Hundertsten ins Tausendste, aber immer wieder war es bis zur Aufklärung von Fällen nicht klar, welche Information nützlich sein konnte und welche nur Ballast darstellte. Sofern es natürlich zu einer Aufklärung kam. Christinas Blick verlor sich im letzten Licht des Tages, verfloss im Zug des Wasserstroms. Sie rekapitulierte ihren Wissenstand.
Senta Wegscheider war ganz und gar nicht der Typ, der zu einem Mord fähig war. Natürlich, es gab gewisse Umstände, die ein Motiv hätten bilden können, immerhin war der Bachleithengrund groß genug, um ihrer Kommune ein Leben als Selbstversorger zu sichern. Am ehesten erschien die Möglichkeit realistisch, dass irgendjemand durch den Mord Senta

nutzen oder gerade im Gegenteil ihr dadurch besonders schaden wollte. Alois Lehner wirkte zwar wie ein Mensch, dem ein Mord zuzutrauen wäre, doch ein Giftmord entsprach nicht dem Temperament des Mannes. Ein blutiger Messermord im Affekt, aus großer Distanz ein platzierter Schuss in den Kopf, das wäre Alois Lehner zuzutrauen, aber ein durchtriebener Giftmord wohl kaum. Außer er wusste vom Testament und davon, dass er die Ländereien nicht erhalten würde, und versuchte Senta als Mörderin zu belasten und somit aus der Liste der Beerbten zu drängen. Das Geld aus der Erbmasse würde Alois wohl benötigen. Nach Christinas derzeitigem Wissensstand hatte der Mann zwar Spielschulden bei einigen seiner Kumpanen, doch allesamt in mäßiger Höhe, in einer Höhe, die er bei einem erfolgreichen Kartenabend wieder ausgeglichen haben würde, die ihn kaum zu einem Geldmord Anlass geben würde.

Allfällige Motive des jüngeren Sohns des Ermordeten blieben bislang völlig farblos, wie Christina feststellen musste. Natürlich würde er das Geld von den Sparbüchern seines Vaters gerne annehmen, aber Christinas Recherche hatte ergeben, dass Michael Lehner mit der Tochter des bekannten Großunternehmers Hubert Hartmannsthal verheiratet war, der eine der großen Persönlichkeiten des Landes Oberösterreich war. Die Familie Hartmannsthal stammte in direkter Linie von einem hiesigen Adelsgeschlecht ab und war seit Generationen in der Forst- und Obstbauwirtschaft tätig, besaß mehrere große Anwesen und historische Bauten, verfügte über eine der bedeutendsten Sammlungen antiquarischer Bücher des Landes und galt als großzügige Förderin der Erhaltung heimischer Kirchen und Klöster. Michael Lehner selbst arbeitete als Vertriebsleiter eines Saatgut- und Düngemittelbetriebs, der zum Familienkonzern gehörte. Christina hatte herausgefunden, dass der jüngere Sohn von Josef Lehner nicht nur männlich attraktiv war, sondern auch als kluger und umsichtiger Geschäftsmann galt. Seine finanzielle Situation als zwar nicht ganz standesgemäßer, zweifelsfrei aber tüchtiger und bodenständiger angeheirateter Spross der Familie Hartmannsthal ließ einen Mord aus Geldnot höchst unwahrscheinlich erscheinen.

Womit Christina klar und deutlich feststellen musste, dass sie keine Ahnung hatte, wer nun Josef Lehner auf dem Gewissen hatte. Auch aus dem Mordopfer selbst wurde sie noch nicht klug, einerseits galt er einigen als selbstloser und bescheidener, liebenswerter und kenntnisreicher alter Mann, andererseits hatte sie gehört, er wäre seiner Frau und seinen Kin-

dern gegenüber kalt und abweisend gewesen. Natürlich, ein Mensch konnte sich verändern, und im Alter, wenn das Lebensende in sichtbare Nähe rückte, veränderten sich manche Menschen noch, wurden gelassener, gütiger, achtsamer, vielleicht war dies bei Josef Lehner der Fall gewesen. In jedem Fall hatte der Mann wohl mindestens zwei Gesichter gehabt.
Christinas Blick erhob sich vom bewegten Wasser und schweifte über den Horizont. Sie setzte sich in Marsch, zuhause würde sie vor dem Schlafengehen nach mehreren Tassen Kaffee tagsüber noch eine Tasse milden Kräutertee trinken und ein wenig in dem Buch über keltische Naturgötter schmökern. Sie musste sich auf andere Gedanken bringen.

44

Der Tag versank in abendlicher Stille, die Turbulenzen des Tages verblassten, das Jurtendorf kam zur Ruhe, das Lagerfeuer auf dem Dorfplatz gloste noch vor sich hin, aber bald schon würde das Feuer erkaltet sein. Senta Wegscheider hatte tagsüber mehrmals ihren Brüdern und Schwestern erklärt, dass sie vorerst den Bachleithenwald nicht verlassen mussten, dass aber die Zukunft ungewiss sei. In jedem Fall hatte sie tatkräftig bei der Anlage der Beete für das Wintergemüse mitgearbeitet, um sich zu beschäftigen, um sich abzulenken, um den anderen Zuversicht zu geben, um im Kontakt mit Erde, Saatgut und jungen Pflanzen all die bösen Ereignisse der letzten Zeit von sich fernzuhalten.
Bedächtig flanierte sie am Waldrand umher, ehe sie sich einen Ruck gab und zu Gebhardt Höller in die Jurte schlüpfte.
„Senta, ein später Besuch", sagte Höller und klappte das Buch zu, in dem er im Schein dreier Kerzen gelesen hatte. „Darf ich dir einen Tee anbieten?"
Senta setzte sich auf den Teppich der Jurte, die Gebhardt wegen seiner Bücherregale alleine bewohnte.
„Danke, nein. Tut mir leid, wenn ich deine Lektüre störe."
„Kein Problem, ich muss ohnedies für heute Schluss machen. Meine Augen sind nicht mehr die jüngsten, und drei Kerzen sind auf die Dauer einfach zu wenig Licht."

Höller setzte sich zu Senta und rieb, wie um die Aussage zu unterstreichen, seine Augen. Die beiden saßen eine ganze Weile schweigend beisammen.
„Hast du es gewusst?“, fragte Senta schließlich.
Es bedurfte keiner großartigen Erklärung, was Senta mit ihrer Frage gemeint hatte.
„Ich habe es nicht gewusst.“
„Und du hast mit Josef nie über das Testament gesprochen?“
Gebhardt Höller gestikulierte gravitätisch.
„Oh doch, wie ich dir schon sagte, habe ich einmal zu Josef gesprochen und meine Meinung geäußert.“
Senta kniff ihre Augen zusammen und beobachtete ihren alten Freund genau. Was wusste sie über diesen so bestimmt redenden und handelnden Mann wirklich?
„Deine Meinung? Was meinst du damit?“
Höller ließ sich mit der Antwort Zeit, ja er schien überhaupt alle Zeit der Welt zu haben.
„Ich habe Josef gesagt, dass es mir weise erschiene, wenn er dafür Sorge trüge, unserem Weg des Friedens mit der Erde auf dem Bachleithenhof eine Zukunft zu geben. Ich habe ihm gesagt, dass die Erdenkinder und ähnliche Gruppen in Europa die Vorboten einer neuen und ehrenvollen Ära der menschlichen Besiedelung des alten Kontinents sind. Wir sind die Zukunft der Menschheit. Wenn die Menschen der Unterdrückung durch die Industriekultur entkommen sein werden, möge dieses neue Zeitalter so schnell und friedlich als möglich heranziehen, dann werden aus Siedlungen wie der unseren die Wissensträger in die Welt gehen, um den verunsicherten und durch den Terror des Konsums verdummten Menschen als Lehrer dienen zu können. Und dafür, für diese große geschichtliche Aufgabe unserer Gruppe, könne er Sorge tragen, indem er dich im Testament berücksichtigt.“
Senta legte die Handflächen auf ihre angewinkelten Knie und hielt den Rücken aufrecht und gerade.
„Du hast ihm also empfohlen, mich als Erbin des Bachleithenhofes einzusetzen?“
„Das habe ich“, bestätigte Höller.
„Und was hat er gesagt?“
„Nichts. Er hat geschwiegen und mir signalisiert, dass ich in dieser Causa

nicht mehr mit ihm zu sprechen brauche. Mir war immer klar, er würde das Richtige tun, und wie ich gehört habe, hat er sich seiner geschichtlichen Verantwortung gestellt."
Die beiden saßen wieder eine Weile schweigend beisammen.
„Möge Josefs Seele bei den Großen Geistern Frieden finden", sagte Höller schließlich.
„Möge er Frieden finden", bestätigte Senta, erhob sich, nickte zum Abschied und trat ins Freie.
Senta Wegscheider sog den Duft des lauen Sommerabends ein, schloss die Augen und lauschte in den Wald. In dieser Nacht würde sie wenig Ruhe finden, das wusste sie schon jetzt.

45

Meinrads Augen hingen an den bunten Leuchtschriften und Lichtanzeigen, strichen neugierig und überwältigt durch die hell erleuchteten Straßen der Großstadt, verfingen sich für Sekundenbruchteile in den vorbei fliegenden Gesichtern der Menschen. Er war vor drei Jahren fünf Tage in Wien gewesen und seine Eltern hatten in Graz gelebt, als er noch ein Säugling gewesen war. Das waren seine zwei direkten Kontakte mit dem urbanen Leben gewesen, all die andere Zeit hatte er auf Bauernhöfen, in Blockhütten und letzthin in Jurten gelebt. Das Gewühl von Menschen, Autos, Lichtern und hohen Häusern in der abendlichen Großstadt München war für ihn ein prickelndes Erlebnis, ein Abenteuer in den zivilisatorischen Errungenschaften des Hochverbrauchs, gleichsam ein Ausflug in eine andere Welt.
„Irgendwann werde ich auch mal eine Zeitlang in einer Großstadt leben. Kennenlernen will ich das schon", murmelte Meinrad, ohne seinen Blick vom Fenster abzuwenden.
„Mir geht es genau umgekehrt. Das Großstadtleben habe ich mittlerweile wirklich satt. Ein Zelt am Waldrand ist für mich derzeit genau das Richtige. Das hätte ich zwar vor ein paar Tagen noch nicht einmal zu träumen gewagt, aber bis vor ein paar Tagen habe ich ohnedies nicht geträumt,

sondern immer nur gemacht, was gerade von mir verlangt worden ist."
Robert fuhr zum zweiten Mal die Seitengasse einer breiten innenstädtischen Einkaufsstraße entlang und ließ seinen Blick schweifen. Bei der ersten Durchfahrt durch die Gasse war ihm nirgendwo die Bar zum blauen Mond aufgefallen, obwohl das Navigationsgerät das Erreichen des Zieles angesagt hatte.
„Da ist es!", rief Meinrad. „Die kleine blaue Neonschrift, das muss es sein."
„Ziemlich versteckt. Ein sehr diskreter Eingang. Die Gäste der Bar stehen wohl nicht so gern in der Auslage."
Robert kurvte ein weiteres Mal um den Häuserblock, ehe er einen Parkplatz gefunden hatte. Meinrad hatte Robert seinen Plan mitgeteilt, aber Robert war von Anfang an nicht davon überzeugt gewesen. Er zog den Autoschlüssel ab und wandte sich seinem jungen Fahrgast zu.
„Dein Vorschlag ist nicht so gut, Meinrad. Ich bin dagegen, dass du da jetzt in diese Bar gehst."
„Aber warum? Ich bin nicht blöd und es wird mich schon keiner von den Jungs gleich unsittlich betatschen."
Robert schüttelte entschlossen den Kopf.
„So weit wird es gar nicht kommen. Schau deine Kleidung an. Du siehst aus wie ein etwas groß geratener Teenager. Und das ist eine Schwulenbar. Die müssen auf ihren Ruf achten. Es gibt bestimmt genug Nachbarn in der Gegend, die die schwule Szene hier nicht haben wollen und denen ein- und ausgehende Teenager ein Dorn im Auge sind. Wenn nicht ein Türsteher dich gleich wieder fortschickt, wird es der Barmann tun. Ich gehe rein."
Meinrad schaute Robert direkt an.
„Das würdest du tun?"
„Jetzt habe ich mir zwei Stunden deine Geschichten angehört und sitze hier in meinem Auto mitten in München. Natürlich werde ich das tun, alles andere wäre idiotisch. Den Autoschlüssel nehme ich, also musst du im oder beim Auto bleiben. Habe keine Lust, dass mein unversperrter Wagen sich in Luft auflöst. Ich werde wohl mindestens eine halbe Stunde brauchen, vielleicht auch eine ganze Stunde, also musst du Geduld haben. Ist das okay für dich?"
Meinrad boxte Roberts Oberarm.
„Klar ist das okay, ich passe auf den Wagen auf und du schaust dich mal um. Ist echt ein feiner Zug von dir."

Robert nickte, stieg aus dem Wagen und flanierte die Gasse entlang auf den unscheinbaren Eingang der Bar zum blauen Mond zu. Musik in moderater Lautstärke empfing ihn, ein geschmackvolles Interieur und eine mäßige Gästezahl. Robert war schon einmal in einer Schwulenbar gewesen. Er war nach einem Geschäftstermin in der Amsterdamer Innenstadt auf der Suche nach einer Gelegenheit, ein kühles Bierchen zu kippen, unversehens in jenes Lokal getreten, hatte eine stickige, lärmende und überhitzte Atmosphäre und einige ziemlich schrill gekleidete Kerle vorgefunden, war auf den Hacken umgekehrt und auf und davon galoppiert. Hier, in der Bar zum blauen Mond, ging es wohl, weil der Abend noch nicht so recht gediehen war, aber bestimmt auch in der Regel distinguierter und eleganter zu als in jenem Amsterdamer Tuntenschuppen. Robert setzte sich an die Bar und bestellte einen Espresso und ein Ginger Ale. Der braungebrannte Kellner lächelte zuvorkommend und servierte umgehend die Getränke. Robert rührte eine Prise Zucker in den Kaffee und ließ seinen Blick kreisen. Er nickte unmerklich. Auf den zweiten Blick erschien ihm das Lokal noch schicker und geschmackvoller, der Innenarchitekt verfügte zweifelsfrei über ein glückliches Händchen. Wenn nun etwa die Hälfte der Gäste weiblichen Geschlechts wäre, hätte sich Robert in diesem Lokal wirklich wohl fühlen können. Eine Zeitlang beobachtete er diskret zwei Männer mittleren Alters in schicken Businessanzügen, die an einem Tisch saßen, sich anflirteten, Händchen hielten und immer wieder leidenschaftliche Küsse austauschten. Dann wanderte sein Blick weiter. Ein kleines Podest in einer Ecke sah aus wie eine Bühne, auf der jetzt zwei kleine Kaffeehaustischchen mit je drei Klappstühlen standen. Robert schätzte, dass auf dieser Bühne ein Jazzquartett Platz finden würde. Live gespielte Clubmusik passte zweifelsfrei in das Ambiente, doch heute schien die Band spielfrei zu haben. Die Tische waren wie Inseln in einem Archipel gruppiert, in zwei nebeneinander liegenden Buchten fand Robert jeweils einen eleganten älteren und einen jungen Mann. Das eine Pärchen war in ein intimes Geflüster verstrickt, das andere Pärchen schien noch an der Kommunikationsgrundlage zu arbeiten. Erst jetzt fielen Robert drei junge Männer auf, die in einer schummrigen Ecke beisammen saßen und so wirkten, als ob sie viel Zeit hätten, als ob sie auf jemand warten würden. Einer der jungen Männer schaute unverhohlen zu Robert hinüber. Dieser wandte sich schnell seinem Espresso zu und leerte die kleine Tasse mit einem Zug. Ein Mann um die fünfzig betrat das Lokal und stellte sich an die Bar direkt neben Robert. Der Mann war in feines Garn gehüllt, makellos rasiert und wie Robert schnell bemerkte, hatte er mit Rasierwasser nicht gespart. Der Mann lächelte Robert mit funkelnden Augen an, bestellte ein Glas Weißwein und bezahlte gleich mit einem Geldschein, ohne auf das Rückgeld zu warten. Robert wandte sich ab, um ein Gespräch mit dem Mann zu vermeiden, der auch bald die Bar verließ und sich einen Sitzplatz suchte.

Robert schlürfte langsam das Ginger Ale und lauschte der Musik, ein alter Schlager von ABBA wurde gerade vom Band gespielt, ein Schlager, dessen Text und Melodie Robert in- und auswendig kannte.

„Haben Sie noch einen Wunsch?“, fragte der Barmann und riss damit Robert aus seiner Versenkung.

„Ja, bringen Sie mir noch ein Ginger Ale“, sagte Robert und stellte das leergetrunkene Glas auf den Tresen.

Robert richtete sich auf. Er hatte genug gesehen und sich ein recht klares Bild davon machen können, was hier in diesem Lokal so vor sich ging. Der Kellner kam zurück und servierte die kleine Flasche Ginger Ale und ein neues Glas mit Eiswürfeln.

„Sagen Sie mal“, eröffnete Robert das Gespräch. „Bei Ihnen spielt doch immer wieder mal eine Band, oder?“

Der Barmann lehnte sich lässig an den Tresen, seine Arbeit war bei dieser Zahl an Gästen nicht sehr hektisch, da blieb schon mal Zeit für ein kleines Schwätzchen.

„Ja, am Freitag und Montag spielt das Heiner Jensen Trio hier. Ist jetzt nicht so die super berühmte Band, aber Heiner und seine Kumpels sind sehr gut eingespielt und machen immer eine prima Bühnenshow. Bist du das erste Mal bei uns?“, fragte der Kellner mit einem plötzlichen Schwenk im Thema und in der Aufmerksamkeit, die er seinem Gast an der Theke widmete.

„Ja, das erste Mal. Ich habe einen Tipp von einem Bekannten gekriegt, dass ich mal hier vorbei schauen soll.“

„Österreicher, nicht wahr? Habe ich gleich an der Aussprache gehört. Aus Wien, habe ich Recht?“

Robert nickte zustimmend und prostete dem Kellner zu.

„Ihr Bayern habt ein gutes Ohr für das Österreichische. Wien ist richtig.“

„Es kommen immer wieder Österreicher herein. Der blaue Mond ist in der Szene bekannt.“

Robert rückte sich auf dem Barhocker zurecht und schaute mit großen Augen den Kellner an.
„Österreicher kommen also häufig hierher. Ich suche einen Bekannten von mir. Er ist jünger als ich, eigentlich ist er noch ziemlich jung, achtzehn Jahre, dunkles, langes Haar, androgyne Erscheinung, er heißt Severin. Ich habe ihn jetzt länger nicht gesehen, aber zeitweise kommt er hier vorbei. Kennst du vielleicht jemanden, auf den …"
Der Kellner verdrehte die Augen und zwinkerte Robert zu.
„Du bist ein Kumpel von Severin? Oh Mann, oh Mann, hast du ein Schwein."
„Du kennst ihn also?"
„Den Severin nicht zu kennen, ist eine Sünde und gehört mit drei Vaterunser im Beichtstuhl gesühnt", polterte der Kellner jovial. „Seit er mal diesen supermegasexy Bombenstriptease hier hingelegt hat, ist der Severin im blauen Mond ein Star. Der Junge tanzt so gut!", schwärmte der Mann.
„Dort auf der Bühne?", fragte Robert.
„Ja, klar. Das war eine Show! Sehenswert."
Der Mann lachte richtig aufgewühlt.
„Und war der Severin zuletzt mal hier?", setzte Robert nach.
„Lass mich nachdenken", sagte der Kellner mit gerunzelter Stirn. „Das muss so an die sechs oder sieben Wochen her sein. Er kann nicht so oft bei uns sein, weil er selbst kein Auto hat und irgendwo auf dem Land lebt. Schade eigentlich, wäre schön, wenn er öfter bei uns wäre. Du kennst ihn ja, ich habe noch nie einen Burschen gesehen, der so hübsch, sexy, talentiert und dann auch noch so unkompliziert und ehrlich ist. Manche von unseren Stars sind ja, sagen wir mal, etwas kapriziös. Der Severin nicht, er ist so erfrischend liebenswert. Bei so einem Menschen muss man gut aufpassen, dass ihm keine ekelhaften Kerle über den Weg laufen. Aber zuletzt war er in seriöser Begleitung, das war okay."
„In Begleitung? Kennst du den Mann?"
„Kennen wäre übertrieben, ich habe ihn zwei, drei Mal hier gesehen. Eleganter Herr um die fünfzig, sehr wortkarg und distanziert, ist aber immer höflich und gibt reichlich Trinkgeld. Er fährt einen schwarzen Mercedes. Ältere Herren kommen ja immer wieder bei uns vorbei. Und er war auch ein Österreicher. Mehr weiß ich nicht."
Neue Gäste betraten tratschend das Lokal, der Kellner wandte sich ihren

Bestellungen zu. Robert legte einen Geldschein auf den Tresen, nickte dem Kellner noch einmal zu und verließ das Lokal. Der an diesem Sommerabend temperierte Asphalt der Straße umfing ihn, Robert ging auf sein Auto zu.

46

Sie hatte große Mengen stark gebrühten Kräutertees getrunken, den ganzen Abend über bis in die Nacht hinein hatte Senta Wegscheider am Waldrand gesessen und in die Nacht gelauscht. Natürlich kannte sie all die Geistergeschichten, die alten Mythen, denen man bis in die heutigen Tage magische Wirkkraft nachsagte, die Erzählungen von Geheimnissen druidischen Wissens, in ihrem großen Bekanntenkreis waren das wichtige Themen, doch sie selbst liebte mehr das praktische Wissen, interessierte sich für die Kenntnisse und Fähigkeiten der früheren Generationen, versuchte menschliche Erkenntnisse über Pflanzen, Tiere und die Regeln der Natur zu bewahren und zu vertiefen. Manche Astralreisen oder Hexenflüge, von denen ihr von verschiedenen Bekannten berichtet wurde, hielt sie für irrationales Geplauder, aber als Wissenschaftlerin und Kräuterkundige war sie viel zu rational, um das Irrationale nicht für möglich zu halten. Was war denn schon die sogenannte Rationalität? Doch höchstens einer von vielen bemühten Versuchen des hilflosen Säugetiers Homo sapiens, sich, mit einer merkwürdigen Lernfähigkeit ausgestattet, in einem großen, unbekannten Universum zurecht zu finden. Diese Einsicht half ihr sehr, mit ihrem eigenen rational orientierten Denken halbwegs zu Rande zu kommen. Wenn die Regeln der biologischen Evolution und die mathematischen Prinzipien zur Erklärung physikalischer Gesetze galten, warum konnten dann nicht auch alte Geistermythen von den Reisen der Seelen wirksam sein?

Senta hatte nie in ihrem Leben Geistererscheinungen oder magische Erkenntnisse erfahren, sondern immer nur mit den Händen gearbeitet und mit dem Kopf nüchtern gerechnet. Wenn ihr aber Geister erscheinen mochten, dann wohl in dieser Vollmondnacht. Was auch immer es war, was auch immer in der Luft lag und sich im bleichen Mondlicht der Sommernacht zu vergegenständlichen suchte, Senta spürte dessen Unrast.

47

Robert steuerte das Auto routiniert über die Autobahn. Er war oft zu ähnlichen Tageszeiten über große Distanzen mit dem Auto unterwegs gewesen, der Tank war halbvoll, die Autobahn mäßig befahren, sie kamen gut voran. Unterwegs hatten sie an einer Raststelle Halt gemacht und Meinrad hatte aus kulinarischer Neugier drei Hamburger verschlungen und einen halben Liter Cola getrunken. Sie näherten sich der Autobahnabfahrt in Richtung Steyr. Robert reduzierte bedächtig das Tempo und reihte sich rechts ein. Der Himmel war fast wolkenlos, der Vollmond erklomm das Firmament.

Meinrad hatte sich von Robert jedes Detail des Besuchs in der Bar erzählen lassen. Fast zwei Stunden lang hatte er sich nicht konzentrieren können, war verwirrt gewesen, hatte sich geärgert, so viel von der Industrienahrung gegessen zu haben, die ein steinernes Völlegefühl im Magen erzeugt hatte, doch als Robert den Blinker betätigte und von der Autobahn abfuhr, kam wieder Leben in Meinrad. Er richtete sich auf und wischte sich den halbschläfrigen Dämmerzustand aus dem Gesicht.

„Na, gut geschlafen?", fragte Robert mit einem kurzen Seitenblick.

„Nein, ich habe nicht geschlafen, ich habe nur so dahingedöst."

„Wir sind bald zurück. Paar Minuten auf der Landstraße noch."

„Habe echt Respekt vor dir. Vier Stunden volle Tube Autofahren und du zeigst trotzdem keine Spur von Erschöpfung."

„Das ist Routine. Was glaubst du, wie oft ich solche Fahrten gemacht habe?"

Meinrad schien keine Antwort auf diese rhetorische Frage finden zu wollen, ihn beschäftigte etwas anderes.

„Du hast doch gesagt, dass Severin mit einem älteren Herrn in der Bar gewesen ist. Der Severin hat einmal vor ein paar Wochen etwas von einem älteren Herrn gesagt. War nur so in einem Nebensatz. Jetzt ist mir eingefallen, dass er schon vor mindestens einem Jahr auch etwas über einen älteren Mann gesagt hat. Irgendetwas ist da im Busch."

„Nun, diese Bar", führte Robert aus, „scheint ein Treffpunkt für neugierige junge Männer und betuchte ältere Herren zu sein. Das würde schon ins Schema passen."

„Und du sagst, der ältere Mann würde einen Mercedes fahren", sagte Meinrad.

„Ich sage das nicht, der Barmann hat das gesagt."

„Ja, ist ja dasselbe", winkte Meinrad verärgert über so viel Wortklauberei ab. „In jedem Fall gibt es in der Region Dürnfeld zwei ältere Männer mit schwarzem Mercedes."

Robert zog die Brauen hoch und spitzte die Ohren.

„Zwei? Woher kennst du die?"

„Na ja, aus der Region kennt man die. Der eine ist der Besitzer der Landmaschinenwerkstatt in Dürnfeld. Auch die Tankstelle am Ortsende betreibt er. Und der andere ist der Direktor vom Kraftwerk. Die beiden kommen gelegentlich bei uns vorbei. Zumindest kenne ich die Autos vom Vorbeifahren und weiß, wem sie gehören."

Robert fuhr zügig über die Landstraße. Er kratzte sich am Kinn. Robert reagierte blitzschnell und stieg voll auf die Bremse. Die beiden Insassen des Audis wurden in die Sicherheitsgurte geworfen. Die Lichter zogen rasend schnell an ihnen vorbei. Robert konnte gerade noch den Umriss einer hohen und breiten Motorhaube erkennen. Dann war das plötzlich aus der Kurve schießende Auto verschwunden. Der Audi kam zum Stillstand. Robert atmete schwer. Der Wagen war auf ihre Spur geraten, Roberts schnelle Reaktion und das rechtzeitige Ablenken des anderen Fahrers hatten einen Frontalzusammenstoß verhindert.

„Bist du verletzt? Ist alles okay?", fragte Robert.

Meinrad winkte ab.

„Alles in Ordnung. Ich muss mich nur übergeben, sonst ist alles okay."

„Der war eindeutig zu schnell unterwegs. Verdammt, die besoffenen Fahrer auf dem Land sind eine Gefahr."

Nachdem Robert sich vergewissert hatte, dass sein junger Fahrgast tatsächlich in Ordnung war, setzte er den Wagen wieder in Bewegung. Sie sahen den Lichtschein aus der Ferne. Meinrad stützte sich mit beiden Händen auf das Armaturenbrett.

„Das ist bei Meister Josefs Hof. Schau, da ist ein Feuer!"

Robert drückte das Gaspedal voll durch, der bullige Motor heulte auf und katapultierte den Wagen voran.
„Das ist die Scheune beim Haus!“, rief Meinrad aufgebracht.
Roberts Miene war hart. Sie näherten sich rasch der Zufahrtsstraße zum Gebäude, mit kreischenden Reifen nahm er die Kurve und bremste erneut scharf.
„In der Scheune sind zwei Pferde!“, rief Meinrad. „Wir müssen sie rausholen!“
Die beiden sprangen aus dem Auto. Meinrad lief sofort zum Scheunentor und riss es auf. Die zwei Pferde, die Meister Josef für die Kommune angeschafft hatte, stürmten panisch ins Freie und liefen über das Feld davon. Robert schätzte das Feuer ein. Eine Seitenwand der Scheune hatte Feuer gefangen, die Flammen hatten das Holzgebäude aber noch nicht voll erfasst. Er drückte sein Handy ans Ohr und wartete nur wenige Augenblicke auf eine freie Leitung in die Notrufzentrale der Feuerwehr. Nach dem Anruf öffnete er den Kofferraum und entnahm den kleinen Feuerlöscher. Damit konnte er zwar das Feuer nicht löschen, aber geschickt eingesetzt die Ausbreitung vielleicht verzögern. Robert öffnete den Verschluss des Feuerlöschers und tauchte in die Hitze und Rauchschwaden des Feuers. Weißer Schaum spritzte auf die heißesten Glutfelder. Robert schnappte nach Luft. Gezielt und in kleinen Dosen versprühte er den Inhalt des Feuerlöschers. Er hatte die Flammen zurückgedrängt, nicht aber besiegt. Als der Behälter leer war, trat er zehn Schritte zurück und blickte zu Meinrad neben sich. In der Ferne hörten sie das Schrillen der Feuerwehrsirene.

FREITAG

48

Den strahlenden Sonnenaufgang hinter sich rollte Christina in den Morgen, eilig wieder, ihr Auto flott über die Landstraßen lenkend. Sie blickte auf die Uhr auf dem Armaturenbrett. Es war knapp nach sechs Uhr morgens. Womit die kurze Nacht für sie nach nur ein paar Stunden Schlaf ein Ende gefunden hatte. Sie hatte zu lange vor dem Fernseher gesessen, hatte danach zu lange gelesen und viel zu spät das Licht ausgeschaltet. Die Vollmondnacht hatte dafür gesorgt, dass sie erst nach Mitternacht so müde geworden war, in den Schlaf zu versinken. Doch schon um halb sechs hatte das Klingeln ihres Telefons sie aus dem Schlaf gerissen. Nach einer schnell gekippten Tasse Kaffee und nur notdürftiger Morgentoilette, war sie in das Auto gesprungen und losgefahren.

Christina hielt an und sprang förmlich aus dem Wagen, sie war gespannt wie eine Feder und eilte auf die Scheune zu. Raimund Brandstätter kam ihr grüßend entgegen. Die beiden hatten zuvor telefoniert, so dass Christina im Großen und Ganzen über die Brandstiftung, und als solche war der Brand von den Feuerwehrleuten sofort erkannt worden, Bescheid wusste.

„Und deswegen jagt ihr mich aus dem Bett?“, klagte Christina im Angesicht des geringen Schadens an der Scheune. „Der Schuppen steht ja noch, wo ist das Problem?“

Raimund Brandstätter lächelte über Christinas Nörgelei.

„Der Schuppen steht nur, weil der Mann mit seinem Feuerlöscher richtig gehandelt hat. Ansonsten, da ist sich der Feuerwehrkommandant sicher, wäre hier alles in Rauch und Asche aufgegangen. Außerdem sind die zwei Pferde gerettet worden. Zwar sind die Pferde noch flüchtig, aber sie kommen als Täter nicht in Frage.“

Nun lächelte Christina.

„Dein Humor ist, wie ich sehe, sehr robust.“

„So ein kleiner Scheunenbrand gehört doch auf dem Land zu einem ordentlichen Erbschaftsstreit dazu. So will es die Tradition.“

Christina wischte das Amüsement über Raimunds Ausführungen zur Seite, ihre Miene wurde hart. Sie umrundete die Scheune und schaute sich auch

in der Gegend genau um. Raimund Brandstätter wich nicht von ihrer Seite.
„Auf jeden Fall zeigt der Brand, dass die Sache feurig ist, dass da Emotionen hochkochen", sagte Christina. „Ich brauche eine Liste von allen großen Geländewagen und ihren Besitzern aus dem Dorf. Der Anschlag wird, auch wenn er glimpflich ausgegangen ist, von mir absolut ernst genommen, ich will die Feuerteufel ausfindig machen. Wo ist jetzt der Held der Flammenbekämpfung?"
„Der wird wahrscheinlich in seinem Zelt liegen und selig träumen. Die Kollegen haben ihn knapp nach zwei Uhr früh entlassen. Der Mann scheint in jedem Fall ein Talent zu haben, in den Schlamassel anderer hineinzustolpern."
„Sieht fast so aus. Oder er steckt tiefer drinnen, als wir annehmen. Ich werde mal zum Jurtendorf fahren und ein paar Ökojünger aus den Betten jagen. Oder von den Matratzen, oder Matten, Heulagern oder worauf diese Leute halt ihre Nächte verbringen."
Die Kriminalistin und der uniformierte Polizist gingen auf ihre Autos zu.
„Magst du eine kleine Guten-Morgen-Geschichte hören, bevor du wieder lossaust?", fragte Raimund Brandstätter im Tonfall beiläufigen Geplauders, doch Christina hörte einen feinen Unterton heraus, der sie sofort neugierig machte. Sie lehnte sich an die Fahrertür ihres VW Golfs und verschränkte die Arme.
„Ich liebe kleine Geschichten vor dem Frühstück."
Raimund Brandstätter nahm seine Kappe vom Kopf und drehte sie in der rechten Hand.
„Gestern Nachmittag, nachdem wir beim Alois Lehner im Büro gewesen sind, habe ich mir die Familiengeschichte von ein paar Leuten im Ort erzählen lassen. Im Wirtshaus und im Supermarkt gibt es Informationen, die man nicht aus der Datenbank ziehen kann. Hingehen und hinhören, das ist meine Methode der kriminalistischen Untersuchung. Weiß schon, das ist alles veraltet und heutzutage geht nichts mehr ohne elektronische Datenüberwachung, aber interessant ist es trotzdem, was über so manche Dinge erzählt wird."
Christina kaute auf ihrer Unterlippe, sie versuchte sich in Geduld zu üben und den offenbar ausschweifenden Vortrag ihres älteren Kollegen einfach hinzunehmen. Was ihr, obwohl sie noch gar kein Frühstück zu sich genommen hatte, erstaunlich gut gelang.
„Du hast ja die Besitzverhältnisse von Josef Lehner recherchiert und hast

diese Sache mit dem Kraftwerksbau herausgefunden. Der Vater von Josef hat da zu einem sehr guten Preis große Flächen verkauft. Mit dem Geld hat er Felder von zwei Bauern gekauft, die ihre Wirtschaft wegen Schulden veräußern mussten. Einer der Bauern hat ganz klassisch wegen seiner Sauferei abgewirtschaftet, ein anderer Bauer musste im Zug der allgemeinen Flurbereinigung im Landwirtschaftsbereich die Wirtschaft aufgegeben, weil die Flächen für den Haupterwerb zu klein waren. Auf diese Weise hat Ignaz Lehner zwar ein paar Hektar Land an das Kraftwerk verloren, aber durch den sehr günstigen Preis, den er an die verschuldeten Bauern gezahlt hat, hat sich der Hof flächenmäßig verdoppelt. Der Bachleithenhof gehörte schon vor dem Kraftwerksgeschäft zu den etablierten Höfen in der Region, aber seit Mitte der Siebzigerjahre war die Familie überdurchschnittlich wohlhabend."

„Ja, so viel habe ich auch schon gewusst", ließ Christina vernehmen, damit Raimunds Erzählung nicht zu weitschweifig wurde.

„Aber hast du gewusst, dass das Geschäft zu bösem Blut im Dorf geführt hat?"

„Das kann ich mir denken. Wird einer über Nacht reich, finden sich immer genug Neider", meinte Christina.

„Der Vater des heutigen Bürgermeisters, Franz Mitteregger, war in den Siebzigerjahren auch Bürgermeister. Es bleibt hier bei uns auf dem Land alles in der Familie. Und dieser Franz Mitteregger war ein leidenschaftlicher Verfechter des Kraftwerksbaus. Es gehen noch Gerüchte, dass Franz Mitteregger von höchsten Stellen über die Pläne des Kraftwerksbaus informiert war. In jedem Fall wollte er Ignaz Lehner das betreffende Feld abkaufen, und zwar bevor der Kraftwerksbau offiziell politisch beschlossen worden ist. Franz Mitteregger und Ignaz Lehner haben schon eine Verkaufsumme vereinbart und einen Vorvertrag unterzeichnet. Und dann hat Ignaz Lehner vom geplanten Kraftwerksbau erfahren und gesehen, dass er von der Energieversorgungsgesellschaft mindestens doppelt so viel Geld erhalten würde, als er mit dem seinerzeitigen Bürgermeister ausgehandelt hatte. Es gab ordentlich Streit im Ort. Der Ignaz Lehner hat an einem Sonntag nach der Kirche vor versammelter Schar im Wirtshaus den Vorvertrag zerrissen und Franz Mitteregger einen Halsabschneider genannt. Was natürlich so gesehen völlig richtig ist. Der Franz Mitteregger hingegen hat den Ignaz Lehner einen Vertragsbrecher genannt, denn zum Zeitpunkt der Vertragsunterzeichnung war der Bau des Kraftwerkes noch nicht beschlossen. Aus seiner Sicht war Mitteregger im Recht. Das Dorf war fast zwei Jahre lang in zwei Lager gespalten und die beiden Männer waren einander bis zu ihrem Lebensende spinnefeind."

„Und weil bei euch hier auf dem Land jeder Streit über mindestens zehn Generationen ausgefochten wird, ist diese alte Geschichte heute Anlass für einen Giftmord?", fragte Christina mit ironischem Unterton, eine Ironie, die aber bei Raimund nicht verfing, sondern ihn vielmehr zu einem finsteren Blick veranlasste, den er über die Felder von Dürnfeld streichen ließ.

„Wer weiß? In jedem Fall war der Streit von Franz Mitteregger und Ignaz Lehner für Josef und Gabi Lehner so etwas wie der Vorhof zur Hölle. Gabriele war die älteste Tochter von Franz Mitteregger und Josef war der älteste Sohn von Ignaz Lehner. Die beiden jungen Eheleute sollen, so hört man, eher aus Vernunftgründen geheiratet haben, weniger aus großer Zuneigung. In jedem Fall waren sie ein paar Jahre verheiratet, der kleine Alois war gerade erst geboren und Michael noch ein auf seine Chance wartender Engel in den Wolken, als der Streit der Väter ausbrach. Nur weil der Pfarrer sich in den Streit eingemischt hat, konnte eine Scheidung von Josef und Gabi verhindert werden. Beide Elternhäuser übten starken Druck auf das junge Ehepaar aus, und es scheint, als ob sich Gabi Lehner mehr an ihre Familie gehalten hat als an ihren Ehemann. Und jetzt ist auch klar, warum Alois gestern gesagt hat, dass er seinen Vater erst als Jugendlicher kennengelernt hatte. Franz Mitteregger hat die beiden Buben als seine Enkel betrachtet, er hat diktatorisch bestimmt, dass die Enkel bei ihm aufwachsen müssen. Wie man so hört, hat Josef Lehner nicht seine Söhne vernachlässigt, sondern sie sind ihm praktisch weggenommen worden. Franz Mitteregger hat trotz Vorvertrag kein Grundstück von Ignaz Lehner erhalten, dafür hat dieser seinem Gegner schlicht und einfach die Enkelsöhne vorenthalten. Und Josef war bei diesem Streit völlig hilflos. Er hat es nicht geschafft, gegen die starke Elterngeneration aufzutreten."

Christina ließ ihren Kopf in den Nacken fallen.

„Das erklärt einiges", meinte sie schließlich und schaute Raimund in die Augen. „Mir war das nicht klar, einerseits soll Josef der liebe alte, vielleicht etwas schrullige Bauer gewesen sein, andererseits ein unnahbares Arbeitstier, das für seine Familie nichts übrig gehabt hat. Das passte nicht zusammen."

„Ich glaube eher, dass er viel zu zart besaitet war, um sich mit Fäusten

und Ellbogen einen Platz zu erkämpfen. Fäuste und Ellbogen hätte er bei solchen Vätern gebraucht."
Christina kratzte sich am Kopf.
„Aber ergibt diese alte Geschichte jetzt ein Motiv für unseren Giftmord?"
„Vielleicht", brummte Raimund Brandstätter und zuckte mit den Achseln. „Bei uns auf dem Land werden manche Geschichten niemals alt. Und es scheint so, als ob die Familie Mitteregger einen sehr ausgeprägten Sinn für alte Fehden hat, denn es ist bekannt, dass Josef Lehner und der Bürgermeister Reinhold Mitteregger fast regelmäßig in Streitereien verwickelt gewesen sind, bei denen immer wieder diese alte Geschichte thematisiert worden ist. Und zwar vor allem durch Reinhold Mitteregger. Die ganze Sache wird dadurch erschwert, dass Franz Mitteregger Anfang der Achtzigerjahre seine Landwirtschaft wegen mangelnder Rentabilität aufgeben musste. Der Bürgermeister musste seine Landwirtschaft aufgeben! Das ist eine Schande, die für drei Generationen reicht. Mit dem Geld, das er sich durch den Insiderhandel mit dem Bachleithenfeld verschafft hätte, hätte Mitteregger wahrscheinlich seinen Betrieb modernisieren und für die nächste Generation fit machen können. So ist Reinhold Mitteregger kein renommierter Bauer mehr, sondern Leiter einer kleinen Bankfiliale und Bürgermeister."
„Das Standesbewusstsein der hiesigen Bauern ist ja hinlänglich bekannt."
„Allerdings. Der Bürgermeister musste sich zuletzt zweifach gekränkt gefühlt haben. Erstens haben die Lehners durch Vertragsbruch indirekt den Verlust der Wirtschaft der Mittereggers verursacht, und zweitens hat der Josef die Siegestrophäe des Kampfes, nämlich den wertvollen Bachleithenhof, in die Hände dieser Erdenkinder gelegt, die mit ihrem Lebensstil so ziemlich alles in Frage stellen, was im Ort an Regeln gilt."
Christina griff in ihre Hosentasche und zog den Autoschlüssel heraus.
„Sag mal, Raimund, fährt unser Bürgermeister nicht auch einen großen Geländewagen mit breiter Motorhaube?"

49

„Herr Wieser, sind Sie da?"

Robert blinzelte verschlafen, schaute sich zuerst verwirrt um und rieb sich brummend die Augen.

„Sind Sie da, Herr Wieser? Christina Kayserling, Kriminalpolizei. Herr Wieser, würden Sie bitte aus dem Zelt kommen. Ich muss mich mit Ihnen unterhalten."

„Ja, sofort", sagte Robert, schlüpfte aus dem Schlafsack, stieg in seine Hosen und verließ schlaftrunken das Zelt.

„Es tut mir leid, dass ich Sie aus dem Bett jage", eröffnete Christina das Gespräch, „aber erstens muss ich Sie jetzt sprechen und zweitens hat man mich heute auch unsanft geweckt."

Christina musterte den Mann Anfang vierzig. Der Dreitagesbart machte sich ziemlich gut, er war schlank und gut gebaut, er wirkte durchaus anziehend. Und er hatte bei dem Feuer einigen Mut bewiesen.

„Entschuldigen Sie, Frau Inspektor, ich bin noch nicht ganz wach. Aber es wird schon. Wie spät ist es?"

„Halb sieben. Wann sind Sie denn schlafen gegangen?"

„Es muss so gegen drei Uhr früh gewesen sein."

„Ich muss Sie wegen des Scheunenbrandes noch einmal befragen."

„Habe doch in der Nacht schon alles gesagt."

„Tut mir leid, aber ein paar Dinge muss ich noch sicherstellen."

„Also gut, ich stehe Ihnen zur Verfügung."

Christina sah, dass ihre Anwesenheit im Dorf die Runde machte, auf dem Hauptplatz standen einige Bewohner und blickten zu dem etwas abseits stehenden Zelt Roberts hinüber.

„Sie sind also gegen halb zwölf mit dem Auto am Bachleithenhof vorbeigefahren und haben den Brand entdeckt. Zuvor allerdings konnten Sie mit einer Vollbremsung einen Zusammenstoß mit einem großen, breiten Wagen verhindern. Sie waren mit einem Jugendlichen namens Meinrad Riemenschmied, der hier in der Siedlung wohnt, unterwegs."

„Ja, das ist korrekt."

„Warum sind Sie denn mit dem Auto gefahren? Die Erdenkinder lehnen doch Autos als Klimaschädlinge ab."

„Ich war mit Meinrad auf der Suche nach einem Freund von ihm. Er hat mich gebeten, mit dem Auto zu fahren."
„Sie haben zu Protokoll gegeben, gestern Abend in München gewesen zu sein. Was haben Sie dort gemacht?"
„Na eben diesen Severin gesucht."
„Sind Sie fündig geworden?"
„Nein, der junge Mann ist wie vom Erdboden verschluckt."
„Wollen Sie eine Vermisstenanzeige erstatten?"
„Ich? Nein. Das muss seine Mutter tun. Aber unter uns, der Severin ist achtzehn Jahre alt und findet offenbar schnell Freunde. Mich würde es nicht wundern, wenn er in der nächsten Minute auftaucht und Frühstück will, oder wenn er erst in einem Jahr zurückkommt und sagt, dass er einen kleinen Trip nach Indien gemacht hat."
„Herr Ingenieur, warum sind Sie überhaupt hier?"
„Sie meinen, hier in der Kommune?"
„Ja, bei diesen Leuten. Sie haben einen Job und Familie. Warum sitzen Sie nicht im Büro?"
Robert strich sich nervös durch seine Bartstoppeln.
„Meine Frau will sich scheiden lassen. Und meinen Job habe ich gekündigt."
„Ein Ausbruch aus verkrusteten Strukturen?"
Robert schaute Christina in die Augen. Er fühlte, wie er Selbstsicherheit gewann, etwas, was er schon lange nicht mehr erfahren und beinahe zu vergessen gefürchtet hatte.
„Ja. Und ich glaube, dass das hier einen größeren Sinn hat. Irgendetwas passiert in der Welt. Die Menschen können nicht mehr weiter so machen, wie gehabt. Manchmal passieren Änderungen. Warum nicht diese?"
Wieder musterte Christina den Mann, versuchte ihn einzuschätzen, seine Motive zu verstehen. Er schien vollständig die Wahrheit zu sagen, schlicht und einfach, weil er in seiner Verzweiflung nicht mehr wusste, wofür er hätte lügen sollen. Aber wer sagte schon immer die Wahrheit?
Angelika führte eine Gruppe von Leuten auf Christina und Robert zu, die beiden wurden von zehn Personen umringt, mit deren Stimmung es offensichtlich nicht zum Besten stand.
„Entschuldigen Sie bitte", wandte sich Christina an die Gruppe, „aber ich führe hier eine Befragung durch. Wenn Sie mich sprechen wollen, müssen Sie sich etwas gedulden."

„Ach ja, Geduld müssen wir haben?", rief Angelika streitbar. „Sie meinen wohl so viel Geduld, bis die Polizei die Täter von heute Nacht vor jeglicher Verfolgung in Sicherheit gebracht hat?"
Christina ließ sich von der provokativen Frage nicht irritieren und blieb ruhig und sachlich.
„Sie irren sich, wir suchen die Täter. Wir nehmen den Anschlag sehr ernst."
„Dass ich nicht lache!", beharrte Angelika auf ihrer Position. „Wir haben hier schon mehrfach Übergriffe gegen uns erlebt. Schlägerbanden, Brandstifter und sogar ein Mörder sind auf uns losgegangen. Und was hat die Polizei gemacht? Sie hat jedes Mal uns verdächtigt und verfolgt, bespitzelt und schikaniert, die wahren Täter aber immer geschützt oder entkommen lassen."
Christina hob beruhigend die Hände und versuchte möglichst vertrauenerweckend zu wirken.
„Die Polizei schützt alle gleichermaßen und bestraft die, die Gesetze brechen. Sie können ganz beruhigt sein ..."
„Belügen Sie sich doch nicht selbst!", warf eine ältere Frau energisch ins Gespräch. „Wir wissen, dass die Polizei nur die schützt, die dafür bezahlen. Und wir Selbstversorger zahlen nun mal kaum Steuern, daher werden wir auch nicht beschützt, sondern bei jeder sich bietenden Möglichkeit verdächtigt und erniedrigt. Und zwar sehr wohl auch von der ach so objektiven Polizei! Und warum ist das so? Weil wir die Diktatur des Geldes ablehnen, die Sie, Frau Inspektor, durch Ihre Arbeit tatkräftig unterstützen."
„Was muss noch passieren", setzte Angelika nach, „damit Sie unsere Gefährdung erkennen? Wenn Robert und Meinrad nicht so toll eingeschritten wären, wären zwei Pferde getötet worden, ein Pferdewagen, ein nagelneuer Webstuhl, eine Getreidemühle und eine ganze Scheune verbrannt. Wir werden hier von Mördern und Brandstiftern terrorisiert!"
Christinas Miene war undurchdringlich. Sie sah, wie weitere Leute, durch die lautstark geführte Diskussion alarmiert, auf dem Dorfplatz zusammenliefen. Auch Senta Wegscheider war dabei. Christina konnte die Sichtweise der Siedlungsbewohner nachvollziehen, vielmehr noch, sie konnte deren Angst nachempfinden. Hatte sie in den letzten Tagen den Fall zu lässig genommen, hatte sie das Konfliktpotenzial nicht richtig erkannt, hatte sie sich von Vorurteilen gegenüber diesen Ökoaktivisten lenken lassen? Sie musste das Tempo forcieren, den Druck erhöhen, sie musste

dieses Dickicht schnell und wirksam lichten. Und es musste ganz sichtbar Polizeischutz her. Nach dem Brandanschlag würde es kein Problem sein, über den Dienstweg verstärkte Präsenz im Ort Dürnfeld anzufordern. Christina hob die Hände und wartete, bis man ihr zuhörte.
„Ich gebe Ihnen mein Wort, dass ich mich sehr wohl für Ihre Sicherheit einsetze. Aber ich kann Ihnen nichts versprechen."
Damit machte sie kehrt und stapfte flott zu ihrem Auto. Irgendetwas hatte sie diesen Ingenieur auf ökofundamentalistischen Abwegen noch fragen wollen, aber in der Aufregung darauf vergessen. Egal, sie hatte an diesem Tag noch einiges vor.
Robert starrte die ganze Zeit über Angelika an. Sie hatte seinen Namen gesagt, sie hatte sein Einschreiten beim Brand als toll bezeichnet, sie hatte ihn auf jeden Fall zur Kenntnis genommen. Da war er sich bis zuletzt nicht so sicher gewesen. Vielleicht konnte zwischen ihnen doch noch etwas entstehen. Dafür aber musste er weitermachen, und er wusste auch schon, wo er ansetzen würde.

50

Sie trafen fast gleichzeitig ein, Raimund Brandstätter und Christina Kayserling warfen die Türen ihrer Autos zu.
„Hast du die Liste?", fragte Christina, worauf Raimund bejahend nickte und seine kleine Ledertasche hochhob. „Gut, dann nichts wie rein."
Sie betraten das Rathaus von Dürnfeld, klopften an eine Tür, traten im Amtsraum vor den Schreibtisch einer weiblichen Gemeindebediensteten.
„Guten Morgen, mein Name ist Kayserling, Kriminalpolizei Steyr, das ist Inspektor Brandstätter vom Bezirkspolizeikommando. Wir müssen mit Herrn Reinhold Mitteregger sprechen."
Die Frau am Schreibtisch war vom forschen Auftritt Christinas und der finsteren Miene ihres uniformierten Begleiters eingeschüchtert.
„Der Herr Bürgermeister ist in seinem Büro. Soll ich Sie anmelden?"
„Eine Anmeldung wird nicht nötig sein", sagte Christina und nickte der Frau aufmunternd zu. Sie klopfte an eine halb offenstehende Tür.

„Herein bitte!", rief eine laute Männerstimme.
Christina und Raimund traten in das Büro.
„Sie sind also Frau Inspektor Kayserling? Habe schon von Ihnen gehört. Herr Inspektor, setzen Sie sich doch."
Reinhold Mitteregger schüttelte die Hände seiner Gäste und schloss die Tür hinter ihnen.
„Darf ich Ihnen etwas anbieten? Einen Frühstückskaffee? Mineralwasser?"
„Kaffee wäre sehr nett", sagte Christina lächelnd und schaute Raimund bedeutungsvoll an.
„Ja, da schließe ich mich an und nehme auch eine Tasse."
Der breitschultrige, korpulente Bürgermeister lächelte zuvorkommend, griff zum Telefon und bestellte drei Tassen Kaffee bei seiner Mitarbeiterin. Er ließ sich in seinen bequemen Ledersessel fallen und schaute seine Gäste lächelnd, aber lauernd an.
„Herr Bürgermeister, Sie können sich vielleicht vorstellen, warum wir hier sind", eröffnete Christina in harmlosem Tonfall das Gespräch.
Raimund Brandstätter nahm seine Mütze ab und legte sie auf seinen Schoß. Er beobachtete Christina genau, war mehr als überrascht, wie sie ihre Emotionen im Griff hatte, wie sie maßvoll taktierte und spähend um sich blickte. In einem geradezu schroffen Gegensatz zu der Stimmung, mit der sie aus dem Auto und in dieses Amtshaus gegangen war, sprach sie nun sanft, melodisch und doch irgendwie alltäglich banal. Eine gefährliche Frau, wie Raimund fand, eine Frau, die er lieber nicht zum Gegner haben wollte.
„Ja, freilich kann ich mir das vorstellen. Ich habe in der Früh einen Anruf vom Kommandanten der Freiwilligen Feuerwehr erhalten und er hat mir alles über den Einsatz erzählt."
Christina lehnte sich zurück, legte bequem die Arme auf die Armstützen des Stuhls und lächelte unverbindlich.
„Dann können wir das hier ja kurz halten, nicht wahr?"
„Selbstverständlich", bestätigte der Bürgermeister und legte breit lächelnd seine Hände auf die Schreibtischplatte. „Sie machen Ihre Arbeit, ich stehe natürlich für alle Fragen der Exekutive zur Verfügung."
Christina blieb einfach sitzen, lächelnd, unbeschwert, aber ohne weitere Fragen oder Feststellungen. Sie wartete einfach. Die beiden Männer warteten ebenso. Eine halbe Minute verstrich.

„Also, Sie wollten mir doch Fragen stellen“, durchbrach Reinhold Mitteregger das Schweigen.
Christina reagierte nicht. Es klopfte an der Tür.
„Herein!“, rief Mitteregger, woraufhin drei Tassen Kaffee serviert wurden. Christina langte zu und rührte eine Prise Zucker in den Kaffee, auf Milch verzichtete sie. Sie nahm einen Schluck. Aromatischer Kaffee, eine gute Sorte, nicht zu stark, aber gehaltvoll aufgebrüht. Wieder nickte Christina der Gemeindebediensteten zu, die eilig den Raum verließ.
„Ach, Herr Mitteregger, der Kaffee tut gut. Habe zwar frühmorgens schon eine Tasse getrunken, aber das war mehr so hinuntergewürgt. Vielen Dank für die Einladung.“
„Herr Mitteregger“, übernahm Raimund Brandstätter das Wort, „der Brand beim Bachleithenhof war Brandstiftung. Sie wissen, dass Brandstiftung immer polizeiliche Ermittlung erfordert.“
Christina beobachtete, wie sich die Gesichtsfarbe des Mittfünfzigers veränderte. Also genügte schon die dünnste Nadel, diesen aufgeblasenen Luftballon zum Platzen zu bringen. Das war gut für sie, gezielt nachgebohrt würde da Vieles schnell und ersichtlich hervorbrechen.
„Es ist ein Wahnsinn, was da derzeit in unserer ansonsten ruhigen und sicheren Gemeinde los ist! Zuerst ein hinterhältiger Mord an einem Einheimischen und jetzt dieser Brandanschlag. Es ist ja wohl eindeutig klar, wer hinter diesen Gangstereien steckt!“
„Ist das klar?“, fragte Christina überrascht.
„Natürlich ist das klar! Diese Spinner vom Bachleithenwald kriegen nicht genug, die wollen immer mehr und mehr. Dass Sie da noch keine Verhaftungen durchgeführt haben, ist für mich ein Rätsel.“
„Sie meinen, dass diese Selbstversorger, die im Bachleithenwald campieren, für den Mord und den Brandanschlag verantwortlich sind?“, hakte Raimund nach.
„Wer denn sonst? Das sind Drogensüchtige und Arbeitsscheue, halbwilde Schmarotzer. Es ist eine Schande, dass diese Bande den Ruf unserer Gemeinde ruiniert. Die machen uns zum Gespött in der ganzen Region.“
„Herr Mitteregger“, sagte Christina und stellte ihre leer getrunkene Tasse ab, wischte sich ein paar Zuckerkörnchen von der Hose und sah den Bürgermeister von Dürnfeld an, als ob sie ihn mit Blicken durchbohren würde und wollte, „die Polizei kann nur dann Festnahmen durchführen, wenn Indizien oder Beweise für kriminelles Verhalten vorliegen. Wir konnten

bei den Angehörigen dieser Selbstversorger keine Indizien oder Beweise für eine Straftat finden und müssen daher weiter alle möglichen Varianten von Verläufen der begangenen Straftaten nachvollziehen."
Reinhold Mitteregger ließ sich von Christinas spitzem Tonfall sofort provozieren.
„Na, vielleicht sind dann die Ermittlungsmethoden nicht passend."
Christina lachte auf.
„Schön, dass Sie das sagen, weil daran zweifeln wir auch jeden Tag. Was fahren Sie denn für ein Auto, Herr Mitteregger?"
„Einen Puch G."
„Also ein großes Auto mit breiter Motorhaube. Wussten Sie, dass ein großes Auto mit breiter Motorhaube gestern Nacht um halb zwölf beinahe einen Frontalzusammenstoß produziert hat? Dieses Auto fuhr mit stark überhöhter Geschwindigkeit vom Bachleithenhof fort. Wir haben Grund zur Annahme, dass in diesem Fahrzeug der Brandstifter gesessen hat."
„Ist das bewiesen? Gibt es einen Beweis, dass der Fahrer des Autos der Brandstifter ist, oder ist es jetzt schon so, dass alle Autofahrer sofort immer die Verbrecher sind, so wie diese Narrischen immer behaupten?"
Raimund Brandstätter öffnete seine Tasche und zog einen Aktenumschlag heraus.
„Also, wir haben Reifenspuren bei der Scheune gefunden, die von einem Fahrzeug herrühren, das nicht am Bachleithenhof verwendet wird. Die Reifenspuren deuten auf ein Kraftfahrzeug von mindestens eineinhalb Tonnen Gewicht hin. Zum Entzünden der Scheune wurden etwa fünf Liter Normalbenzin verwendet. Wir haben eine kürzlich getrunkene Bierdose am Areal sichergestellt, die nach Fingerabdrücken im Labor untersucht wird. In spätestens zwei Tagen haben wir alle Fingerabdrücke auf der Dose. Und wir haben eine Liste mit allen Besitzern von Geländewagen, auf die die Beschreibung passt. Der Täter wird sich auf diese Weise ermitteln lassen", sagte Raimund mit stoischer Ruhe.
Reinhold Mitteregger rutschte nervös geworden auf seinem Stuhl herum.
„Herr Mitteregger", fragte Christina. „Wo waren Sie gestern zwischen dreiundzwanzig und vierundzwanzig Uhr?"
„Sie verdächtigen mich?", rief Mitteregger zornig. „Sie unterstellen mir ernsthaft, mit einem Benzinkanister eine Scheune anzuzünden? Das kann doch nicht Ihr Ernst sein!"
„Ich habe Sie um Auskunft gebeten", beharrte Christina.

Reinhold Mitteregger schnaubte verächtlich.
„Ich war bis etwa halb zwölf bei einer Sitzung im Rathaus in Steyr. Ein Treffen der Gemeindevertreter der Region, findet alle drei Monate statt. Dort wird über die Zukunft des Bezirks debattiert. Und wenn Sie Zeugen brauchen, ich kann Ihnen die Adressen von dreißig Bürgermeisterkollegen zur Verfügung stellen. Ich war mit meinem Puch G dort. Und wie Sie wissen, Frau Inspektor, braucht man vom Rathaus Steyr bis zum Bachleithenhof mit dem Auto ungefähr eine halbe Stunde. Ich könnte frühestens um Mitternacht dort gewesen sein, und um Mitternacht war unsere brave Feuerwehr vor Ort und hat den Brand schon gelöscht. Einen Brand übrigens, den ganz sicher diese Ökospinner gelegt haben."
„Warum sollten sie das tun?", fragte Christina. „Zwei Pferde, die regelmäßig auf den Feldern eingesetzt werden, waren in akuter Lebensgefahr. Und für die Wirtschaft dieser Leute wichtige Maschinen, die sie in mühevoller Handarbeit aus Holz hergestellt haben, wären durch das Feuer vernichtet worden."
„Das sind doch Drogensüchtige! Die wollen nur Schaden anrichten!", behauptete Mitteregger lautstark.
„Wissen Sie etwas über Josef Lehners Testament?", wechselte Christina schlagartig das Thema.
„Ich habe davon gehört."
„Bestimmt hat Ihr Neffe Alois Ihnen darüber berichtet, denn ihm habe ich persönlich gesagt, wie die ungefähre Verteilung des Besitzes stattfinden wird."
Mitteregger pochte mit der Fingerspitze auf die Tischplatte.
„Dieses Testament ist noch nicht gültig, meine Neffen werden da ganz bestimmt vor Gericht gehen. Das ist nicht ordnungsgemäß zustande gekommen, der Josef war geistig nicht mehr zurechnungsfähig. Da wird es einen Prozess geben, da können Sie sicher sein."
„Dieser Prozess gehört nicht in meinen Aufgabenbereich", winkte Christina ab. „Viel interessanter für mich ist, ob vielleicht Ihr Neffe oder einige seiner Kumpanen, mit denen er gelegentlich aus Jux mit dem Gewehr zum Fenster von Jagdhütten hinausschießt, in der Lage wären, einen Vergeltungsschlag gegen die Kommune auszuführen?"
„Kann ich absolut ausschließen", behauptete Mitteregger kategorisch. „Bei uns geht alles mit rechten Dingen zu, wir sind die Anständigen."
„Nun denn, das wird sich herausfinden lassen. Und wie war denn Ihre

Beziehung zu Ihrem Schwager?", fragte Christina und machte einen erneuten Schwenk im Thema.
Reinhold Mitteregger reagierte abwiegelnd.
„Was wollen Sie wissen? Wir haben uns ein Leben lang gekannt, wie das halt im Dorf so üblich ist."
„Gabi Lehner war Ihre ältere Schwester. Hat sie nicht eine sehr unglückliche Ehe mit Josef Lehner geführt?"
„Aber wo! Was ist eine Ehe? Seit achthundert Jahren leben Menschen in Dürnfeld und es hat viele Ehen gegeben, manche so, manche so. Dieser ganze Glücksschnickschnack wird heutzutage viel zu wichtig genommen. Früher haben die Leute ihr Schicksal akzeptiert, heute will jeder Selbstverwirklichung. Meine Schwester war bis zu ihrem Tod eine anständige Bachleithnerin, wie andere vor ihr. Und jetzt soll eine alte Tradition zu Ende gehen, nur weil ein Bauer im Alter narrisch geworden ist und seine Felder an fremde Leute verschenken will? Da hat das Dorf noch ein Wörtchen mitzureden."
„Sie haben doch eine gute Beziehung zu Ihren Neffen, nicht wahr?"
„Selbstverständlich, die Burschen sind zwei tüchtige Männer geworden, die ihr Leben fest im Griff haben."
„Stimmt es, dass die beiden ihre Kindheit nicht auf dem Bachleithenhof, sondern bei Ihrem Vater Franz Mitteregger auf dessen Hof verbracht haben?"
Mitteregger machte eine Pause, er schaute Christina ohne einen Funken von Freundlichkeit an.
„Mein Vater hat dem Lois und dem Michi die ersten Fahrräder gekauft, hat auf sie aufgepasst, als sie noch ganz klein waren. Später bin ich mit den Burschen einhundert Mal ins Freibad gegangen, nicht der Pepi. Ich habe sie mit ihren ersten Freundinnen nachts von der Disco abgeholt. Als ich mein Haus saniert habe, haben die Buben tüchtig auf der Baustelle gearbeitet und sich ein fesches Taschengeld verdient. Und als zwölf Jahre später der Lois sein Haus gebaut hat, habe ich die Bauleitung geführt. Die Buben sind wie meine Söhne."
„Haben Sie Ihren Schwager Josef gehasst, Herr Mitteregger?"
„Gehasst?", lachte Mitteregger auf. „So ein Blödsinn! Geschämt habe ich mich wegen dem Esel. Erst gestern wieder bin ich von einigen Kollegen aus anderen Gemeinden über diese Kommune ausgefragt worden. Was glauben Sie, wie peinlich das ist?"

„Immerhin haben sein Vater und er vom Geld, das beim Kraftwerksbau ins Dorf geflossen ist, am meisten profitiert, und nicht Ihr Vater und Sie", stellte Christina in den Raum.
Reinhold Mitteregger schwieg, seine Miene war störrisch, unnahbar und stur, und er war sichtlich verärgert.
„Sie graben jetzt schon die ganz alten Geschichten aus. Sie glauben, ich hätte den Pepi vergiftet. Sie halten mich wirklich wegen einer Geschichte, die fünfunddreißig Jahre her ist, für einen Mörder", knurrte Mitteregger.
Christina erhob sich, sie stützte ihre Hände auf den Schreibtisch und beugte sich dem Bürgermeister entgegen. Ihre Miene war eisern und kühl, ihre Stimme leise und bedrohlich.
„Herr Bürgermeister, ich ermittle in einem Mordfall, und ich bin nicht sehr empfänglich für Scherze und Späße. Wenn Sie Ihren Schwager ermordet haben, werde ich Sie kriegen, wenn Sie es nicht getan haben, brauchen Sie sich keine Sorgen zu machen. Und eines verspreche ich Ihnen unmissverständlich. Wenn die Bewohner von Dürnfeld, egal, ob sie ihre Wäsche im Vollwaschautomaten oder am Bach mit der Seife in der Hand waschen, vor Übergriffen nicht sicher sind, werde ich persönlich die Sicherheit herstellen. Sollte es noch einmal zu Übergriffen kommen, und nicht zuletzt weil gewisse Männer des Dorfes im Umgang mit Jagdgewehren geübt sind, können Sie davon ausgehen, dass einhundert Polizisten dieses elende Drecksloch hier Stein für Stein auseinandernehmen."

51

Robert nippte am Wasserglas. Das Bürofenster lag voll im Sonnenlicht, die Temperaturen im Raum kletterten von Minute zu Minute höher. Seit fast einer halben Stunde saß er im schmuddeligen Empfangsraum der kleinen Landmaschinenwerkstatt und wartete darauf, vor den Chef der Firma treten zu dürfen. Robert hatte für seinen Auftritt in den Koffer gegriffen und einen seiner Anzüge angezogen. Er war rasiert, in seriöse Kleidung gehüllt, trug einen Aktenkoffer bei sich, er war mit seinem schicken Audi vorgefahren, mit einem Wort, er war in die Welt des Business zurückgekehrt und hatte ohne vorherige Anmeldung um einen Termin beim Firmeninhaber angefragt. Er hatte damit gerechnet, warten zu müssen, und so war es denn auch gekommen. Er war freundlich empfangen und mit einer Tasse Kaffee und einem Glas Wasser begrüßt worden. Nebenbei lauschte er den Telefonaten der Sekretärin.

„Herr Ingenieur", rief die Sekretärin, „der Chef hat jetzt Zeit für Sie. Bitte da entlang."

Die Frau führte ihn in ein Büro, in dem ein korpulenter Mann Mitte fünfzig an einem Computer saß.

„Guten Tag, Herr Strobl", sagte Robert mit der routinierten Artikulation des wirtschaftsgestählten Außendienstmitarbeiters. „Mein Name ist Ingenieur Robert Wieser."

Die beiden Männer schüttelten einander die Hände.

„Bitte, setzen Sie sich doch. Sie wollen mich also sprechen? Was kann ich für Sie tun?", fragte der Mann und nahm hinter seinem Schreibtisch Platz.

„Es freut mich wirklich sehr, dass Sie sich ein paar Minuten Zeit nehmen konnten. Ich versichere Ihnen, ich werde Sie nicht lange von Ihren wichtigen Arbeiten abhalten. Ich möchte mich persönlich bei Ihnen vorstellen und Ihnen meine Dienstleistungen im Bereich Projektmanagement, Lagerhaltung und Einkaufsdisposition anbieten. Sie müssen wissen, ich habe jahrelang für internationale Software- und Managementberatungsfirmen gearbeitet, habe mich aber vor kurzem entschlossen, als freiberuflicher Managementberater selbstständig zu arbeiten. Quasi bin ich jetzt mein eigener Chef und biete Kleinunternehmen und mittelständischen Gewerbebetrieben meine Mitarbeit an."

Das höfliche Lächeln des Inhabers der Landmaschinenwerkstatt und Pächters von drei Tankstellen in der Gegend fror ein.

„Sie sind ein Berater?"

„Ja, genau. Ich habe zwanzig Jahre Erfahrung in allen Bereichen des Projektmanagements und ich sehe die Chancen, mit meinem Fachwissen und meiner Lösungsorientierung auch für Ihr Unternehmen gewinnbringend an der Managementstruktur mitzuarbeiten."

Der Mann verzog seine Miene.

„Hören Sie, ich habe nur achtzehn Mitarbeiter. Mein Bedarf nach einer Managementberatung hält sich in Grenzen."

„Ihr Einwand ist natürlich völlig berechtigt", spielte Robert seine Rolle weiter. „Aber meine Erfahrungen haben gezeigt, dass auch in Kleinunternehmen erhebliche Potenziale zur Steigerung der Produktivität vorhanden sind. Eine einfache Prozessanalyse lotet die Möglichkeiten aus, eine detaillierte Analyse kann erhebliche Effizienzsteigerungen mit sich bringen. Ich bin mir sicher …"

Der Mann hatte sich ein Urteil über den unerwarteten Besucher gemacht. Hausierer und Lieferanten hatten den Hintereingang zu nehmen, auch wenn sie im Audi und Businessanzug auftauchten. Karl Strobl rutschte unbehaglich auf seinem Stuhl umher.

„Also gut, geben Sie mir Ihre Karte, ich werde mir das überlegen. Ich rufe Sie an", sagte der Mann, um den lästigen Besucher abzuschütteln.

„Das ist sehr erfreulich. Leider habe ich jetzt keine Karte dabei, aber darf ich Ihnen in den nächsten Tagen Informationen zu meinen Dienstleistungen vorbeibringen?"

„Vorbeibringen ist nicht nötig, schicken Sie mir das Zeug per Post", sagte der Mann und erhob sich.

Robert erhob sich ebenso und griff mit der Linken seinen Aktenkoffer.

„Entschuldigen Sie, Herr Strobl", hob Robert an und drang endlich zum Kern seines Vorhabens vor, „kann es sein, dass wir uns schon früher über den Weg gelaufen sind?"

„Nicht dass ich wüsste", meinte der Mann und musterte Robert von Kopf bis Fuß.

„Doch, ich bin mir fast sicher. Das muss in München gewesen sein. Waren Sie zuletzt mal dort?"

„Ich war früher paar Mal beim Oktoberfest in München. Auf der Wiesn."

Die beiden Männer reichten einander die Hände. Als freiberuflicher Managementberater würde sich Robert mit solchen Auftritten viel Arbeit, aber wenig Einkommen sichern, dachte er, aber sein Ziel war es ohnedies nicht, einem unbedarften Firmenchef überbezahlte und unbrauchbare Beratungsdienstleistungen aufzuschwatzen.

„Jetzt erinnere ich mich! Waren Sie nicht vor ein paar Wochen in einem Lokal namens Bar zum blauen Mond?"

Robert spähte in die Augen des Mannes. Dieser zuckte mit seinen Schultern, gerade noch nicht verärgert über den geschwätzigen Beratungskeiler.

„Nie gehört. Ich komme nicht oft nach München."

„Entschuldigen Sie, dann habe ich Sie womöglich verwechselt."

„Das wird es sein."

„Gut, dann will ich Sie nicht länger aufhalten. Danke für die Aufmerksamkeit und den Kaffee. Ich schicke Ihnen in den nächsten Tagen die Unterlagen."
„Tun Sie das. Auf Wiedersehen."
Robert spielte das Spiel weiter, tauschte noch mit der Sekretärin belanglose Worte über das prächtige Sommerwetter aus, verließ zu Fuß das Gebäude und im Auto das Betriebsgelände. Nur zweihundert Meter weiter hielt er an und ließ Meinrad zusteigen. Robert brachte das Ortsgebiet von Dürnfeld zügig hinter sich.
„Und, hast du etwas herausgefunden?", fragte Meinrad neugierig.
Robert zuckte mit den Achseln.
„Kandidat Nummer eins können wir von der Liste streichen. Herr Strobl hat vom blauen Mond noch nie etwas gehört."
„Also der Direktor vom Kraftwerk."
„Vielleicht. Dass der Herr mittleren Alters mit dem schwarzen Mercedes aus dem Ort stammt, ist eben nur eine Annahme von dir. Vielleicht liegen wir völlig falsch. Und eines ist klar, der Direktor ist seit über fünfundzwanzig Jahren verheiratet und hat zwei Kinder, von denen eines schon auf die Uni geht. Wir werden anderswo suchen müssen."
„Vielleicht, vielleicht auch nicht", meinte Meinrad in Gedanken versunken.

52

Christina schlüpfte in ihre Wanderschuhe, warf den Kofferraumdeckel zu und versperrte das Auto. Dann ging sie den schon bekannten Pfad durch den Wald auf die Jurtensiedlung zu. Raimund und sie hatten ausgemacht, dass er sich weiter um die Brandsache kümmern würde, während sie sich den Vormittag über in der Kommune genauer umsehen wollte. Die beiden Polizisten waren sich darin einig, dass die Brandstifter im Umkreis der Jägergesellschaft des Ortes zu finden sein mussten. Der jüngere Sohn des Opfers, Michael Lehner, besaß zwar einen großen Wagen, aber dieser Mann würde kaum so dumm oder besoffen sein, eine Bierdose in der Nähe

des Tatorts wegzuwerfen, dennoch würde Raimund das Alibi des Mannes sicherheitshalber überprüfen.
Christina schaute auf ihre Armbanduhr. Es war knapp nach neun Uhr vormittags, zur Mittagszeit wollte sie wieder im Büro sein, also hatte sie drei Stunden Zeit, sich hier ein klares Bild dieser Leute zu machen, einerseits natürlich um im Kriminalfall voranzukommen, andererseits aber auch, weil sie die Lebensweise der Erdenkinder interessant fand. Würde sie wieder von diesen Leuten mit anklagenden Worten konfrontiert werden, würden sie wieder zusammenlaufen und sie mit Fragen und Vorwürfen bombardieren? Sie kam zum Dorfplatz, ihr begegneten einige Personen, aber die Siedlung wirkte ruhig und verlassen.
„Wenn Sie Senta suchen, müssen Sie rüber zu den Feldern. Die meisten sind drüben bei den Beeten", sagte eine Frau mit wallenden Röcken.
Christina bedankte sich mit einem Lächeln und Kopfnicken für die Auskunft und ging in die angezeigte Richtung. Die Wiese, wo am Montag noch einige Dutzend Zelte gestanden hatten, war leer, die Ökotouristen hatten nicht nur das Gelände fluchtartig verlassen, es waren bis jetzt auch noch keine neuen Besucher gekommen. Christina ging am Waldrand entlang und überquerte einen kleinen Hügel. Vor ihr lagen Stimmen und Rufe in der Luft, die Felder des Bachleithenhofes, Betriebsamkeit und das helle Sonnenlicht des Frühsommers. Sie zählte überschlägig die Personen, die auf dem weiten Areal verstreut ihren Arbeiten nachgingen. Christina hatte die Gemüsefelder bislang nur am Rande wahrgenommen, nun tauchte sie in diesen üppigen Garten ein, der tausend Düfte verströmte, Schmetterlinge und Vögel anzog, der Heimat unzähliger wuchernder Pflanzen war. Christina ging durch die Reihen der Hügelbeete. Dass manche der Bewohner sie scheel musterten, bemerkte sie gar nicht, denn sie lugte mit wachsender Begeisterung nach den Kürbissen, Tomaten, Gurken und Bohnen, die auf den sonnenhellen Flanken der teilweise einen halben Meter hohen Hügelbeete gediehen. Unwillkürlich stellte sich ein Hungergefühl ein, schließlich hatte heute frühmorgens das Frühstück ausfallen müssen. Christina schnappte eine reife Tomate und biss herzhaft hinein. Der warme Saft lief über ihr Kinn, der Geschmack war köstlich.
„So ist es recht", sagte ein Mann mittleren Alters, der auf Christina zukam. „Greifen Sie zu, die Natur gibt uns in reichem Maße, was wir benötigen."
Christina wischte sich das Kinn ab und wandte sich dem Mann zu. Sie konnte sein Alter schwer einschätzen, seine Statur ließ auf einen etwas

übergewichtigen, aber voll durchtrainierten Mittzwanziger schließen, die grauen Haare im dichten Vollbart und die Lachfalten in seinem braungebrannten Gesicht, ließen an einen Mann Mitte vierzig denken. Der Mann war ihr schon bei ihren letzten Besuchen aufgefallen.

„Es ist also kein Problem, wenn ich hier zugreife?"

Der Mann trat sehr nahe an Christina heran und stützte sich auf seine Schaufel. Seine Ausdünstung war irritierend, fand Christina, zwar schwitzte er am ganzen Körper und Christina bemerkte auch, wie sich seine Atmung nach großer Kraftanstrengung normalisierte, aber sie fand sich durch die Nähe, die er zu ihr einnahm, nicht gestört, bedrängt oder gar belästigt.

„Im vorigen Sommer ist es uns gelungen, die Gemüseproduktion so zu steigern, dass wir ein Jahr lang keinerlei Nahrungsmittel zukaufen mussten. Obwohl die Touristen immer wieder ganz schön viel essen. Dabei muss man sagen, dass manche von unseren Gästen für ein paar Teller Suppe richtig anpacken. Es kommen immer wieder begeisterungsfähige junge Leute, die gern und viel arbeiten. So ist genug für alle da."

„Das geht sich aus? In der Gruppe sind doch fünfzig Leute."

„Die Hügelbeete bringen hohe Erträge. Es war zwar viel Arbeit, sie anzulegen, aber jetzt kommt jeder Schweißtropfen vielfach veredelt zurück", sagte Ernst Riemenschmied, pflückte ebenfalls eine frühreife Tomate und aß sie genüsslich.

„Ich bin kein Profi, was Gartenarbeit anbelangt, die Hügelbeete schauen zwar total schön aus, aber das Gemüse wächst doch da kunterbunt durcheinander. Ist das produktiv?"

„Und wie!", lachte Ernst. „Wir verwenden keinen Kunstdünger und schon gar keine chemischen Spritzmittel, die Beete sind nach den Prinzipien der Permakultur angelegt. Pflanzen, die sich gegenseitig fördern oder schützen, werden zusammengepflanzt. Wir fördern die Diversität der Pflanzungen, und Tiere gibt es hier auch jede Menge, die uns die Arbeit erleichtern oder gar abnehmen. Ein Rudel Schweine pflügt und düngt ein abgeerntetes Feld schonender und effizienter, als es je ein Mensch könnte. Es gibt zwei Arten des Landbaues. Die eine setzt auf Monokulturen, die von wenigen Menschen maschinell betreut werden können und riesige Erträge einer Pflanze bringen. Die andere setzt auf die Dynamik des Pflanzenwachstums, muss von vielen Menschen per Hand betreut werden und bringt riesige Erträge vieler Pflanzen. Wir betreiben hier auf fünf Hektar

Gemüsebau auf Hügelbeeten, drüben in Kraftwerksnähe haben wir Weizen, Gerste, Hafer und Mais auf klassisch angelegten Feldern. Zum Pflügen verwenden wir unsere Pferde. Wenn kein Hagel kommt, wird das Getreide heuer besonders schön, auf die Ernte freue ich mich schon jetzt. Kommen Sie doch zum Erntedankfest. Das ist für mich das schönste Fest im Jahr. Alle essen sich satt und sind zufrieden."

Christina lächelte den Mann an. Nichts an ihm wirkte gekünstelt, aufgesetzt oder absichtsvoll, er wirkte wie jemand, der seinen Platz im Leben gefunden hatte und sich täglich darüber freute. Christina winkte der jungen Frau zu, die sie heute früh so energisch angesprochen hatte und die die beiden kräftigen, vor einen Wagen gespannten Haflingerpferde am Zügel führte. Angelika beantwortete den Gruß distanziert nickend und stapfte weiter.

„Sie sind doch Ernst Riemenschmied, nicht wahr?"

„Sie kennen meinen Namen?"

„Ich bin Polizistin, Herr Riemenschmied, ich interessiere mich für so vieles. Ist es richtig, dass Josef Lehner häufig in Ihrer Jurte übernachtet hat?"

„Es ist nicht meine Jurte. Alle haben beim Bau der Jurten zusammengeholfen, in jeder Jurte steckt mein Schweiß, in der Jurte, die ich mit meiner Familie bewohne, steckt der Schweiß aller. Aber es ist richtig, im letzten Jahr hat der Josef meist bei uns übernachtet."

„Sie kannten ihn demnach sehr gut."

„Das kann man so sagen. Der Josef hat mir unglaublich viel beigebracht. Sie müssen wissen, Frau Inspektor, er hat zwar noch in der Zeit seiner Ehe industrielle Landwirtschaft mit schweren Maschinen und Schweinen in Massentierhaltung betrieben, aber rund dreißig Jahre lang hat er immer wieder Experimente durchgeführt, von denen er kaum jemandem etwas erzählt hat. Schauen Sie, die Grundlagen der Permakultur kann man vielleicht aus einem Schulbuch lernen, aber die Praxis ist immer anders als die Theorie. Weil es so viele Einflussfaktoren gibt. Bodenbeschaffenheit, Regenfall, das Kleinklima auf dem Acker, Zahl der Insekten und vieles, vieles mehr. Permakultur muss man auf jedem Standort speziell entwickeln. Die Anlage von Komposthaufen hat er mit wissenschaftlicher Präzision durchgeführt. Und dieses Wissen hat er sich im Geheimen angeeignet, weil ihn im Dorf alle verlacht haben. Und wenn seine Frau daraufgekommen ist, dass er irgendwo ein kleines Versuchsbeet angelegt hat, ist sie persönlich mit dem Traktor darübergefahren, bis alles zerstört war."

Christina blickte sich in diesem blühenden und gedeihenden Pflanzenparadies um. Sie nickte beeindruckt.
„Herr Riemenschmied, Sie haben bestimmt schon gehört, dass Senta Wegscheider als Erbin des Bachleithenhofes bestimmt wurde. Was sagen Sie dazu?"
Ernst Riemenschmied steckte die Schaufel in die Erde und verschränkte seine Arme.
„Also, erstens arbeiten wir heute nur deswegen an der Anlage der Beete für das Wintergemüse weiter. Wir haben ja schon befürchtet, dass man uns innerhalb von ein paar Tagen verjagen würde. Die vom Kraftwerk haben sich schon die Hände gerieben und der Bürgermeister ist fast geplatzt vor Selbstzufriedenheit. Schauen Sie mal, Frau Inspektor, ich war beim Sepp Holzer am Krameterhof und habe von diesem Pionier der Permakultur im Alpenland viel gelernt, Senta hat in Ostpolen zwei Jahre in einer seit vielen Generationen bestehenden Selbstversorgerlandwirtschaft gelebt und gearbeitet, wir haben viele Leute, die sich mit Gemüsebau und Pflanzenkunde sehr gut auskennen, aber ohne das Wissen von Josef müssten wir alle noch zum Supermarkt laufen und die Hälfte unserer Nahrung kaufen."
Ernst wies in weitem Bogen über die Beete.
„Das hier ist Meister Josefs wertvollster Besitz gewesen. Sein Lebenswerk, wenn Sie so wollen. Eine funktionierende Selbstversorgerwirtschaft, die in den nächsten einhundert Generationen so bestehen könnte. Basierend auf seinen Kenntnissen und Erfahrungen. Wenn er die Felder seinem Sohn gegeben hätte, wäre innerhalb kürzester Zeit hier alles wieder eine sterile Monokultur, dann wäre sein ganzes Wissen einfach verschwunden. Wissen Sie, was mir der Josef einmal anvertraut hat? Das war im letzten Winter, da haben wir gemeinsam ein Jungrind geschlachtet und zerlegt. Auch das hat mir der Josef beigebracht. Nach der Arbeit haben wir ein paar Gläser Obstler getrunken, da hat er mir gesagt, dass nicht die Kommune auf seinem Land ihren Traum erfüllt, sondern die Kommune ihm tüchtige Leute auf den Hof gebracht hat, die er zur Verwirklichung seines Traumes brauchen konnte. Der Josef ist ein oberösterreichischer Bauer gewesen, sicher kein durchschnittlicher, aber dieses bäuerliche Nützlichkeitsdenken steckte ganz tief in ihm drinnen. Senta kriegt die Felder, nicht weil sie oder wir alle so lieb und freundlich zu ihm waren, sondern weil wir seine Ideen von Landwirtschaft verwirklichen. Wenn einer der Söhne auch nur

ansatzweise etwas von Permakultur begriffen hätte, dann hätte dieser den Hof geerbt. Das ist meine Einschätzung der Lage."
Christina strich sich sinnierend durch das Haar. Je mehr sie über Josef Lehners Ehefrau hörte, desto weniger konnte sie die Frau ausstehen, auch wenn sie schon seit vier Jahren tot war.
„Meinrad!", rief Ernst Riemenschmied und winkte seinem Sohn. „Wo steckst du die ganze Zeit?"
Meinrad und Robert kamen auf Ernst und Christina zu.
„Der Robert und ich haben noch etwas zu erledigen gehabt. Wo sollen wir anpacken?"
„Nehmt euch Schaufeln und geht rüber zu den neuen Beeten, dort werden kräftige Männer gebraucht."
Christina musterte unverhohlen Robert, dem so viel an Aufmerksamkeit einer Kriminalpolizistin offensichtlich unangenehm war.
„Und, Herr Wieser, haben Sie den Severin schon gefunden?", fragte sie direkt.
Vater und Sohn Riemenschmied starrten zuerst Christina und dann Robert an.
„Äh, nein, noch nicht."
„Sucht ihr nach dem Severin?", fragte Ernst seinen Sohn und Robert.
„Ja, weil schön langsam ist der Severin bisschen lang fort", sagte Meinrad.
Die drei Männer standen eine Weile unter den prüfenden Blicken Christinas betreten beisammen und schwiegen.
„Muss ich mir", hob Christina lauernd an, „irgendwelche Sorgen machen?"

53

Alois Lehner schloss den Tankdeckel und ging in das Kassenhaus der Tankstelle, er zog seine Geldbörse aus der Hosentasche.
„Grüß dich, Lois."
„Grüß dich, Steff. Ich zahle heute mit Karte."
Als die Geldtransaktion über die Geräte lief, fuhr ein großer Geländewagen schwungvoll auf das Tankstellenareal zu und bremste scharf auf dem

kleinen Parkplatz hinter den Zapfsäulen. Alois Lehner steckte seine Geldbörse wieder ein und verließ das Kassenhäuschen. Reinhold Mitteregger katapultierte sich aus seinem Auto und blickte dem auf ihn zukommenden Alois Lehner entgegen. Er wies in die Richtung eines Fahrweges, der von der Tankstelle fortführte. Die beiden Männer gingen ein paar Schritte gemeinsam.

„Du wolltest mich sprechen", stellte Alois fest.

Reinhold Mitteregger blieb stehen und stemmte seine Fäuste in die Hüften.

„Ich will es gar nicht wissen, was für ein Rindvieh das Feuer gelegt hat. Das will ich gar nicht wissen", knurrte Mitteregger.

„Ich habe es nicht gemacht", behauptete Alois Lehner und hob abwehrend seine Hände.

„Natürlich hast du das nicht!", fauchte Mitteregger aufgebracht. „Du bist ja kein Depp und zündest deinen eigenen Stadel an. Aber einer von deinen Freunden hat da wohl ein paar Promille zu viel erwischt. Und komm mir nicht mit irgendwelchen Ausreden oder sonst was, mich interessiert das alles nicht. Ich bin richtig grantig auf euch."

„Ist ja nichts passiert. Der Stadel steht noch."

Reinhold Mitteregger zog seinen Neffen am Unterarm heran, er flüsterte beinahe, ein bebendes Flüstern voller Ärger und linkischer Spannung.

„Und ob etwas passiert ist, Lois, und ob. Ich habe vor einer Stunde diese Polizistin im Büro gehabt. Und eines sage ich dir, die Frau hat so richtig schlechte Laune gehabt. Und die habe ich auch. Warst du mit deinen Spezis wieder in der Jagdhütte?"

Alois Lehner schaute seinen Onkel überrascht an. Reinhold Mitteregger packte Alois am Kragen.

„Die Saufgelage in der Hütte sind hiermit gestrichen! Die Polizistin weiß, dass ihr dort in der Gegend herumballert. Und jetzt die Brandstiftung. Sag einmal, seid ihr komplett übergeschnappt, ihr blöden Buben!"

Mitteregger trat drei Schritte zurück. Alois Lehners Miene war betreten.

„Wenn ich einen von euch in den nächsten zwei Wochen mit einem Gewehr in der Hand sehe, drehe ich ihm persönlich den Hals um. Hab ich mich klar ausgedrückt? Und die Deppen sollen freiwillig zur Polizei gehen, weil es kommt ja doch alles heraus."

„Ja, Onkel, alles klar."

Die beiden Männer schwiegen eine Weile.

„Das ganze Dorf wird am Sonntag zur Beerdigung kommen", hob Mitteregger versöhnlich, in geradezu väterlichem Tonfall an. „Dafür habe ich gesorgt. Wenn der Bachleithner zu Grabe getragen wird, geht Dürnfeld mit. Es werden auch Presseleute kommen. Und ein Wagen vom Fernsehen wahrscheinlich auch. Das Dorf muss jetzt Einigkeit zeigen. Und das wird es."

Mitteregger machte eine Pause.

„Und wegen dem Testament brauchst du dir keine Sorgen machen. Ich habe schon mit meinem Rechtsanwalt alles besprochen. Der Steinberger schätzt die Chancen gut ein, das Verfahren zu gewinnen. Dann können wir die Bande fortjagen."

Reinhold Mitteregger klopfte seinem Neffen auf die Schulter, gemeinsam kehrten sie zu den Autos zurück.

„Danke, Onkel, dass du für uns da bist."

54

Christina setzte sich unter einen Birnbaum in den Schatten und streckte die Beine aus. Über eine Stunde war sie durch den Gemüsegarten und über die Felder marschiert, hatte den Leuten bei ihren Arbeiten zugesehen, mit manchen belanglos geplaudert und von Senta eine kurze Einführung in die Regeln, einen Kräutergarten anzulegen, erhalten. Sie sinnierte vor sich hin, während ihr Blick auf einer Beerenhecke ruhte, von der ein großer, schlanker Mann mit vier Kindern die ersten Johannisbeeren der Saison pflückte. Menschliche Arbeitskraft wurde hier für die Nahrungsmittelerzeugung verwendet und nicht die Leistungen schwerer Maschinen. Nun, wenn die Menschen einverstanden waren, ein Leben ohne Geld und Komfort zu führen, konnte dieses soziale Modell funktionieren. Aber gerade um Geld wurde auf diesem Hof verbissen gestritten.

Christinas Handy schlug an. Sie hob es ans Ohr.

„Kayserling."

„Guten Tag, Frau Kayserling, Vinzenz Baumann am Apparat. Erfreulich, dass ich Sie beim ersten Anruf gleich erreiche."

„Guten Tag, Herr Baumann, ich habe mit Ihrem Anruf im Laufe des Tages gerechnet."
„Ja, also in der Sache Josef Lehner hat meine Kanzlei die Testamentseröffnung vorbereitet, wir haben alle relevanten Vermögenswerte ermittelt. Haben Sie den Leichnam zur Bestattung schon freigegeben?"
„Ja, die Gerichtsmedizin ist fertig. Es gab keinen Grund, den Leichnam nicht freizugeben. Die Bestattung findet am Sonntag statt."
„Also gut. Da es sich hier möglicherweise um einen Mordfall handelt, kann die Testamentseröffnung erst nach Abschluss der laufenden polizeilichen Ermittlungen durchgeführt werden. Sie wollten einen Bericht von mir, den habe ich jetzt vor mir auf dem Schreibtisch liegen."
„Herr Baumann, ich werde am frühen Nachmittag in Ihrem Büro vorbeischauen und das Papier holen, können Sie mir aber gleich am Telefon ein Bild geben?"
Der Notar räusperte sich vernehmlich.
„Ja, Frau Inspektor, das kann ich. Die Unterzeichnung des Testaments geschah in meiner Kanzlei, ich persönlich setzte gemeinsam mit Herrn Josef Lehner und zwei Zeugen das Testament auf. Sie haben ja das Dokument im Original bei Ihrem letzten Besuch gesehen. Herr Lehner hat, wie wir nach Durchrechnung der Vermögenswerte feststellten, ein vollkommen ausgewogenes, rechtlich in jeder Hinsicht konformes Testament niedergelegt. Die Söhne erhalten zu gleichen Teilen Geldbeträge aus den Sparbüchern und ebenfalls zu gleichen Teilen ein Grundstück des Verstorbenen. Dieses als Wiese genutzte Grundstück ist kein direkter Teil des Bachleithenhofes, grenzt an den Ortsrand von Dürnfeld und ist zu einem wesentlichen Teil als Bauland im Flächenwidmungsplan eingetragen. Dementsprechend hoch ist der Wert dieser Wiese. Die Geldbeträge und der Nominalwert des Grundstückes machen zwei Drittel des Gesamtvermögens aus. Das letzte Drittel umfasst Immobilien, also das Haus mit Nebengebäuden und die land- und forstwirtschaftlich genutzten Ländereien des Bachleithenhofes. Dieser Anteil geht an Senta Wegscheider. Das ist eine runde Sache, Frau Inspektor."
„Herr Baumann, glauben Sie, dass dieses Testament vor Gericht angefochten werden kann?"
Vinzenz Baumann lachte.
„Ja, natürlich kann es angefochten werden. Es gibt Rechtsanwälte, die leben davon, Testamente anzufechten. Und manche leben nicht schlecht

davon. Nach dreißig Jahren im Beruf würde ich aber sagen, dass dieses Testament von keinem Gericht aufgehoben werden kann. Es ist wasserdicht."

„Und wenn im Prozess auf geistige Unzurechnungsfähigkeit von Josef Lehner plädiert wird?"

„Sie meinen Testierunfähigkeit. Nun, das wird im Prozessfall zweifelsfrei geschehen. Das Testament ist von mir als Notar unterzeichnet worden, es gibt zwei mit Namen genannte Zeugen, Herr Lehner war zum Zeitpunkt der Unterschrift nicht in ärztlicher Behandlung und nahm auch keine Medikamente ein. Es wird sehr schwer sein, diesem Mann post mortem Testierunfähigkeit nachzuweisen, insbesondere wenn man sieht, wie ausgewogen und rechtskonform dieser letzte Wille von Josef Lehner verfasst worden ist."

„Herr Baumann, haben Sie vielen Dank für Ihre Bemühungen, Sie haben mir dadurch wesentlich weiter geholfen."

„Gerne, Frau Kayserling. Und grüßen Sie auch Ihren Mann. Auf Wiederhören."

„Auf Wiederhören."

55

Robert strich sich über sein glattrasiertes Kinn. Eigentlich hatte er den Bart sprießen lassen wollen, die meisten Männer in der Siedlung nahmen es mit der Rasur nicht so genau und trugen Bärte, aber für die kleine Sondertour in das Büro dieses Unternehmers hatte der Bartschatten verschwinden müssen. Er kam bei der Arbeit richtig in Schwung, schaufelte den angelieferten Kompost auf den Erdhügel und vermischte mit der Harke die Erdkrumen. Schaufeln und harken, dieses Wechselspiel hatte ihm Meinrad vorgezeigt und Robert dann alleine arbeiten lassen. Robert musste auf seine Handflächen aufpassen, er hatte weiche Hände, wie das nun einmal bei Menschen mit Bürojobs der Fall war, wenn er unbedacht mit Werkzeugen hantierte, würde er am Abend offene Blasen haben. Es war wie beim Sport, wenn man nicht trainiert ist, muss man langsam an-

fangen und sich bedächtig steigern. Robert hatte keine Bedenken, dass er diese Herausforderung nicht bewältigen könnte.
Das unverkennbare Knarren und Quietschen des Pferdewagens, das Stapfen der Zugpferde war zu vernehmen. Robert hielt inne und schaute den Weg zwischen den zwei lang gestreckten Beeten hinab. Der Weg war so breit, dass man mit dem Pferdewagen wenden konnte. Der Wagen rollte auf ihn zu, voran ging Angelika.
„Ho!“, rief sie, hielt die Pferde an und musterte prüfend das weitgehend fertig aufgeschichtete Beet für das Wintergemüse. „Ich schätze, das wird die letzte Fuhre für dieses Beet sein.“
„Und dann geht es zum nächsten Beet?“, fragte Robert.
„Ja, aber sicher erst nach dem Mittagessen“, erklärte Angelika, die, wie Robert festgestellt hatte, sich bei der Organisation der Arbeiten hervortat und immer wusste, wo etwas zu tun und zu erledigen war. „Für die Fuhre wirst du wohl eine Stunde brauchen, dann ist eh bald Mittagszeit.“
Angelika fixierte die Bremse, packte ihre Schaufel und kletterte auf den Wagen, Robert nahm die Harke und zog den fein gesiebten Humus von der Ladefläche, während sie von oben schaufelte.
„Danke übrigens“, sagte Angelika und warf Robert ein Lächeln zu, „dass du Sumsi und Blüte letzte Nacht gerettet hast. Ich wäre gestorben, wenn den beiden etwas geschehen wäre.“
„Eigentlich hat Meinrad die Pferde rausgelassen.“
„Aber du hast die Scheune gerettet. Was für ein Riesenglück, dass ihr zur rechten Zeit vorbeigekommen seid.“
„Du kannst wohl mit Tieren gut umgehen“, stellte Robert fest.
„Ja, vor allem mit Pferden. Deswegen war ich Meister Josef so dankbar, als er Sumsi und Blüte eines Tages gebracht hat.“
„Richtige Reitpferde sind das nicht.“
„Haflinger sind nicht zum Reiten gezüchtet worden, sondern für die Arbeit auf dem Feld. Es sind wunderbar gutmütige und treue Tiere. Und kräftig. Du hast mit Meinrad nach Severin gesucht?“
„Ja. Aber wir sind leider nicht fündig geworden.“
„Ich hoffe, er taucht bald auf.“
Eine Weile arbeiteten die beiden still weiter. Angelika ächzte unvermittelt und wischte sich den Schweiß von der Stirn. Sie legte die Schaufel zur Seite.
„Alles klar?“, fragte Robert besorgt.

„Ja, alles klar. Mir ist nur ein bisschen schwindelig. Geht gleich vorbei."
„Lass nur, den Rest schaufle ich vom Wagen."
Nach kurzer Zeit war der Humus vollständig von der Ladefläche geschaufelt. Angelika kletterte vom Wagen, die beiden standen nebeneinander und betrachteten den Humushaufen. Angelika schien es wieder besser zu gehen, sie kicherte.
„Na ja, wahrscheinlich wird es doch länger als eine Stunde dauern, bis du den Haufen ins Beet gebracht hast. Aber die anderen werden bestimmt gleich da sein und anpacken. Weißt du, dass das die beiden letzten Beete sind, die wir anlegen müssen?"
„Habe ich nicht gewusst", antwortete Robert.
„Ja, mit diesen Beeten ist die Anlage vollständig so angelegt, wie Meister Josef es geplant hat. In den nächsten paar Jahren müssen wir nicht so rackern, sondern die Beete nur mehr pflegen und die Ernte einbringen. Jetzt wird vieles leichter für uns."
„Na, dann sollte ich keine Zeit verlieren und die Sache zu Ende bringen", meinte Robert lachend. „Bis zum Mittagessen muss ich mich ins Zeug legen."
Angelika fasste Robert am Unterarm und lächelte ihn an. Dieses Lächeln war heller als der Sonnenaufgang, offener und freier als der wolkenlose Himmel über ihnen, schöner als Robert je ein Lächeln gesehen hat. Alles an dieser jungen Frau riss ihn zu Begeisterung, zu fast jugendlich anmutender Schwärmerei hin. Wie sehr wünschte er sich, in ihrem rotbraunen Haar zu wühlen, ihren Duft zu atmen.
„Überanstrenge dich nicht. Wenn einer über die Leistungsgrenze gegangen ist, hat Meister Josef immer gesagt: Die Arbeit rennt dir nicht davon. Das war alles, mehr hat er nicht gesagt. Meister Josef hat nie viel gesprochen."
Robert blickte um sich.
„Ich habe mir die Anlage mal angesehen. Ich bin zwar im Bereich Landwirtschaft ein Anfänger und kann gerade mal eine Schaufel von einem Rechen unterscheiden, aber ich verstehe etwas von der Planung von Industrieanlagen. Das war mein Beruf, ich habe industrielle Prozesse analysiert und definiert. Und da vornehmlich in der Logistikbranche. Ich sehe sehr schnell, ob eine Anlage gut, brauchbar oder schlecht organisiert ist. Am klarsten sieht man das am Warenfluss. Geht der Warenfluss auf geradem Weg durch eine Anlage oder gibt es Haken und Ösen, die die

Produktivität bremsen. Wenn man die hier eingesetzten Betriebsmittel und Humanressourcen betrachtet, erscheint die Anlage weitgehend optimal dem Einsatzzweck und der Leistungskapazität angepasst zu sein. Was ich sagen will, von den vielen Produktionsanlagen, die ich gesehen habe, waren nicht alle so clever angelegt wie diese Gemüsebeete hier. Der Warenfluss ist geradlinig, die Kommunikationsmöglichkeiten der arbeitenden Menschen sind gut, die Lagerhaltung im alten Schweinestall ist durchdacht, vorgelagerte und nachgelagerte Produktionsschritte werden berücksichtigt. Hier bestehen saubere Geschäftsprozesse, da kann man auf dem ersten Blick kaum etwas optimieren."
Angelika musterte Robert eingehend.
„Am Anfang war das hier das komplette Chaos, Meister Josef ist herumgelaufen und hat gesagt, das muss da gemacht werden, dies muss dort gemacht werden, wir haben geschuftet wie die Tiere, aber die meisten von uns haben überhaupt nicht kapiert, was das alles soll. Da sind auch viele abgesprungen. Die Gruppe hat fast hundert Leute umfasst, dann ist Meister Josef mit seinen Plänen gekommen, hat endlose Litaneien von Arbeiten, die gemacht werden müssen, herunter gebetet, und niemand hat verstanden, worum es geht. Niemand ist übertrieben, Senta und ein paar von den älteren haben schon gewusst, was hier entstehen soll, aber für mich war das erste Jahr völliges Chaos. Schwerste körperliche Arbeit, ohne zu verstehen, wofür man sie macht, das hat viele vertrieben. Ich bin nur geblieben, weil Meister Josef eines Tages mit den zwei Pferden gekommen ist. Er hätte eigentlich seinen Traktor und andere Maschinen einsetzen wollen, aber Senta hat gesagt, dass Benzinfresser nicht in Frage kommen. Da hat er den Mähdrescher und Traktor verkauft und die Pferde samt Geschirr und Wagen angeschafft. Nach und nach hat alles einen Sinn ergeben. Und geplant hat Meister Josef alles im Kopf, ohne Hochschulabschluss, ohne Computer. Papier und Bleistift für manche Skizzen haben gereicht."
Robert griff spontan nach Angelikas Hand.
„Angelika, ich genieße es unbeschreiblich, mit dir zu sprechen. Wirklich, ich bin aufgewühlt und versuche das gar nicht zu verheimlichen. Ich möchte dich gern kennenlernen, mit dir über dies und das plaudern, von dir etwas über Landwirtschaft erfahren, einfach mit dir beisammen sein."
Angelika schaute in seine Augen, sie zog ihre Hand nicht weg.
„Aber Robert, ich habe gehört, dass du verheiratet bist und zwei Kinder hast."

Er ließ ihre Hand los und packte wieder die Schaufel.
„Das stimmt, ich bin verheiratet, aber wahrscheinlich nicht mehr lang. Und meine Kinder werde ich in den Sommerferien hierher bringen. Meine Tochter steht auch auf Pferde, und mein Sohn könnte ruhig in den Ferien statt vor seinen Computerspielen zu sitzen, mal ein Beet für das Wintergemüse anlegen."
Die beiden lachten kurz, doch das Gelächter war schnell verklungen, sie schauten aneinander vorbei. Ernst Riemenschmied und zwei weitere Männer kamen in ein Gespräch vertieft mit geschulterten Schaufeln auf Robert und Angelika zu.
„Schau, da kommt Unterstützung für dich", sagte Angelika. „Zu viert werdet ihr ganz locker zu Mittag fertig sein."
„Also gut", meinte Robert und hob die Schaufel. „Dann will ich mir das Mittagessen mal verdienen."
„Bis später", sagte Angelika und marschierte die Pferde führend los.

56

Christina saß geruhsam unter dem Birnbaum, beobachtete, wie die Menschen auf den Feldern ihrer Arbeit nachgingen und überlegte, was denn nun die Informationen des Notars für ihre Ermittlungen bedeuten konnten. Sie schaffte kaum, Ordnung in ihre Gedanken zu bringen, alles drehte sich im Kreise, ein Ringelspiel der Vermutungen und Verdächtigungen, und sie hatte noch keinen Ansatz gefunden, das Rätsel um den Giftmord an Josef Lehner zu lüften. Die Gruppe bei der Beerenhecke fiel ihr wieder auf. Der große Mann mit dem Zopf hatte die vier Kinder um sich geschart und redete zu ihnen. Christina konnte nicht hören, was er sagte. Nach einer Weile klatschte der Mann in die Hände, die Kinder packten die Schüsseln mit den Beeren und liefen davon. Der Mann kam auf Christina zu. Sie setzte sich auf und wartete, bis er den kleinen Hügel hochgestiegen war.
„Guten Tag, darf ich mich zu Ihnen in den Schatten dieses Baumes setzen?", fragte der Mann.
„Aber ja doch, der Schatten reicht mindestens für zwei."

„Gestatten, dass ich mich vorstelle, Gebhardt Höller. Ich weiß, wer Sie sind."
„Setzen Sie sich doch, Herr Höller."
Gebhardt Höller ließ sich neben Christina nieder, er verschränkte seine Beine, legte die Handflächen auf die Knie und ließ den Blick schweifen. Christina musterte den schlanken Mann mit der markanten Kinn- und Nasenlinie.
„Wollen Sie mir etwas sagen?", fragte Christina nach einer ganzen Weile des Schweigens.
„Das hier", hob Gebhardt Höller an und wies über die Beetanlage des Bachleithenhofes, „diese Landwirtschaft kann und muss die Zukunft der Menschheit werden. Wenn die Menschen nur das essen, was sie mit ihren eigenen Händen säen und ernten, kann die Menschheit bestehen, bis der Planet Erde von der Sonne verschluckt wird. Es kann als Prinzip universeller Gerechtigkeit gelten, dass Menschen, egal wie viele es ihrer auf der Erde gibt und egal in welchem Land sie auch leben, nur das nutzen, was die Erde ihnen freiwillig gibt."
Christina lauschte der bemerkenswerten Stimme des Mannes, sie spürte genau seine Energien, seinen Willen und nie ruhende Wachsamkeit. Sie schlang die Arme um ihre Knie und überlegte seine Aussage.
„Was haben Sie den Kindern beim Beerenpflücken erzählt?", fragte Christina.
„Zuerst habe ich einen kurzen Abriss der europäischen Geschichte in der Epoche der Völkerwanderung und des Karolingischen Reichs gebracht. Danach habe ich auf die Frage eine Antwort gegeben, ob denn die Krokodile die Nachfahren der Dinosaurier sind. Die kleine Magda stellt immer wieder naseweise Fragen."
„Unterricht beim Beerenpflücken. Und das meinen Sie mit der Menschheit, die bis in die Tage des Sonnentodes fortbesteht?"
Der Mann nickte zustimmend und blickte Christina mit leuchtenden Augen an.
„Irgendwann wird jegliches Leben auf der Erde zu Ende sein. Das Einzelne wie das Gesamte. Bis dahin hat die Menschheit Zukunft und wir sind ein Teil dieser Zukunft, im Bösen wie im Guten. Außerdem, warum soll Unterricht immer in Klassenzimmern stattfinden? Das Schulsystem in unserem Land beengt die Kinder, dabei gilt es, die Horizonte der Kinder zu erweitern."

Christina entdeckte aus dem Augenwinkel ein Fahrzeug und spähte kurz genauer. Ein Kleinbus rollte auf der anderen Seite des Hügels im Schritttempo über die Straße zum Kraftwerk.
„Verfügen Sie über einen weiten Horizont, Herr Höller?“, fragte Christina spontan.
„Ich bemühe mich täglich darum, meinen Horizont zu erweitern. Es ist eine spirituelle Aufgabe. Der Geist muss immer wach sein und nach Weisheit streben.“
„Sie sind der Arzt in der Siedlung, wie ich gehört habe“, warf Christina ein.
Gebhardt Höller nickte Christina sachlich zu.
„Ich verfüge auch über eine schulmedizinische Ausbildung und habe viele Jahre als Arzt gearbeitet.“
Christina schwieg. Der Mann war auffällig, er trug einen Klang in der Stimme und einen Glanz in den Augen, die Christina alarmierten. Sie hatte den Mann zuvor in der Siedlung schon gesehen und hatte gehört, er sei Doppeldoktor, habe jahrelang in Amerika bei Indianern gelebt und wäre ein hervorragender Kräuterheilkundiger. Er war ein Mann, der zweifellos über die Eigenschaften der Pflanze Digitalis grandiflora Bescheid wusste.
„Was wollen Sie mir wirklich sagen, Herr Höller?“, fragte Christina direkt.
Gebhardt Höller machte eine feierliche Handbewegung.
„Der leidgeprüfte Geist von Meister Josef kann nur dann Frieden finden, wenn seine Beete gedeihen. Sehen Sie, die Beete tragen reiche Frucht. Er hat also Frieden gefunden. Wir alle können glücklich darüber sein. Das ist meine Erfahrung.“
Gebhardt Höller erhob sich.
„Entschuldigen Sie, dass ich mich nun entferne, die Pflicht ruft. Das müssen die Studenten aus Wien sein.“
Christina erhob sich ebenfalls und blickte auf den Kleinbus, aus dem sieben Personen stiegen.
„Studenten aus Wien? Machen die eine Betriebsbesichtigung?“
„Ja. Es waren schon mehrfach Mitarbeiter der Universität für Bodenkultur bei uns zu Gast. Dozent Nageler bringt neugierige Studenten. Eine meiner Aufgaben in der Gemeinde besteht darin, interessierten Menschen unser Existenzmodell der Nachhaltigkeit zu erläutern.“
Gebhardt Höller verneigte sich huldvoll vor Christina.
„Mögen die Großen Geister Ihren Weg mit Frieden weihen.“

Damit verabschiedete sich der Mann, überquerte den Hügel und winkte den Leuten beim Kleinbus.
Christina streckte ihre Beine durch. Ihr Blick ruhte kurz auf dem hohen Schornstein des Kraftwerks. Hier die Gemüsebeete der Weltverbesserer und nur ein paar Schritte davon entfernt ein rauchender Koloss aus Stahl und Beton. Christina war irritiert. Prallten hier Welten aufeinander? Fand hier ein Kampf der Kulturen statt? Warum hatte man diesen Mann, der mal Bachleithner, mal Lehner Pepi, mal Meister Josef genannt worden war, vergiftet? Christina fluchte still vor sich hin. Sie marschierte mit flotten Schritten zu ihrem Auto.

57

Meinrad kauerte hinter dem Gebüsch und hob das Fernglas an seine Augen. Der hohe Maschendrahtzaun rund um das Kraftwerk verhinderte zwar, dass man das Areal betreten konnte, verhinderte aber nicht, dass man mit einem Fernglas das Treiben darauf beobachten konnte. Die voluminösen Kohlewaggons spien ihre Fracht aus, fünfzehn solcher Waggons standen im Areal und wurden nacheinander entleert, Material für den immerzu hungrigen Schlund des Heizkessels. Nur ein paar Männer bewegten hunderte Tonnen schwarzer und brennbarer Steine, schwere Maschinen nahmen ihnen die Arbeit ab. Die Diesellokomotive stieß einen Schwall dunklen Qualms aus und der Zug rollte ein paar Meter weiter, bis der nächste Waggon vor der Entladerampe positioniert war. Meinrads Blick schweifte weiter, denn er hatte sich nicht von der Arbeit auf den Feldern davongeschlichen, um der Entladung des Kohletransportes zuzusehen. Sein Blick konzentrierte sich auf den von seiner Position aus voll einsehbaren Parkplatz vor dem Verwaltungsgebäude des Kraftwerkes. Wo der schwarze Mercedes des Direktors stand, war ihm bekannt. Es gab eine strikte Rangordnung auf dem Parkplatz, der Direktor durfte seinen Wagen gleich neben dem Eingang im Schatten eines Überdaches abstellen, die leitenden Angestellten hatten ihre Parkplätze daneben, die einfachen Arbeiter mussten ihre Autos etwas abseits in der prallen Sonne parken.

Meinrad legte das Fernglas zur Seite und entnahm seiner Hosentasche das vorbereitete Stück Papier und einen Bleistift. Er notierte die Autonummer.
Meinrad packte seine Sachen und verließ seinen Beobachtungsposten. Er marschierte in großer Distanz zum Zaun mit ausgreifenden Schritten rund um das Kraftwerksareal in Richtung des Jurtendorfes. Er hatte jetzt zwar die Autonummer notiert, die Unruhe in ihm hatte sich dadurch aber nicht vertreiben lassen. Konnte er irgendetwas in Erfahrung bringen? Meinrad wusste es nicht, aber nur still dazusitzen war ihm unmöglich. Nicht in dieser verrückten Situation.
Meinrad spuckte geräuschvoll zu Boden. Er zog seinen Kopf unwillkürlich ein, obwohl die massiven Stromkabel in schwindelerregender Höhe über seinem Kopf hingen. Er hörte das leise Knistern der elektrischen Spannung über sich und beschleunigte seinen Schritt. Der Fluss von Elektronen in metallischen Leitern verursachte ein magnetisches Feld, Meinrad hatte keine Lust sich länger als nötig dem Einflussbereich starker magnetischer Felder auszusetzen. Die Hochverbraucher waren schließlich nach magnetischen Feldern süchtig, wie sonst wäre zu erklären, dass sie ihr Leben mit Stromfressern so vollräumten, und wie wäre es zu erklären, dass sie die unendlich kostbare Kohle in riesigen Fabriken wie dem Kraftwerk Dürnfeld verbrannten, um daraus massenhaft Strom zu erzeugen. Diese Sucht teilte er nicht mit der breiten Masse der Menschen in Europa. Er selbst verwendete nur eine Art von elektrischem Apparat regelmäßig, und das waren die Dynamos auf den Fahrrädern der Kommune.
Meinrad fluchte still vor sich hin.

58

Die Mappe mit Informationen wurde immer dicker, nach mehreren Stunden Recherche hatte Christina wieder Material zusammengetragen und sortiert, darin war sie sehr gut, worin sie aber nicht so gut war, zumindest nicht gut genug, war die Auswertung und Interpretation der Daten. Ein Flickwerk belangloser Fakten, das beinhaltete ihre Mappe mit der in

schlanken Buchstaben von Hand notierten Beschriftung „Fall Josef Lehner". Christina blickte auf die Zeitanzeige auf dem Computerbildschirm. Es war sechs Uhr Nachmittag, ein arbeitsintensiver Tag lag hinter ihr, der mit einem Weckruf in den frühen Morgenstunden begonnen hatte. Sie ließ sich in die Stuhllehne fallen, verschränkte die Hände hinter dem Nacken und schaute zum Fenster hinaus. Der helle und warme, zum Glück nicht heiße Sommertag neigte sich langsam dem Abend zu. Wunderbares Wetter, um einen Spaziergang in der lauen Abendluft zu machen, irgendwo eine Kleinigkeit zu essen, ein Glas gut gekühlten Weißwein zu trinken, abzuschalten, die Freizeit zu genießen. Sie freute sich auf Wilhelm, immer wenn er ein paar Tage unterwegs gewesen war, freute sie sich auf seine Rückkehr, allerdings würde er erst spät kommen, am Telefon hatte er von frühestens zehn Uhr abends gesprochen. Sie würde also den Abendspaziergang alleine durchführen müssen.
Ihr Telefon schlug an. Eine bekannte Nummer.
„Guten Tag, Herr Oberstleutnant", meldete sich Christina.
„Guten Tag, Frau Kayserling. Wie Sie sich wahrscheinlich denken können, möchte ich mich knapp vor dem Wochenende nach dem Stand der Ermittlungen in der Sache Josef Lehner erkundigen."
Christina schluckte. Sie hatte den Anruf ihres Vorgesetzten schon den ganzen Nachmittag über erwartet.
„Nun, Herr Oberstleutnant, ich habe eine Menge Fakten recherchiert und Befragungen durchgeführt."
„Haben Sie einen konkreten Verdacht?"
„Konkret nicht", antwortete Christina ausweichend.
„Also, Frau Kayserling, Sie müssen sich bei mir nur melden, wenn Sie Unterstützung brauchen. Am nächsten Montag werden ohnedies die Kollegen vom Landespolizeikommando Linz hinzugezogen. Das wird Sie entlasten."
Christina versuchte den Hieb schnell wegzustecken. Natürlich, die sportliche Polizistin konnte bestimmt sehr gut Hühnerdiebe überführen, aber an die harten Nüsse mussten auch die harten Kerle ran, genau diese Einstellung hörte Christina zwischen den Worten ihres Chefs heraus.
„Natürlich, Herr Oberstleutnant."
„Denken Sie an die Presse! Der Fall hat auch in überregionalen Zeitungen zu Schlagzeilen geführt. Wir stehen unter Beobachtung. Also, Frau Kayserling, halten Sie mich auf den neuesten Stand. Auf Wiederhören."

„Auf Wiederhören, Herr Oberstleutnant."
Christina pfiff durch die Zähne und legte ihr Handy zur Seite. Es klopfte, Christina wandte ihren Blick zur offenstehenden Tür und richtete sich auf dem Stuhl auf.
„Raimund, komm nur herein", begrüßte Christina ihren Gast. „Willst du einen Kaffee? Oder etwas anderes zu trinken?"
Raimund Brandstätter trat näher und ließ sich auf den Stuhl vor dem Schreibtisch plumpsen.
„Ein Glas Wasser wäre nicht schlecht."
Christina erhob sich, nahm ein Glas und füllte es mit dem noch einigermaßen gekühlten Mineralwasser aus der Flasche, die auf ihrem Schreibtisch stand. Raimund nahm einen tüchtigen Schluck. Er fächelte sich mit einem wahllos zur Hand genommen Blatt Papier etwas Kühlung zu.
„Das Auto ist in der Sonne gestanden", erläuterte er seine Überhitzung. „Und ich kann die Klimaanlage nicht ausstehen. In klimatisierten Autos und Räumen kriege ich Kopfweh. Da schwitze ich lieber."
Christina öffnete den Aktenumschlag und suchte ein Blatt Papier heraus. Sie reichte das Papier über den Tisch.
„Das ist die Aufstellung, die ich von Doktor Baumann erhalten habe."
Raimund nahm das Papier neugierig zur Hand und studierte die knappe Auflistung der Erbmasse von Josef Lehner.
„Schaut vernünftig aus", bemerkte er und legte das Papier wieder auf den Schreibtisch. „Senta Wegscheider die Felder wegzunehmen, wird für den Herrn Bürgermeister und seine Neffen sehr schwierig werden."
Christina nickte Raimund gedankenverloren zu und schaute wieder zum Fenster hinaus.
„Ich komme nicht voran, Raimund. Ich weiß tausend Dinge über die Familie und die Kommune, aber nichts, wo ich spüre, dass es etwas Greifbares ist. Senta Wegscheider und Alois Lehner sind nach wie vor verdächtig, aber die Indizienlage ist mehr als dünn."
„Und die Sache mit dem Herrn Bürgermeister", warf Raimund ein, „ist bis jetzt auch eher fadenscheinig. Warum sollte er den Lehner Pepi um die Ecke bringen, wenn die Sache mit dem Testament eigentlich gar nicht so läuft, wie er sich das wünscht."
„Vielleicht hat er gedacht, dass das Testament in seinem Sinne ist und dass es von Lehner demnächst geändert werden könnte", schlug Christina vor. „Das müssen wir erst mal beweisen."

Christina nickte mit verbissenen Lippen.
„Der Michael Lehner", hob Christina an und begann wieder in ihrem Akt zu stöbern, „war vor rund zwei Jahren in einen Skandal mit verbotenen Spritzmitteln verwickelt. Es gab da in der Presse Anschuldigungen, dass die Firma, für die er arbeitet, illegale Geschäfte mit in Österreich verbotenen Unkrautvernichtungsmitteln gemacht haben soll. In einem Prüfbericht wies ein Labor nach, dass auf heimischen Böden Reste verbotener Substanzen gefunden worden sind. Ein anderes Labor legte einen gegenteiligen Bericht vor. Jetzt rate mal, welches Labor von einer Bürgerliste mit Unterstützung von Greenpeace beauftragt wurde und welches von der Vertriebsfirma. Die Sache ist jedenfalls vom Gericht wegen mangelnder Beweise sehr schnell abgeschlossen worden. Lehner stand im Verdacht, dieses Geschäft angebahnt und abgewickelt zu haben. Das ist alles an Schmutzwäsche von Michael Lehner, die ich finden konnte. Sehr mäßig."
Raimund Brandstätter verschränkte die Arme und wiegte den Kopf.
„Und was ist mit diesem Medizinmann aus der Kommune, von dem du am Telefon gesprochen hast?"
„Doktor Doktor Höller", hob Christina achselzuckend an, „ist für mich ein Verdächtiger, aber das einzige, was ihn verdächtig macht, ist, dass er sich mit Pflanzen gut auskennt und zweifellos technisch in der Lage wäre, einen Tee mit Digitalis grandiflora aufzubrühen, allerdings kennt jeder Leser von Agatha Christie-Krimis die Möglichkeiten von Fingerhut. Höllers psychische Disposition ermöglicht ihm offenbar, mit Geistern zu sprechen."
„Ein Verrückter?"
„Verrückt müssen die Erdenkinder allesamt sein, anderenfalls würden sie ja wohl kaum mit Schaufel und Mistgabel im Kompost herumwühlen. Aber tatsächlich, dieser Doppeldoktor scheint ein bisschen verrückter als die anderen zu sein. Allerdings hat er in den letzten fünfzehn Jahren ausnahmslos humanistisch ehrenvolle Arbeit verrichtet. Er war in Guatemala Arzt in einem Armenkrankenhaus. Das Geld, das er dort verdient hat, hat er nach seinem Abgang in dieses Krankenhaus im Armenviertel investiert. Er ist Mitglied in mindestens zwei Dutzend Menschenrechts- und Umweltschutzgruppen, hat über seine Erkenntnisse als Armenarzt eine Vortragsreise durch halb Deutschland gemacht und hat bei Medizinstudenten für die Organisation „Ärzte ohne Grenzen" geworben. Der Mann mag mit

Geistern kommunizieren, aber er scheint ein durch und durch puritanischer Humanist zu sein. Bei meinem derzeitigen Wissensstand kommt er als Mörder weniger in Frage als wir beide."

„Was, wenn er gewusst hat, dass der Lehner Pepi sein Testament doch noch zugunsten seiner Söhne ändern wollte? Was, wenn er Gefahr in Verzug gesehen hat und schnell noch reagiert hat?"

Christina ließ sich den Gedanken durch den Kopf gehen.

„Sozusagen das gleiche Motiv wie beim Bürgermeister, nur mit anderen Vorzeichen", paraphrasierte Christina und zuckte mit den Schultern. „Unser derzeitiger Wissensstand lässt das höchstens als Möglichkeit erscheinen. Wir haben noch nicht einmal Indizien und schon gar keine Beweise."

Raimund Brandstätter legte seine rechte Hand flach auf den Schreibtisch.

„Und noch etwas habe ich gehört", brummte Raimund. „Ein Gerücht."

„Immer raus damit, kein Gerücht der Welt kann mir heute noch die Laune verderben."

Raimund Brandstätter räusperte sich.

„Wir haben ja von der Spielleidenschaft unseres Freundes Alois schon gehört, und auch dass er ein paar tausend Euro Spielschulden hat. Nichts Weltbewegendes, so ein Geldbetrag ist bestimmt kein Grund für einen Mord. Jetzt aber der Wirtshaustratsch. Es wird gemunkelt, dass der Alois in seiner Funktion als Chef des Lagerhauses in Dürnfeld das eine oder andere Mal Bilanzen frisiert hat. Damit hat er verschleiert, dass er wiederholte Male in die Portokassa gegriffen hat. Und da geht es dann nicht um ein paar Euro, die er seinen Saufkumpanen schuldet, sondern um zehntausende, vielleicht hunderttausende Euro."

Christina spitzte ihre Lippen.

„Da kommen wir der Sache schon näher."

„Wie gesagt, das sind nur Tratschgeschichten."

„Aber wie wir wissen, findet man in solchen Tratschgeschichten immer ein Körnchen Wahrheit. Raimund, bitte gehe diesen Gerüchten auf deine Weise nach."

„Natürlich hake ich da nach. Und in der Brandsache haben wir ein Ergebnis."

Christinas Miene hellte sich auf.

„Hör auf, hast du etwa herausgefunden, wer den Stadel angezündet hat?"

„Ja", bestätigte Raimund. „Und es war gar nicht so schwer, denn zwei nette Herren aus der Dürnfelder Dorfgemeinschaft haben sich bei uns auf der Polizeistation als reuige Sünder zu erkennen gegeben und Selbstanzeige erstattet."

Christina lachte auf.

„Offenbar", fuhr Raimund fort, „hat dein Auftritt beim Herrn Bürgermeister doch für einigen Eindruck gesorgt. Die beiden, Stefan Ganglberger und Ewald Neuhold, haben mir gegenüber zwar abgestritten, dass ihnen der Bürgermeister Dampf gemacht hat, aber die Zusammenhänge sind ziemlich klar. Die beiden haben angegeben, dass sie so furchtbar wütend darüber gewesen sind, weil ihr Kumpel Alois um seinen Hof betrogen worden ist, also sind sie zum Hof gefahren und haben in einem Zustand geistiger Verwirrung das Feuer gelegt. Neuhold, der am Lenkrad seines Geländewagens saß, stritt Alkoholkonsum ab, aber Ganglberger gab zu Protokoll, einiges über den Durst getrunken und das Feuer entfacht zu haben. Sie bereuen die Tat und bitten um eine milde Strafe. Also, der Sachschaden ist minimal, sie haben Selbstanzeige erstattet und sind reuig, das wird vor Gericht in ein paar Minuten abgehandelt werden und das Strafmaß kann höchstens symbolisch sein. Damit wäre das geklärt."

„Immerhin", seufzte Christina. „Das nimmt ein wenig Druck aus der Sache. Stell dir vor, wir schlittern da in bürgerkriegsähnliche Zustände."

„Ja, genau, die eine Partei marschiert mit geladenen Flinten und einer bombastischen Fahne auf, die andere schmeißt mit ihren Mistgabeln kompostierte Kuhfladen um sich. Eine Riesenkatastrophe!"

Christina lachte herzhaft über Raimunds Witz, erhob sich und schaltete ihren Computer aus.

„Sag, Raimund, magst du mit mir noch eine Kleinigkeit essen gehen?", fragte Christina.

„Soll das ein eindeutiges Angebot sein, Frau Kollegin?", fragte Raimund augenzwinkernd und erhob sich ebenfalls.

„Unbedingt", konterte Christina kokett. „Noch ein paar von deinen unübertrefflichen Witzen würden meine Stimmung retten. Also, hast du Zeit?"

„Leider nein, ich will mit meiner Frau heute noch zu so einer Laientheatervorführung. Meine Schwägerin spielt die Hauptrolle in einem Bauernschwank. Schließlich ist Freitagnachmittag, jetzt kommt das Wochenende."

Christina schnappte ihre Handtasche. Sie wusste jetzt schon, dass für sie das Wochenende arbeitsintensiv werden würde.

„Also eines muss ich schon feststellen!", empörte sich Christina. „Auf euch Dorfpolizisten ist einfach kein Verlass. Ihr habt nur euer zweifelhaftes Vergnügen im Sinn."

59

Der durch den Bachleithenwald mäandernde, reichlich Wasser führende Bach versorgte die Kommune wohlfeil mit Nutzwasser, stellte für die Kinder im Sommer einen schier unerschöpflichen Spielplatz dar und fungierte als Badezimmer für die Gruppe. Meister Josef hatte zwei Wasserbehälter in den Boden gegraben, die vom Bach gespeist wurden, aus diesen Behältern konnte in Trockenperioden Wasser für die Beete entnommen werden. Das Trinkwasser allerdings nahmen die Erdenkinder aus einer eigenen Quelle, die in den Bach entwässerte. Das Quellwasser verfügte im Verlauf des Jahres einfach über die höhere Wasserqualität als der Bach. Insgesamt galt es, das hatte Robert sehr schnell herausgefunden, als einer der schlimmsten Verstöße gegen die Allgemeinheit, den Bach zu verschmutzen. Robert stand, die Hosenbeine hochgekrempelt, im Bach und ließ das kalte Wasser von seinen Händen tropfen. Die Arbeit mit der Schaufel in der Hand hatte ihn körperlich so in Schwung gebracht, dass er sich so stark und wohl fühlte, wie schon lange nicht. Er war stolz auf sich, er war stolz, nicht wieder einen Workshop durchgeführt oder ein Projektangebot kalkuliert zu haben, sondern zwei Beete für das Wintergemüse angelegt zu haben. Ernst Riemenschmied hatte erst vor einer Viertelstunde Robert anerkennend auf die Schulter geklopft und den Arbeitstag für beendet erklärt. Nun wusch sich Robert den Schweiß und den Schmutz vom Körper. Auf dem Dorfplatz, so hatte er auf dem Weg zum Bach gesehen, hing ein großer Kessel mit Suppe über dem Feuer und auf dem Tisch waren Brot, Salate und mehrere Krüge mit Most für das gemeinsame Mahl bereitgestellt. Er war richtig hungrig und freute sich auf die Gemüsesuppe und eine dicke Scheibe Brot.
„Hallo, du bist also der Robert?"

Eine angenehme, ausdrucksstarke männliche Stimme, wie Robert fand. Er drehte sich um und schaute in zwei hellblaue Augen in einem kantigen Gesicht. Roberts Lächeln fror, dennoch stieg er aus dem Wasser, wischte seine rechte Hand an der Hose halbwegs trocken und reichte sie zum angebotenen Handschlag.
„Ich bin Theo. Wir haben uns noch nicht kennengelernt. Freut mich deine Bekanntschaft zu machen."
„Hallo, Theo", sagte Robert tonlos.
Theo Reiterer und Robert Wieser musterten einander. Sie waren beide um die vierzig, Theo knapp darunter, Robert knapp darüber, sie waren beide schlank, männlich attraktiv, sie hätten gute Freunde sein oder werden können, oder aber auch Konkurrenten und somit Feinde bis auf das Blut. Von letzterer Möglichkeit schien Theo noch keine Kenntnis genommen zu haben.
„Die Kumpels im Dorf haben mir erzählt, dass du das neueste Mitglied in der Kommune bist. Und von der Sache mit dem Heustadel habe ich auch gehört. Gratuliere, das ist ein guter Einstand in einer Gemeinschaft wie dieser, wenn man mit Mut und Entschlossenheit das Richtige tut."
„Na ja, so toll war der Feuerwehreinsatz auch wieder nicht", winkte Robert ab. „Wozu habe ich denn sonst den Feuerlöscher im Auto gehabt?"
„Bescheiden noch dazu", stellte Theo breit grinsend fest. „Umso besser. Bescheidenheit ist eine Tugend, die man gar nicht hoch genug einschätzen kann. Ich habe auch gehört, dass du Ingenieur bist."
„Ja, zwanzig Jahre Business und jetzt schaufle ich Hügelbeete. Das Leben bietet manche Überraschungen."
Robert sammelte seine am Boden liegenden Kleidungsstücke auf und schlüpfte wieder in sein Hemd.
„Ich habe dich heute am Vormittag schon gesehen. Als du mit dem Fahrrad gekommen bist. Aber tagsüber warst du nicht da."
„Ich habe einige Geschäftstermine in der Gegend absolviert, und jetzt, auf dem Rückweg, bin ich noch einmal hier vorbei gekommen, um meinen Fahrradanhänger abzuholen. Vielleicht hast du schon von mir gehört", erläuterte Theo. „Ich habe auch mal in der Kommune gelebt."
„Ja. Meinrad hat mir gesagt, du wärst Millionär."
Theo lachte herzlich. Ein offenes, sympathisches Lachen, wie Robert fand, ungekünstelt, aus dem Bauch heraus, authentisch.
„Meinrad übertreibt gern. Na ja, die Firma ist mittlerweile schon etwas

wert, aber ich bin kein Millionär. Zumindest nicht im klassischen Sinn, so ein korrupter Geldarsch, der durch die Ausbeutung von Menschen oder Natur zu Reichtum gekommen ist. Ich beute das Wirtschaftssystem aus, quasi als technologisch innovativer Parasit der Marktwirtschaft. Nach dem Maschinenbaustudium habe ich eine Zeitlang in der Industrie gearbeitet, aber da bin ich bald mal ausgestiegen, war bei Greenpeace, habe ein paar ziemlich wilde Dinge gedreht. Auch hier bei den ersten Kraftwerksbesetzungen."

„Die drei Tage am Schornstein. Meinrad hat mir die Geschichte erzählt."

„Waren schon ein paar irre Sachen dabei", sagte Theo kopfschüttelnd. „Jetzt schau ich, dass meine Leute gute und sinnvolle Arbeit verrichten. Um ehrlich zu sein, ich für meinen Teil bin nicht so der Typ für ein Leben in einer Jurte. Ein paar Jahre ist das okay, nein, sogar notwendig, aber manchmal muss man auch höhere Verantwortung übernehmen."

„Du baust Solaranlagen."

„So ist es. Die ersten Entwicklungen waren von mir, jetzt habe ich ein kleines, total kreatives Team von Ingenieuren zusammengeführt. Wir bauen Hightechprodukte mit einem ökologischen Fußabdruck, der so leicht und flüchtig ist wie von einem dahin huschenden Reh. Da, die Jungs im Kraftwerk dort drüben, die haben Fußabdrücke wie Bulldozer. Ich produziere Anlagen für dezentrale Energiegewinnung aus dem Sonnenlicht, die selbst in unseren Breiten mit ansprechendem Wirkungsgrad arbeiten, die dort drüben machen einfach nur dreckigen Massenstrom, der zur Hälfte in den Leitungen verpufft. Und eines stimmt, meine Auftragsbücher sind voll, manche Menschen sind begeisterungsfähig für neue Ideen und nachhaltige Technologie."

Robert hatte geduldig zugehört, hob aber nun seinen Blick und schaute dem Mann ihm gegenüber direkt in die Augen.

„Theo, warum erzählst du mir das?", fragte Robert.

Theo Reiterer fasste Robert am Oberarm, eine freundschaftliche Geste und doch die Geste eines Anführers einem Gefolgsmann gegenüber, von dem man große Taten erwarten durfte.

„Gute Frage", sagte Theo. „Ich sehe, dass du deinen Blick nach vorne richtest. Ich sage es rundweg heraus. Angelika hat mir erzählt, dass du im Bereich Logistik und Planung tätig warst. Einen Ingenieur, der zwanzig Jahre im Business seinen Mann gestanden hat, aber jetzt zu höherer Einsicht gekommen ist und in der Kommune mit bloßen Händen Hügelbeete schaufelt, einen Ingenieur, der die Lehren von Senta und die Arbeit von Ernst kennengelernt hat, könnte ich in meinem Team gut gebrauchen. Schon klar, du musst jetzt erst mal diese ganze Businessscheiße aus dir rausarbeiten, mal einen Winter in einer Jurte erleben, aber wenn du an einem fairen Job in einer absoluten Zukunftsbranche und seriöser Bezahlung Interesse hast, komm einfach zu mir und lass uns darüber reden. Das will ich sagen."

Robert war betreten, es war ihm unangenehm, einzugestehen, dass das eben das interessanteste und offenherzigste Jobangebot war, das er je erhalten hatte, denn eines konnte Robert nicht vergessen, und dass war diese Vertrautheit in diesem Begrüßungsküsschen, das dieser Mann mit Angelika ausgetauscht hatte. Robert räusperte sich.

„Darüber denke ich morgen nach, heute will ich eigentlich nur einen Teller Suppe", sagte Robert lapidar.

Theo Reiterer lachte.

„Das ist total okay! Ich habe auch Hunger, hauen wir uns einen Teller von der besten und gesündesten Gemüsesuppe der Welt rein."

SAMSTAG

60

Sie deckte den Frühstückstisch nachgerade feierlich, platzierte die Teller und das Besteck, legte Servietten auf, rückte das Körbchen mit dem Gebäck in die Mitte, brühte eine große Kanne feinen schwarzen Tee auf und kochte zwei Eier. Christina besah ihr Werk und war zufrieden. Jetzt brauchte Wilhelm für ein gemütliches Morgenmahl nur noch wach werden. Sie hatte den gestrigen Abend in aller Stille verbracht, hatte einen ausgedehnten Spaziergang gemacht, danach das Buch über die keltischen Mythen und Naturgottheiten ausgelesen, zwei Gläser Wein getrunken und war früh zu Bett gegangen. Sie hatte bei Wilhelms Ankunft auf den Wecker geblickt und sofort weitergeschlafen. Frühmorgens war sie wach geworden, hatte eine ausgedehnte Joggingtour gemacht, beim Bäcker

frisches Gebäck gekauft, war in der Dusche gewesen und hatte schließlich begonnen, das gemeinsame Frühstück vorzubereiten.
„Guten Morgen, mein Schatz“, ließ Wilhelm Kayserling brummig hören, umfasste seine Frau und drückte ihr ein Küsschen auf den Hals.
„Guten Morgen, du Faulpelz. Weißt du, wie spät es ist?“
Wilhelm schaute auf die Wanduhr in der Küche und rieb sich den Schlaf aus den Augen.
„Acht Uhr, das geht. Es gibt schon Frühstück? Ich mach mich nur noch etwas frisch.“
Christina entnahm dem Kühlschrank den Teller mit Käse- und Wurstaufschnitt, stellte auch das Glas mit Marmelade bereit. Sie setzte sich und goss Tee in ihre Tasse, vorsichtig nippte sie an dem dampfenden Getränk. Nach ein paar Minuten setzte sich Wilhelm in einen Morgenmantel gehüllt zu ihr. Er lächelte sie freudig an.
„Wunderbar, du verwöhnst mich“, meinte er angesichts der gedeckten Tafel.
Die beiden begannen ihre Teller zu belegen.
„Es hat dann doch länger gedauert, wie du bemerkt hast.“
„Zwei Uhr früh“, sagte Christina. „Ich habe so tief geschlafen, ich konnte dich nachts nicht begrüßen.“
„Schon okay. Auf der Autobahn bei Köln gab es einen Monsterstau. Zwei Stunden stockender Verkehr wegen eines Unfalls. Tja, solche Verzögerungen können passieren.“
„Kein Problem, du bist heil angekommen, das ist das Wichtigste. Lief es gut?“
„So lala. Ein paar Gespräche waren gut, ein paar schwierig. Habe dir ja am Telefon davon erzählt.“
Wilhelm köpfte das Frühstücksei und löffelte es mit großem Appetit. Christina kaute ein Käsebrot und musterte ihren Mann. Sie hatte zwar vor, heute noch ins Büro zu gehen, aber eigentlich hatte sie es gar nicht so eilig, zur Arbeit zu kommen. Vielleicht würde sich eine wesentlich angenehmere Gestaltung des Vormittags ergeben.
„Ich habe dir etwas mitgebracht“, sagte Wilhelm und blickte kurz hinüber auf die Kommode, auf der ein kleines, in buntes Geschenkpapier verpacktes Päckchen lag.
„Du sollst mir doch keine Geschenke mitbringen“, sagte Christina, die das Päckchen natürlich schon zuvor entdeckt hatte.

„Ich weiß, ich kenne deine spartanische Grundeinstellung, aber für mich ist es nur unter großen Schmerzen erträglich, eine Woche von dir getrennt zu sein und dir keine Aufmerksamkeit mitzunehmen."
„Na, große Schmerzen will ich dir dann doch nicht zufügen", hauchte Christina lächelnd, erhob sich, schnappte das Päckchen und öffnete das Geschenkpapier. „Ah, edler Konfekt, etwas zum Naschen."
„Für meine Süße etwas Süßes."
Christina führte mit einer eleganten Handbewegung eine der Schokoladepralinen an ihre Lippen. Wilhelm lehnte sich zurück und verschränkte seinen Blick mit dem ihren. Er nippte am Tee.
„Und dein Fall? Wie geht es dir da?", fragte er und bereute sogleich seine Frage.
Christina saß schlagartig mit kerzengeradem Rücken bei Tisch, der entspannte, überaus kokette Glanz in ihrer Miene war verflogen.
„Nicht so toll", sagte sie knapp.
Wilhelm stellte die Teetasse ab, seine Miene war nun auch ernst. Er hatte es schon vor langer Zeit akzeptiert, dass sie über ihre Fälle am Telefon prinzipiell keine oder nur sehr vage Auskünfte erteilte, so wusste er zwar von einem Mordfall, an dem sie seit Montag arbeitete, aber sonst nichts. Ihre mentale Stärke war ihm schon bei ihrem ersten Treffen aufgefallen, er wusste, dass seine Frau einiges wegstecken konnte und auch hart auszuteilen durchaus in der Lage war, anderenfalls wäre sie kaum eine ernstzunehmende Polizistin geworden, er wusste aber auch sehr gut, dass sie manchmal ein Ventil brauchte, um den Druck, der auf ihr lastete, abzulassen. Einer der Gründe, weswegen Wilhelm Kayserling nicht nur ein erfolgreicher Geschäftsmann, sondern seinem Sohn ein verlässlicher Vater und seiner zweiten Frau ein guter Ehemann war, war zweifellos seine Fähigkeit, genau zuhören zu können.
„Ich habe auf der Website der Oberösterreichischen Nachrichten von diesem Giftmord in Dürnfeld gelesen. Das ist doch dein Fall?"
Christina nickte zustimmend.
„Von dieser Aussteigerkommune habe ich schon mehrmals gehört. Sind das lauter Verrückte, wie man immer wieder zu hören bekommt?"
Christina wischte mit der Serviette ihren Mund ab, sie hatte genug gefrühstückt.
„Verrückt? Was ist verrückt? Ich habe mir die Leute genauer angesehen, und da gibt es schon ein paar, die man als Ökospinner bezeichnen könnte,

aber eben nicht alle. Die machen wirklich einen exzellenten Job, die Landwirtschaft funktioniert fabelhaft. Die Gemüsebeete sind der totale Wahnsinn, das muss man gesehen haben. Wenn man kein Geld zum Leben braucht, ist es toll dort. Übrigens, unsere Frühstückseier habe ich dort gekauft. Eier von glücklichen Hühnern. Sie wollten sie mir schenken, aber als ich gesagt habe, dass sich Kriminalpolizisten nie etwas schenken lassen, haben sie die paar Münzen genommen."

Wilhelm lehnte sich zurück und verschränkte seine Arme. Er sah am Feuer in den Augen seiner Frau genau, dass der Fall sie über die Bürostunden hinaus beschäftigte und nahm zur Kenntnis, dass dieses Wochenende wohl kaum in trauter Zweisamkeit gestaltet werden konnte. Nicht, wenn Christina auf Nadeln saß.

„Irre Geschichte", meinte er. „Ich habe ja nur die Zeitungsberichte verfolgt, du weißt da viel genauer Bescheid, aber die Story gibt schon etwas her. Verwitweter Großbauer lässt eine Kommune von Kraftwerksbesetzern und Selbstversorgern auf seinem Land wohnen, verprellt seine Familie und das ganze Dorf, wird sogar einer dieser Aussteiger und endet als Giftleiche im Kompost. Total irre."

„Und ich komme nicht weiter. Verdachtsmomente stehen viele im Raum, aber nichts Konkretes. Mir läuft die Zeit davon, wenn ich nicht bald etwas Greifbares liefern kann, wird das Landespolizeikommando eingeschaltet. Dann kommen die Kollegen aus Linz."

„Diesen Josef Lehner habe ich zwar nicht gekannt", sagte Wilhelm beiläufig, „aber mit einem seiner Söhne habe ich mal ein Geschäft gemacht."

Christina warf ihre Augenbrauen in Wellen.

„Ach ja, und welcher von den beiden?"

„Michael Lehner. Ich weiß nicht, ob das jetzt der ältere oder jüngere Sohn ist."

„Der jüngere."

„Wie auch immer. Wir haben ein Projekt für Agrotechnik Pechsteiner durchgeführt. Der Walter hat für diese Firma am Standort Wels ein belegloses Kommissioniersystem eingeführt. Ich war in der Verkaufsphase in dieses Projekt involviert."

Christina kannte Walter Horvath gut, er war einer der verlässlichsten Mitarbeiter in der Firma ihres Mannes, Wilhelm und Walter arbeiteten nicht nur gemeinsam, sondern waren auch Sportsfreunde.

„Kennst du vielleicht einen gewissen Ingenieur Robert Wieser?", fragte

Christina neugierig geworden. „Er ist auch in der Logistikbranche tätig. Oder besser gesagt, er war in der Logistikbranche tätig, jetzt lebt er in der Kommune."
Wilhelm kratzte sein Kinn und dachte nach.
„Hm, Wieser, Wieser, hab ich schon mal gehört. Ist das ein Wiener, um die vierzig, schlank und recht sportlich?"
„Ja."
„Ich glaube, dass er mir mal auf irgendeiner Tagung oder einer Messe über den Weg gelaufen ist. Aber was ich dir über Michael Lehner erzählen wollte …"
Christina wartete, bis Wilhelm die Teetasse erneut gefüllt und einen Schluck genommen hatte.
„Du wolltest mir etwas erzählen?", hakte sie nach.
„Na ja, ist nur so Tratsch, völlig nebensächlich, vergiss es", winkte Wilhelm ab.
„Ich liebe Tratsch", sagte Christina, stützte ihre Ellbogen auf den Tisch, legte das Kinn auf ihre Handflächen und guckte Wilhelm mit großen Augen an.
„Na gut, also dieser Michael Lehner ist ja bei Agrotechnik Pechsteiner eine große Nummer. Ein fescher Mann mit Talent und Ambitionen, einer, der sich im Geschäftsleben durchsetzen kann und es sicher noch weit bringen wird. Bei einer Besprechung in Wels musste ich während der anfangs mühsamen Verhandlungen mal für kleine Jungs und habe nicht gleich die Toilette gefunden. Und da habe ich ein paar Fetzen eines intensiven Gespräches der beiden ausgesprochen hübschen und jungen Sekretärinnen der Firma aufgeschnappt. Die beiden haben sich um die Gunst des feschen Michael gestritten, so nach dem Motto, ich habe zuerst mit ihm ein Verhältnis gehabt, mich aber liebt er wirklich. Das war irgendwie drollig ..."
Christina legte ihre Hände ruhig und gemessen übereinander, ihr Gesicht war wie aus Stahl gegossen. Wilhelm verstummte angesichts der Miene seiner Frau.
„Hat das für dich irgendeine Bedeutung?", fragte er nach einer Weile.
„Das weiß ich nicht, aber ich muss es herausfinden."
Damit erhob sich Christina, öffnete den Wandtresor und nahm ihre Dienstwaffe zur Hand. Wilhelm verfolgte mit beunruhigtem Blick ihre Bewegungen.

„Michael Lehner ist mit Eleonore Hartmannsthal verheiratet und hat eine dreijährige Tochter“, erläuterte Christina.
„Hartmannsthal? Von DER Familie Hartmannsthal?“
„Ja“, bestätigte Christina. „Sein Schwiegervater ist der oberste Boss im Konzern. Sehr unangenehm, wenn herauskäme, dass der aufstrebende Schwiegersohn es mit den ehelichen Pflichten allzu sehr auf die leichte Schulter nehmen würde.“
Christina schlüpfte in ihre Schuhe und warf eine leichte Sommerjacke über das bestückte Hüfthalfter. Wilhelm trat an sie heran und fasste nach ihrer Hand.
„Ich bin zwar ein altes Schlachtross und weiß Gott nicht zimperlich“, murmelte Wilhelm, „aber wenn du diesen Blick draufhast, machst du mir ein bisschen Angst.“
Christina wischte ihre Anspannung mit einem Streich zur Seite, lächelte und drückte Wilhelm ein Küsschen auf die Wange.
„Entschuldige, Willi, es ist nur so …“
„Vergiss es“, räumte er lächelnd ein und umarmte Christina. „Ich mach dann mal das Geschirr. Im Lauf des Tages werde ich nach Molln fahren und dort eine Runde mit dem Fahrrad drehen. Wenn was ist, ruf mich einfach an.“
„Du bist ein Schatz. Darf ich ausnahmsweise deinen Wagen nehmen?“
„Du musst allerdings tanken“, sagte er und zeigte auf die Kommode im Vorzimmer, wo der Autoschlüssel lag. Christinas Schritte flogen über die Treppen.

61

Da die beiden Beete für das Wintergemüse im Laufe des gestrigen Tages vollständig für die Bepflanzung vorbereitet und somit der geplante Endausbau der gesamten Gemüsekultur fertig gestellt worden waren, konnte es an diesem Vormittag etwas gemächlicher zugehen. Die körperlich schwere Arbeit war abgeschlossen worden, womit die leichte und außerordentlich vergnügliche Arbeit des Säens beginnen konnte. Die vorgezogenen Setzlinge konnten aus dem Glashaus beim alten Schweinestall geholt

und in die Beete gesetzt werden, die Samen für die direkte Aussaat lagen bereit, das Wetter war trocken, die Zeichen standen gut für einen angenehmen Tag in der Kommune. Wenn da nicht böse Geister noch ihr Unwesen trieben und Senta auch in der vergangenen Nacht wertvolle Stunden erholsamen Schlafes gekostet hätten. Sie saß in sich gekehrt im Kreise ihrer Freundinnen und Freunde und löffelte Getreidebrei zum Frühstück. Ihr Blick fiel auf die drei Zelte und den kleinen Reisebus auf der Wiese. Der Dozent hatte den Aufenthalt der Studentengruppe aus Wien bis Sonntagabend angekündigt. Die jungen Studenten waren mit Begeisterung zwischen den Gemüsebeeten herumgelaufen, hatten tausend Fragen gestellt, Fotos geschossen und mit diversen systematischen Beobachtungen begonnen. Einen jungen Mann hatte Senta schon gekannt, er war schon im Vorjahr ein paar Wochen und danach auch mehrmals hier gewesen. Ein Doktorand, der an seiner Dissertation über das Konzept der Pflanzenpartnerschaften auf dem Bachleithenhof schrieb und seinen jüngeren Kollegen viel erklären konnte. Die jungen Wissenschaftler hatten gestern Abend mit ihrer Unbeschwertheit, ihrer Neugier, ihrem Wissensdurst, einer mitgebrachten Gitarre und ihren Liedern den Abend gerettet, sie hatten den Schatten des gewaltsamen Todes von Josef Lehner vertrieben. Zumindest für die meisten Angehörigen der Kommune, nicht aber für Senta.
Sie hatte es aus der Ferne gesehen, wie am gestrigen Vormittag die Polizistin auf dem Hügel unter dem Birnbaum gesessen, beobachtet und schließlich mit Gebhardt gesprochen hatte. Der Zweifel war eine schwere Erkrankung des Gemüts, er förderte Verdächtigungen, er förderte Unwohlsein, er zerbrach allfällig mühsam gezimmerte Gleichgewichte der Zufriedenheit, und Zweifel nagte an Senta. Würde sie eine Erbschaft antreten können, wenn an dieser Erbschaft Schuld hing? Nämlich die schwerste Schuld, die es im Leben eines Menschen geben konnte, die Schuld an dem gewaltsamen Tod eines Mitmenschen. Die Gewalt, die Digitalis grandiflora ausüben konnte, war nicht blutig, nichtsdestotrotz war sie endgültig.
Senta rang darum, alle Verdächtigungen von sich fern zu halten, sie kämpfte dagegen an, sie sträubte sich mit all ihren Energien, aber manchmal waren Kräfte zu stark, manchmal konnte man sich dem Zweifel nicht entziehen, manchmal musste man sich eingestehen, dass die Anklage von Schuld alle Freundschaft zermürben konnte.
Senta stellte den Teller ab und erhob sich. War Gebhardt der Täter? Das

war die alles bestimmende Frage, das war der Kern des Zweifels, der ihr den Schlaf und die Freude raubte. Sie versuchte mit allen Mitteln, die Frage zu verneinen, versuchte die Frage wegzudrängen, versuchte auf andere Gedanken zu kommen. Und doch kehrte die Frage wieder. Senta war beunruhigt.

Sie trat in die Mitte des Dorfplatzes, klatschte in die Hände und bat um Aufmerksamkeit. Die Bewohner der Jurtensiedlung scharten sich um Senta. Sie wartete, bis die meisten beisammen waren und ihr zuhörten.

„Freundinnen und Freunde! Wie ihr wisst, wird morgen um zwei Uhr Nachmittag die Beisetzung von Meister Josef stattfinden. Wer will an der Beisetzung teilnehmen?"

Die Versammelten hoben in geschlossener Einigkeit ihre Hände, einige riefen ihre Zustimmung heraus. Senta nickte und bat wieder um Aufmerksamkeit.

„Gut, also wird unsere Gemeinschaft unserem Gönner die letzte Ehre erweisen und ihn zu Grabe geleiten. Das finde ich gut und ich danke euch allen, dass ihr mitgehen werdet. Aber!"

Sentas Blick lief durch die Reihen. Ihr Blickkontakt mit Gebhardt Höller währte lange.

„Aber bedenkt Folgendes und haltet euch an meine Bitte. Die Situation, in der wir stecken, ist sehr schwierig, ihr wisst, dass viele Menschen aus Unwissenheit und Fehlinformation, manche auch aus Sturheit, uns Misstrauen und Ablehnung entgegen bringen. Wir sind zwar auf diesen Feldern zuhause, aber wir sind nicht in Dürnfeld zuhause, wir sind Zugereiste, wir sind keine direkten Verwandten des Toten, auch wenn wir in den letzten drei Jahren jeden Tag mit ihm gegessen, gesprochen und gearbeitet haben. Ich bitte euch, übt euch in Demut und respektiert die Gefühle der Einheimischen! Wenn wir dem Trauerzug folgen, dann werden wir ganz am Schluss gehen. Wenn uns jemand schief anschaut, werden wir nachsichtig sein und ausweichen. Wenn uns jemand provozieren will, werden wir nachgeben und jedem Konflikt aus dem Weg gehen. Wir können uns von unserem lieben Freund Josef auch dann würdevoll verabschieden, wenn wir sein Grab nicht zu Gesicht bekommen, wenn wir die Worte des Priesters nicht hören, wenn alle uns die Rücken zuwenden. Nur eines kann uns nicht verwehrt werden und das ist, dass wir friedlich dem Trauerzug folgen und der Zeremonie am Rande und unauffällig beiwohnen. Darf ich diese Bitte an euch richten?"

Klatschen und zustimmende Rufe erschallten, Sentas Bitte wurde sofort von allen akzeptiert. Die Runde löste sich auf, die Mitglieder der Kommune begannen ihr Tagewerk. Ernst und Gerlinde Riemenschmied traten auf Senta zu.
„Du siehst nicht gut aus, Senta", stellte Gerlinde fest und fasste die Hände ihrer Freundin. „Es geht dir sehr nahe, nicht wahr?"
Senta umarmte Gerlinde dankbar für die Zuwendung und drückte sie an sich.
„Du kannst nichts dafür", sagte Ernst. „Wir können alle nichts dafür, dass es so gekommen ist."
Senta blickte Ernst an. War das tatsächlich so? Konnte sie wirklich nichts dafür? Zermürbender Zweifel saß in ihr, und sie wagte nicht, ihn auszusprechen.

62

Der Vormittag kündete von einem Tag, an dem brütende Mittagshitze das milde, sonnenreiche und luftige Wetter des gestrigen Tages vertreiben würde. Christina parkte das Auto vor der breiten Zaunfront der Villa und stieg aus. Die Temperaturanzeige des Wagens hatte achtundzwanzig Grad angezeigt, am frühen Nachmittag wurde bestimmt das Thermometer über die Dreißig-Grad-Grenze hinausragen. Christina öffnete die Fondtür und schlüpfte aus der leichten Jacke, auf die sie im weiteren Tagesverlauf gerne verzichten konnte. Also entledigte sie sich auch des Hüfthalfters und steckte die Pistole in ihre Handtasche. Christina trat an das Portal und betätigte die Klingel. Während sie darauf wartete, dass man ihr öffnete, ließ sie den Blick kreisen. In einiger Entfernung war der Pöstlingberg zu sehen, rund um ihren Standort herum lagen die schmucken Villen am Stadtrand von Linz. Christinas Blick fiel auf eine Kamera, die auf einem gemauerten Zaunpfeiler postiert war und den Eingangsbereich vor dem Portal im Blickwinkel hielt. Die Überwachungsanlage war ebenso wie das schwere Gittertor erst vor kurzem auf die alten Pfeiler montiert worden.

Schon bei ihrem ersten Besuch war ihr die einerseits geschmackvolle, andererseits betont moderne und offenbar erst kürzlich abgeschlossene Sanierung der Jugendstilvilla aufgefallen. Christina wandte sich dem Mann in grüner Arbeitshose zu, der mit schlurfenden Schritten den Vorgarten durchquerte und auf das Portal zukam.
„Sie wünschen bitte?", fragte der Mann Ende vierzig in breiter oberösterreichischer Mundart.
„Guten Tag, mein Name ist Christina Kayserling, ich bin von der Kriminalpolizei Steyr. Ich möchte mit Herrn Lehner sprechen."
Der Mann steckte seine Hände in die Taschen seiner Arbeitshose und musterte Christina scheel.
„Der Chef ist nicht daheim."
„Wissen Sie, wo ich ihn finden kann?"
„Woher soll ich das wissen?", konterte er und zuckte mit den Schultern.
„Ich weiß es auch nicht, sonst würde ich nicht fragen. Ich habe gehofft, Sie könnten mir einen Tipp geben."
„Einen Tipp?", fragte der Mann mit unbeweglicher Miene. „Tipps gibt's höchstens beim Pferderennen. Und Pferdewetten kann ich mir mit meinem Gehalt sicher nicht leisten."
Christina pendelte zwischen Amüsement und Verärgerung über die knochentrockenen Aussagen des Mannes. Dann sah sie ein bekanntes Gesicht, die Frau des Hauses kam auf das Portal zu.
„Schon gut, Hannes, Sie können der Frau Inspektor die Türe öffnen", rief Eleonore Lehner-Hartmannsthal und winkte Christina, die ihrerseits den Gruß freundlich lächelnd erwiderte.
Der Mann in der grünen Arbeitshose betätigte eine Taste auf einem Schaltpult an der Innenseite des Zaunpfeilers, ein elektrisches Brummen war zu hören und das Eingangstor wurde entriegelt. Christina stemmte sich gegen das Tor und trat in den Vorgarten.
„Vielen Dank, der Herr", sagte Christina mit einem honigsüßen Lächeln und ging auf Eleonore Lehner-Hartmannsthal zu, ohne allerdings, dass der Mann von ihrer Seite wich.
„Was verschafft mir das Vergnügen Ihres Besuches, Frau Inspektor?", fragte Eleonore Lehner-Hartmannsthal und bot ihre Hand zum Gruß an.
„Ich habe gehofft, Ihren Mann zu finden", antwortete Christina und schüttelte die Hand der Frau.
„Michael ist nicht zuhause. Er ist gleich nach dem Frühstück zu seinem

Bruder gefahren. Ich erwarte ihn erst am Nachmittag zurück. Aber vielleicht kann ich Ihnen behilflich sein."
Christina lächelte unverbindlich, schwieg und musterte den Mann, der neben ihr stand und sie nicht aus den Augen ließ.
„Hannes, brauchen Sie noch etwas von mir?", fragte Eleonore Lehner-Hartmannsthal den Mann.
„Ja, Chefin. Die Pumpe von der Gartenleitung ist kaputt. Kostet ungefähr dreißig Euro."
„Ja, dann nehmen Sie sich doch wie üblich das nötige Geld aus der Kassa und besorgen Sie diese Pumpe."
„Ist recht, Chefin."
Damit stapfte der Mann davon. Die beiden Frauen schauten ihm hinterher, bis er im Nebengebäude der Villa verschwunden war.
„Sie müssen schon entschuldigen, Frau Inspektor, Hannes ist ein ganz fabelhafter Gärtner und erledigt dank seines handwerklichen Geschickes viele Dinge im Haushalt, aber wie Sie bemerkt haben, muss man immer etwas Geduld mit ihm aufbringen. Er ist sehr wachsam und neigt dazu, unbekannte Personen, na sagen wir mal so, mit seinem herben Charme zu verwöhnen."
Christina musste über diese Charakterisierung des mürrischen Dickkopfes schmunzeln. Ein blondgelockter Engel lief um die Ecke, stockte kurz, als er Christina entdeckte, lief aber dann direkt auf die Frau des Hauses zu.
„Mama, Mama, ich habe Durst!", rief das dreijährige Mädchen, umarmte das Bein ihrer Mutter und schielte neugierig auf die fremde Frau im Vorgarten.
„Na, dann werde ich dir etwas Saft einschenken. Frau Inspektor, kommen Sie doch mit, setzen Sie sich zu uns in die Laube und trinken Sie mit uns ein Glas Apfelsaft."
„Gerne, Frau Lehner-Hartmannsthal", nahm Christina die Einladung an.
Die beiden Frauen und das auffallend hübsche Kind umrundeten die Villa und gingen auf eine von wildem Wein umrankte, im Schatten einer hohen Linde stehende offene Laube zu. Christina ließ ihren Blick in den weitläufigen Garten schweifen. Sie war beeindruckt, das Areal war groß und durch verstreut stehende alte Laubbäume in schattige Inseln gegliedert, der Rasen war sorgsam gemäht, es fanden sich versteckte Nischen, blühende Hecken und neben der Laube ein Klettergerüst mit Schaukel und Rutsche und eine Sandkiste für das Kind. Überwältigend aber waren

die Blumenpflanzungen in kunstvoll angelegten Beeten. Christina hielt inne und ließ für einen Augenblick die Schönheit und Ruhe dieses Gartens auf sich wirken.
„Das ist meine Welt“, erläuterte Eleonore Lehner-Hartmannsthal. „Und natürlich die Ricardas.“
„Sie arbeiten wohl selbst gerne im Garten?“, fragte Christina mit einem Seitenblick auf die robuste Gärtnerkleidung und den Strohhut der Hausherrin.
„Oh ja, ich liebe Blumen, es macht mir täglich Freude, mich mit Pflanzen zu umgeben. Setzen Sie sich doch.“
Eleonore Lehner-Hartmannsthal füllte das Glas ihrer Tochter und forderte sie auf, weiter in der Sandkiste zu spielen. Die beiden Frauen nahmen Platz, Christina nahm das mit naturtrübem Apfelsaft gefüllte Glas entgegen und streckte behaglich ihre Beine von sich.
„Also, Frau Inspektor, womit kann ich Ihnen behilflich sein?“
Christina hatte die Absicht, diese freundliche Frau in eine harmlose und doch zielgerichtete Plauderei zu verwickeln.
„Wie Sie wissen, recherchiere ich im Fall Ihres Schwiegervaters und da sind noch ein paar Routinedinge abzuklären, weswegen ich Ihren Mann habe sprechen wollen.“
Ein dunkler Schatten legte sich in den ätherischen Blick der Frau.
„Schlimm, diese Sache ...“, seufzte sie. „Wer konnte nur diesem wunderbaren Menschen so etwas antun? Ich bin ganz bestürzt. Ein Mord! Schrecklich.“
Christina lauschte genau. Schwer vorstellbar, dass Eleonore Lehner-Hartmannsthal nicht die Wahrheit sagen würde, und völlig unvorstellbar, dass diese Frau jemals irgendjemandem etwas Böses tun wollte oder könnte.
„Wie haben Sie eigentlich Ihren Mann kennengelernt?“, fragte Christina.
Eleonore Lehner-Hartmannsthal nahm den Strohhut ab und legte ihn auf einen der freien Stühle.
Als Jugendliche war ich im Reitsport recht ambitioniert und auch einigermaßen erfolgreich. Ein paar Pokale habe ich gewonnen, nichts Bedeutendes, aber ich konnte mir schöne Erinnerungen bewahren. Kana war eine hochgewachsene Hannoveranerstute, kräftig und sprungstark, ich habe sie sehr geliebt. Ich bin ja ein Leichtgewicht, so war es nahe liegend mit einem so starken Pferd an Springturnieren teilzunehmen. Zwei Jahre lang war ich viel in Europa unterwegs, aber knapp vor der Olympiade hat Kana

ein Augenleiden gekriegt. Danach war es mit dem Spitzensport vorbei, aber für schöne Ausritte hat es gereicht. Außerdem war sie schon recht alt, als mein Vater sie gekauft hat. Sie ist vor fünf Jahren auf unserem Gestüt sanft entschlafen. Ich besuche gern Springturniere, auch wenn ich nicht mehr aktiv teilnehme. Bei einem Turnier habe ich Michael kennengelernt."

„Entschuldigen Sie, Frau Lehner-Hartmannsthal, vielleicht finden Sie mich unverfroren, aber Sie stammen aus einer angesehenen und traditionsreichen Unternehmerfamilie, Ihr Vater ist einer der reichsten Männer Oberösterreichs und ein bekannter Kunstmäzen. Michael Lehner stammt von einem Bauernhof auf dem flachen Land. Hat es keine Schwierigkeiten im familiären Umfeld gegeben, als Sie Ihre Heiratsabsichten kundgemacht haben?"

Die Frau schaute Christina direkt an, kein Argwohn lag in ihrem Blick. Ein mildes Lächeln umspielte ihre Lippen. Sie schien durch die direkte Frage nicht konsterniert zu sein.

„Frau Inspektor, manchmal habe ich mich geärgert, immer nur die Kleine zu sein, immer brav sein zu müssen, manchmal aber habe ich dadurch erstaunliche Vorteile gehabt. Meine beiden Brüder sind ja um einiges älter als ich, bei ihnen hat mein Vater sehr genau darauf geachtet, dass sie zu guten Geschäftsmännern heranwachsen. Ich habe als das Nesthäkchen viele Freiheiten gehabt. So war es zum Beispiel überhaupt kein Problem, als ich nach ein paar Semestern das Studium der Kunstgeschichte aufgegeben habe. Das hätten sich meine Brüder nicht erlauben dürfen. Und als ich Michael meinen Eltern vorgestellt habe und er von Anfang an einen sehr guten Eindruck hinterlassen hat, war mein Vater sogar sehr angetan von dem Umstand, dass ich einen echten oberösterreichischen Bauernsohn heiraten würde. Sie müssen wissen, mein Vater ist sehr konservativ und schätzt die Beständigkeit und Gläubigkeit des hiesigen Bauerntums hoch. Fast alle Geschäfte meines Vaters haben irgendetwas mit Land- und Forstwirtschaft zu tun, ein tatkräftiger, bodenständiger und durch sein Studium auch gut ausgebildeter Schwiegersohn mit bäuerlichen Wurzeln war ihm sofort genehm. Natürlich, wenn ich einen urbanen Künstler, einen Maler oder Dichter, mitgebracht hätte, hätte es so manche schwierige Diskussion gegeben. Und sowohl Mama als auch Papa sind ganz verrückt nach Ricarda."

Christina blickte zur Sandkiste hinüber, in der das Kind ganz in das Backen eines Sandkuchens vertieft war.

„Berufsbedingt", hob Christina an, „treffe ich viele Menschen ganz unterschiedlicher Herkunft und aller Altersgruppen und sehe, wie sie leben. Wenn ich mir die Bemerkung erlauben darf, Sie wirken so, als lebten Sie in einem Zustand der Harmonie."

Eleonore Lehner-Hartmannsthal blickte Christina zuerst erstaunt an, dann lehnte sie sich lächelnd zurück und ließ ihren Blick auf einem blühenden Blumenbeet ruhen.

„Harmonie, dieses Wort wäre mir jetzt nicht in den Sinn gekommen. Ich habe ein wunderbares Kind, eine Familie, die mir Sicherheit gibt, ich habe das Haus und den Garten, ich habe einen liebevollen Ehemann und wir denken an ein Geschwisterchen für Ricarda. Michael ist zwar viel unterwegs, aber so sind Geschäftsmänner nun mal, ich bin mit Geschäftsmännern aufgewachsen. Ja, vielleicht ist Harmonie ein treffendes Wort, in jedem Fall ein sehr schönes."

„Haben Sie Ihre Schwiegermutter noch gekannt?"

„Ja. Sie war von ihrer Krebserkrankung schon stark gezeichnet und ist ein paar Wochen nach unserer Trauung verstorben, aber ich habe sie noch kennengelernt. Sie war so voller Stolz und Freude, dass Michael und ich uns gefunden haben. Sie hat uns nach der kirchlichen Trauung, zu der sie eigens aus dem Krankenhaus gekommen ist, im Angesicht ihres baldigen Todes einen Segen für das Leben gegeben. Ich war damals überaus gerührt, wirklich, ich habe minutenlang vor Rührung geweint, Michael hat mich kaum zu trösten gewusst. Meine Eltern sind dann bei der Beerdigung in Dürnfeld im Trauerzug mitgegangen."

Christina griff langsam zum Glas und führte es an die Lippen. Wenn das Bild, das sie von Gabi Lehner im Kopf hatte, halbwegs stimmte, konnte sich Christina lebhaft vorstellen, dass diese Frau über die ausgesprochen gute Partie ihres strammen Sohnes erfreut war und mit einem Lächeln ins Grab steigen konnte.

„Und Ihr Schwiegervater? Was war Ihr Schwiegervater für ein Mensch?"

Wieder huschte ein Schatten über das Gesicht der jungen Mutter.

„Es ist so traurig, ich hoffe wirklich, dass Sie den oder die Schuldigen zu fassen bekommen, Frau Inspektor. Wissen Sie, wenn es einen Punkt gibt, wo Michael und ich nicht einer Meinung sind, dann ist es das Andenken an seinen Vater. Michael hat sich immer so abgekapselt, immer alles von sich gewiesen, was von seinem Vater kam. Wenn ich mit ihm darüber sprechen möchte, weicht er mir aus, sagt, dass ich die komplizierten Geschich-

ten nicht verstehe und dass er nicht dauernd alte Sachen aufwärmen will."
„Sie konnten ihn also gut leiden?", hakte Christina nach.
Eleonore Lehner-Hartmannsthal erhob sich spontan. Christina stellte ihr Glas ab und erhob sich ebenso.
„Wollen Sie den Grund des bislang einzigen wirklichen Streites zwischen Michael und mir sehen? Folgen Sie mir bitte, Frau Inspektor."
Ricarda bemerkte die Bewegung ihrer Mutter, ließ ihre Spielsachen liegen und lief zu ihr. Hand in Hand gingen Mutter und Tochter über die Wiese auf eine mannshohe Hecke zu, Christina schritt neben den beiden einher, sie umrundeten die Hecke. Ein Lächeln legte sich in Christinas Miene, als sie sah, was hinter der Hecke im Licht der Sonne lag.
„Meine Cousine Susanne hat mich eingeladen, sie in der Kommune zu besuchen. Michael war gerade bei einer Tagung in Wien, da bin ich mit Ricarda losgefahren."
„Ihre Cousine Susanne hat Sie gebeten?", fragte Christina nach.
„Ja", bestätigte Eleonore Lehner-Hartmannsthal, „Susanne Wurzwaller, sie ist seit der Gründung der Kommune dort dabei. Susanne ist ein paar Jahre älter als ich, sie hat mir das Reiten beigebracht. Als ich dann mit Susanne und mit meinem Schwiegervater durch die Beetkultur gegangen bin, war ich sofort begeistert. Und mein Schwiegervater hat mir dann bis weit in den Abend hinein erklärt, wie und warum die Beetkultur so und so anzulegen ist, wie man das Gemüse für den Winter haltbar machen kann, wie eine Kompostmiete anzulegen ist. Für mich als Pflanzenliebhaberin war es jedes Mal sehr lehrreich mit ihm zu sprechen. Er war eine wandelnde Bibliothek der Pflanzenkunde."
Die Frau bückte sich und riss drei Jungzwiebel aus dem Hügelbeet, wischte die Erde ab und bat ihre Tochter, das Gemüse zur Laube zu bringen. Ricarda Lehner lief hurtig los, den Auftrag auszuführen.
„Haben Sie ihn darum gebeten oder war es sein Vorschlag, dieses Gemüsebeet hier anzulegen?", fragte Christina.
„Es war meine Idee, ich habe ihn extra mit dem Auto abgeholt und er hat drei Tage hier gewohnt. Das war voriges Jahr im Frühling. Ich wollte natürlich, dass er im Gästezimmer übernachtet, aber mein Schwiegervater war nicht und nicht umzustimmen und hat im Geräteschuppen auf einem Klappbett geschlafen. Ich habe ja gehofft, dass Michael die Anwesenheit seines Vaters in unserem Garten dazu nutzen würde, die Beziehung zu ihm zu verbessern. Das Gegenteil war der Fall, in den drei Tagen haben

wir uns pausenlos gestritten und er hat im Hotel übernachtet. Ich habe eine halbe Nacht geweint, weil es mir nicht gelungen ist, über dieses Beet Frieden zwischen den beiden zu stiften. Nur unter Mühen habe ich Michael dazu überreden können, das wunderbare Gemüse von diesem prächtigen Beet zu essen."
„Sie haben sich also mit Josef Lehner gut verstanden?", resümierte Christina.
„Es gab einen seelischen Gleichklang zwischen uns beiden, welcher hörbar wurde, wenn wir über Pflanzen gesprochen haben. Ich glaube, dass er mich mindestens so gut leiden konnte, wie ich ihn. Und Ricarda hat er mit einem Blick angeschaut, als ob er jederzeit vor Freude zu weinen beginnen möchte. Ich bedauere es zutiefst, dass ich ihn so selten getroffen habe und dass Vater und Sohn einander so fremd geblieben sind."
„Hat Ihr Schwiegervater Ihnen gegenüber etwas über seine Söhne gesagt?"
„Kaum, selbst als ich ihn direkt darauf angesprochen habe, hat er nur gesagt, dass seine Söhne ganz nach ihrer Mutter kämen. Das war es, mehr war aus ihm nicht herauszubekommen. Aber ich habe sehr deutlich gefühlt, dass er unendlich darunter gelitten hat, mit seinen Söhnen nicht sprechen zu können. Wissen Sie, Frau Inspektor, ich habe einsehen müssen, dass ich in dieser Beziehung nichts bewirken konnte, es sind schon vor langer Zeit lebenslang gültige Entscheidungen gefallen, an denen ich nicht zu rütteln imstande war. Ich hatte den Eindruck, dass sich mein Schwiegervater schon vor vielen, vielen Jahren von den Menschen abgewandt hat. Er hat Trost bei den Pflanzen gesucht. Und gefunden!"
Christina spitzte in sich gekehrt ihre Lippen und horchte tief hinein in das vertrackte Leben, in welches Josef Lehner hineingeboren worden war.
„Und morgen ist die Beerdigung", sinnierte Eleonore Lehner-Hartmannsthal vor sich hin. „Michael ist deswegen in Dürnfeld bei seinem Bruder, es ist noch einiges an Organisationsarbeit zu tun. Der Körper des alten Mannes wird der Erde übergeben. Es gibt keinen Menschen, den ich kenne, für den der Weg zurück in den Mutterschoß der Erde so sinnreich ist, wie für meinen Schwiegervater. Aber es stimmt mich so traurig, dass ein Mord ihn seines Lebens beraubte. Ich werde nie erfahren, was er mir noch sagen wollte."
Christinas versuchte sich zu ducken, sich klein zu machen, sich innerlich in die Augen des dreijährigen Kindes zu versetzen, welches blondgelockt

und unbeschwert lachend wieder auf seine Mutter zulief und von ihr in den Arm genommen wurde. Christina spürte einen Dolch an ihrer Brust, eine Schlinge um ihre Kehle. Wozu war der Mensch imstande? Welche bösen Schlünde taten sich auf, wenn man nur lange genug am Abgrund stehend in die finstere Tiefe starrte?
„Er wollte Ihnen etwas sagen?", fragte Christina in geisterhaft schwebendem Ton.
„Vor ungefähr zwei Wochen hat er mich angerufen und gesagt, dass er sich mit mir treffen will. Er wollte irgendetwas besprechen. Es muss etwas Wichtiges gewesen sein, denn mein Schwiegervater hat sonst nie telefoniert."
„Weiß Ihr Mann, dass sein Vater Sie angerufen hat?"
„Freilich, ich habe ihm davon erzählt."
Christina trat auf Eleonore Lehner-Hartmannsthal zu und reichte ihr die Hand.
„Frau Lehner-Hartmannsthal, danke für den köstlichen Apfelsaft, die kleine Gartenführung und das Gespräch. Ich muss wieder weiter. Und du, tschüs, kleines Fräulein."
„Ich begleite Sie zum Tor."
„Vielen Dank, das ist nicht nötig, ich finde den Weg", sagte Christina und hob die Hand zu einem Abschiedsgruß.
War das so? Fand sie wirklich den Weg? Oder irrte sie ziellos durch das Leben anderer Menschen auf der Flucht vor dem eigenen Leben? Christinas Gaumen war trocken, die Hitze des Sommers lastete auf ihr. Sie setzte ihre Schritte schnell.

63

„Bist du dir sicher, dass wir das machen sollen?", fragte Robert skeptisch.
„Na sicher bin ich mir sicher, so sicher war ich mir sicherlich noch nie!", entgegnete Meinrad energisch. „Wir müssen das jetzt tun. Jetzt oder nie."
Robert trippelte auf der Stelle. Er hatte mit Ernst, Karl und Lubomir ausgemacht, auf der Wiese beim Kraftwerk Gras zu mähen. Der Tag war heiß und trocken, da würde das geschnittene Gras schnell trocknen, und wenn

das Wetter hielt, könnten sie in ein paar Tagen einen guten Teil des Heus einbringen. Der Bedarf an Heu war nicht gering, die Tiere brauchten Winterfutter. Im Lauf des gestrigen Tages, während der schweren Arbeit an den Beeten, hatte Robert viele Freunde in der Kommune gefunden. Der Tscheche Lubomir hatte Robert sogar eines seiner Leinenhemden geschenkt, ein Geschenk, das Robert mit großem Stolz entgegen genommen hatte. Natürlich trug er an diesem Vormittag dieses Hemd als äußeres Zeichen, jetzt in der Kommune dazuzugehören. Robert konnte sich an die Situation genau erinnern, als er die erste Ausfahrt mit seinem neu angeschafften Audi A4 unternommen hatte. Er wusste noch ganz genau, dass er geradezu pflichtbewusst sich über die Jungfernfahrt mit dem Wagen gefreut hatte, dass er in Erfüllung seiner Aufgaben als Konsument, der einige Jahre auf dieses Auto gespart hatte, sich verpflichtet gefühlt hatte, sich über das technisch erstklassige Auto zu freuen, dass er sich aber selbst eine mäßig gelungene Theatervorführung vorgeführt hatte. In Wahrheit war ihm das Auto völlig egal gewesen, Audi, Citroen, Volkswagen, was machte das schon für einen Unterschied? Aber das Hemd von Lubomir, ein zwar gewaschenes, aber hundertfach getragenes, von Hand geschneidertes Hemd aus rohem Leinen, hatte ihn wirklich in eine überwältigende Euphorie versetzt. Robert schrieb diese starke Empfindung seiner neuen, als so beglückend empfundenen Lebenssituation zu, er wusste durchaus, dass ihn derzeit sogar der Tritt eines der Pferde in Euphorie versetzen würde. Natürlich, eine ganze andere Qualität der Empfindung hätte ein Kuss von Angelika …

„Ich habe mit deinem Vater ausgemacht, die Wiese zu mähen. Er hat mir versprochen, mir den Umgang mit der Sense beizubringen."

„Quatsch", winkte Meinrad ab. „Mit der Sense lernst du früh genug zu schneiden, das Gras wächst ja hier wie verrückt. Du musst das jetzt machen. Bitte, es ist wichtig!"

„Und was ist mit der Mahd? Meine Arbeitsleistung wird fehlen."

„Ich springe für dich ein. Und die paar Quadratmeter, die du schaffen würdest, mache ich mit links. Mein Papa wird Verständnis dafür haben, wenn du nicht hingehst."

Die beiden drehten die Köpfe, Roberts Augen weiteten sich, ein Lächeln legte sich in seine Miene. Angelika trat auf die beiden zu, sie schaute Robert direkt an und erwiderte sein Lächeln.

„Machst du dich auf die Suche?", fragte sie Robert.

„Ich habe gestern Abend Angelika alles erzählt", warf Meinrad ein, noch bevor Robert irgendetwas sagen konnte.
„Du weißt also von unserer Tour nach München?", fragte Robert.
Angelika nickte und fasste wieder Roberts Arm. Wie geschmeichelt er von ihrer Aufmerksamkeit war, wie sehr er ihre Berührung genoss.
„Weiß ich. Finde ich echt super von dir, dass du das tust. Einige von uns machen sich mittlerweile wirklich Sorgen um Severin."
Robert kratzte sein Kinn, zuckte mit den Schultern und nickte den beiden schließlich zu.
„Na gut, dann breche ich auf. Aber ich glaube nicht, dass dabei etwas herauskommen wird."
Meinrad klopfte auf Roberts Schulter.
„Es wird nicht sinnlos sein. Wir müssen endlich herausbekommen, wo der Bursche steckt!"

64

Das gelb getünchte Haus lag vor ihr, Christina ging auf die Haustür zu und betätigte die Klingel. In der Einfahrt vor der Garage stand ein Audi Q7 mit Linzer Kennzeichen. Sie musste nicht allzu lange warten, ein etwa dreizehnjähriges Mädchen öffnete die Tür und schaute Christina aus großen, vorsichtig spähenden Augen an.
„Guten Tag, sind vielleicht deine Eltern zuhause?"
„Ja. Mama, die Polizei ist wieder da!", rief das Mädchen in den Raum und verschwand von der Tür.
„Grüß Gott", sagte Karin Lehner knapp und trat an die Tür. „Was wollen Sie?"
„Reinkommen und mit Ihnen ein bisschen plaudern."
„Wir sind beschäftigt", sagte Karin Lehner ausweichend. „Morgen ist die Beisetzung, da gibt es noch viel zu tun."
„Karin, ich glaube, wir sollten die Frau Inspektor hereinbitten", hörte Christina aus der Tiefe des Vorzimmers.
Michael Lehner trat neben seine Schwägerin und öffnete die Tür vollstän-

dig. Der Mann war in einen schwarzen Anzug und in ein schwarzes Hemd mit dunkelblauer Krawatte gehüllt, allerdings hatte er angesichts der hochsommerlichen Temperaturen das Jackett im Haus seines Bruders ausgezogen, auch der Krawattenknoten saß locker.
„Kommen Sie also herein", bat die Frau des Hauses. „Wollen Sie etwas trinken?"
„Ein Glas Wasser wäre sehr nett."
Michael Lehner ging voran in die geräumige Wohnküche, danach Christina und zum Schluss Karin Lehner. Der Hausherr Alois Lehner stand in der Küche und beobachtete mit verzwicktem Gesichtsausdruck Christina, die sich an den Tisch setzte und ruhig und gefasst ihre Finger ineinander verschränkte. Karin Lehner räumte Kaffeetassen, Teller und Besteck vom Tisch, die Familienmitglieder hatten einen gemeinsamen Vormittagsimbiss zu sich genommen. Alois Lehner füllte ein Glas aus der auf dem Tisch stehenden Mineralwasserflasche und stellte es vor Christina ab. Danach setzte sich das Ehepaar Lehner zu Michael und Christina an den runden Tisch. Der jüngere Sohn des Mordopfers saß Christina direkt gegenüber und musterte sie unverhohlen. Christina zeigte auf den Stapel gedruckter Todesanzeigen.
„Erlauben Sie bitte, dass ich eine an mich nehme?", fragte sie Alois Lehner.
„Ja, es sind genug da."
Christina sah zum ersten Mal die beiden Brüder beisammen. Sie sahen einander ähnlich, wenngleich die Gesichtszüge des älteren Bruders derber wirkten, seine Haut erste Anzeichen eines ungesunden Lebenswandels zeigte und dunkle Ringe um seine nervös umher wandernden Augen lagen. Offensichtlich hatte der Mann in der letzten Zeit wenig Schlaf gefunden. Anders als Michael Lehner, dessen glatte Oberfläche durch die Ereignisse der letzten Tage scheinbar keinerlei Kratzer aufwies. Christina faltete die Todesanzeige zusammen und steckte das bedruckte Papier in ihre Handtasche.
„Und, kommen Sie, um uns mitzuteilen, wer unseren Vater ermordet hat?", fragte Michael Lehner mit lauter, dominanter Stimme, die klar anzeigte, dass er sich auch im Haus seines Bruders sicher und bestimmend fühlte.
Christina nahm einen Schluck Wasser und stellte ohne jede Eile das Glas wieder ab. Sie suchte im Blick des Mannes ihr gegenüber, dann ließ sie

den Blick im Raum umherschweifen und witterte die Angst und Ohnmacht, das verkniffene Leid und die Ratlosigkeit der Bewohner.
„Leider nein, Herr Lehner“, sagte Christina schließlich. „Wissen Sie, Morde aus Affekt sind in der Regel schnell aufgeklärt. Ein verlassener Ehemann erschießt seine Frau und Kinder. Ein betrunkener Raufbold ersticht im Streit hinter einem Bierzelt einen Kontrahenten. Ein ungeschickter Einbrecher tötet bei einem Einbruch einen Tankwart. Solche Morde sind schnell geklärt. Heimtückisch ausgeführte Giftmorde haben im Gegensatz dazu die Eigenschaft, dass die Täter die Tat genau geplant und je nach Intelligenz und krimineller Energie Spuren geschickt verwischt haben. Leider wurde Ihr Vater Opfer eines solchen Anschlages. Aber die Polizei tut ihr Möglichstes, das kann ich Ihnen versprechen.“
Christina blickte in die Runde. Alois Lehner schien wegen ihrer Aussage körperliche Schmerzen zu leiden, Karin Lehner versteckte sich hinter einem völlig ausdruckslosen Gesichtausdruck der emotionalen Distanzierung und Michael Lehners Temperament schien nur mit großer Mühe im Zaum gehalten zu werden.
„Vielleicht ist Ihr Möglichstes nicht gut genug? Vielleicht sollten die Profis aus Linz oder Wien den Fall übernehmen?“, polterte Michael Lehner gar nicht im Tonfall des distinguierten und eloquenten Schwiegersohns einer vornehmen Familie, sondern im breiten Dialekt der hiesigen Landbevölkerung.
„Sollten die Recherchen der im Fall involvierten Beamten zu keinem Ergebnis führen, wird das ohnedies geschehen“, antwortete Christina in sachlichem Tonfall. „In jedem Fall würde ich den eingeschalteten Kollegen sehr viel über die familiären Verhältnisse der Familie Lehner berichten können.“
Die drei Personen starrten Christina an.
„Und ganz gewiss würden die eingeschalteten Kollegen zuallererst den Täter oder die Täterin im hier anwesenden Familienkreis vermuten und entsprechend unangenehme Fragen stellen.“
„So ein Blödsinn!“, rief Michael Lehner, der in seiner Erregung frappierend an seinen Onkel Reinhold Mitteregger erinnerte. „Wir haben unseren Vater nicht ermordet! Das ist eine Frechheit, ich werde mich bei Ihren Vorgesetzten beschweren!“
„Lieben Sie Ihre Frau, Herr Lehner?“, fragte Christina mit leiser Stimme.
Michael Lehner war perplex.

„Was soll die merkwürdige Frage?"
„Herr Lehner, wenn Sie schon meine Fragen merkwürdig finden, dann sollten Sie nicht hoffen, dass die Profis aus Linz oder Wien zu Ihnen kommen und noch merkwürdigere Fragen stellen."
Christina saß regungslos und ohne die Miene zu regen auf ihrem Platz und fixierte in Erwartung einer Antwort Michael Lehner.
„Ja, natürlich liebe ich meine Frau", sagte Michael Lehner schließlich.
„Ich habe vor einer halben Stunde in Ihrem Garten gesessen und mit Ihrer Frau und Tochter ein Glas Apfelsaft getrunken."
Michael Lehner zeigte erste Anzeichen von Verunsicherung.
„Wie bitte? Sie behelligen meine Frau und Tochter? Was soll das?"
„Wie gesagt, die Aufklärung eines heimtückischen Mordes erfordert ein hohes Maß an Flexibilität in der Ermittlung. Und wie ist es mit Ihnen?", wandte sich Christina nun an Alois Lehner. „Tragen Sie als Filialleiter im Lagerhaus gern Budgetverantwortung?"
„Ja, sicher", sagte Alois Lehner distanziert und zuckte mit den Schultern.
Christina strich sich durch das Haar und schaute kurz zum Fenster hinaus.
„Eines ist mir in der ganzen Sache noch immer nicht klar geworden. Warum, meine Herren, haben Sie Ihren Vater so gehasst?"
Schweigen lastete im Raum, mühsam zu ertragendes, wie ein Mühlstein alle Regungen zermalmendes Schweigen.
„Wegen der alten Hexe!"
Die beiden Männer starrten überrascht Karin Lehner an.
„Ja, Frau Inspektor", brach ein Regenguss aus hoch aufgetürmten Gewitterwolken aus der Frau heraus. „So ist das! Ihr zwei Deppen traut euch das nicht zu sagen, aber die alte Lehnerin war eine Giftspritze. So ein böses Weib hat's in Dürnfeld noch nie gegeben. Und sie hat euch kaputt gemacht!"
„Karin, reiß dich zusammen", ermahnte Alois seine Frau eher zaghaft.
„Halt den Mund!", brüllte die Frau und sprang hoch. „Mir reicht's mit euch! Ich schau da nicht mehr länger zu! Sie hat den Pepi gehasst, weil sie alles und jeden gehasst hat, sich selbst am meisten. Und deswegen hat sie euch diesen Hass eingetrichtert. Und ihr Vater noch dazu, der alte Teufel! So ist sie auch gestorben. Der Hass hat sie zerfressen. Und ihr zwei macht damit weiter. Aber nicht mit mir!"
Damit lief die Frau aus dem Zimmer und knallte die Tür hinter sich zu. Alois Lehner stützte den Kopf auf seine Hände, Michael Lehner starrte

betreten ins Leere. Christina versuchte, sich durch die peinliche Stille nicht irritieren zu lassen, versuchte distanziert und gelassen zu bleiben.
„Zucht und Ordnung“, murmelte Alois Lehner vor sich hin.
„Wie meinen Sie?“, hakte Christina nach.
Die Miene des Mannes war aus Granit gemeißelt.
„Zucht und Ordnung. Das hat der Großvater immer gesagt. Wissen Sie, wie der Michi und ich aufgewachsen sind?“
„Erzählen Sie es mir, Herr Lehner.“
Michael Lehner schlug mit der Hand auf den Tisch.
„Nichts da! Die alten Geschichten sind aus und vorbei. Erzählt wird da nichts!“
„In meinem Haus sag ich, was ich will. Wenn es dir nicht passt, kannst du ja wieder gehen“, knurrte Alois Lehner seinen jüngeren Bruder an und wandte sich dann Christina zu. „Wie wilde Tiere hat uns der Großvater gehalten. Jahrelang haben wir im Keller nur eine finstere Schlafecke und eine gemeinsame Decke gehabt, auf dem Hof haben wir schuften müssen wie die Ochsen und wenn wir etwas ausgefressen haben, hat der Großvater den Rohrstab geholt. Vor allem bei mir, weil ich der Ältere und Stärkere war, weil ich der junge Bachleithner war. Meine Knie haben einen bleibenden Schaden erlitten, weil ich einen halben Tag auf einem Holzscheit habe knien müssen. Zucht und Ordnung müssen herrschen, hat der Großvater immer gesagt und zugeschlagen. Aber ich habe meine Kinder nie geschlagen, niemals!“
Christina ahnte auf der Rückenhaut des Mannes die Striemen des Rohrstabes, den dieser vor Jahrzehnten gespürt hatte. Ihre Lippen fühlten sich trocken und leer an.
„Und Ihre Mutter hat das toleriert“, setzte sie behutsam fort.
„Toleriert?“, ächzte Alois Lehner. „Wenn ich etwas ausgefressen habe, hat sie mich bei den Ohren gepackt und dem Großvater vorgeführt. Und hinter uns hat sie die Tür zugemacht. Und der Vater hat uns im Stich gelassen. Onkel Reinhold war der einzige, der zu uns gehalten hat. Ich kann mich erinnern, als wäre es gestern gewesen, damals war ich vierzehn Jahre alt. Ich habe mit dem Rechen aus Versehen ein Kellerfenster eingeschlagen, nicht mit Absicht, ich war ungeschickt. Die Mutter hat mich vorgeführt, da hat sich der Onkel Reinhold vor mich hingestellt und zum Großvater gesagt: Wenn du den Rohrstab holst, zünde ich dir in der Nacht den Hof an. Wortwörtlich das hat er gesagt. Der Großvater hat dem Reinhold in

die Augen geschaut und gewusst, dass er es wirklich machen wird. Danach hat er uns nie wieder geschlagen, danach hat er uns wie räudige Köter von seinem Hof verjagt und wir sind auf den Bachleithenhof zum Vater gekommen. So ist das bei uns auf dem Land gewesen, Frau Inspektor."
Alois Lehner verfiel in dumpfes Schweigen. Christina leerte das Glas Mineralwasser und erhob sich. Hatte sie in dieser unschönen Szene etwas über den Mordfall erfahren? Christina wusste es nicht. Rauchschwaden verdunkelten den Horizont, zu Asche verkohlte Hoffnungen, brüchige Lebenspläne und krankmachende Liebe, allesamt geopfert in den verzehrenden Feuern eines unerklärlich fremden Lebens. Christina erhob sich und griff nach ihrer Handtasche.
„Vielen Dank für die Gastfreundschaft, meine Herren. Auf Wiedersehen."

65

Die Wohnadresse herauszubekommen, war nicht schwer gewesen, ein Blick in ein Telefonbuch hatte genügt. Robert saß hinter dem Lenkrad seines Autos und griff zum Jausenpaket. Zum Glück hatte er einen Parkplatz im Schatten einer Platane gefunden, denn im prallen Sonnenlicht wäre es im Auto schnell unerträglich heiß geworden. Er biss herzhaft in das Brot und knabberte die Karotte, dazu aß er Jungzwiebel. Die Versorgung der Kommune mit Brot war noch ein Problem, denn ein großer Backofen aus Schamottstein im alten Schweinestall war zwar geplant, aber die Arbeit daran würde erst im Herbst beginnen können. Derzeit backten die Erdenkinder das Brot noch in einem einfachen Holzofen aus Metall, und dieser hatte einfach nicht die ausreichende Kapazität für die benötigte Menge. Aus diesem Grund aß man in der Kommune auch viel Getreidebrei, der in schlichten Töpfen über jedem Feuer gekocht werden konnte. Für seine Tour allerdings war der Brei unpraktisch, also hatte er eine dicke Scheibe Brot und frisch geerntetes Gemüse eingepackt. Natürlich hätte sich Robert in jedem Supermarkt mit Wurstsemmeln, Cola und Müsliriegeln eindecken können, aber die in der Kommune verbreitete Geringschätzung der Nahrungsmittel aus Supermärkten war vollends auf ihn übergesprungen.

Das tadellos gepflegte Einfamilienhaus mit dem überdurchschnittlich großen Garten am Stadtrand von Steyr lag nur teilweise in Roberts Blickwinkel, aus dem einfachen Grund, weil ein hoher und blickdichter Holzzaun mit dahinterliegenden Heckenpflanzen von der Straße aus gerade einmal den Blick auf das Dach zuließ. Aber die Eingangtür und das Einfahrtstor zur Garage waren vollständig zu sehen. Robert wusste nicht, ob es nicht vielleicht einen Hintereingang gab, durch den Vordereingang würde in jeden Fall niemand ein und aus gehen können, ohne von ihm entdeckt zu werden. Robert schmunzelte vor sich hin, so also gestalteten sich die Arbeitstage von Privatdetektiven, sitzen und warten. Nicht gerade sehr unterhaltsam.

Als er hier angekommen war und ein paar Runden in dem Viertel gedreht hatte, hatte er gesehen, wie ein junger Mann mit einem älteren VW Golf in das Einfahrtstor gefahren war und den Wagen vor der Doppelgarage abgestellt hatte. Der junge Mann war dann zum Haus gegangen und an der Haustür von Georg Haunold begrüßt worden. Robert rechnete, dass der junge Mann der in Linz studierende Sohn des Direktors des Kraftwerkes Dürnfeld war. Haunold war demnach zuhause und sein schwarzer Mercedes stand gewiss in der Garage, also hatte Robert seinen Wagen abgestellt und den Beobachtungsposten eingenommen. Sein Ziel war es, eine passende Gelegenheit abzuwarten, mit Haunold auf den ersten Blick zufällig zusammenzutreffen und ihn in ein Gespräch zu verwickeln. Einfach so vor die Haustür zu treten, anzuläuten und einen verheirateten Mann mit zwei erwachsenen Kindern zu fragen, ob er in einer Münchner Schwulenbar gelegentlich kesse junge Kerle anbaggerte, wagte Robert nicht. Überhaupt fürchtete Robert, dass er hier völlig unnötig Zeit verplemperte und dieses ausgekochte Schlitzohr Severin wahrscheinlich irgendwo am Mittelmeer in einem Luxushotel mit ein paar seiner Kumpels einen drauf machte. Aber Meinrad hatte ihn so bedrängt und Angelika eine Bitte abzuschlagen, wäre ihm völlig unmöglich gewesen, also musste er durchhalten und sein Bestes versuchen. Doch es konnte dauern, bis sich eine Gelegenheit ergab, mit Direktor Haunold Kontakt aufzunehmen. Robert beendete seinen Imbiss und lehnte sich in den Sitz. Solange das Auto stand, konnte er die Klimaanlage nicht einschalten, die Hitze würde ihn heute noch verrückt machen. Robert ächzte und nahm einen Schluck Wasser aus der Feldflasche.

66

Reinhold Mitteregger stand vor seinem Vierkanthof und sog an seiner Zigarette. Sein Blick ruhte auf dem umzäunten Küchengarten. Er selbst hätte den Garten schon vor langem planiert und Gras drüber wachsen lassen. Wozu in Dreiteufelsnamen sollte er für seinen geringen Bedarf sich die Mühe antun und hier Gemüse anbauen? Der Küchengarten war ein Relikt einer Zeit, von der Mitteregger heilfroh war, dass sie vergangen war. Dieses mühselige Graben in der Erde war nichts für ihn, war ihm immer gegen den Strich gegangen. Im Supermarkt gab es zu jeder Jahreszeit für ein paar Euro alles, was man zum Leben brauchte. Die Arbeit im Küchengarten fungierte als Beschäftigungstherapie für seine Frau, auch sein Sohn buddelte immer wieder herum, zupfte Unkraut und erntete ein paar Tomaten oder Gurken. Das passte, so wie Reinhold Mitteregger es empfand, der Küchengarten bot seiner einfältigen Frau und dem Trottel von Sohn ein bisschen Ablenkung. Er selbst aß meistens in Gasthäusern. Wenn er im Büro war, lag es ohnedies nahe, zu Mittag in der Gaststätte gegenüber zu essen, und an den Wochenenden war er durch seine Verpflichtungen als Bürgermeister auch oft unterwegs, so dass kaum Zeit blieb, im Kreise seiner kleinen Familie zu essen.

Die Haustür wurde geöffnet und Katharina Mitteregger trat heraus, sie trug einen Einkaufskorb aus geflochtenem Weidenholz in der Hand. In ihrem Schlepptau trippelte Alfred einher, wie immer lächelnd und mit der Welt im Einklang. Reinhold Mitteregger warf die abgerauchte Zigarette zu Boden und zertrat den Stummel.

„Wir fahren dann los. Bist du zum Essen zuhause?“, fragte Katharina Mitteregger ihren Mann.

„Nein. Ihr braucht nicht auf mich zu warten.“

Katharina Mitteregger nickte nur beiläufig, denn diesen Satz hatte sie ein Eheleben lang gehört.

„Tschüs, Papa“, sagte Alfred Mitteregger und umrundete den vor dem Haus zur Abfahrt bereitstehenden Peugeot Kombi.

Reinhold Mitteregger brummte nur zustimmend, rammte seine Hände in die Hosentaschen und schaute in die Ferne. Sein Sohn Alfred war sechsundzwanzig Jahre alt, er hatte eine breite Statur und etwa sein Gewicht. Was war das für eine Riesenenttäuschung gewesen, als er noch in der

Entbindungsstation vom diensthabenden Arzt erfahren hatte, dass sein Sohn mongoloid war. Reinhold hatte das Stück Fleisch, das dem Schoß seiner Frau entstiegen war, von allem Anfang an verachtet. Er hatte den Jungen in Heime gesteckt, in Sonderschulen mit Internat verfrachtet, hatte diese Schande aus seinem Leben tilgen wollen, aber das war nicht so möglich gewesen, wie er sich das gewünscht hatte. In früheren Zeiten, so war es ihm in jüngeren Jahren immer wieder durch den Kopf gegangen, hätte der Häuptling eines germanischen Stammes so einen Krüppel und nutzlosen Esser im nächstbesten Bach ersäuft, aber heutzutage gab es ja schweineteure Betreuungseinrichtungen, die Behinderte durchfütterten. Das war nicht im Sinne Reinhold Mittereggers. Nach diesem Fehlschlag bei der Familienplanung hatten er und seine Frau kein zweites Kind mehr in die Welt gesetzt, denn natürlich war es ihre Schuld gewesen, sie hatte diese kranken Gene in die Ehe eingebracht, in seiner Verwandtschaft gab es keine Mongoloiden, aber ein Großonkel von Katharina hatte auch das Down-Syndrom.
Die drei drehten die Köpfe und blickten zu dem schwarzen Mercedes, der zügig auf das Haus zurollte. Christina stieg aus dem Wagen und griff nach ihrer Handtasche. Sie ging auf den breit vor der Haustür stehenden Bürgermeister der Gemeinde Dürnfeld zu, nickte seiner Frau und seinem Sohn eine Begrüßung zu.
„Guten Tag, Herr Mitteregger“, begrüßte sie den Mann.
„Ihr könnt schon fahren. Mit der Frau Inspektor spreche ich“, raunte er seiner Frau zu, woraufhin Mutter und Sohn in das Auto stiegen. „Kommen Sie herein, setzen wir uns.“
Christina folgte der Aufforderung nicht gleich, sondern sah zu, wie der blaue Peugeot davonfuhr. Sie winkte zum Abschied. In der Stube hatte sich Mitteregger bereits an den Tisch gesetzt und wartete, bis Christina sich zu ihm gesellte.
„Herr Mitteregger, entschuldigen Sie die Störung, aber ich war gerade im Ort und da habe ich gedacht, ich schau noch auf einen Sprung bei Ihnen vorbei.“
„Also, was gibt es?“, fragte der Mann mürrisch.
Christina legte ihre Handtasche auf den Tisch und verschränkte die Finger ineinander.
„Ich wusste nicht, dass Ihr Sohn das Down-Syndrom hat.“
„Jetzt wissen Sie es.“

Christina spähte in das aufgedunsene Gesicht des Mannes. Anhand seiner Stimmung und der rot unterlaufenen Augen schätzte sie, dass er gestern Abend beim Alkohol wohl gehörig zugelangt haben musste.
„Könnte es sein, dass Sie sich so für Ihre Neffen engagieren, weil Ihr Sohn nicht so wohlgeraten ist wie die beiden?", fragte Christina unverblümt.
Mitteregger ließ sich durch die Frage nicht aus der Ruhe bringen, offensichtlich war er mit dieser oder ähnlichen Fragen schon konfrontiert worden.
„Ist das für den Mordfall irgendwie wichtig?"
„Nein, nicht unmittelbar, entschuldigen Sie die Frage. Ich will mit Ihnen etwas anderes besprechen."
Mitteregger saß mit breitem Brustkorb auf der Eckbank, seine schweren Fäuste lagen auf dem Tisch, sein Blick war unnahbar.
„Ich möchte Sie darüber informieren, dass die Sache mit der Brandstiftung am Bachleithenhof für die Polizei erledigt ist. Zwei Männer aus dem Dorf haben sich aus freien Stücken gemeldet und Selbstanzeige erstattet. Ewald Neuhold und Stefan Ganglberger. Kennen Sie die beiden Männer?"
„Sie stellen vielleicht Fragen", ächzte Mitteregger. „Natürlich kenne ich die beiden. Ich bin Bürgermeister hier und kenne alle."
„Wenn ich mir die Sachlage ansehe, können die beiden wohl mit einer milden Strafe rechnen, aber das ist Sache des Gerichtes. Es waren also nicht die Drogensüchtigen aus der Kommune, wie Sie vermutet haben, sondern Mitglieder der Dorfgemeinschaft Dürnfeld. Was sagen Sie dazu?"
„Nichts. Was soll ich dazu sagen? Das Gericht wird entscheiden, damit ist die Sache erledigt."
Christina machte eine anerkennende Geste.
„Herr Mitteregger, es interessiert mich gar nicht, ob Sie auf die beiden Männer Druck ausgeübt haben oder nicht, ich will mich in jedem Fall bei Ihnen persönlich dafür bedanken, dass Sie den Ernst der Situation erkannt haben. Das Geständnis der beiden ist vielleicht das einzige Positive im Fall Josef Lehner."
Christinas freundliche Worte schienen an dem Panzer des Mannes wirkungslos abzuprallen.
„Haben Sie jetzt schon den Mörder oder verdächtigen Sie mich immer noch?"
„Wir haben viele Spuren und Verdachtsmomente, aber der Mörder ist noch nicht gefasst."

Mitteregger verzog verärgert sein Gesicht.
„Also, was wollen Sie von mir, Frau Inspektor? Wegen der Kleinigkeit mit den zwei Deppen und dem Benzinkanister werden Sie ja wohl kaum zu mir gekommen sein."
„Das ist korrekt, Herr Mitteregger. Wissen Sie, dass Alois Lehner Spielschulden hat? Er sitzt nicht nur gesellig mit seinen Freunden bei Tisch, sondern da werden um Geld auch Karten geworfen."
„Weiß ich alles, und ich habe dem Lois schon mehrmals gesagt, dass er das bleiben lassen soll. Er ist ein erwachsener Mann und trifft seine eigenen Entscheidungen. Aber letztlich geht es da um Minibeträge. Und die Runde bleibt unter sich. Mal kriegt der eine etwas, dann ein anderer. Das gleicht sich aus."
„Der letzte Punkt ist unklar. Haben Sie auch schon Gerüchte gehört, wonach es im Lagerhaus Dürnfeld zu Unregelmäßigkeiten in den Bilanzen gekommen sein soll?"
„Nie gehört", behauptete Mitteregger und machte eine wegwerfende Handbewegung. „Wer so etwas sagt, ist ein Lügner."
Christina nahm zur Kenntnis, dass Mitteregger bei heiklen Punkten ganz bestimmt niemals kooperieren würde. Sie hatte nichts anderes erwartet, deshalb setzte sie gleich nach.
„Ihr Neffe Michael hat doch eine, wie man so schön sagt, gute Partie gemacht, als er Eleonore Hartmannsthal geheiratet hat. Die Villa in Linz ist ein wahres Schmuckstück, er hat einen sehr guten Posten im Konzern der Familie Hartmannsthal, er führt ein überaus komfortables Leben."
„Der Michi ist der tüchtigste von uns allen. Das war er schon als Bub, als seine Schulkollegen bei den Schularbeiten von ihm abgeschrieben haben. Ich bin stolz auf ihn."
„Dass er verdächtigt wurde, den Verkauf illegaler Pestizide eingefädelt zu haben, wissen Sie aber bestimmt?"
„Das war eine reine Zeitungsente. Irgendjemand hat ihm da schaden wollen. Erfolgreiche Männer haben auch Neider, das habe ich dem Buben immer wieder gesagt. Und jetzt, wo er erfolgreich ist, sieht er das mit eigenen Augen."
„Wissen Sie, warum die Sekretärinnen von Michael Lehner allesamt sehr jung und sehr hübsch sind?"
Mitteregger verzog verächtlich die Lippen.
„Was wollen Sie mit dieser Frage andeuten?"

„Ihr Neffe ist attraktiv, sportlich und erfolgreich. Manche junge Frauen zieht es zu solchen Männer hin, und manche Männer zieht es zu jungen, hübschen Frauen hin."
Ein grantiges Brummen entstieg Mittereggers Kehle.
„Wenn Sie da irgendwelche gelogenen Anschuldigungen aufbringen wollen, dann werden Sie mich kennenlernen. Ihr frustrierten Emanzen kriegt halt keine solchen Kerle, wie der Michi einer ist!"
Christina schmunzelte vor sich hin.
„Ich entnehme dieser Aussage, dass Sie sehr wohl wissen, dass Ihr Neffe seine Frau mit wechselnden Geliebten betrügt. Oder dass Sie es, jetzt wo Sie es hören, für vollkommen in Ordnung halten", sagte Christina, erhob sich und legte den Tragegurt ihrer Handtasche um ihre Schulter. „Solche Ehegeschichten sind mir im Prinzip egal, das ist Privatsache, auch Ihre Ansichten darüber lasse ich gerne unwidersprochen. Auf einen Punkt muss ich allerdings in meiner Funktion als Polizistin hinweisen. Sowohl hohe Geldschulden als auch Seitensprünge im Eheleben waren in der Geschichte der Menschheit immer wieder Anlass für heimtückische Mordanschläge. Nur aus diesem Grund, Herr Mitteregger, interessiere ich mich so genau für das Leben Ihrer Neffen."
Mitteregger verschränkte seine Arme vor der Brust und schwieg. Christina entnahm ihrer Handtasche einen zusammengefalteten Zettel, entfaltete ihn und hielt ihn Mitteregger vor die Nase.
„Diese Aufstellung habe ich von Notar Doktor Baumann erhalten, sie zeigt zusammengefasst den letzten Willen von Josef Lehner. In rechtlicher Hinsicht ist dieses Testament vollkommen klar und nachvollziehbar. Jeder Rechtsanwalt, der Ihnen einreden will, dass er dieses Testament anfechten kann, will nichts anderes, als Ihnen Geld aus der Tasche ziehen. Im Übrigen rate ich Ihnen dringend, mit Dozent Jakob Nageler von der Universität für Bodenkultur in Wien Kontakt aufzunehmen, der sich derzeit mit einigen Studenten auf dem Bachleithenhof aufhält. Dieser Mann leitet ein Forschungsprojekt über die Landwirtschaft, die Ihr ermordeter Schwager mit den Leuten aus der Kommune innerhalb kürzester Zeit aufgebaut hat. Ich habe gestern Nachmittag mit Herrn Nageler telefoniert und dieser Mann sagt, dass der Bachleithenhof darauf und dran ist, eine international beachtete Stätte für Permakultur zu werden. Beachtenswert deshalb, weil das keine Versuchsanlage ist, sondern ein Produktionsbetrieb, der fünfzig Menschen vollständig und noch mal einhundert Menschen, nämlich die

vielen Ökotouristen, teilweise ernährt. Herr Nageler erhält nach Veröffentlichung eines Artikels in einer Fachzeitschrift laufend Anfragen aus ganz Europa. Wenn Sie klug sind, Herr Mitteregger, werden Sie die Kommune auf dem Hof akzeptieren und damit auch den letzten Willen Ihres Schwagers respektieren, und Sie können gleichzeitig eine florierende Infrastruktur für die zu erwartenden zahlungskräftigen Forscher und Medienleute aus ganz Europa aufbauen."

Christina sah, dass sie genau den richtigen Tonfall für diesen Mann getroffen hatte. Sie steckte das Papier wieder ein, ging zur Tür, drehte sich aber noch einmal um.

„Und wenn ich schon beim Erteilen von Ratschlägen bin: Entspannen Sie sich, Herr Mitteregger, nehmen Sie alles etwas lockerer. Und vielleicht sollten Sie einmal das Gespräch mit einem Therapeuten suchen."

Es dauerte einen Augenblick, bis der Bürgermeister von Dürnfeld in voller Tragweite begriffen hatte, was ihm gerade eben geraten worden war. Sein Gesicht färbte sich purpur, er schnellte hoch und brüllte los.

„Jetzt aber raus hier! Sofort!"

„Guten Tag, Herr Mitteregger."

67

Die gefühlte immense Viskosität der träge dahin fließenden Zeit wurde durch die brütende Hitze noch verstärkt. Robert hatte nach einem schattigen Stellplatz für sein Auto gesucht, aber auf dem gerammelt vollen Parkplatz des Einkaufszentrums war kein solcher zu finden gewesen, er hatte sich mit einem im prallen Sonnenlicht gelegenen Platz in der Mitte des Parkplatzes begnügen müssen. Der Vorteil war, dass die beiden Eingangsportale des Einkaufszentrums in seinem Blickfeld lagen, der Nachteil zeigte sich auf der Temperaturanzeige des Autos. Robert wischte sich den Schweiß von der Stirn, er trippelte mit den Fingerspitzen auf dem Lenkrad, mit einer CD-Hülle versuchte er vergeblich, sich ein wenig Kühlung zuzufächeln. Er hatte zuvor von seiner Position aus beobachtet, wie ein

junger Mann und eine Frau mittleren Alters in dem alten VW Golf das Grundstück verlassen hatten. Der Sohn und die Frau von Georg Haunold waren also gemeinsam aufgebrochen. Danach war eine halbe Stunde nichts passiert, bis schließlich Haunold selbst seinen schwarzen Mercedes aus der Garage geholt und damit losgefahren war. Robert war der großen Limousine mit ausreichendem Sicherheitsabstand auf direktem Wege zu diesem Einkaufszentrum gefolgt. Nun wartete er seit zehn Minuten und grübelte über eine Möglichkeit, den Mann in ein Gespräch zu verwickeln. Denn eines war klar, hier im Einkaufszentrum am Stadtrand von Steyr wäre ein zufälliges Treffen am glaubhaftesten zu arrangieren. Er schloss die Fenster und zog den Autoschlüssel ab.
Dann wollen wir mal, packen wir den Stier bei den Hörnern, schoss es durch Roberts Kopf, denn die Aussicht, noch eine Viertelstunde im Auto warten zu müssen, wirkte nicht sehr motivierend. Er marschierte über den Parkplatz auf das ausladende Portal des Einkaufszentrums zu. Der Innenraum war klimatisiert. Robert ging in der Vorhalle auf und ab und schaute sich um. Georg Haunold trug ein beiges Sommerhemd, nach einem solchen Hemd hielt Robert Ausschau. Das Einkaufszentrum bestand aus einem großen Supermarkt und in der Vorhalle aufgereihten kleineren Läden, ein Zeitschriftenladen, ein Friseur, ein Schuhgeschäft, ein kleines Reisebüro und ein Kleidungsdiskonter. Da entdeckte Robert Haunold in einer Schlange vor einer Kassa des Supermarktes. Schnell wandte er sich ab und versteckte sich hinter den Taschenbuch- und Zeitungsständern des Zeitschriftenladens, griff nach einer Zeitung und blätterte sie auf. Allerdings las er nicht, sondern behielt die Schlange an der Supermarktkassa im Auge. Robert kam sich richtig albern vor. Spielte er da Katz und Maus, machte einen auf Amateurdetektiv, sollte er überhaupt einen Vorstoß wagen? Das konnte doch nur eine Riesenblamage werden. Verbissen blätterte er sich durch die Zeitung, ohne auch nur andeutungsweise etwas von deren Inhalt wahr zu nehmen.
„Guten Tag, Herr Ingenieur."
Robert schrak hoch und schaute in das dezent lächelnde Gesicht des Direktors des Kraftwerks Dürnfeld.
„Guten Tag", presste er hervor.
„Ich bin etwas überrascht, Sie hier zu treffen. Sind Sie denn gar nicht in Wien?", fragte Haunold und musterte den Mann ihm gegenüber. Robert trug schwarze Schuhe, Jeans und ein Poloshirt, war also standesgemäß in

die Freizeitkleidung eines Ingenieurs gehüllt. Haunold wusste ja nichts von den in den letzten Tagen durchaus turbulenten Ereignissen in Roberts Leben. Robert steckte die Zeitung zurück zu den anderen Blättern und reichte Georg Haunold die Hand zum Gruß. Er versuchte möglichst nahe an der Wahrheit zu bleiben.
„Na ja, ich habe es in Wien nicht ausgehalten. Musste einfach mal fort von da."
Haunold zog seine Augenbrauen hoch.
„Ach so, klingt so, als hätten Sie Probleme?"
Robert ließ sich einfach treiben, denn zum Nachdenken und Taktieren war es jetzt längst zu spät.
„So kann man das sagen. Entschuldigen Sie, ich will Sie da jetzt nicht mit meinen privaten Geschichten belästigen, aber ich bin dabei, von Wien nach München zu ziehen. Und da habe ich hier in Steyr einen Zwischenstopp eingelegt."
„Steyr liegt aber etwas abseits der Westautobahn", warf Haunold mit skeptischer Miene ein.
„Ja, ich will hier noch einen Bekannten treffen, bin aber etwas früh dran. Und dann fahren wir gemeinsam nach München. Sie müssen wissen, meine Frau und ich leben in Scheidung. Es funktioniert einfach nicht mehr. Zuletzt war alles für mich irgendwie total seltsam."
Haunold legte den Kopf zur Seite.
„Ah, das ist es also. Ich hatte am Montag, als Sie bei uns im Kraftwerk zu Gast gewesen sind, den Eindruck, Sie wären manchmal etwas abwesend."
Robert nickte mit leidender Miene.
„Wenn privat alles durcheinander gerät, dann wird es auch schwer, einen professionellen Job zu machen. Und bei mir geht es tatsächlich drunter und drüber."
Haunold schaute sich um, offensichtlich begann diese Begegnung für ihn unangenehm zu werden.
„Sie waren einkaufen?", fragte Robert.
Haunold hob die Einkaufstasche ein wenig an.
„Was man halt so in einem Supermarkt macht."
Robert atmete tief durch. Jetzt musste es raus, jetzt musste er den Vorstoß wagen, sonst wäre alles umsonst gewesen.
„Wissen Sie, ich habe nämlich den Bekannten von mir, der hier in Steyr lebt, in München getroffen."

„Ach ja?", ließ Haunold mit vollkommen neutraler Miene vernehmen, höflich lächelnd, aber distanziert.
„Ja. Es ist für mich so verwirrend, aber es ist so. Ich habe ihn nämlich ihn einer Bar kennengelernt. Bar zum blauen Mond."
Robert lauschte, spähte, witterte, er versuchte alles aufzuschnappen, was da kommen mochte. Georg Haunold zuckte fast unmerklich mit dem Kopf, zog kurz die Brauen hoch und war nach dieser winzigen Mimik und Gestik wieder vollkommen unbestimmt und unbestimmbar. Robert fluchte in sich hinein. War das jetzt ein Signal gewesen oder nicht? War das ein Moment der überraschten Öffnung des höflich distanzierten Panzers gewesen oder nur die routinierte Simulation von Interesse, die ein eloquenter und weltgewandter Mann wie Haunold bei noch so langweiligen oder peinlichen Gesprächen jederzeit aus dem Repertoire ziehen konnte? Demonstrativ schaute Haunold auf seine Armbanduhr.
„Also, Herr Ingenieur, es hat mich gefreut, Sie zu treffen. Ich hoffe sehr, dass Sie Ihre Probleme in den Griff bekommen. Aber ich muss jetzt weiter. Auf Wiedersehen."
Haunold reichte Robert die Hand zum Abschied, hob die Einkaufstasche an und marschierte durch das Portal davon.

68

Christinas Stimmung fiel in indirekt proportionalem Verhältnis mit dem Anstieg der Temperatur. Der Mann war tot, sein Leib würde in Kürze für immer und ewig der Erde übergeben werden. Was würde sein, wenn sie den Mörder oder die Mörderin von Josef Lehner nicht finden sollte, wenn man den Fall irgendwann ungeklärt zu den Akten legen musste? Tausend ungeklärte und vielleicht unklärbare Fragen geisterten durch ihren Kopf, vermiesten ihr die Stimmung. Ein dumpfes Gefühl von Widrigkeit lag in ihrem Magen, sie hoffte mit einem kleinen Imbiss dieses Gefühl vertreiben zu können, deshalb stellte sie das Auto ab, fasste ihre Handtasche und stieg aus. Flott stapfte sie zwischen den Reihen der geparkten Autos auf das Einkaufszentrum zu, routinemäßig ließ sie ihren Blick über den Parkplatz schweifen.

Ihr fiel das Wiener Autokennzeichen des silbergrauen Audis sofort auf, die Nummer war ihr bekannt. Christina ging auf das Portal des Einkaufszentrums zu, die Türen schwangen automatisch auf und sie trat in die Vorhalle. In einiger Entfernung sah Christina, wie Robert Wieser einem Mann um die fünfzig die Hand reichte und dieser Mann mit einer Einkaufstasche in der Hand zügigen Schrittes das Einkaufszentrum verließ. Christina schaute direkt zu Robert hinüber, der sie nun auch entdeckte und merklich zusammenzuckte. Christina änderte ihre Richtung und ging direkt auf Robert zu.
„Guten Tag, Herr Wieser", sprach Christina Robert an.
„Guten Tag", sagte Robert.
Sie witterte seine Verspannung, die peinliche Berührung, dass sie ihn hier gesehen und sofort erkannt hatte. Was hatte der Mann zu verbergen? Schon wieder eine Frage.
„Machen Sie eine Einkaufstour?"
„Tja, ich meine ..."
Christina zog die Augenbrauen hoch und wartete auf eine Antwort.
„Wenn Sie nicht wollen, müssen Sie nichts sagen. Das ist schließlich ein zufälliges Zusammentreffen und kein Verhör."
„Entschuldigen Sie, aber es ist mir unangenehm, Sie zu treffen."
Christina lächelte ihn breit an.
„Ich habe schon charmantere Komplimente gehört."
Robert stieg von einem Bein auf das andere.
„Wer war denn der Mann, der sich eben von Ihnen verabschiedet hat?", fragte Christina.
„Ein Bekannter. Ich kenne ihn aus beruflichen Gründen."
„Aus beruflichen Gründen also. Vielleicht jemand vom Kraftwerk Dürnfeld?"
Robert kratzte betreten sein Kinn.
„Um genau zu sein, war es Diplomingenieur Haunold, der Direktor des Kraftwerkes."
Christina schaute durch die gläsernen Portaltüren, konnte aber Direktor Haunold nicht mehr entdecken.
„Sie sind ja gar nicht bei Ihren neuen Freunden. Und Sie fahren wieder mit dem Auto", stellte Christina fest.
Robert überlegte fieberhaft, wie er aus der peinlichen Situation herauskommen konnte, denn von seinen detektivischen Ausflügen wollte er der

Polizistin wahrlich nichts erzählen. Ein rettender Einfall schoss durch seinen Kopf.
„Wissen Sie, Frau Inspektor, manche Dinge muss man einfach tun, auch wenn Sie unangenehm sind und man unbewusst alles hinauszögern will. Ich muss noch einmal nach Wien“, log Robert. „Ich habe Ihnen ja erzählt, dass ich in Scheidung lebe.“
Christina nickte zustimmend.
„Ich muss noch ein paar Dinge mit meiner Frau klären. Es geht vor allem darum, den Kindern die Veränderung nicht noch schwerer zu machen, als sie ohnedies schon ist.“
„Ich verstehe“, sagte Christina und nickte Robert zu. „Dann wünsche ich Ihnen eine gute Fahrt, Herr Wieser. Auf Wiedersehen.“
„Auf Wiedersehen, Frau Inspektor.“
Robert verfolgte, wie Christina im Supermarkt verschwand. Er eilte hinaus auf den Parkplatz und spähte hinüber zu dem Stellplatz, auf dem Haunold seinen schwarzen Mercedes geparkt hatte, aber der Platz war leer, und auf der Zufahrtsstraße war der Wagen ebenfalls nicht zu entdecken. Er fluchte in sich hinein, stapfte zu seinem Wagen und stieg ein. Sein Blick fiel auf einen schwarzen Mercedes, der schräg gegenüber geparkt war. Die Autonummer war eine andere, auch wenn es ein Kennzeichen der Stadt Steyr war. Robert war verwirrt, er schlug mit der Faust auf das Lenkrad. Zum Teufel mit schwarzen Mercedes-Limousinen, mit schwulen Jungs in Münchner Bars und rothaarigen Schönheiten aus Ökodörfern. Was hatte er mit dem ganzen Schwachsinn zu schaffen? Dann liefen zum wiederholten Male die Käfer und Tausendfüssler durch seine Erinnerungen, jene Tierchen, die auch über die bleiche Haut des toten alten Mannes gekrabbelt waren. Mit einer Wut im Bauch trat er die Kupplung durch und startete den Wagen.

69

Der schwarze Mercedes rumpelte im Schritttempo über das Straßenbankett und hielt neben der Fahrbahn an. Christina zog die Handbremse an, stieg aus und legte den Gurt ihrer Handtasche über die Schulter. Tatsächlich hatte der kleine Imbiss sie gestärkt, hatte ihre Stimmung aufgebessert, ihre Gedanken allerdings konnten nach wie vor schwerlich als geordnet bezeichnet werden. Egal, sie hatte ihre Arbeit zu verrichten, und immerhin hielt sie einen Hebel in der Hand, mit dem sie den schweren Mühlstein hoch hieven konnte. Ob allerdings unter diesem Stein etwas zu finden war, oder das Heben sich als eine sinnlose Kraftanstrengung erweisen würde, war ungewiss. Doch mit dieser Ungewissheit musste sie leben, diese Ungewissheit gehörte als Charakteristikum zu ihrem Beruf.
Christina blickte auf ihre Armbanduhr, es war halb zwei Uhr, die Hitze lastete auf ihr, dennoch schritt sie flott durch das mittlerweile gut bekannte Waldstückchen auf die Jurtensiedlung der Erdenkinder zu. Es war Mittag, also hoffte sie die Bewohner der Siedlung im Dorf zu treffen und sich eine lange Suche auf dem weitläufigen Areal des Bachleithenhofes ersparen zu können. Tatsächlich fand sie eine größere Gruppe von Leuten auf dem Dorfplatz. Es wurden gerade Teller gesammelt, das gemeinsame Mittagsmahl ging also dem Ende zu.
„Guten Tag!“, rief sie in die Runde.
Viele Augenpaare richteten sich auf sie, Christina trat selbstbewusst in die Runde und ließ ihren Blick schweifen. Sie erkannte ein Gesicht, ein Foto dieses Mannes mittleren Alters hatte sie gestern Nachmittag auf der Website der Universität für Bodenkultur gesehen. Sie trat auf den Mann zu, der sich erhob und Christina freundlich entgegen lächelte.
„Sie sind doch Dozent Nageler, habe ich Recht?“, fragte Christina und reichte dem Mann die Hand zum Gruß.
„In der Tat, der bin ich“, erwiderte der Mann.
„Christina Kayserling. Wir haben gestern telefoniert.“
„Ach ja!“, rief er aus und konnte nun die Frau, die ihn hier begrüßt hatte, zuordnen. „Sie sind also die Polizistin aus Steyr.“
„Genau. Und haben Sie und Ihre Studenten schon neue Erkenntnisse gewonnen?“, fragte Christina weiter und musterte drei junge Frauen und

einen jungen Mann, die vom Alter und Auftreten Studenten sein mussten und sich am Aufräumen nach dem Essen beteiligten.
„Nun, meine jungen Kolleginnen und Kollegen lernen hier sehr viel. Wir machen hier Studien im besten Sinne des Wortes. Und über die Gastfreundschaft und Kochkünste der Gemeinde kann wahrlich niemand Klage führen. Der Gemüseeintopf war wieder exquisit."
Christina nickte dem Mann lächelnd zu und suchte nach Senta Wegscheider, konnte sie aber nicht entdecken, Ernst Riemenschmied hingegen war nicht zu übersehen. Der Mann saß gemütlich auf einem Hocker und wischte mit einer Brotkrume seinen Holzteller aus. Christina ging auf ihn zu.
„Guten Tag, Herr Riemenschmied. Wie geht es Ihnen?"
Ernst Riemenschmied stellte den leeren Teller zu Boden, lächelte Christina breit an und wies auf einen freien Hocker neben dem seinen.
„Mir geht's gut, zwei Teller Eintopf, ein Stück Brot, frisches Wasser und angenehme Gesellschaft, da muss es einem doch gut gehen. Setzen Sie sich doch zu mir, Frau Inspektor."
Christina leistete der Einladung Folge und ließ sich auf dem Holzhocker nieder.
„Tja, ob ich zur angenehmen Gesellschaft gehöre, könnte man eventuell hinterfragen", sagte Christina.
„Ach, ich nehme es, wie es kommt. Haben Sie Hunger? Wollen Sie etwas essen? Es ist bestimmt noch etwas Eintopf da. Sie wissen, wer bei uns nicht tüchtig isst, ist selbst schuld."
„Vielen Dank, aber ich habe zuvor schon einen Imbiss zu mir genommen. Sagen Sie, Herr Riemenschmied, wo ist denn Frau Wegscheider?"
Ernst Riemenschmied schaute sich um.
„Sie war vor ein paar Minuten noch da. Ich weiß nicht, wo sie jetzt steckt, aber sie wird bestimmt gleich wieder auftauchen."
„Wie geht es mit der Arbeit voran?"
„Sehr gut. Wir schwitzen heute zwar und es wird ziemlich sicher gegen Abend ein Gewitter heranziehen, aber die Arbeit geht gut voran. Die Beete für das Wintergemüse sind bestellt, wir sind am Vormittag mit dem Grasschnitt gut vorangekommen, die Hühner legen tüchtig Eier und unsere Gäste aus Wien fühlen sich wohl. Ich bin zufrieden."
Christina musterte den Mann von der Seite. Er war mit seinen wuchtigen Schultern, schmutzigen Fingernägeln und dem dichten Bart so gar nicht der Typ, den sie attraktiv fand, aber die Ausstrahlung dieses Mannes

irritierte sie. Er war zufrieden, ganz genau dieser letzte seiner Sätze beschrieb offensichtlich sein Leben höchst treffend. Ein rundum zufriedener Mann Mitte vierzig, mit jugendlicher Lebendigkeit, einem kecken Schalk in den Augen und der Ruhe und Gelassenheit einer stabilen Existenz. Hatte sie jemals einen Mann getroffen, der so entspannt und gefestigt war? Niemals. Ernst Riemenschmied war so etwas wie ein kleines Wunder, und genau dieser Umstand war für Christina irritierend. Sie selbst war gar nicht zufrieden, zumindest nicht mit dem Verlauf ihrer Recherchen.

„Herr Riemenschmied, ich habe gehofft, dass wir vielleicht ein wenig unter vier Augen sprechen können. Wäre das möglich?"

Ernst Riemenschmied erhob sich und nickte seiner Frau zu.

„Natürlich, lassen Sie uns einen kleinen Verdauungsspaziergang unternehmen. Bitte, nach Ihnen."

Die beiden ließen den Dorfplatz mit seiner geschäftigen Betriebsamkeit hinter sich und begaben sich auf den Weg am Waldrand entlang.

„Was wissen Sie über die Söhne von Josef Lehner?", eröffnete Christina.

Ernst Riemenschmied ließ ein Brummen vernehmen.

„Na ja, ich weiß, dass sie uns gegenüber sehr reserviert sind, um das mal höflich auszudrücken. Der Ältere, Alois, wohnt ja mit seiner Familie in Dürnfeld, ihn treffen wir immer wieder einmal, aber er ist völlig unnahbar und kann reichlich unwirsch sein. Ich glaube nicht, dass ich jemals mehr als zwei Wörter mit ihm gewechselt habe. Meiner Meinung nach taugt er nicht zum Bauern."

„Wie kommen Sie darauf? Taugt er nicht zum Bauern, weil er sich mit den Prinzipien der Permakultur nicht auseinandersetzt?"

„Das auch, aber selbst als Bauer in der Agrarindustrie wäre er kaum zu gebrauchen. Er interessiert sich einfach nicht für das Leben als Bauer. Er sitzt lieber mit dem Jagdgewehr auf dem Hochstand als auf einem Traktor. Von einem Pferdepflug rede ich erst gar nicht. Ich glaube, er ist ein furchtbar unglücklicher Mann, der sich mit Alkohol von seinem tristen Leben ablenken will, und dass er beim Trinken ganz gehörig zulangen kann, wissen alle."

„Halten Sie es für möglich, dass er seinen Vater ermordet hat?"

Ernst Riemenschmied hielt abrupt inne und zauste seinen Bart. Ein seltener Anblick bot sich Christina, Sorgenfalten warfen sich auf der Stirn des Mannes neben ihr auf.

„Was soll ich auf diese Fragen antworten?", sagte er brummig. „Ich bin zweifelsfrei als Polizist vollkommen ungeeignet, denn um ehrlich zu sein, ich kann mir überhaupt nicht vorstellen, dass irgendjemand einen anderen ermordet. Ich weiß es nicht, und wenn ich spekulieren muss, kommt nur Unsinn dabei heraus."

Sie gingen mit langsamen Schritten weiter.

„Und was wissen Sie über den Jüngeren der Lehnerbrüder?"

„Praktisch nichts. Eigentlich weiß ich nur, dass er ein dickes Auto fährt und mit Dürnfeld und dem Leben auf dem Land nichts am Hut hat. Der Mann ist für mich wie so eine Figur in einer Autowerbung, glatt rasiert, elegant gekleidet, immer mobil. Der Mann lebt in einer anderen Welt als ich, in einer Welt, die auf unsere Welt im besten Fall von oben herabschaut. Obwohl, seine Frau ist eine ganz nette Person."

„Sie haben Eleonore Lehner-Hartmannstahl kennengelernt?"

„Aber ja, sie hat uns mit ihrem Kind ein paar Mal besucht. Und Josef hat sie gut leiden können."

Christinas Sinne waren gespannt wie vor dem Sprung über einen tiefen Graben.

„Wissen Sie etwas über Michael Lehners Eheleben?"

Ernst Riemenschmied schaute zu Christina hinüber.

„Sein Eheleben? Mehr als dass er verheiratet ist und eine Tochter hat, weiß ich nicht."

„Könnte es sein, dass Josef Lehner irgendetwas gewusst hat, was Eleonore nicht gewusst hat und was sie nicht erfahren durfte?"

„Ich glaube, diese Frage verstehe ich nicht ganz, aber der Josef hat in den Jahren, in denen ich ihn gekannt habe, nie viel über seine Familie gesprochen. Wenn er irgendwelche Geheimnisse seiner Söhne gewusst hat, hat er sie niemandem erzählt. Der Josef konnte wichtige Dinge verschlossen halten, er hat sich nie verplappert oder irgendetwas leichtfertig preisgegeben. Erinnern Sie sich an sein Testament. Da setzt er Senta als Erbin ein und sagt nicht ein Sterbenswörtchen, und zwar zu niemandem. So war der Josef."

„In Josef Lehners Haus steht ein Telefon. Wissen Sie, ob er gelegentlich telefoniert hat?"

Ernst Riemenschmied lachte kurz.

„Der Josef und telefonieren? Das ist ungefähr wie ich und Autorennen. Absolut unvereinbar. Ich habe immer angenommen, das Telefon im Haus sei abgemeldet. Meines Wissens hat er nie telefoniert."

„Doch, er hat ein paar Tage vor seinem Tod mit Eleonore Lehner-Hartmannsthal telefoniert."

Ernsts Riemenschmieds Miene spiegelte ehrliche Überraschung wider.
„Das muss etwas Wichtiges gewesen sein."
„Was könnte es gewesen sein?"
Nun hielt Christina inne, wandte sich dem großen und kräftigen Mann zu, der unwissend den Kopf schüttelte.
„Das weiß ich wirklich nicht."
Sie fluchte in sich hinein. Noch ein Schlag ins Wasser, wieder nur leere Kilometer und keine Zielfahne in Sicht. Die beiden nahmen aus den Augenwinkeln eine schnelle Bewegung wahr. Eine Frau mit wallenden Röcken eilte auf sie zu.
„Entschuldigen Sie, Frau Inspektor, aber haben Sie einen Augenblick Zeit für mich?", rief die Frau aus der Ferne.
„Was kann ich für Sie tun?", fragte Christina die Frau Mitte vierzig, deren Gesichtsausdruck von Besorgnis und Nervosität geprägt war.
„Ich habe gehört, dass Sie wieder bei uns sind und deshalb bin ich Ihnen nachgelaufen. Ich möchte eine Vermisstenanzeige aufgeben. Ist das möglich?"
Christina griff in ihre Handtasche und zog ihren kleinen Notizblock und einen Stift hervor.
„Am sichersten ist es, eine Vermisstenanzeige in einem Wachzimmer aufzugeben, aber wir können das hier und jetzt auch machen. Also, ich höre."
Die Frau gestikulierte.
„Ich habe viel zu lange gewartet, aber jetzt muss es getan werden. Ich möchte meinen Sohn als abgängig melden."
„Heißt Ihr Sohn Severin?"
Die Frau schaute Christina perplex an.
„Ja, aber woher wissen Sie das?"
Christina ging auf die Gegenfrage nicht ein, sie blätterte den Block auf, setzte den Stift an und fixierte die Frau.
„Wie ist der volle Name und das Geburtsdatum? Und an welchem Wohnort ist Ihr Sohn polizeilich gemeldet?"
„Severin Franz Wurzwaller, geboren am 17.1.1992. Er ist wie wir alle hier am Hof polizeilich gemeldet, Adresse Bachleithen 1."
Christina notierte die Daten.
„Sind Sie Susanne Wurzwaller? Sind Sie die Cousine von Eleonore Lehner-Hartmannsthal?", fragte Christina.

„Ja", antwortete die Frau, ohne wieder vergeblich nachzufragen, woher die Polizistin diese Informationen hatte.
„Wann haben Sie Ihren Sohn zuletzt gesehen?"
„Das war letzte Woche Mittwochvormittag. Die anderen Jugendlichen haben ihn noch am Mittwochnachmittag gesehen. Seither fehlt von ihm jede Spur."
„Das ist zehn Tage her, Frau Wurzwaller. Warum haben Sie nicht früher Anzeige erstattet?"
Die Frau blickte betreten um sich, stieg von einem Bein auf das andere.
„Der Severin ist schon mehrmals", mischte sich Ernst Riemenschmied ins Gespräch, um seiner Dorfgenossin aus der Verlegenheit zu helfen, „für ein paar Tage verschwunden. Er ist volljährig und hat ein Recht auf ein eigenes Leben. Wir finden es sinnvoll, wenn die jungen Leute auf ihren eigenen Beinen stehen. Nur so lernen sie, früh Verantwortung zu übernehmen. Aber über eine Woche war er noch nie fort. Wir machen uns alle langsam Sorgen."
Christina nickte.
„Geben Sie mir eine Beschreibung. Wie sieht er aus?"
„Er ist sehr schlank", sagte Susanne Wurzwaller, „etwa fünfundsechzig Kilogramm schwer und einszweiundachtzig groß, hat glattes, dunkles, schulterlanges Haar. Er hat keinerlei Gepäck dabei, seine Sachen sind alle noch hier."
„Was hat er für Kleidung getragen?"
„Braune Wanderschuhe mit roten Schuhbändern. Und einen hellen Leinenanzug wie wir alle."
Christina notierte die Angaben und schaute schließlich der Frau in die Augen.
„Nun denn, Frau Wurzwaller, ich werde diese Daten telefonisch durchgeben, damit meine Kollegen eine Suche einleiten können. Ich bitte Sie aber zu verstehen, dass zehn Tage Abgängigkeit eine lange Zeit sind und eine Großfahndung daher aussichtslos erscheint. Ich kann Ihnen nicht viel mehr versprechen, als dass die Polizei sich darum kümmern wird."
Die Frau kniff die Lippen zusammen und nickte Christina kaum erleichtert zu.
„Frau Wurzwaller, darf ich Sie unter vier Augen sprechen?", fragte Christina.
Susanne Wurzwaller nickte zustimmend.

„Gut", erhob Ernst Riemenschmied seine Stimme, „dann will ich nicht länger stören. Wenn Sie noch etwas von mir brauchen, Sie finden mich im Dorf oder auf der Wiese."
„Vielen Dank, Herr Riemenschmied", verabschiedete sich Christina, wartete, bis der Mann ein paar Schritte davongegangen war und richtete dann ihre Aufmerksamkeit Severins Mutter zu. „Frau Wurzwaller, erzählen Sie mir doch etwas über Ihr Verhältnis zu Ihrer Cousine Eleonore."
Susanne Wurzwaller war verwirrt.
„Wie kommen Sie auf Eleonore?"
„Ich bin eine furchtbar neugierige Person. Erzählen Sie doch bitte einfach."
„Was soll ich sagen?", meinte die Frau achselzuckend. „Früher haben wir mehr gemeinsam gehabt als jetzt. Ich war als Jugendliche begeisterte Reiterin, habe auch bei kleineren Jugendturnieren mitgemacht. Als dann Eleonore vierzehn war und mehr als nur Talent für das Reiten gezeigt hat, habe ich ihr einiges beigebracht. Etwa zwei Jahre haben wir viel Zeit gemeinsam verbracht. Sie war auf dem Weg zu einer internationalen Karriere als Turnierreiterin, aber ihr Pferd wurde krank und sie hat kein anderes genommen. Dann ist sie für ihr Studium nach Wien gezogen und hat ihre Neigung für die Wiener Künstlerszene entdeckt. Das war so etwas wie ihre späte Phase der Revolte ihrem strengkonservativen Vater gegenüber. Da hat sich der Kontakt verloren."
„Sind Sie väterlicherseits mit ihr verwandt?"
„Nein, mütterlicherseits. Meine Mutter ist die ältere Schwester ihrer Mutter. Warum fragen Sie mich das?"
„Weil ich über die Familien Lehner und Hartmannstahl, über den Bachleithenhof und Dürnfeld einfach alles wissen will. Was wissen Sie über die Ehe zwischen Ihrer Cousine und Michael Lehner?"
„Nichts", sagte Susanne Wurzwaller kategorisch. „Dieser Mann interessiert mich nicht, und dass Eleonore ihn geheiratet hat, heißt nur, dass sie nichts dazugelernt hat."
„Wie meinen Sie das?", fragte Christina und neigte ihren Kopf zur Seite.
„Die Nore ist eine liebe Frau und ihre Tochter wirklich ein Herzchen, aber sie hat sich immer die falschen Männer ausgesucht. Männer, die mehr an ihrem Geld als an ihrem Herz Interesse haben. Wie dieser Michael Lehner der Sohn eines so weisen Mannes wie Meister Josef sein kann, bleibt für mich ein Rätsel. Der Mann ist kalt und berechnend. Zumindest ist das meine Meinung."

„Sie sind Ihrer Cousine ja hier begegnet. Wie war das für Sie?"
Susanne Wurzwaller machte eine wegwerfende Handbewegung.
„Wie gesagt, sie ist eine liebe und nette Frau, aber sie hat nichts von dem verstanden, was wir hier machen und warum wir so leben. Waren Sie einmal in Eleonores Villa?"
Christina nickte zustimmend.
„Dann wissen Sie ja Bescheid. Hochverbraucher sind auch dann Hochverbraucher, wenn sie einen hübschen Garten besitzen und ein bisschen Gemüse ziehen. Für das Geld, was alleine die Erhaltung dieser Villa kostet, könnten gut und gerne zehn Dörfer in Afrika mit Wasser versorgt werden. Ich war auch ein Mädchen aus gutem Haus, habe wohlhabende Eltern, eine seriöse Familie und erhielt höhere Bildung in einer Klosterschule. Ich habe dieses Lügengebäude hinter mir gelassen, ich habe mich befreit. Auch von einem Mann, der mich, wie in großbürgerlichen Kreisen üblich, unter Verschluss halten wollte. Und weil Sie mich über Michael Lehner befragt haben: Ich bin mir sicher, dass dieser Kerl meine Cousine finanziell ausnutzt und sie mit jedem dahergelaufenen Straßenmädchen betrügt. Kaltschnäuzige Männer wie er verhalten sich so. Wahrscheinlich wird Eleonore das früher oder später begreifen, und diese Erkenntnis wird sehr schmerzhaft für sie sein."
„Wie kommen Sie darauf, dass Michael Lehner seine ehelichen Pflichten wenig ernst nimmt? Haben Sie dafür konkrete Hinweise?"
Die Frau winkte betreten ab.
„Konkrete Hinweise? Nicht direkt, aber es genügt, das Ehepaar einmal gemeinsam zu sehen. Da kann man sich den Rest selbst denken."
„Könnte es sein, dass Josef Lehner über solche Dinge in Zusammenhang mit seinem Sohn Bescheid gewusst hat?"
Susanne Wurzwaller zuckte die Achseln.
„Tut mir leid, aber das weiß ich nicht. Ich habe mit Meister Josef nie viel gesprochen. Fragen Sie Ernst oder Senta, die kannten ihn besser als ich."
Christinas Blick schweifte über die in der Ferne liegenden Gemüsebeete, die Wiesen und Sträucher, und natürlich auch über den betonierten Klotz des Kraftwerkes Dürnfeld mit seinen in Reih und Glied angetretenen, tentakelbewehrten Strommastriesen. Es sprach so viel für ihre Theorie, nämlich Vermutungen, Kalkül, Strategien und Schussfolgerungen, aber dagegen sprachen die faktischen Beweise, von denen sie keinen einzigen in der Hand hielt, und ernsthaft fürchtete, keinen jemals

in die Hand zu bekommen. Christina fluchte wieder und wieder in sich hinein.
„Vielen Dank, Frau Wurzwaller", sagte Christina sehr neutral und sachlich. „Und wegen Ihres Sohnes machen Sie sich keine Sorgen, wir werden unser Bestes tun."
Christina wartete nicht auf ein Abschiedswort der Frau, sondern wandte sich ab und griff zu ihrem Telefon. Warum sollte sie Raimund das Wochenende nicht durch einen Anruf vermasseln? Ihres war in jedem Fall völlig verfahren. Sie hörte das regelmäßig wiederkehrende Klingelsignal in der Leitung.

70

Er saß im Schatten der Terrasse und nippte an seinem Glas gekühlten Holundersaft. Die Hitze machte ihm zu schaffen, an Tagen wie solchen bemerkte er, dass er nicht mehr der jüngste war. Zum Glück hatte Raimund Brandstätter die Gartenarbeit gleich nach dem Frühstück, als es noch angenehme Temperaturen gehabt hatte, erledigt, der Rasen war frisch gemäht und die Terrasse sauber gekehrt. Nach dem Mittagessen hatte er sich träge auf die Terrasse gesetzt, die Wochenendausgabe der Zeitung durchgeblättert, seine Frau hatte ihm nach einer Weile ein Glas Holundersaft mit Eiswürfeln gebracht. Die Eiswürfel waren schon geschmolzen, aber das Getränk war noch kühl. Er hätte die beschauliche Ruhe in seinem Garten an diesem heißen Sommertag genießen können, wären da nicht andauernd Gedanken an die Arbeit der letzten Woche durch seinen Kopf gegeistert. Raimund spähte westwärts in den Himmel, die Hitze drückte die üppige Feuchtigkeit des Bodens in die Atmosphäre, die Luftfeuchtigkeit nahm kontinuierlich zu, es war zu befürchten, dass sich noch vor Anbruch der Nacht ein Gewitter entladen könnte. Sollte er Christina anrufen? So wie er seine Kollegin in dieser Woche kennengelernt hatte, würde sie sich wohl kaum ein geruhsames Wochenende gönnen.
Das Klingeln seines Telefons riss ihn aus den Grübeleien. Schnell griff er nach dem Apparat. Ein Lächeln legte sich auf sein Gesicht.

„Ganz bestimmt bist du telepathisch begabt“, meldete er sich am Telefon. „Ganz bestimmt. Eben habe ich daran gedacht, dich anzurufen, da klingelt schon das Telefon. Was ich gerade mache? Ich versuche ohne viel körperlicher und noch weniger geistiger Bewegung die Hitze zu überstehen.“

Das Lächeln schwand aus Raimunds Gesicht, sein Blick verlor sich in der Ferne, seine ganze Aufmerksamkeit galt den gesprochenen Worten aus dem Telefon.

„Alles klar, du hast also einen begründeten Verdacht. Wo bist du jetzt? Ach, am Bachleithenhof. Gut, in dreißig Minuten bin ich bei dir. Ich steige noch flott in die Uniform. Nein, keine Sorge, ich bin dir nicht böse, im Gegenteil, ich habe ohnedies keine Ruhe gehabt und dauernd über den Lehner Pepi nachgedacht. Alles klar, Christina, bis später.“

Sommerhitze hin oder her, wenn Christina einen Verdacht hatte, durfte er sie nicht alleine lassen. Er schnellte hoch, leerte den Rest des Saftes mit einem Zug und marschierte in die Küche seines Hauses, wo seine Frau Waltraud mit einer ihrer vielen Bekannten saß, Kaffee trank und plauderte.

„Du, Waltraud, ich muss noch einmal los.“

Die beiden Frauen um die fünfzig sahen Raimund mit großen Augen an.

„Ist etwas passiert?“

„Routinesache. Wenn du was brauchst, ruf mich an. Ich weiß nicht genau, wann ich wieder da bin.“

„Ist recht, Raimund.“

Raimund und Waltraud Brandstätter hatten im Lauf der vielen Jahren ihrer Ehe einen Sprachgebrauch über polizeiliche Angelegenheiten entwickelt, der in der Anwesenheit fremder Leute unbedenklich klang, aber für sie beide einen klaren Informationswert besaß. Wenn er das Wort Routinesache im Beisein anderer verwendete, brannte in der Regel irgendwo der Hut.

Nur wenig später saß Raimund im Auto und stieg kräftig auf das Gaspedal.

71

„Es wird schwierig sein, einen echten Beweis zu finden, aber wenn Josef Lehner über die Affären seines Sohnes Bescheid gewusst hat und seiner Schwiegertochter reinen Wein einschenken wollte, dann hätten wir ein ernsthaftes Motiv."

Christina hielt die Lautstärke ihrer Stimme unter Kontrolle und spähte während des Sprechens um sich. Raimund hatte seinen Dienstwagen neben ihren Mercedes abseits der Straße geparkt und Christina, die ihn schon erwartet hatte, mit einem kurzen Kopfnicken begrüßt.

„Allerdings", bestätigte Raimund, „eine Scheidung von Eleonore würde für Michael unweigerlich einen sozialen Absturz bewirken. Er würde dann wohl kaum seinen tollen Posten im Familienkonzern Hartmannsthal behalten können, er wäre wieder einfach nur ein Bauernsohn mit BWL-Studium. Das ist ein Mordmotiv."

„Und dass Josef Lehner seine Schwiegertochter ein paar Tage vor seinem Tod angerufen hat und sich mit ihr persönlich treffen wollte, passt da fugenlos ins Bild."

Raimund Brandstätter wischte sich mit einem Taschentuch den Schweiß von der Stirn.

„Nur wo kriegen wir die beschissenen Beweise her?"

„Das ist das Problem. Ich habe mit einigen Leuten hier im Jurtendorf gesprochen, aber nichts Konkretes finden können."

„Hast du auch mit Senta Wegscheider gesprochen?", fragte Raimund und blickte an Christina vorbei in Richtung der Siedlung.

„Habe sie heute noch nicht getroffen", antwortete Christina und drehte sich um, um Raimunds Blick zu folgen.

Senta ging geradewegs auf die beiden Polizisten zu. Sie schaute sich nervös um und blieb in gebührendem Respektabstand vor den beiden stehen. Sie steckte ihre Hände in die Taschen der Schürze, die sie umgebunden hatte.

„Guten Tag, Frau Wegscheider", hob Christina an. „Ich habe Sie heute schon gesucht."

„Das hat man mir zugetragen."

Christina konnte die Anspannung Sentas geradezu greifen. Sie blickte gefasst und forschend in die Augen der grauhaarigen Frau.

„Wie geht es Ihnen, Frau Wegscheider?"
„Nicht gut."
„Das sieht man Ihnen an."
„Ich habe in den letzten Tagen schlecht geschlafen, ich finde keine Ruhe."
„Der Tod von Josef Lehner geht Ihnen wohl sehr nahe?"
„Näher als Sie denken."
Christina tauschte einen kurzen Blick mit Raimund aus.
„Wollen Sie uns etwas sagen, Frau Wegscheider?"
Senta ließ den Kopf in den Nacken fallen, ließ ihren Blick kurz über die Baumwipfel streichen und schaute dann Christina unverwandt an.
„In Wahrheit will ich Ihnen nichts sagen, aber ich muss Ihnen etwas zeigen. Seit ich weiß, dass ich als Erbin des Bachleithenhofes eingesetzt bin, verfolgen mich böse Gedanken. Ich kann sie nicht mehr wegdrängen. Ich kann ein solches Erbe nicht antreten, ich muss Klarheit haben."
„Sie haben einen Verdacht, habe ich Recht, Frau Wegscheider?", fragte Christina lauernd.
„Kommen Sie mit."
Damit drehte sich Senta um und marschierte mit schnellen Schritten auf die Jurtensiedlung zu, die beiden Polizisten folgten ihr auf dem Fuß. Senta ignorierte die Blicke einiger, sie ging geradewegs auf Gebhardt Höllers Jurte zu und schob den Vorhang zur Seite. Sie ließ Christina und Raimund eintreten und folgte den beiden in die Jurte.
„Gebhardt ist unterwegs, um Kräuter und Pilze zu sammeln", erläuterte Senta mit blutleeren Lippen. „Er wird bald wieder hier sein."
Christina blickte sich um. Zahlreiche Bücher, von der Decke herabhängende dichte Kräuterbündel, Fläschchen und Tiegel, aromatische Düfte hingen im Raum, durch die zwei kleinen Fenster brach das helle Tageslicht herein und schuf ein Ambiente von schroffen Licht-Schatten-Gegensätzen.
Senta musste für den nächsten Satz all ihren Mut zusammennehmen.
„Ich kann meinen Verdacht nicht länger für mich behalten, deshalb sage ich alles, was mir auf der Seele lastet. Ob ich falsch liege, ob ich meinem alten Freund Unrecht tue, ob ich von bösen Gedanken in die Irre geführt wurde, oder ob mein Verdacht begründet ist, muss ich Ihrer Beurteilung überlassen, Frau Inspektor. Das ist Ihre Aufgabe."
„Jawohl", sagte Christina, „das ist meine Aufgabe. Helfen Sie mir bitte, diese Aufgabe zu erfüllen."

Senta griff zielgerecht nach einer der Mörserschalen und reichte sie Christina.
„In dieser Schale ist Fingerhut zerstampft worden. Riechen Sie daran. Der Geruch ist unverkennbar."
Christina griff in ihre Handtasche, entnahm ein paar Gummihandschuhe und streifte sie über.
„Keine Sorge, die Schale selbst ist nicht giftig. Auch der feine Staub darin ist in dieser Menge völlig ungefährlich."
„Ich habe keine Angst vor dem Gift, sondern ich stelle allfälliges Beweismaterial sicher. Daher die Handschuhe."
Christina nahm die Porzellanschale in die Hand und schnupperte an dem kleinen Gefäß. Für sie roch die Schale einfach nur nach irgendwelchen Kräutern.
„Sind Sie sich sicher?"
„Natürlich bin ich mir sicher. Das Polizeilabor kann ja meinen Befund prüfen. In dieser Schale wird nur Fingerhut zerstampft, schließlich ist die Pflanze giftig. Jeder Kräuterpraktiker hat für giftige Kräuter eigene Gefäße. Diese Schale hier ist für den Fingerhut."
Christina wog die Schale in der Hand.
„Frau Wegscheider, Sie befürchten also, dass Herr Höller den Trank, an dem Josef Lehner gestorben ist, gemixt haben könnte."
„Die Möglichkeit besteht."
„Warum sollte er das tun?"
Senta rammte wieder ihre Hände in die Taschen ihrer Schürze, sie hielt ihren Blick zu Boden gerichtet.
„Er hat von Josefs Testament irgendetwas gewusst, ich weiß aber nicht wie viel. In jedem Fall hat er Josef geraten, mich als Erbin einzusetzen. Vielleicht hat er befürchtet, dass Josef sein Testament ändern wollte. Oder vielleicht hat er sogar etwas gewusst. Kennen Sie Eleonore Lehner-Hartmannsthal?"
Christina und Raimund wechselten wieder einen schnellen Blick.
„Ich kenne die Frau", antwortete Christina.
„Dann kennen Sie vielleicht auch die kleine Ricarda, die Tochter von Eleonore und Michael Lehner."
„Ja, das Kind ist mir begegnet."
Senta schaute nun Christina unverwandt an.
„Als ich das Kind zum ersten Mal gesehen habe, habe ich eine Gänsehaut

gekriegt. Ernsthaft. Ein so überaus hübsches Kind. Aber Ricarda ist nicht nur hübsch. Von mir aus tun Sie es als esoterische Spinnerei ab, als hysterischen Irrsinn einer alternden Frau, aber ich habe in diesem Kind Josefs Augen gesehen. Ich schwöre es, so wie ich hier stehe. Und Josef hat das ebenfalls gesehen."

Senta machte eine Pause und wischte mit der flachen Hand über ihr Gesicht.

„Ich weiß, dass Josef seine Schwiegertochter ein paar Tage vor seinem Tod angerufen hat. Ich weiß das, weil er mir das selbst gesagt hat. Eleonore war im Gegensatz zu ihrem Ehemann von Anfang an von unserem Leben hier in der Kommune und von der Landwirtschaft auf dem Bachleithenhof begeistert. Anders als seine Söhne würde sie uns wohl kaum von hier verjagen und wieder agrarische Monokultur einführen, sie würde uns weiterarbeiten lassen. Und erst recht, wenn der Bachleithenhof per Testament an Josefs Enkeltochter Ricarda fallen sollte."

Christina empfand sie wieder, diese Angst vor der Wahrheit, die Angst vor der Erkenntnis, dass das Leben genau besehen ein finsterer Ort und alle Helligkeit und Schönheit nur kurzfristige Illusionen, Täuschungen, Hirngespinste waren.

„Und Sie befürchten", sprach Christina mit gedämpfter Stimme, beinahe flüsternd, „dass die Möglichkeit, dass Sie zugunsten von Ricarda Lehner enterbt werden, einem dreijährigen Kind, Herrn Höller dazu veranlasst haben könnte, dem derzeit gültigen Testament durch Schaffung von Fakten zur Geltung zu verhelfen."

„Ich weiß es nicht, aber es könnte sein. Irgendjemand hat meinen Freund Josef getötet, irgendjemand hat seinem Leben vor der Zeit ein Ende gesetzt. Vielleicht war es so, vielleicht war es ganz anders."

Christina ließ die Mörserschale in einen Kunststoffbeutel versinken und packte sie in ihre Handtasche, schließlich nickte sie Raimund zu.

„Wir werden es herausfinden, Frau Wegscheider."

Die beiden Polizisten traten vor die Tür in die Hitze des Nachmittags. Die Luftfeuchtigkeit stieg und stieg, langsam wurde das Atmen zur Qual.

72

War es eine Geste der Überraschung gewesen oder nicht? Hatte der Vorstoß etwas gebracht oder nicht? Robert brütete dumpf vor sich hin. Er wollte gar nicht auf die Zeitanzeige auf dem Armaturenbrett schauen und doch streifte sein Blick fast im Minutentakt darüber. Drei Uhr Nachmittag. Seit ungefähr zwei Stunden saß er tatenlos hinter dem Lenkrad seines Wagens und wartete. Zum Glück parkte der Wagen jetzt im Schatten, anderenfalls hätte er das Warten nicht überstanden.
Der schwarze Mercedes von Georg Haunold stand auf dem Grundstück seines Besitzers vor der geschlossenen Garagentür, das hatte Robert durch eine Lücke im Bretterzaun sehen können. Offenbar hatte Direktor Haunold vor, das Auto im Laufe des Tages erneut zu benutzen, anderenfalls hätte er den Wagen gewiss in die Garage gestellt.
Nach den peinlichen Begebenheiten im Einkaufszentrum war Robert wieder zum Haus Haunolds gefahren und hatte dessen Auto vorgefunden. Er hatte einen gut gewählten Beobachtungsposten eingenommen und war seitdem mit nichts anderem beschäftigt, als eine Bretterwand anzugaffen. Mehrmals hatte er seinen Wagen starten und losfahren, hatte diese sinnlose Beschäftigung beenden wollen, hatte es aber dann doch nicht getan. Robert war sich nicht sicher, ob die Nennung der Münchner Bar zum blauen Mond nicht doch einen auffälligen Nachhall in Haunold bewirkt haben mochte. Aber vielleicht begehrte er nach ewigen Zeiten ohne Sex einfach nur Angelika so sehr, dass er alles und jedes tun und glauben würde, um mit ihr zusammenzusein, also auch stundenlang tatenlos ein Haus zu beobachten, in dem sich nach außen hin nicht das Geringste tat.
Robert fächelte sich wieder und wieder etwas Kühlung zu. Verdammte Hitze.

73

Sie schaute auf ihre Armbanduhr. Der Nachmittag verflog in Windeseile, es lief auf vier Uhr zu. Noch immer keine Spur. Sie hörte das Knacksen brechender Äste und drehte ihren Kopf. Raimund stapfte durch das Unterholz auf sie zu. Seit fast einer Stunde irrten sie ohne Ergebnis durch den Wald und über die Felder.

„Wir sollten wieder in die Siedlung zurückgehen. Irgendwann wird er ja auftauchen."

„Ja, weil hier Indianer spielen hat wenig Sinn", stimmte Raimund in Christinas Vorschlag ein.

Mit ausgreifenden Schritten marschierten sie schweigend den Waldweg in Richtung des Jurtendorfes zurück. Nach ein paar Minuten kamen sie an eine Weggabelung. Die beiden Polizisten sahen gleichzeitig den großen schlanken Mann, der einen mit Gurten auf den Rücken geschnallten Weidenkorb trug. Er marschierte direkt auf sie zu.

„Guten Tag, Herr Höller", rief Christina dem Mann entgegen.

Gebhardt Höllers Schritte verlangsamten sich, sein Blick pendelte zwischen der Kriminalpolizistin und dem uniformierten Polizisten hin und her.

„Guten Tag. Haben Sie nach mir gesucht?", fragte Höller und blieb angesichts der Mienen der Polizisten in gebührendem Sicherheitsabstand stehen.

„Um genau zu sein, ja, wir haben Sie gesucht. Das ist bei diesen Temperaturen selbst im schattigen Wald kein großes Vergnügen."

„Wollen Sie etwas von mir wissen?"

„Herr Höller, was haben Sie denn in dem Korb?"

„Geerntete Kräuter und ein paar Pilze."

„Darf ich mal einen Blick hineinwerfen?"

Mit skeptischer Miene stellte Höller den Korb vor sich auf den Boden.

„Sind das Fliegenpilze, Herr Höller? Da, diese drei Pilze mit den roten Kappen in der Schüssel."

„In der Tat, das sind Fliegenpilze. Eierschwammerl und Herrenpilze sind in diesen Wäldern selten und sprießen erst später im Sommer."

„Wozu brauchen Sie Fliegenpilze, Herr Höller? Die sind doch hochgiftig."

Gebhardt Höller wurde es immer mulmiger zumute. Er lauerte auf das, was da kommen mochte.
„Ich brauche Fliegenpilze für den Zweck, für den dieses Gewächs seit Jahrhunderten von den Menschen verwendet wird. Fliegenpilze heißen so, weil man sie früher gegen Fliegenplagen verwendet hat."
„Ist das so?", fragte Christina neugierig. „Das habe ich nicht gewusst. Wie macht man das?"
„Viel nützliches Wissen der früheren Generationen ist in der Scheinwelt der Industriekultur verloren gegangen. Dies also ist die alte und erprobte Technik: Man nehme einen offenen Teller mit Wasser, gebe reichlich Zucker und geschnittenen Fliegenpilz in das Wasser. Der Teller wird an einen für Kinder unerreichbaren Ort im Stall abgestellt. Die Fliegen trinken das Zuckerwasser und sterben an dem Gift des Pilzes. Damit mildern wir für unsere Tiere die in Stallungen unvermeidliche sommerliche Fliegenplage."
Christina nickte mit dem Kopf.
„Herr Höller, ich bin von Ihrem umfassenden Wissen wirklich beeindruckt."
Er stemmte seine Hände in die Hüften.
„Warum haben Sie nach mir gesucht?"
„Ist in diesem Korb vielleicht auch Fingerhut dabei?"
Gebhardt Höller beugte sich über den Korb, schob die geernteten Wildkräuter zur Seite und nahm einen kleinen Sack aus dunkler, grober Jute heraus. Er öffnete den Sack und zeigte Christina ein paar Blätter und gelbe Blüten.
„Das ist der Fingerhut."
„Herr Höller", warf nun Raimund ein, „wir bitten Sie, uns zu folgen. Wir müssen Ihnen noch ein paar Fragen stellen, aber das ist hier mitten im Wald nicht so passend."
„Wollen Sie mich verhaften?"
„Aber warum sollten wir Sie verhaften wollen?", konterte Christina mit einer Gegenfrage.
Die Miene des Mannes verlor den unsicheren, den skeptisch fragenden Ausdruck, Wut tauchte empor, Wut und Angst.
„Jetzt sagen Sie, dass Sie mir nur ein paar Fragen stellen wollen und dann stecken Sie mich in Ihr finsterstes Loch. Aber das lasse ich nicht zu."
Christina und Raimund mussten sich nicht absprechen oder einander Zeichen geben, der Wechsel im Tonfall des Mannes war alarmierend

genug. Sie hatten zuvor, als sie das Dorf verlassen hatten, um im Wald nach Gebhardt Höller zu suchen, zwei Streifenwagen angefordert, die nun in der weitläufigen Gegend um den Bachleithenwald bereit standen.
„Warum haben Sie Fingerhut bei sich? Warum steht in ihrer Jurte eine Mörserschale, in der Sie Fingerhut zerstampft haben?"
„Sie haben also meine Jurte durchsucht!", rief Höller aus. „Haben Sie einen Hausdurchsuchungsbefehl oder brauchen Sie für Jurten so etwas nicht? Schließlich ist eine Jurte doch kein richtiges Haus! Und Menschen in Jurten sind auch keine richtigen Menschen, nicht wahr? Da braucht man auch keinen Haftbefehl."
„Niemand hat davon gesprochen, dass wir Sie verhaften wollen."
„Natürlich haben Sie davon gesprochen, auch wenn Sie das Wort nicht in den Mund genommen haben. Sie finden den Mörder von Josef nicht, also holen Sie sich einen von den Verrückten aus dem Jurtendorf. Die haben keine Rechte, denen kann man spielend leicht jedes erdenkliche Verbrechen anlasten!"
Christina hielt ihren hochsteigenden Zorn unter Kontrolle, aber sie wusste nicht, wie lange sie es noch schaffen würde.
„Niemand will hier irgendjemandem irgendetwas anlasten", stieß sie hervor, „aber Sie haben mir immer noch nicht gesagt, warum Sie in diesem Korb frisch geernteten Fingerhut transportieren."
„Weil ich Arzt bin!", rief Höller. „Ich spreche nicht gern über meine Krankheiten, aber weil Sie mich so direkt fragen, gebe ich Ihnen Auskunft. Ich leide seit Jahren an Herzinsuffizienz und behandle mein Gebrechen sehr erfolgreich mit gering dosiertem Trank von Fingerhut. Es hängt bei den allermeisten natürlichen Giften von der Dosis ab. Die richtige Dosis hilft dem Leben, die falsche schadet."
„Genau das ist mein Problem, Herr Höller. Josef Lehner hat viel zu viel Fingerhut abgekriegt. Verstehen Sie mein Lage?"
„Natürlich verstehe ich Ihre Lage. Sie suchen einen Sündenbock und ich bin dieser, weil ich mich auf Kräuterkunde verstehe, weil ich keine Steuern zahle, weil ich meinen Patienten keine chemischen Gifte aus der Pharmaziefabrik verschreibe, weil die Menschen indigener Völker oder Gemeinschaften von den Machthabern seit Anbeginn der Zeit verfolgt und vernichtet worden sind und noch werden!"
Christina und Raimund wurden von der schnellen Bewegung überrascht, Höller beugte sich blitzschnell zum Korb und zog ein langes Messer

hervor. Er hielt das Messer in der Hand und starrte Christina mit geweiteten Augen an, Höller atmete stoßweise. Raimund griff an seine Waffe, allerdings ohne sie zu ziehen. Christina hob besänftigend die Hände.
„Nur die Ruhe, Herr Höller, überlegen Sie gut, was Sie tun."
„Ich will nicht wieder ins Gefängnis", stammelte er und setzte das Messer an seine Gurgel. „Nie wieder."
„Aber Herr Höller, es gibt keine Akten, die berichten, dass Sie jemals im Gefängnis gewesen wären. Wir wissen, dass Sie ein Helfer der Menschen sind, dass Sie immer nach dem Guten gesucht haben. Legen Sie bitte das Messer weg."
„Es hat nie Akten gegeben, denn wenn Vertreter oder Freunde indigener Völker ohne Grund monatelang ins Gefängnis gesperrt werden, gefoltert, gedemütigt, an Körper und Geist verstümmelt werden, finden sich keine Schreiber, die diese trefflichen Leistungen der staatlichen Sicherheit in Akten vermerken. Was glauben Sie, wer mir diese Wunden zugefügt hat? Es waren Leute wie Sie, es waren Polizisten!"
Mit der linken Hand hob er sein Hemd und ließ drei lange, quer über die Brust und Bauchdecke laufende Narben sehen.
„Ihr Machtmenschen seid überall gleich, einerlei ob in Guatemala oder Österreich. Aber ich gehe niemals wieder unschuldig in ein Gefängnis. Und ich habe Josef nicht getötet!"
„Na gut, ich glaube Ihnen, Herr Höller, Sie haben Josef Lehner nicht ermordet. Aber vielleicht haben die Großen Geister Ihnen einen Auftrag erteilt, über den wir sprechen sollten."
Gebhardt Höller lachte lauthals auf, ein gequältes, schmerzverzerrtes, sich überschlagendes Gelächter.
„Sie halten mich also für verrückt! Weil ich Dinge sehe und höre, die die Machtmenschen und Hochverbraucher nicht verstehen wollen, halten Sie mich für verrückt. Sie meinen, ich leide an Schizophrenie und Stimmen würden mir befehlen, ich solle gute Freunde vergiften. Das passt in Ihr heuchlerisches Weltbild! Sie, Frau Inspektor, gehören zu den wahren Verbrechern, Sie können nur dann triumphieren, wenn Sie Unschuldige und Wehrlose unterwerfen und quälen!"
Christina hatte genug von diesem Theater. Sie entspannte ihre Haltung, steckte ganz locker ihre Hände in die Hosentaschen und lächelte ruhig und versonnen vor sich hin. Raimund starrte Christina überrascht von der Seite an.

„Wie Sie meinen, Herr Höller. In jedem Fall entkommen Sie mir nicht. Ich mache Sie darauf aufmerksam, dass ich ausgebildete Notfallsanitäterin bin. Wenn Sie also jetzt in Ihren Hals stechen, dann öffnen Sie im schlimmsten Fall die Halsschlagader und den Kehlkopf. Ich kann Sie selbst bei offener Schlagader hier im Wald zehn Minuten am Leben halten. Mit meinen nackten Händen mache ich das. Sie als Arzt wissen, dass das klappen kann. Spätestens in zehn Minuten ist der Notarzt mit dem Hubschrauber da. Natürlich kann es zu Hirnschäden kommen, wenn das Gehirn nicht genug Blut erhält, aber das ist das Risiko. Sie sterben höchstens, wenn sie die Schlagader vollständig durchtrennen, aber bedenken Sie, Sie haben nur einen Versuch."

Christina ließ ihre sachlich gesprochenen Worte einfach zwischen ihnen hängen. Schließlich zuckte sie mit den Achseln.

„Oder Sie legen das Messer weg, wir fahren in mein Büro und wir besprechen ganz gemütlich bei einer Tasse Tee die Sache noch einmal in aller Ruhe."

Gebhardt Höllers Hände zitterten, sein Blick pendelte gehetzt zwischen Christina und Raimund hin und her. Blitzschnell warf er das Messer von sich und rannte durch den Wald auf und davon. Christina und Raimund schnellten los. Christina legte all ihre Kraft in den jähen Lauf, sprang voran, versuchte schnell den nötigen Atemrhythmus zu finden. Er war schnell, der langbeinige Endvierziger rannte wie vom Teufel gejagt, Christina gab alles, um an ihm dranzubleiben. Raimund fiel hinter ihnen zurück, aber Christina konnte sich nicht nach ihm umblicken, sie musste alles geben, um Höller nicht zu verlieren. Schnell vor einem Ast ducken, über einen kleinen Bach springen, quer durch dichtes Unterholz, an hohen, schlanken Fichten vorbei. Christina war in einem Rausch, das Adrenalin rollte durch ihren Körper. Zum Glück hatte sie sofort den richtigen Atemrhythmus gefunden. Ihr Training machte sich mehr als bezahlt. Sie vernahm das Knacken eines Astes und sah Höller vor sich taumeln. Er war über einen Ast gestolpert, fiel kurz auf die Knie, sprang aber sofort wieder hoch und wollte weiter rennen. Doch die Verzögerung reichte, Christina warf sich auf Höller und stieß ihn zu Boden. Sie packte seinen rechten Arm so schnell, dass er seine überlegene Körperkraft nicht einsetzen konnte, und bog den Arm hinter den Rücken. Mit den Knien drückte sie ihn bäuchlings in den Waldboden. Höller keuchte vor Schmerz und schnappte nach Luft.

„Ruhig, Herr Höller, ganz ruhig. Ich will Ihnen nicht weh tun", würgte Christina atemlos hervor. Nach einigen Augenblicken hörte sie Raimunds Schritte im Wald. Sie rief ihn zu sich. Raimund hastete mit hochrotem Kopf heran. Er griff nach den Handschellen.

74

Der Schweiß lief in kleinen Bächen über seinen Rücken, dennoch hatte er sein Hemd nicht ausgezogen. Ohne Hemd in prallem Sonnenlicht auf dem Feld oder auf der Wiese zu arbeiten, war einfach nur unklug, so etwas machten nur Bauarbeiter auf Autobahnbaustellen, denen die histologischen Wirkungsweisen von hohen Sonnenlichtkonzentrationen auf der bleichen Haut europider Menschen nicht geläufig waren. Meinrad wusste Bescheid, er hatte sich mehrfach diesbezügliche Vorträge von Senta, Gebhardt und seiner Mutter anhören müssen und nach ein paar Sonnenbränden in seiner Rebellenphase deren Folgerichtigkeit eingesehen. Körperliche Arbeit bei solchen Temperaturen führte ohnedies zu Schweißströmen, egal ob man seine nackte Haut dem Licht aussetzte oder hinter hellen und luftigen Leinenkleidern versteckte. Und im Gegensatz zu den Bauarbeitern auf Autobahnbaustellen schmierte er sich keine chemischen Gifte, denen man einen gewissen Sonnenschutzfaktor nachsagte, auf die Haut. Ausgerüstet mit einem hellen Leinenhemd und einem Strohhut auf dem Kopf, so arbeiteten seit jeher hellhäutige Menschen auf dem ganzen eurasischen Kontinent in praller Sonne, egal ob auf den Weizenfeldern an der Donau oder in den Reiskulturen am Mekong. Meinrad führte die Sense schwungvoll und gleichmäßig, das Gras fiel in regelmäßigen Mustern um. Schritt für Schritt, Strich für Strich arbeitete er sich voran. Ein Schweißtropfen sammelte sich an seiner Nasespitze, kitzelte ihn und fiel dann einem verirrten Regentropfen gleich zu Boden. Er schaute nicht nach vorn und nicht nach hinten, er war völlig in seine Arbeit vertieft, er wusste nur, dass seine Arbeitsleistung vom Morgen an bis in die gegenwärtige Nachmittagsstunde mehr als beachtlich war. Er war angetrieben von dem Ehrgeiz, seine und

Roberts Arbeitsleistung zu erfüllen. Schließlich war Robert auf sein Drängen der Mahd ferngeblieben.
Ein Pfiff ertönte. Meinrad blickte hoch und entdeckte seinen Vater und Lubomir am Rand der Wiese stehend. Die beiden winkten ihm zu. Meinrad nahm den Strohhut ab, wischte sich den Schweiß von der Stirn, schulterte die Sense und ging zu den beiden hinüber. Lubomir schaute Meinrad grimmig an und, als Meinrad näher kam, gestikulierte er energisch.
„Meinrad!", keifte der Mann von siebenunddreißig Jahren mit seinem unverkennbaren tschechischen Akzent. „Möchtest du mir sagen, warum du arbeitest, als wäre der Teufel hinter dir her? Mach langsam. Wir haben fünfunddreißig Grad. Mach langsam."
Meinrad nahm den Krug mit frischem Quellwasser von Lubomir entgegen und trank in großen Schlucken. Er setzte den Krug ab und lächelte Lubomir an.
„Was, fünfunddreißig Grad? Und ich dachte, die vom Kraftwerk hätten ihre Photonenkanonen auf mich gerichtet."
Lubomir lachte laut, knuffte Meinrads Schulter und nahm den Wasserkrug wieder an sich.
„Lubo hat Recht", warf Ernst Riemenschmied ein. „Du hast heute wirklich sehr viel gearbeitet. Lauf zum Bach und mach dich frisch. Angelika ist schlecht geworden, bestimmt die Hitze, führe bitte du die Pferde in den Stall. Danach hast du frei, stell aber keinen allzu großen Unfug an. Danke, dass du so zugepackt hast. Übrigens, die brünette Studentin aus Wien hat dich immer wieder beim Schnitt beobachtet. Du weißt schon, welche ich meine. Und jetzt verschwinde, junger Mann."
Ernst Riemenschmied zwinkerte seinem Sohn zu und nahm ihm die Sense ab. Meinrad eilte in Richtung der Siedlung. Der brünetten Studentin war also seine Arbeitsleistung aufgefallen, nun, ihre körperlichen Reize waren ihm auch schon aufgefallen. Aber Meinrad würde heute keine Nerven finden, der jungen Frau schmachtende Blicke zuzuwerfen, denn er hatte auch deswegen so geschuftet, weil er sich von seiner Nervosität ablenken wollte oder musste. Robert war schon den ganzen Tag über unterwegs und er, Meinrad, wusste nicht, wo Robert war oder was er tat. Und ob er irgendetwas herausgefunden hatte. In Meinrads gegenwärtiger Stimmung stand Süßholzraspeln einfach nicht auf der Tagesordnung.

75

Nicht nur jeder Widerstand, auch jeder Realitätsbezug schien gebrochen. Christina und Raimund hatten den Mann wie ein lammfrommes Tier an der Leine über eine Forststraße an den Waldrand geführt. Gebhardt Höller schien nur mehr eine körperliche Hülle zu sein, er stolperte nicht beim Gehen, er zerrte nicht an den Handschellen, er sagte kein Wort mehr, es war, als ob sich der Geist des Mannes in Luft aufgelöst hätte. Christina hatte die zwei Streifenwagen per Telefon dirigiert, die vier uniformierten Polizisten hatten Gebhardt Höller in Empfang genommen. Christina und Raimund beobachteten irritiert, wie die Kollegen den großgewachsenen Mann in den Wagen bugsierten, den Sicherheitsgurt für ihn anlegten und schließlich zu dritt losfuhren, ein Lenker, ein Beifahrer und eine Wache neben dem Inhaftierten auf der Rückbank des Wagens.

Der vierte Streifenpolizist stand neben Raimund und hielt den Autoschlüssel seines Wagens in der Hand.

„Steht er unter Drogen?“, fragte der junge Polizist.

Raimund nahm seine Mütze vom Kopf und wischte den Schweiß von der Stirn.

„Wenn, dann irgendetwas ziemlich Wirksames, was im Wald wächst.“

Christina nahm wieder ihr Telefon zur Hand, tippte durch die Menüs und drückte das Gerät an ihr Ohr.

„Ja, hier Kayserling. In etwa dreißig Minuten kommen drei Kollegen mit einem Festgenommenen zu euch. Der Festgenommene heißt Gebhardt Höller und ist achtundvierzig Jahre alt. Sobald er bei euch ist, muss eine amtsärztliche Untersuchung durchgeführt werden. Hast du mich verstanden? Der Amtsarzt muss sofort loslegen. Dann hol ihn aus dem Scheißwochenende! Es besteht die Gefahr, dass der Festgenommene ein Herzleiden hat. Herzinsuffizienz. Darauf muss unbedingt geachtet werden. Wenn uns der Mann unter den Fingern wegstirbt, haben wir ein Riesenproblem. Okay, prima. Und es soll ein Drogencheck gemacht werden. Das volle Programm. Danke. Tschüs.“

Christina steckte das Handy in ihre Handtasche und nickte den beiden uniformierten Kollegen zu.

„Dann mal los“, sagte der junge Polizist und setzte sich ans Steuer.

Christina nahm auf dem Rücksitz Platz, Raimund auf dem Beifahrersitz.

Der Wagen rumpelte zügig über die Forststraße, kam schließlich zur Straße und beschleunigte.
„Glaubst du, dass er es war?“, fragte Raimund und drehte sich zu Christina nach hinten.
Christina pfiff durch die Zähne.
„Frag mich etwas Leichteres. Gestanden hat er mal nicht, und was wir haben, sind Indizien, aber keine Beweise. Das wird noch ein langer Abend, das weiß ich jetzt schon.“
„Wie erklärst du dir sein seltsames Verhalten?“, hakte Raimund nach.
Christina beugte sich nach vorne.
„An der Geschichte mit dem Gefängnis in Guatemala ist mehr dran, als uns lieb sein kann. Ich würde sagen, der Mann ist hochgradig traumatisiert. Wir werden beim Verhör in jeden Fall psychologische Unterstützung brauchen, sonst landet er in der Psychiatrie.“
„Sehe ich auch so“, bestätigte Raimund.
Der junge Polizist bog in die Zufahrtsstraße zum Kraftwerk ein und bremste im folgenden Waldstückchen bei den Autos von Christina und Raimund. Die beiden verabschiedeten sich von ihrem Chauffeur und stiegen aus. Der Streifenwagen sauste flott los, dem anderen Wagen hinterher.
„Dein Sprint“, sagte Raimund, zog seinen Autoschlüssel aus der Hosentasche und nickte Christina zu, „war sensationell. Warum hast du als junges Püppchen nicht an der Olympiade teilgenommen?“
Christina lachte auf.
„Als junges Püppchen“, imitierte sie Raimund. „Deine Witze sind so schlecht, dass sie schon fast wieder gut sind. Aber nur fast. Wir treffen uns im Polizeikommando, ich muss mich mal kurz in die Büsche schlagen.“
„In Ordnung, bis später“, sagte Raimund, stieg in sein Auto und fuhr los, während Christina ein diskretes Örtchen suchte.

76

Kinderaugen spähten nach ihr, neugierige und doch irgendwie lauernde Kinderaugen. Waren es die ihren? Christina erschrak über den Gedanken, sie nahm den Fuß vom Gaspedal, der Wagen rollte in gemächlichem Tempo die Fahrbahn entlang. Irritiert blickte sie nach links und rechts aus den Autofenstern, aber sie konnte nichts anderes entdecken als Bäume und Sträucher am Rand des Waldes. War da eine Stimme gewesen? Hatte jemand nach ihr gerufen oder machten sich langsam die Strapazen dieser Woche in Form von Sinnestäuschungen bemerkbar? Soweit kam es noch, dass sie sich von allzu offensichtlich halbverrückten Geistersehern Flöhe ins Ohr setzen ließ und auch kleine oder große Geister wahrzunehmen sich einbildete. Christina räusperte sich geräuschvoll, rutschte auf dem Fahrersitz ein wenig hin und her und beschleunigte den Wagen, sie kam zu einer Kreuzung. Mechanisch betätigte sie den Blinker und zeigte an, dass sie nach rechts fahren würde, in Richtung der Bundesstraße, in Richtung Steyr, in Richtung der dienstlichen Verpflichtung, den Festgenommenen einer eingehenden Befragung zu unterziehen. Christina versuchte sich eine Strategie zurecht zu zimmern, mit der sie dem Mann schonend und doch wirkungsvoll auf den Zahn fühlen konnte. Ein Auto kam von links, also stieg Christina auf die Bremse und wartete, bis der Wagen an ihr vorbei gefahren war. Ihr Auto stand bloß ein paar Augenblicke, doch in diesen Augenblicken kamen ihr die letzten Tage fragwürdig vor. Was hatte sie da am Zaun des Kraftwerks Dürnfeld erlebt? Warum arbeiteten die Leute in den sonderbaren Leinenkleidern barfuß auf den Feldern und wuschen ihre Wäsche in Zubern, seiften sie auf altertümlichen Waschrumpeln ein und spülten sie im Bach? Warum duftete diese Frau mit den kräftigen Händen und klugen Augen nach Lavendel, und vor allem, warum bekam sie diesen Duft nicht aus dem Sinn? Und was hatte es für eine Bewandtnis mit den schweren Güterwagen, die von einer bulligen Diesellokomotive in der Ferne über für sie unsichtbare Schienen quer durch die Wiesen und Felder in Richtung des Kraftwerks gezogen wurden?

Christina handelte intuitiv. Sie warf den Hebel des Blinkers um und stieg tief in das Gaspedal. Sie wusste nicht, was sie sich erhoffte, sie wusste nicht, ob ihre Selbstzweifel bewältigbar waren, sie wusste nur, dass sie immer viel zu sehr nachdachte, grübelte, analysierte, nach Fakten und logischen Zusammenhängen suchte, dabei aber das Kind, das ihr gerade eben noch aus dem Wald einen Blick zugeworfen und einen unverständlichen Satz zugerufen hatte, zu wenig beachtete. Und dieses Kind war sie selbst, ganz klar, wer sonst hätte es sein können, sie war dieses Kind, das die Boshaftigkeiten der Menschen gewittert, ja geradezu gerochen hatte. Sie war dieses Kind mit all seiner Angst.

Sie hielt den Wagen vor der breiten Front des leerstehenden, still in sich verstaubenden Vierkanthofes. Christina stieg aus dem Wagen und schloss die Fahrertür behutsam, leise, um niemanden aufzuschrecken, um keine Aufmerksamkeit zu erregen. Sie mochte die Aufmerksamkeit nicht, sie stand nicht gerne im Rampenlicht, sie fühlte sich unsicher, verletzlich, hässlich und dumm, wenn andere sie anstarrten. Sie nahm den Schlüssel zum Haus von Josef Lehner zur Hand und sperrte die Tür auf. Christina huschte wie ein ungebetener Gast durch den schmalen Spalt, schloss auch diese Tür leise und lehnte sich mit dem Rücken an das massive Holz der alten Tür dieses alten Hauses.

Stille.

Keine Geräusche, keine Stimmen, kein Lärm drang von außen in das Gemäuer. Christina setzte sich in Bewegung. Sie hatte ein Ziel vor Augen, war sich dessen aber nicht bewusst, sie wusste nur, dass da ein Erinnerungsbruchstück in ihr lag, welches sie finden musste. Christina setzte sich auf Josef Lehners Schreibtischstuhl und tastete mit den Fußsohlen nach den Stellen auf dem Boden, die er in den Jahrzehnten, in denen er hier an diesem Schreibtisch seine Aufzeichnungen und Buchführung gemacht hatte, mit seinen Sohlen abgewetzt und somit auf dem Holzboden klar sichtlich markiert hatte. Sie streifte Gummihandschuhe über, streckte ihren Rücken durch und legte die Hände auf das dunkle Holz der Schreibtischplatte. Was hatte sie bei der Inspektion des Schreibtisches am Anfang dieser Woche gesehen, woran sie sich jetzt unbedingt wieder erinnern wollte, nein, erinnern musste? Irgendein Detail, von dem sie fühlte, dass es aus irgendeinem Grund für sie interessant sein könnte, von dem sie aber nicht wusste, was es war und was denn überhaupt so interessant sein könnte. Immerhin galt es einen Verdächtigen zu verhören, immerhin galt es, die emsige und oft unbedankte kriminalistische Kleinarbeit zu verrichten, derentwegen sie diesen ärgerlichen Beruf überhaupt gewählt hatte.

Mit langsamen Bewegungen öffnete sie systematisch die Schubladen und verschaffte sich einen schnellen Überblick. Christina schüttelte den Kopf, nein, ein schneller Blick war nicht genug, sie musste genauer schauen, tiefer in das Leben des Mordopfers schürfen. Aber wie tief? Hatte sie nicht schon alles in Erfahrung gebracht, was in Erfahrung zu bringen in ihrer Macht stand? Was suchte sie hier noch? Analytische Selbstzweifel oder spontan aus dem Vergessen hochtauchende Erinnerungsbruchstücke, woran sollte sie sich halten?

Die oberste Schublade enthielt verschiedene Mappen und Broschüren, mehrere Jahre alte Preislisten von Saatgut, Düngemittel, von Werkzeugen und Maschinen, sowie Geschäftsbriefe einer Versicherungsanstalt. Christina blätterte die Papiere gewissenhaft durch, aber nach zehn Minuten schloss sie die Schublade. Was auch immer sie gesucht hatte, hier war es nicht zu finden gewesen, also öffnete sie die zweite Schublade und begann methodisch den Inhalt auf der Schreibtischplatte aufzustapeln. Eine Anzahl von Kugelschreibern mit den Schriftzügen und Logos verschiedener Firmen und Organisationen, Lagerhaus Dürnfeld, die junge ÖVP, Raiffeisen Bank, Pioneer Saatgut. Auf einem Schmierpapier probierte sie die Kugelschreiber aus. Einige schrieben noch, andere kratzten nur über das Papier.

Christina entnahm der Schublade eine kleine Holzschatulle und stellte sie vor sich auf. Diese Schatulle war so schmucklos wie das Leben, das Josef Lehner geführt hatte, geleimtes hellbraunes Balsaholz, ein fast winziger Riegel, an den Ecken verstärkten schlanke Nägel die Leimung. Sie war sich sicher, dass Josef Lehner diese Schatulle selbst angefertigt hatte. Mit den Fingerspitzen klappte sie den Deckel auf, Christinas Augen verengten sich, sie stöberte in den gesammelten Postkarten, Briefen und Erinnerungsfotos. Grüße aus Bad Ischl, Grüße aus Salzburg, der Wiener Stephansdom, vergilbende Bilder alter Postkarten, Erinnerungen an die Kindheit von Josef Lehners Söhnen. Er hatte die Postkarten aufgehoben, auf denen in krakeligen Schriften seine Buben von ihren Schulausflügen geschrieben hatten. Nicht freiwillig, vielmehr von den Lehrerinnen dazu genötigt. Ja, Alois, auch du musst schreiben, schreib jetzt endlich deinen Eltern oder du kriegst es mit mir zu tun, nein, Michael, du bist keine Ausnahme, die ganze Klasse schreibt an die Eltern.

Christina nahm ein kleines Büchlein zur Hand und blätterte es auf. In winzigen, kaum lesbaren Schriftzeichen hatte Josef Lehner hier Aufzeich-

nungen niedergeschrieben. Christina versuchte die Notizen zu lesen. Sie konnte kryptische Aneinanderreihungen von Pflanzennamen entziffern, die nur für den Autor dieser Zeilen einen Sinn ergeben hatten. Christina blätterte das Notizbuch durch. Ein Foto fiel ihr in die Hand.
Sie schreckte hoch und blickte sich um.
Hatte sie etwas gehört? Eine Stimme oder das Rumpeln eines seit Jahren stillstehenden Möbelstückes? Schlich ein unsteter Geist herum, der ihr mit all seinen Energien etwas zu sagen versuchte? Wieder ein Geräusch. Christina schnellte hoch. Ihre Fantasie spielte ihr Streiche, flüsterte ihr lächerliche Ängste ein, denn dieses Geräusch, dass sie eben vernommen hatte, war von keinem ruhelosen Geist hervorgerufen, dieses Geräusch war ganz und gar real. Jemand schlich im Haus umher. Christina ließ das Foto fallen und griff blitzschnell zu ihrer Waffe. Sie blieb stehen, denn über den knarrenden Dielenboden zu gehen, würde sie unweigerlich verraten. Die Stube hatte zwei Türen, eine führte in die hinteren Zimmer und war geschlossen, die andere führte in die Küche und stand offen. Christina sah einen Schatten durch die Küche huschen. Und plötzlich stand jemand im Türstock. Ein Mann. Er hielt eine Axt in der Hand.
„Sofort fallen lassen!", kommandierte Christina scharf und hielt die entsicherte Pistole auf den Kopf des Mannes in der Tür gerichtet.
„Nicht schießen!", brüllte Meinrad Riemenschmied, warf die Axt zu Boden und hob die Hände. „Bitte nicht schießen!"
Christina bewegte sich nicht, hielt weiter die Waffe fest in beiden Händen.
„Näher kommen", befahl Christina. „Stell dich genau da hin. Hände hinter den Kopf."
Meinrad tat, wie ihm geheißen.
„Warum schleichst du da herum? Und warum bist du mit einer Axt bewaffnet?"
„Was … ist hier …", stammelte Meinrad, ohne eine klares Wort hervor zu kriegen.
Christina sicherte die Waffe und steckte sie in das Halfter, sie durchmaß den Raum mit schnellen Schritten und nahm die Axt an sich. Meinrad Riemenschmied verfolgte ihre katzenhaft behänden Bewegungen mit rasendem Puls und bleicher Miene. Christina ging wieder zum Schreibtisch und legte die Axt dort ab.
„Also, ich warte auf Antworten."

Meinrad versuchte sich mit gezieltem Atmen zu beruhigen, den Schock zu überwinden.
„Ich habe die Pferde in den Stall gebracht und da habe ich den schwarzen Mercedes vor dem Haus gesehen. Und die Haustür ist nicht versperrt. Da bin ich reingegangen. Das ist alles."
Meinrads Blick fiel auf das Foto, das neben dem Schreibtischstuhl auf dem Boden lag.
„Das ist der Severin!", rief er aus, vergaß, dass wenige Augenblicke zuvor eine Pistole auf ihn gerichtet war, sprang förmlich auf das Foto zu und wollte es aufheben.
Christina schritt dazwischen und hielt Meinrad zurück. Die beiden standen nebeneinander und schauten auf das mit der farbigen Bildseite noch oben auf dem Boden liegende Foto. Christina sah zwei lachende Gesichter, erstens einen Mann um die fünfzig, einen Mann, den sie vor kurzem gesehen hatte, und zweitens einen dunkeläugigen Teenager mit überaus hübschen Gesichtszügen und langem Haar. Die beiden hatten die Arme umeinander gelegt, sie schienen sehr vertraut. Ein scheinbar alltäglicher Schnappschuss. Und er hatte in Josef Lehners privatem Notizbuch gelegen.
„Also doch der Direktor", murmelte Meinrad tonlos.
Christina packte Meinrad am Oberarm und schob den kräftigen jungen Mann, der keinerlei Widerstand leistete, zur Ofenbank hinüber. Sie schnappte einen Stuhl und platzierte den Stuhl frontal vor der Ofenbank und Meinrad Riemenschmied.
„Was ist da los?" fragte Christina scharf und fixierte Meinrad.
„Der schwarze Mercedes. Wir haben in München erfahren, dass Severin mit einem älteren Mann unterwegs ist, der einen schwarzen Mercedes fährt. Deswegen war ich ja so konfus, als ich Ihren Wagen da draußen habe stehen sehen. Müssen Sie unbedingt so eine Dreckskarre fahren? Was glauben Sie, was ich für einen Schrecken gekriegt habe! Deswegen habe ich die Axt geholt. Auf jeden Fall hat der Robert die zwei Männer in der Gegend, die einen schwarzen Mercedes fahren, abgecheckt. Der Besitzer dieser Werkstatt und Tankstellen ist es nicht, da ist sich Robert sicher, der hat nie etwas von der Bar zum blauen Mond gehört."
„Bar zum blauen Mond?", hakte Christina nach.
„Das ist diese Schwulenbar in München, in der Robert die Infos gekriegt hat. Severin hat dort ein paar Mal einen drauf gemacht."

„Und jetzt ist Robert", ergänzte Christina schnell, „hinter dem Direktor her. Stimmt das?"
„Ja, den ganzen Tag schon", bestätigte Meinrad und blickte auf das nach wie vor auf dem Boden liegende Foto.
„Scheiße!", brüllte Christina und sprang hoch. „Warum bist du nicht gleich zu mir gekommen? Verdammt, verdammt, verdammt!"
Christina riss ihr Telefon aus der Handtasche.
„Hallo Raimund! Nein, ich bin noch in Dürnfeld. Im Bachleithenhof. Raimund, es ist alles ganz anders. Und wir brauchen einen Großeinsatz!"

77

Robert kämpfte hartnäckig gegen das Gewicht seiner Augenlider. Seit über drei Stunden saß er hier und es passierte nichts, absolut gar nichts. Der schwarze Mercedes stand unverändert an seinem Platz, die Gasse lag ruhig und beschaulich da, die Hitze des Tages lastete auf der Stadt, er saß auf dem Sitz seines Autos und bewegte sich nicht. Weder waren Haunolds Frau oder seine Kinder gekommen, noch hatte sich der Direktor einmal im Garten oder am Fenster blicken lassen. Es tat sich nichts. Robert rieb seine Augen, räusperte sich und rutschte auf dem Sitz herum. Wegen des langen Sitzens schmerzten schon alle Glieder und der Rücken, er musste bald einmal seine Beine vertreten und nach einer Toilette musste er sich auch bei Zeiten umsehen. Was tat er hier überhaupt noch? Eine weitere Beschattung erschien wenig zielführend, er hatte Haunold den Köder hingeworfen und dieser hatte nicht danach geschnappt, also konnte jeder weitere gleichartige Versuch nicht nur erfolglos, sondern sogar kontraproduktiv ausfallen. Gerade wenn er wirklich der Gönner von Severin war, würde er nicht ein Sterbenswörtchen verraten. Aber an diesem Umstand zweifelte Robert ohnedies mehr denn je.
Und dieser Severin konnte etwas erleben, schwor sich Robert, diesem Burschen würde er bei ihrer ersten Begegnung eine tüchtige Abreibung verpassen. Alleine der Name ging ihm schon gegen den Strich, Severin, was für ein blöder Name. Kerle solchen Namens mussten einfach Nerven-

sägen sein, dachte Robert. Der ganze Samstag war vermasselt, anstatt mit Ernst auf der Wiese Gras zu schneiden, in der Kommune Mittag zu essen und vielleicht mit Angelika im Bach ein Bad zu nehmen, saß er hier herum und hielt Maulaffen feil. Damit musste Schluss sein.
„Steigen Sie langsam aus, versperren Sie den Wagen und kommen Sie mit."
Robert starrte zu Tode erschrocken durch das geöffnete Wagenfenster auf der Fahrerseite. Er hatte weder gehört noch gesehen, dass sich jemand von hinten an den Wagen herangeschlichen und direkt neben der Fahrertür aufgebaut hatte. Sein Puls raste mit einem Mal, er schnappte nach Luft.
„Sofort", sagte der Mann, dessen Gesicht Robert nicht sah, aber dessen Stimme er sofort erkannte.
Georg Haunold unterstrich seine Forderung, indem er die helle Sommerjacke, die über die rechte Hand gelegt war, ein wenig hoch hob. Robert blickte für einen Augenblick in die endgültige Schwärze einer Revolvermündung.
Mit einem Mal spürte Robert die Hitze des Tages nicht, im Gegenteil, ihn fröstelte. Hektisch grapschte er nach dem Autoschlüssel und stieg aus. Er wagte kaum Georg Haunold anzusehen und dennoch erhaschte er einen Blick in das Antlitz des Mannes. Robert verfiel in Panik. Das Gesicht Haunolds schien eine in Gips gegossene Totenmaske zu sein, regungslos, starr und bleich.
„Gehen Sie langsam voran in das Haus."
Robert versperrte den Wagen und überquerte die Straße, drei Schritte hinter ihm folgte Haunold. Die beiden Männer betraten den Garten und schließlich das Haus. Georg Haunold versperrte sorgsam die Haustür, ohne Robert aus den Augen zu lassen und ohne die Waffe zu senken. Haunold steckte den Schlüssel in die Hosentasche.
„Gehen Sie in den Keller. Dort entlang."
Robert kämpfte mit einem Brechreiz, er schnappte nach Luft.
„Wollen ... wollen Sie mich ..."
„Befolgen Sie die Anweisung", beharrte Haunold tonlos und streifte die Sommerjacke von der Hand mit dem Revolver.
Robert starrte auf den chromblitzenden Lauf und die bauchige Trommel der Waffe. Er fürchtete, sein Wasser nicht länger halten zu können.
„Gehen Sie!", brüllte Haunold, zielte mit der Waffe auf Roberts Kopf und spannte den Hahn.

Robert hob die Hände und hastete die Treppe in den Keller hinab.
„In den Heizraum."
Robert trat in den vollständig gekachelten Raum, in dem sich neben den Heizgeräten und Wasserbehältern ein Stuhl befand. Auf dem mitten im Raum platzierten Stuhl lag eine Rolle braunen Klebebands.
„Setzen Sie sich und fesseln Sie Ihre Knöchel an die Stuhlbeine."
Robert tat, wie ihm geheißen, er umwickelte seine Knöchel so fest mit dem Klebeband, so dass sie wie mit den Stuhlbeinen verwachsen schienen.
„Legen Sie die Hände auf den Rücken."
Robert führte den Befehl aus, woraufhin Haunold die Armfessel mit dem Klebeband fixierte. Zuletzt zog er einen Stoffsack über Robert Kopf. Erst dann löste Haunold den Hahn des Revolvers und ließ ihn sinken.
„Warum beobachten Sie mich, Herr Wieser?"
„Ich ... ich ...", stammelte Robert.
„Beruhigen Sie sich und geben Sie mir Antwort. Ich werde Ihnen nichts antun. Also, warum sitzen Sie stundenlang in Ihrem Auto und halten mein Haus unter Beobachtung?"
„Entschuldigen Sie, Herr Direktor, ich will in Wahrheit nichts von Ihnen und ich bin mir sicher, dass Sie mit der Sache überhaupt nichts zu tun haben, aber die Leute aus der Kommune haben mich so bestürmt, Sie zu beobachten. Dabei kann ich so etwas ja gar nicht."
„Allerdings, es war nicht sehr schwer, Sie zu bemerken. Aber Sie haben mir noch nicht gesagt, was Sie eigentlich von mir wollen?"
„Ich suche so einen jungen Burschen aus der Kommune. Er heißt Severin und ist ..."
Der Schlag traf Robert völlig unvorbereitet, gleißende Funken stoben vor seinen Augen, flirrende Farben und ein wütender Schmerz betäubten ihn, schließlich umhüllte ihn blinde und stumme Dunkelheit.

78

„Uhrenvergleich. Siebzehn Uhr einundvierzig.“
Die fünf Kollegen nickten Christina zu.
„Sollen wir nicht lieber auf die Cobra warten?“, fragte einer der Männer.
„Die Cobra ist in vier Minuten hier. Wir gehen vor, wie besprochen. Raimund, bist du bereit?“
Raimund Brandstätter knöpfte die Uniformjacke zu und nickte mit zusammengekniffenen Lippen. Er trug die Jacke nicht, weil ihn an diesem schwülen Sommernachmittag kühl geworden wäre, sondern um die Panzerweste zu verstecken. Auch Christina trug eine Panzerweste unter ihrer Jacke. Einer der Männer drückte das Funkgerät an sein Ohr, lauschte, gab durch, dass er die Information verstanden hatte.
„Der Hundeführer meldet, dass bei dem Audi mit dem Wiener Kennzeichen das Fenster auf der Fahrerseite offen steht. Auf dem Beifahrersitz liegen allerlei Dinge herum. Es schaut so aus, als ob der Wagen fluchtartig verlassen worden wäre.“
Christina und Raimund nickten einander zu.
„Der Wagen mit den Cobra-Männern ist da!“, rief der Polizist mit dem Funkgerät und zeigte in Richtung eines flott heranrollenden Kleinbusses. Christina ging den Männern des Einsatzkommandos entgegen, schüttelte dem Kommandanten die Hand und besprach die Vorgangsweise. Es kostete sie einige Mühe, den Mann von ihrer Absicht zu überzeugen, denn natürlich wollte dieser seinen Trupp als Speerspitze einsetzen. Christina beharrte auf ihrer Position, sie wollte zuerst höflich klingeln und sich nach dem werten Befinden erkundigen, wissend, dass fünf voll durchtrainierte und entsprechend ausgerüstete Männer, weitere zehn uniformierte Polizisten und ein bereitstehender Krankenwagen nur auf einen Fingerwink von ihr warteten. Christina gab das Signal und alle bezogen ihre Posten.
Raimund und Christina marschierten flott voran, bis sie in die entsprechende Gasse kamen. Sie gingen stumm nebeneinander, jetzt gab es nichts mehr zu besprechen. Sie reduzierten das Tempo. Ein durch die Gasse schlendernder Passant in einem grell gemusterten Hawaiihemd und mit einem großen und kräftigen Schäferhund an der Leine blickte von der anderen Straßenseite zu ihnen hinüber und nickte unmerklich. Christina

quittierte sein Nicken mit einem Augenaufschlag. Der Hundeführer hatte als Vorhut und Beobachter seine Aufgabe erledigt, marschierte nun flott die Gasse hoch und bezog hinter den Christina knapp folgenden Cobra-Männern seinen Posten.

Christina schaute auf die andere Straßenseite zu Robert Wiesers Audi. Warum stand der Wagen so da, offenbar von seinem Fahrer fluchtartig verlassen? Oder war der Mann gar nicht geflüchtet? Was dann?

„Das ist es", sagte Raimund und drückte die Klinke der Gartentür. „Immerhin nicht versperrt."

„Und der schwarze Mercedes ist auch da. Vielleicht haben wir heute mal Glück."

„Vielleicht", brummte Raimund sonor.

Sie gingen auf dem mit Steinplatten gepflasterten Weg auf das Haus zu. Christina betätigte die Türklingel. Sie warteten. Christina ließ den Blick schweifen. Beim mannshohen Zaun tauchte kurz ein vermummtes Gesicht auf und schaute sich um, dann verschwand es wieder. Alles lief nach Plan. Sie fühlte die Anspannung bis in die letzte Faser ihres Körpers. Ein beängstigendes, aber auch faszinierendes, sehr anziehendes Gefühl. Sie blickte an sich hinab, strich eine Falte auf ihrer Jacke glatt und zupfte die Hose zurecht.

„Für einen Kriminalpolizisten schaust du eh nicht schlecht aus. Tipptopp eigentlich", sagte Raimund und zwinkerte ihr zu.

„Ich sehe schon, du willst unbedingt heute noch auf eine Tasse Tee aus Fingerhut eingeladen werden", konterte Christina zähneknirschend.

„Ein Fingerhut voll Obstler wäre mir fast lieber. Oder vielleicht sogar zwei oder drei Fingerhüte voll."

„Diese Naturmedizin könnte ich heute auch gebrauchen."

Christina betätigte erneut die Klingel. Die Tür wurde geöffnet, eine distinguierte Dame blickte ihnen etwas überrascht, aber sehr freundlich entgegen.

„Ja, bitte? Sie wünschen?"

„Guten Tag", grüßte Christina betont höflich. „Mein Name ist Kayserling, ich bin von der Polizei. Das ist Inspektor Brandstätter. Sind Sie Brigitte Haunold?"

„Ja, das bin ich."

„Freut mich außerordentlich, Sie kennenzulernen. Sagen Sie, ist Ihr Mann zu Hause?"

Die Frau wurde angesichts von zwei Polizisten vor ihrer Haustür etwas unruhig.
„Polizei? Ist irgendetwas passiert?"
„Nein, nichts von Belang. Ist Ihr Mann zuhause?"
„Ja. Oder eigentlich weiß ich es gar nicht genau. Ich bin vor einer Viertelstunde nachhause gekommen, ich war bei meinem Sohn in Linz. Der Wagen von Georg steht da, also ich nehme an, dass er zuhause ist."
Sie zeigte zum Mercedes, der vor dem Garagentor stand.
„Haben Sie in der Viertelstunde mit Ihrem Mann gesprochen?"
„Nein. Ich habe ihm zugerufen, dass ich wieder da bin. Er ist in seinem Studierzimmer. Wenn er da drinnen ist, kommt er oft einen halben Tag nicht heraus. Ich wollte ihn nicht stören."
„Wo ist denn das Studierzimmer, Frau Haunold?"
„Es ist im ersten Stock. Die letzte Tür am Gang."
„Befindet sich noch jemand im Haus?"
„Nein, niemand. Warum fragen Sie das?"
Christina gestikulierte und gab damit das vereinbarte Zeichen an die Mannschaft im Hintergrund.
„Frau Haunold, wir wollen Sie nicht beunruhigen. Könnten Sie vielleicht Herrn Inspektor Brandstätter zu seinem Auto begleiten. Er muss Ihnen dort ein paar wichtige Fragen stellen."
„Wie bitte? Was wollen Sie von mir?"
Raimund bot außerordentlich galant seinen Arm zum Geleit an und lächelte der Frau gewinnend zu.
„Kommen Sie, Frau Haunold, es dauert nur einen Augenblick", sagte Raimund. „Wir sind wirklich schnell bei solchen Sachen."
Verunsichert hakte sie sich bei Raimund ein, gemeinsam gingen sie durch den Garten. Christina schaute ihnen hinterher. Dann verschwanden die beiden auf der anderen Seite des Zauns aus Christinas Blickfeld, dafür schnellten die Cobra-Männer hervor und warfen sich mit gezogenen Pistolen an die Hausmauer. Christina dachte nicht nach, sie handelte einfach, sie zog ihre Waffe und huschte mit federleichten Schritten die Treppe hoch. In ihrem Windschatten drei Männer des Einsatzkommandos, während die beiden anderen im Erdgeschoss des Hauses ausschwärmten. Christina und die drei Cobra-Männer nahmen neben der einzigen verschlossenen Tür im ersten Stock Aufstellung. Sie klopfte laut an die Tür.

„Herr Haunold, sind Sie da drinnen? Hier spricht die Kriminalpolizei. Herr Haunold, antworten Sie bitte!"
Sie warteten eine Weile, aber es blieb still. Christina drückte die Klinke nach unten, die Tür war versperrt. Auf dem Treppenabsatz standen Raimund und zwei weitere Streifenpolizisten und beobachteten. Christina nickte den Cobra-Männern zu. Einer der Männer nahm Schwung und trat gezielt gegen die Tür, berstend brach sie auf, die zwei anderen katapultierten sich in den Raum. Christina folgte ihnen auf dem Fuß. Sie erhaschte nur einen Blick und wusste Bescheid, dann hatten die drei Cobra-Männer Haunold schon am Boden fixiert und den Revolver, den er in der Hand gehalten hatte, sichergestellt. Christina atmete erleichtert durch und steckte ihre Waffe ein.
„Danke, Kollegen, sehr gute Arbeit. Bitte Handschellen anlegen. Und helft ihm auf den Stuhl, ich muss mit Herrn Haunold noch ein paar Worte wechseln."
Christina hatte sofort verstanden, warum der Mann eine Schusswaffe in der Hand gehalten hatte. Nicht, um sich mit der Polizei ein Schussgefecht zu liefern, sondern um seinem Leben ein Ende zu setzen. Dazu passten auch das Kaffeeservice aus feinem Porzellan, die Cognacflasche und ein Cognacschwenker auf dem Schreibtisch, der elegante dunkle Anzug und die polierten Schuhe. Außerdem lag ein beschriftetes Kuvert auf dem Schreibtisch. Es hätte ein Abgang mit Stil sein sollen. Christina nahm das Kuvert zur Hand und las das mit makelloser Schrift gesetzte Wort: Abschied.
„Christina!", hörte sie Raimunds Stimme. „Komm mal bitte."
Sie drehte sich um und sah am Flur neben Raimund einen der Cobra-Männer, die zuvor das Erdgeschoss gesichert hatten. Sie ging auf den Kollegen zu.
„Im Keller haben wir einen gefesselten Mann gefunden. Er hat eine Kopfverletzung, war aber ansprechbar. Robert Wieser aus Wien. Der Arzt ist schon bei ihm."
„Sehr gut. Wenn der Arzt erlaubt, möchte ich ihn anschließend sprechen, wenn nicht, bitte gleich ins Krankenhaus bringen."
Damit betrat sie wieder das Studierzimmer Georg Haunolds. Christina nahm sich einen Stuhl, setzte sich dem völlig in sich gesunkenen Mann gegenüber und ließ den Blick schweifen. Was für ein geschmackvoll eingerichteter Raum, sie war wirklich beeindruckt. Erstklassige Jugend-

stilmöbel, ein selten schöner Kristallluster, eine Bücherwand mit prächtigen Büchern, gebundene Gesamtausgaben, großformatige Kunst-, Architektur und Fotografiebücher, ein paar zweifellos sehr wertvolle antiquarische Bände. Der Mann besaß Stil in reichem Maße. Christina seufzte und fasste ihn nun ins Auge.
„Herr Haunold, können Sie mich hören? Ich möchte mit Ihnen sprechen. Herr Haunold, erlauben Sie, dass ich diesen Brief öffne?"
Er hob kurz den Kopf und sah, dass sie seinen Abschiedsbrief in Händen hielt, aber er antwortete nicht.
„Herr Haunold, können Sie mir vielleicht erklären, warum schwerbewaffnete Polizisten in Ihr Studierzimmer eingedrungen sind?"
Georg Haunold raffte sich auf und schaute Christina wegen dieser merkwürdigen Frage an, sagte aber nichts. Christina wartete auf irgendeine Reaktion des Mannes. Schließlich legte sie den Brief auf den Schreibtisch und verschränkte die Finger ineinander.
„Wollen Sie Ihr Gewissen erleichtern? Ich bin sehr gut im Zuhören. Und dass Sie unter Gewissensbissen leiden ist ganz und gar offensichtlich. Helfen Sie mir, Ihre Beweggründe zu verstehen. Ich bitte Sie, Herr Haunold."
Der Mann brach in Tränen aus, ein Weinkrampf schüttelte ihn.
„Ich habe ihn geliebt", würgte Haunold stockend hervor.
„Sie haben also Severin geliebt. Was ist geschehen? Hat er Sie verlassen wollen?"
„Ja, er wollte mich alleine lassen, er wollte mich wieder in die Einsamkeit zurückstoßen. Ich habe nie jemanden geliebt wie ihn. Er war mein Ein und Alles. Ich bin so ..."
Christina wartete eine Weile, bis er sich wieder halbwegs gefangen hatte. Sie nickte Raimund zu, der im Hintergrund an der Wand stand und beobachtete, und deutete auf den Brief. Raimund nahm den Brief an sich.
„Wie ist es geschehen, Herr Haunold? Und wann?"
„Am Mittwochabend vor zehn Tagen. Ich habe ihn auf Knien angefleht, dass er bei mir bleibt, aber er wollte nicht, er hat gesagt, er will lieber frei sein, er hat gesagt, ich enge ihn zu sehr ein. Dabei habe ich ihm doch alle Freiheiten gewährt, solange er immer zu mir zurückgekommen ist. Er wollte mit seinen jungen Freunden an die Adria fahren. Kein Problem, Severin, mache nur, du bist jung und schön, die Welt gehört dir, aber du musst zu mir zurückkehren, denn nur ich liebe dich wirklich. Das habe ich ihm gesagt. Er aber hat gesagt, ich belästige ihn, ich dränge mich in

sein Leben, er hat sogar gesagt, dass er irgendwann untertauchen würde, dass er aus der Kommune verschwinden und niemandem sagen würde, wohin er ginge. Ich war am Ende meiner Kräfte, ich war in Panik. Er hat doch alles von mir bekommen, schöne Anzüge, Seidenwäsche, Schmuck, ich hätte ihm noch das Geld für seinen Urlaub an der Adria gegeben. Er hätte alles von mir haben können. Ich hätte sogar meine Familie verlassen und meinen Beruf aufgegeben, nur um mit ihm zusammen sein zu können, er aber hat immer nur gesagt, er wolle nicht mehr. Ich weiß nicht mehr, wie es passiert ist, aber es ist passiert, ich habe plötzlich meinen Revolver in der Hand gehalten. Der Schuss hat sich von alleine gelöst. Ich wollte ihn nicht töten, er war doch mein Ein und Alles. Die Liebe meines traurigen Lebens, mein Ein und ..."

Ein weiterer Weinkrampf schüttelte den Mann.

„Wo ist Severins Leiche? Was haben Sie mit seinem Körper gemacht?"

Nach einer Weile hob Georg Haunold wieder den Blick und schaute Christina an.

„Im Wald bestattet. Er hat den Wald geliebt, er kannte jeden Baum, jedes Gewächs und Waldtier. Er hat mich immer wieder gefragt, warum ich dort arbeite, in diesem Kraftwerk, warum ich mithelfe, die Umwelt zu zerstören. Seine Seele war so rein und unschuldig, er hatte keine Ahnung von Pflicht und Ordnung, von Verantwortung, er stand in der Früh auf und freute sich auf den Tag, der kommen würde, und mit einem Lächeln legte er sich zur Nachtruhe. Diese jugendliche Unbeschwertheit, diese Naivität, diese Lebensfreude hat auf mich abgefärbt, hat mich in eine andere Zeit und in ein anderes Leben versetzt. Mit ihm durch den Wald zu gehen war ebenso wunderbar wie mit ihm im Bett zu liegen."

„Wo, Herr Haunold? Wo haben Sie Severin bestattet?"

„Es gibt doch diesen Parkplatz, wo alle Wanderer, die zur Grünburger Hütte aufsteigen, ihre Autos abstellen."

„Ja, diesen Parkplatz kenne ich."

„Dort müssen Sie etwa einen Kilometer weiter die Straße den Berg hochfahren. Bei einer großen Rotbuche ist ein gelbes Schild für Wanderer montiert, ein Wegweiser mit Wanderzeiten, von dieser Buche muss man rund fünfzig Meter bergan in den Wald gehen. Sie werden die Stelle finden, denn ich habe einen Kranz und einen Strauß roter Rosen auf dem Grab abgelegt. Das war in der letzten Vollmondnacht, am Donnerstag, da habe ich sein Grab besucht. Ich war am Boden zerstört, ich war am Ende meiner

Kräfte, ich wollte meiner Qual ein Ende setzen und meine Schuld begleichen. Aber ich bin ein schwacher Mann, ich bin ein Feigling, ich habe zwei Stunden neben dem Grab gekniet, aber nicht geschossen. Auch jetzt habe ich nicht geschossen. Ich bin so jämmerlich. Ohne Severin bin ich ein Nichts."
Christina wischte mit der Handfläche über den Stoff ihrer Hose.
„Warum haben Sie Josef Lehner vergiftet?"
Georg Haunold ließ den Kopf sinken, er redete mehr zu sich selbst.
„Severin war aus Rücksicht auf mich sehr diskret, er war so selbstlos, er hat meine Situation als verheirateter Mann in gehobener Position respektiert und niemandem von unserer Liebe erzählt. Herr Lehner hat uns einmal gesehen, es war frühmorgens, als ich Severin nach einer wunderbaren Nacht in den Bachleithenwald gebracht habe. Er wusste von unserer Beziehung, aber das war vorerst kein Problem, denn Herr Lehner war der verschwiegendste Mensch, den man sich denken konnte. Er hätte uns niemals verraten, um mir zu schaden. Die Leute der Kommune mögen mich nicht, ich bin ihr Klassenfeind, doch Herr Lehner hat das nie gegen mich verwendet und mich nicht bloßgestellt. Als das mit Severin passiert ist, hat sich alles schlagartig geändert. Ich war von Sinnen, ich bin fast wahnsinnig geworden vor Angst und Schuld. Wissen Sie, dass Severin mir die Wirkungsweise von Fingerhut erklärt hat? Er kannte sich ja großartig mit den Waldgewächsen aus. Ich bereue zutiefst was ich getan habe, aber ich kann nichts mehr rückgängig machen. Ich habe zwei Menschen getötet ..."
Christina nickte versonnen, erhob sich langsam und stellte den Stuhl an seinen Platz zurück. Sie schritt an der Bücherwand entlang und ließ ihren Blick über die Buchrücken streifen. Sie wandte sich Georg Haunold zu.
„Ich danke Ihnen, Herr Haunold, dass Sie Robert Wieser nicht getötet haben. Und ich danke Ihnen, dass Sie ein Geständnis abgelegt haben. Meine Herren, wir können jetzt aufbrechen."
Als alle in den Autos saßen und der Tross sich in Bewegung setzte, brach eine tief hängende, dunkelgraue Wolke über Steyr, ein dumpfer Donnerschlag rollte über die Dächer. Christina saß am Steuer des Autos ihres Mannes und schaltete den Scheibenwischer ein. Zu spät, geisterte es durch ihren Kopf, das Gewitter kam zu spät, die Gefahr war schon vorbei. Dicke Regentropfen prasselten auf das Autodach.

79

„Ganz fabelhaft, großartig, ich werde Sie am Montag dem Landespolizeikommando gegenüber lobend erwähnen."
„Besten Dank, Herr Oberstleutnant, aber das ist nicht nötig."
„Natürlich ist das nötig! Die Linzer glauben ja sowieso immer, dass nur bei ihnen fähige Polizisten arbeiten und wir hier in Steyr bloß Akten verstauben lassen. Das war ein toller Erfolg für uns alle, Frau Kayserling. Weiter so!"
Christina schaute Raimund an und verdrehte die Augen, ohne das Telefon vom Ohr zu nehmen. Der Kommandant des Stadtpolizeikommandos Steyr hatte es sich selbst am Samstagabend nicht nehmen lassen, Christina zur Lösung des Falles zu gratulieren. Dass sie es geschaffte hatte, noch bevor die Kollegen aus Linz sich einschalteten, war ihm, wie Christina nun hörte, das Wichtigste an der Sache.
„Herr Oberstleutnant, ich muss noch einige Dinge erledigen. Wenn Sie also ..."
„Alles klar, Frau Kayserling, ich will Sie nicht länger aufhalten. Auf Wiederhören! Und weiter so!"
„Auf Wiederhören."
Christina ließ das Telefon in ihrer Handtasche verschwinden. Sie stand neben Raimund im Innenhof des Schlosses Lambach und sog die nach dem Gewitter angenehm kühle und klare Abendluft ein.
„Eines wissen wir bis jetzt nicht", murmelte Christina. „Was hat Josef Lehner seiner Schwiegertochter sagen wollen? Warum hat er sie angerufen?"
„Ich sehe drei Möglichkeiten", sagte Raimund.
„Drei? Du meinst zwei."
„Nein, drei. Erstens: Er wollte ihr von den Seitensprüngen ihres Mannes erzählen. Das ist deine Theorie. Zweitens: Er wollte mit ihr über die Änderung des Testaments zu ihren Gunsten sprechen. Das ist die Theorie von Senta Wegscheider. Oder drittens: Er wollte Severin aus der Kommune raus bringen und ihn bei seiner Großtante in Linz vor der Zudringlichkeit von Georg Haunold verstecken. Das ist meine Theorie."
Christina nickte zustimmend.
„Alle drei Theorien klingen plausibel. Wir werden es nie erfahren, welche

richtig ist. Aber das macht nichts, ein paar Geheimnisse muss ein schweigsamer Mann wie Josef Lehner mit ins Grab nehmen."

Sie ließ den Kopf in den Nacken fallen und blickte in den Himmel, die ersten Sterne funkelten am Firmament. Ihr Arbeitstag war noch nicht beendet, die erste Einvernahme war gemacht und Georg Haunold hatte das Geständnis unterzeichnet, aber noch hatte sie etwas zu tun. Und Christina wollte diese eine Sache nicht delegieren.

„Ich fahre dich", sagte Raimund plötzlich.

„Warum? Ich komme schon klar."

„Natürlich kommst du klar, aber ich fahre dich. Wir haben uns diese Suppe gemeinsam eingebrockt und löffeln sie auch gemeinsam wieder aus. Da kommt unser Mann schon."

Die beiden blickten zum Eingangstor des Polizeikommandos hinüber, aus dem ein junger Polizist und Gebhardt Höller traten. Der Polizist begleitete Höller zu Christina und Raimund.

„Herr Höller, kommen Sie, steigen Sie ein. Wir fahren Sie zum Bachleithenhof."

Gebhardt Höller spähte aus verkniffenen Augen um sich.

„Bin ich wirklich frei?"

„Ja. Es liegt nichts gegen Sie vor."

Raimund öffnete die hintere Autotür und ließ Gebhardt Höller einsteigen. Christina setzte sich auf den Beifahrersitz. Raimund lenkte den Wagen zügig durch die engen Gassen der Altstadt. Höller saß in sich zusammengesunken auf dem Rücksitz und starrte zum Fenster hinaus.

„Haben Sie Josefs Mörder gefunden?", fragte er schließlich.

„Ja."

Raimund steuerte das Landeskrankenhaus an, er fuhr direkt vor das Eingangsportal, wo Robert Wieser schon wartete. Christina stieg aus und hieß Robert neben Gebhardt Höller, der Robert erstaunt anschaute, Platz zu nehmen

„Wie geht es Ihnen, Herr Wieser? Noch einen Brummschädel?", fragte Raimund und blickte durch den Rückspiegel nach hinten zu dem Mann mit dem Kopfverband.

„Es geht so. Ich kann den Kopf kaum bewegen, aber immerhin ist es keine Gehirnerschütterung."

Das Auto fuhr flott in die hereinbrechende Nacht hinaus.

„Herr Höller", hob Christina an, „vielleicht können Sie verstehen, dass ich mich für meine Vorgangsweise nicht entschuldigen werde. Das Einzige wofür ich mich entschuldige ist, dass ich Ihnen den Arm verbogen und damit Schmerz zugefügt habe. An Körperkraft sind Sie mir überlegen, ich musste also die einzige sich mir bietende Chance nutzen. Was mir aber wirklich ein Anliegen ist, ist Folgendes: Verurteilen Sie Frau Wegscheider nicht. Sie hat richtig gehandelt. Ich hätte in ihrer Situation das Gleiche getan."

Gebhardt Höller hielt seinen Blick zum Fenster hinaus gerichtet.

„Ich mache Senta keinen Vorwurf. Ich habe gewusst, dass sie mich verdächtigt hat."

„Sie sehen viel, Herr Höller."

„Ich sehe nicht genug. Wer hat nun meinen Freund Josef Lehner getötet?"

Christina lachte gequält auf.

„Wenn es nicht so bitter wäre, könnte man es einen originellen Treppenwitz des Schicksals nennen. Georg Haunold hat Josef Lehner vergiftet."

Gebhardt Höller starrte mit undurchdringlicher Miene zum Fenster hinaus.

„Und Severin?", mischte sich Robert ins Gespräch. „Was ist mit Severin?"

Gebhardt Höller warf erschrocken seinen Kopf herum. Sein Mund stand offen.

„Herr Höller, Sie kennen doch Susanne Wurzwaller recht gut, nicht wahr?", fragte Christina.

„Ich kenne sie."

„Ist sie eine starke Frau? Kann sie schwere Schläge wegstecken?"

„Ist Severin tot?", fragte Höller.

Christina schaute ein paar Augenblicke durch die Windschutzscheibe ins Leere.

„Ein Team hat seinen Leichnam vor einer Viertelstunde aus seinem vorläufigen Grab im Wald geborgen und der Gerichtsmedizin überstellt."

Gebhardt Höller bedeckte sein Gesicht mit den Händen. Robert klammerte sich verbissen an den Haltegriff über der Tür.

„Die Gemeinschaft wird Susanne Halt geben. Wir werden für unsere geliebten Toten Gebete sprechen und Tänze vollführen. Wir werden ihren Seelen Lebewohl sagen."

Für eine Weile lag Schweigen im Auto, sie näherten sich Dürnfeld, in der Ferne war das Blinken der Signallampen auf dem Schornstein des Kraftwerks zu erkennen.

„Eines noch, Herr Höller", sagte Christina, griff in ihre Handtasche und zog eine Visitenkarte hervor. „Hier ist die Adresse von Frau Doktor Steiger. Sie ist Psychotherapeutin und arbeitet immer wieder mit den Polizeibehörden bei Kriseninterventionen zusammen. Sie ist Fachfrau für Opfer von Traumatisierungen. Sprechen Sie mit ihr, erzählen Sie ihr von Ihren Erlebnissen in Guatemala. Ich glaube, ein Gespräch mit Frau Steiger kann Ihre Horizonte erweitern."

Gebhardt Höller nahm die Karte an sich, studierte die Adresse genau und steckte sie schließlich ein.

„Danke, Frau Kayserling. Ich sehe, Sie bemühen sich wirklich um Gerechtigkeit. Ich schätze das sehr hoch. Es bleibt dennoch unbestreitbar, dass Sie die Gerechtigkeit niemals finden werden, wenn Sie weiter in einer ungerechten Welt leben."

„Ich bezweifle, dass es eine gerechte Welt geben kann. Die Gerechtigkeit ist ein Prozess. Nur wenn ich jeden Tag nach Gerechtigkeit suche, verwirkliche ich sie."

Gebhardt Höller nickte anerkennend.

„Sehr gut, Frau Kayserling, ich lerne von Ihnen. Dafür möchte ich mich bedanken. Und weil Sie über das Leben nachdenken, erlaube ich mir, Ihnen eine Frage zu stellen. Was ist das für ein Prozess der Gerechtigkeit, wenn die Menschen im Glauben an ihre Rechte sich selbst, der Welt, dem gesamten Planten, dem Lebendigen auf der Erde unendlichen Schaden zufügen und so die schlimmste Ungerechtigkeit, die es je auf Erden gab, tagtäglich vollführen?"

Schweigen lag in der Personenkabine des Autos.

„Was sehen Sie für eine Zukunft der Menschheit, Herr Höller?", fragte Christina und blickte über ihre Schulter nach hinten.

„Ich bin kein kluger Mann und schon gar kein großer Seher, ich sehe nur Leid, Tod und Verzweiflung."

Raimund bremste den Wagen im Waldstück in der Nähe der Jurtensiedlung.

„Nun denn", murmelte Christina, „so viel sehe ich auch."

SONNTAG

80

Christina hatte es sich nicht nehmen lassen, als Zaungast an der Beerdigung teilzunehmen. Josef Lehner war nominell ein Angehöriger der römisch-katholischen Kirche, auch wenn er in den letzten Jahren keiner Messe mehr beigewohnt hatte, in jedem Fall hatte die Familie ganz traditionsbewusst eine Bestattungszeremonie mit einem katholischen Priester ausgerichtet. Christina stand sehr weit abseits und blickte in den Himmel. Das klare Leuchten des Frühsommers wischte alle Irrungen und Sorgen fort. Ein Leben endete, ein anderes begann, der Kreislauf der Welt war intakt und hob sich über die versammelte Schar von Trauergästen. Einige Autos der Presse parkten am Dorfrand von Dürnfeld, Fotoapparate und Kameras linsten nach eindrücklichen Bildern. Die Dorfgemeinschaft war geschlossen angetreten, dunkle Anzüge, schwarze Kleider, Trauerflor tragende Nachbarn, die örtliche Blasmusikkappelle spielte besinnliche Lieder. Eine etwas abseits gehende und stehende Gruppe in ungewöhnlichen Leinenkleidern fand sich ebenfalls auf dem Friedhof ein. Diese Menschen waren zu Fuß gekommen, sie blieben beisammen und hielten sich diskret im Hintergrund.

„Das sind also die Erdenkinder?", fragte Wilhelm Kayserling seine Frau. Christina nickte zustimmend. Sie war Wilhelm so dankbar, dass er diesen frühen Sonntagnachmittag dem Besuch des Begräbnisses gewidmet hatte und sie nicht hatte alleine fahren müssen.

„Wer von ihnen ist Senta Wegscheider?"

„Die kleine Frau mit dem schwarzen Halstuch und der Handtasche."

Senta entdeckte Christina und nickte ihr aus der Ferne zu. Christina hob die Hand zur Begrüßung. Die Menschenmenge versammelte sich um das frisch ausgehobene Grab, in dem auch Gabi Lehner vor vier Jahren bestattet worden war. Im Tod würde das Ehepaar wieder zusammenfinden, vielleicht würde ihre Beziehung nach dem Tod harmonischer gelingen als zuvor. Christina wunderte sich über diesen Gedanken in dem Moment, als sie ihn fasste.

„Eine so schöne Leich lässt man sich halt ungern entgehen, hab ich Recht?"

Christina und Wilhelm Kayserling drehten ihre Köpfe dem Mann zu, der gemächlich auf sie zukam und sie breit anlächelte.
„Wir kommen nur wegen der Zehrung. Es gibt Rindfleisch und Semmelkren“, konterte Christina ironisch. „Darf ich vorstellen. Raimund Brandstätter, der freundliche Kollege, der in den letzten Tagen mit seinem trefflichen Humor wesentlich zur Lösung des Falles beigetragen hat. Mein Mann Wilhelm.“
„Grüß dich, Willi“, war Raimund gleich vertraulich und bot seine Hand zum Gruß.
„Grüß dich, Raimund“, sagte Wilhelm und schüttelte die dargebotene Hand.
„Wollt ihr nicht näher rangehen? Hier sieht man ja nichts. Kommt, ich zeige euch, wie man bei uns auf dem Land Leute unter die Erde bringt.“

81

Senta war aufgewühlt. Die Menschentraube gruppierte sich immer dichter um das offene Grab. Wie besprochen standen die Erdenkinder in der letzten Reihe, ihnen wurden Rücken zugewandt, aber niemand war unfreundlich gewesen, hatte ihnen böse Blicke zugeworfen oder sie gar beschimpft. Senta rechnete, dass dies wohl erst dann geschehen würde, wenn die Totengräber das Grab geschlossen hatten und der alte Bachleithner für immer und ewig vom Angesicht der Erde verschwunden sein würde. In wenigen Tagen würde die Eröffnung des Testaments sein, jetzt, da die Polizei den Mord aufgeklärt hatte, würde der Notar bald den letzten Willen von Meister Josef verlesen. Wie sollte sie sich verhalten? Sollte sie das Erbe antreten oder sollte sie verzichten? Sie war sich so unsicher.

82

Alois und Michael Lehner standen nebeneinander am offenen Grab ihres Vaters, der Sarg war auf massiven Balken über der Grube aufgebahrt. Der Priester sprach feierlich seine Worte und segnete den schweren hölzernen Kasten. Tränen flossen, traurige und ernste Gesichter umrahmten das Grab.
„Bist du mein Bruder?", wandte sich Alois mit harter Miene plötzlich an Michael.
Alle Augen sprangen hoch, Ohren wurden gespitzt.
„Was meinst du?"
„Bist du mein Bruder oder nicht?", insistierte Alois auf seiner Frage.
„Natürlich bin ich dein Bruder", antwortete Michael und runzelte irritiert die Stirn.
„Dann lass uns Frieden machen. Gilt?"
Michael Lehner schaute mit einem Mal gehetzt um sich, blickte kurz zu seiner Frau und seiner Tochter, zu seinen Schwiegereltern, und schaute dann seinem Onkel Reinhold in die Augen. Reinhold Mittereggers Miene war gespannt und lauernd, er hatte die Worte, die seine Neffen gewechselt hatten, nicht genau gehört. Michael Lehner wusste, was sein Bruder meinte. Er entschied sich schnell.
„Gilt", sagte er und reichte seinem Bruder die Hand. „Holen wir sie her."
Zu zweit drängten sich die Männer durch die Menschenmenge. Gemurmel griff um sich, der Pfarrer blickte orientierungslos herum, niemand wusste so recht, warum die Söhne des Verstorbenen im Augenblick der Beisetzung vom Grab fort gingen, niemand wusste es, außer Reinhold Mitteregger, der verdrießlich die Hände in die Taschen seines Jacketts rammte.
Alois und Michael traten auf Senta zu, die die beiden mit offenem Mund anstarrte.
„Willst du den Hof?", fragte Alois Lehner Senta rau und knapp.
Senta wischte alle Überlegungen, Befürchtungen und Ängste zur Seite, sie dachte nicht, sie kalkulierte nicht, sie rechnete in keiner zählbaren Einheit oder Währung, sie antwortete spontan und intuitiv.
„Ja."
Alois Lehner nickte.
„Ich hab ihn nie gewollt. Ich wollte nie Bauer sein. Der Vater hat gewollt, dass du ihn kriegst."

„Das hat er“, bestätigte Senta.
„Dann komm mit“, warf Michael Lehner ein. „Die Bachleithnerin steht nicht hinten, sie steht vorne.“
Die beiden Männer schlugen Schulter an Schulter wieder eine Schneise in die gaffende Menschenmenge, durch die Senta ihnen an das offene Grab folgte. Tränen rollten jetzt über ihre Wangen.

ENDE AUGUST, DONNERSTAG

83

Robert marschierte, obwohl er einen schweren Rucksack trug, leichten Schrittes durch den Bachleithenwald auf die Jurtensiedlung zu. Da musste er dreiundvierzig Jahre alt werden, um sich in einen Tramper zu verwandeln. Andere Leute in diesem Alter aßen sich einen Wohlstandsspeck an, kauften Aktien und Anleihen, um für die Zukunft vorzusorgen, stiegen beim Autokauf auf die nächsthöhere Preisklasse um oder rüsteten die Heizungssysteme in ihren Häusern auf, er aber ließ alles hinter sich, begnügte sich mit dem bisschen Geld in seiner Brieftasche und der Reservekleidung in seinem Rucksack. Langsam neigte sich der Sommer seinem Ende zu, die Tage wurden merklich kürzer. Robert trat auf die Jurte zu, in der er in den letzten zwei Monaten gewohnt hatte, und stellte den Rucksack ab. Er wischte sich den Schweiß von der Stirn. Ein Autofahrer hatte ihn bis nach Dürnfeld mitgenommen, die letzten drei Kilometer seiner Reise hatte er zu Fuß zurückgelegt. Die kleine Magda lief auf Robert zu. Wie immer war das achtjährige Kind außer Atem.
„Robert, Robert, da bist du ja endlich! Warum warst du so lange fort?“
„Es waren ja nur drei Tage. So lange ist das doch gar nicht.“
„Und hast du die Schokolade mitgebracht? Du hast es versprochen!“
Robert schlug die Hände über dem Kopf zusammen.
„Um Himmels Willen, jetzt habe ich glatt die Schokolade vergessen!“, rief er aus, griff aber in die Seitentasche seines Rucksackes und zog eine Tafel Schokolade heraus.

„Gib her! Gib her!"
Robert reichte die Schokolade dem Kind, das die Tafel schnappte und auf und davon lief.
„Teile aber mit den anderen!", rief Robert dem Kind hinterher.
Ernst und Meinrad Riemenschmied kamen des Weges. Robert ging den beiden ein paar Schritte entgegen.
„Und hast du alles hingekriegt?", fragte Ernst.
„Ja", bestätigte Robert nickend. „Ich bin jetzt ein geschiedener Mann. Das Haus hat Herta, die Kinder haben das Geld, den Audi habe ich verkauft, ich bin frei wie ein Vogel im Wind."
Meinrad johlte lauthals.
„Dann werden sich die Mädels in Sicherheit bringen müssen, nicht wahr? Jetzt geht's ans Eingemachte."
Robert winkte ab.
„Ich bin keine zwanzig mehr und frisch geschieden, ich lasse alles ein wenig ruhiger angehen."
„Gestern waren Theo und Angelika zu Besuch", erzählte Ernst. „Du hättest Angelika sehen sollen. Sie war so schön wie noch nie. Ihr Bäuchlein hat schon eine richtig tolle Rundung."
Meinrad boxte seinen Vater gegen den Oberarm.
„Na geh, Papa, du hast ein Einfühlungsvermögen wie der elende Kraftwerksblock C."
Ernst Riemenschmied zuckte mit den Achseln.
„Na, wenn es doch wahr ist. Du hast selbst gesagt, dass du dich in Angelika auf der Stelle verlieben würdest, wenn du nicht schon in sie verliebt wärst."
Meinrad klatschte sich auf die Stirn.
„Du machst es nur noch schlimmer!"
„Aber nein, Meinrad, es ist nicht schlimm", beschwichtigte Robert. „Ja, es ist kein Geheimnis, ich habe mir, als ich zu euch gekommen bin, Hoffnungen gemacht, Angelika kennenzulernen, aber sie war nun mal schon im zweiten Monat schwanger. Und Theo kann ihr und dem Kind ein tolles Leben bieten. Ich freue mich für die drei und wünsche ihnen ..."
„... ein langes und erfülltes Leben, eine Million Kinder und den Nobelpreis in Physik!", spottete Meinrad. „Das glaubst du ja selber nicht."
„Ja ja, schon gut, Sohnemann", warf Ernst ein. „Jetzt beruhige dich wieder, schließlich haben wir noch einiges zu tun. Robert, hilfst du mit, die letzten Sachen ins Haus zu bringen?"

Robert blickte sich im Jurtendorf um.
„Ihr habt also mit der Umsiedlung ins Haus weitergemacht?"
„Natürlich, wir nutzen jede freie Minute. Bald sind alle, die im Haus überwintern wollen, umgezogen. Hast du es dir überlegt? Du warst noch unentschlossen, ob du lieber in der Jurte oder im Haus wohnen willst?"
Robert kratzte seinen Vollbart, er blickte versonnen zu den Gemüsebeeten hinüber, ließ den Blick rundum schweifen.
„Ja, Ernst, ich habe es mir überlegt."
Vater und Sohn Riemenschmied warteten auf Roberts Äußerung.
„Geh, Robert!", rief Meinrad aus. „Mach es nicht so spannend. Jurte oder Haus, Haus oder Jurte, so schwer ist das doch nicht."
„Doch, es ist schwer, ich habe lange überlegt. Und ich habe mich entschlossen."
Ernst Riemenschmied stemmte seine Hände in die Hüften.
„Du wirst uns verlassen, habe ich Recht?"
Robert nickte.
„Morgen werde ich aufbrechen. Ich habe auch schon eine Bahnfahrkarte nach Düsseldorf. Dann werde ich mich irgendwie nach Frimmersdorf durchschlagen."
Meinrad schaute Robert entgeistert an.
„Wirklich? Du haust einfach so ab? Wem soll ich jetzt den ganzen Tag auf die Nerven gehen? Was gibt's in Fummelsdorf, oder wie das Kaff heißt, was es hier nicht gibt, verdammt noch mal?"
„Andersrum, Meinrad, es gibt dort etwas nicht, was es hier sehr wohl gibt. So etwas wie den Bachleithenhof gibt es dort nicht. Beim Braunkohlekraftwerk Frimmersdorf haben sich ein paar hundert Demonstranten versammelt. Dort entsteht etwas und da will ich von Anfang an dabei sein."
„Du meine Güte", keifte Meinrad Riemenschmied und trat nach einem Stein. „Jetzt kommst du auch mit dieser Weltverbesserungsscheiße! Verdammt noch mal, wo soll das enden?"

ENDE

IMPRESSUM

ISBN 978-3-85485-307-7

Bücher aus der Verlagsgruppe Styria gibt es
in jeder Buchhandlung und im Online-Shop

styriabooks.at

Lektorat: Reinhard Deutsch
Covergestaltung: Bruno Wegscheider
Layout: Anna Caterina Wegscheider

Druck und Bindung: Druckerei Theiss GmbH
St. Stefan im Lavanttal